高校主题出版
GAOXIAO ZHUTI CHUBAN

多元一体视域下的中国多民族文学研究丛书
The Series on Minority Literature: Perspectives from A Pluralistic and United Chinese Nation
丛书主编：姚新勇　副主编：邱　婧

国家出版基金项目
NATIONAL PUBLICATION FOUNDATION

多元文化交流视野下的
新疆世居民族民间文学研究

The Research of Xinjiang Long-dwelling People's Folk-literature
in the Perspective of Multicultural Communication

吴新锋　著

暨南大学出版社
JINAN UNIVERSITY PRESS

中国·广州

图书在版编目（CIP）数据

多元文化交流视野下的新疆世居民族民间文学研究／吴新锋著. —广州：暨南大学出版社，2017. 12

（多元一体视域下的中国多民族文学研究丛书）

ISBN 978 - 7 - 5668 - 2199 - 7

Ⅰ.①多… Ⅱ.①吴… Ⅲ.①民间文学—文学研究—新疆 Ⅳ.①I207.7

中国版本图书馆 CIP 数据核字（2017）第 234340 号

多元文化交流视野下的新疆世居民族民间文学研究

DUOYUAN WENHUA JIAOLIU SHIYE XIA DE XINJIANG SHIJU MINZU MINJIAN
WENXUE YANJIU

著　者：吴新锋

出 版 人：徐义雄
策划编辑：武艳飞
责任编辑：陈绪泉
责任校对：何利红
责任印制：汤慧君　周一丹

出版发行：暨南大学出版社（510630）
电　　话：总编室（8620）85221601
　　　　　营销部（8620）85225284　85228291　85228292（邮购）
传　　真：（8620）85221583（办公室）　85223774（营销部）
网　　址：http：//www. jnupress. com
排　　版：广州良弓广告有限公司
印　　刷：广东广州日报传媒股份有限公司印务分公司
开　　本：787mm×960mm　1/16
印　　张：17. 25
字　　数：314 千
版　　次：2017 年 12 月第 1 版
印　　次：2017 年 12 月第 1 次
定　　价：56. 00 元

（暨大版图书如有印装质量问题，请与出版社总编室联系调换）

总　序

　　本套丛书中刘大先先生的著作题名为"千灯互照"，本是形容中华多民族文学丰富多彩、交相辉映之态，现借以形容这套总数不过十本的丛书，自然太过夸张，但若以点出本套丛书之于中华多民族文学研究的多样性、丰富性，虽仍夸张，却并非漫无边际。至少我们的确可以罗列出本丛书相关的三五特点。第一，以主题、研究专题、研究领域为集结的文学研究丛书自然很多，但征诸不同地方的少数民族文学的研究者，将其成果集结起来，组成一套研究品质较为纯粹的丛书，且由国家出版基金资助，这样的情况恐怕还不多见。第二，本丛书的作者为中青年学者，有的已从事少数民族文学研究多年，成果丰硕；有的虽然才博士毕业几年，但已经显示出强劲的发展势头，其中更有几位已跻身于少数民族文学相关研究领域的前列。本丛书收录的十本著作中，或是博士论文、博士后出站报告，或是国家社科基金结项成果。这都保证了丛书的新锐性、前沿性、专业性与可靠性。第三，丛书的主题、领域、视角多样丰富，所涉族裔文学现象多样，时代纬度参差交错。有神话与史诗研究，民间口头文学及说唱文学研究，族裔文学个案剖析与多民族文学现象的互动分析，当下少数民族文学及少数民族文艺创作、表演现象的宏观扫描及理论概括，某一族裔文学、文化经典传统个案的诗学理论之内在结构、文本肌质、表演仪式、叙述模式的深度剖析与细致型构，某一族裔当代文学创作的文化转型、民族心理与时代张力的考察，族裔母语文学的考察或母语、汉语双语互动的分析，等等。第四，丛书名为"多元一体视域下的中国多民族文学研究"，这并非政治正确的口号，而是本套丛书研究特点的自然呈现，更是丛书作者之于中国多民族文学发展态势的敏锐观察与理论回应。而具体落实于本丛书上，则呈现为一个重要的共性——互文性。第五，互文性。中国多民族文学、文化的互文性，某一具体族裔文学、文化现象中的互文性，也为本丛书多数著作的特点之一。这既是研究者的理论自觉，更是中国多民族历史、文化、文学互动的自然结晶。比如神话研究，自新时期以来重新恢复生机，国外各种神话学理论渐次被介绍到中国，积三十多年的努力，中国神话研究取得了很大的发展。但是与此同时，神话所表征的民族或族群关系之"分"的趋势却日益明显，研究者、研究对象、接受群体的民族身份的"同一性"也似乎愈益强化。而《中国多民族同源神话研究》的作者王宪昭先生，在多年材料与研究积累的深厚基础上，有力地考辨了我国多民族神话"同源母题的作品占有相当高的比例"这一现象，不仅进行了数量可观的神话文本的互文性解读，也为中华民族多元一体关系增添了丰富多彩而又切实有力的论证。再如《锡伯族当代母语诗歌研究》一书，从书名上看，此书似乎只涉某一具体族裔的母语诗歌创作，但实际上，锡伯族的形成，它从祖国的大东北迁徙到大西北的历史本身就是一部波澜壮阔的宏伟史诗。因此在锡伯族的诗歌中，故土的大兴安岭、白山黑水，新家园的乌孙山脉、伊犁河畔，交相辉映；"大西迁"的刻骨铭心与"喀什噶尔"的深情咏叹，互为参照；族裔情感与国家情怀，水乳交融。满、汉、蒙、哈、维等语言因素都不同程度地结构或渗透于锡伯语中，因此，本书相当关注锡伯族母语诗歌创作与汉语之间的关系，也就再自然不过了。

《东巴叙事传统研究》一书，以更为纯正的理论品质，更为肌理性的文化、文本研读，从多角度、多层面探究了东巴叙事传统的成因、传承、流布、特征，并通过深描东巴叙事文本在祭祀仪式中的演述，揭示了口头文本、书面文本、仪式文本、表演文本在民众的生活与精神空间中的互文互构关系。作者还把东巴叙事传统与彝族、壮族、国外的史诗作了横向的比较研究，对当下的民间叙事学、史诗概念及类型作了深入的反思，表现出与国内、国际同行进行高水平对话的努力。

说到研究之间的互文性，对有心的读者来说，其实从本丛书的不同著作中也不难发现。比如说，丛书中有的研究主题相对比较封闭、形式化，所说、所论也容易被归为某一民族的特点，这尤其表现在那些神话或史诗研究中。而另一些有关当代少数民族文学创作的研究，则相对更注意"民族""民族文化""民族文学""民族意识""民族认同"的相对性、建构性。对其进行有意识的对照性阅读，或可互为弥补、相互启发。

比如《彝族史诗的诗学研究——以〈梅葛〉〈查姆〉为中心》和《凉山内外：转型期彝族汉语诗歌论》，所论文学现象皆属彝族，而前者着重于通过细读《梅葛》《查姆》揭示彝族史诗的诗学特征，后者则更敏感于新中国民族识别、少数民族文学工程的实施，之于整体性的彝族诗歌、彝族意识的生成、流变与转型的促动。这样，后者之于前者可能就对"彝族""彝族文学"的天然性、自在性多了质疑性价值，而前者则又可能提醒后者，彝族、彝族意识、彝族认同的建构，并非权力、他者的随心所欲。这样的互文性阅读，有可能突破本丛书有限的数量，更为宽广、丰富、深入地去理解、把握中国文学、中华民族的多元一体之复杂性。

当然，不管本丛书的认识价值与问题视野的可能性究竟有多大，其视域肯定是有限的，况且收录其中的著作质量并非齐一，也自然存在这样那样的缺陷。个中缺憾不知有无机会弥补。

感谢王佑夫、关纪新两位先生对本丛书的大力推荐，感谢丛书作者惠供大作，也感谢暨南大学出版社徐义雄社长的鼎力支持。

姚新勇

2017 年 7 月

于广州暨南园

目 录
CONTENTS

绪　论

一、研究缘起

新疆世居民族民间文学资源丰富，著名的英雄史诗《玛纳斯》《江格尔》和《格斯尔》就是这些民间文学文本的代表。世代相传的新疆世居民族民间文学记录了新疆各族民众的社会历史变迁和习俗信仰的转变，这些文本是新疆世居各民族共同创造的优秀传统文化，是新疆世居各民族人民共同开拓边疆历史的文化见证，更是光辉灿烂的中华文化的重要组成部分。如何更好地研究和保护这些文化遗产是摆在学界面前的重大课题。

新疆民间文学研究的历史最早可追溯到中国民间文学学科的兴起。20 世纪 20 年代，中国民间文学、民俗学学科发轫以后，学者开始借用民族学、人类学、社会学的方法关注边疆问题和民族问题，对新疆民间文学的了解和关注也就是在这以后开始的。

新中国成立前，维吾尔民间文学工作者鲁·穆塔里甫搜集整理了《伊犁维吾尔民歌》，先后从书中精选了一部分翻译发表在《反帝战线》①（1940 年 4 月号）上；中国边疆学会主办的《中国边疆》杂志也曾刊载过《维吾尔民间歌谣辑译》（南京，1948 年）。这些工作可以看作是新疆民间文学搜集、整理、翻译工作的开始，同时也是当时学界试图通过边疆问题的研究来实现"经世致用"、"创化出现时代适应于中国的新风气"之目的的重要体现。

新中国成立后，国家开展了民族识别工作，对新疆的民间文学进行了初步的了解和调查。这些调查虽然不是专业的民间文学田野作业，但为以后的深入调查提供了很多线索和第一手资料。20 世纪 80 年代以来，"中国民间文学三套集成·新疆卷"编纂工作的顺利开展，为全面认识和研究新疆民间文

---

① 《反帝战线》，1935 年 9 月 1 日创刊于迪化（今乌鲁木齐），时为新疆反帝会的会刊；其前身是《反帝半月刊》和《检讨与批评》。期刊初为不定期刊，从 1939 年 8 月第 2、10、11 期起改为月刊，1943 年停刊。共出版汉文版 8 卷 1 期，共 55 期。

学提供了比较翔实、客观的基础资料，同时也培养了一批从事民间文学搜集与研究的工作者和专家。这一时期的民间文学调查研究实绩体现在资料集的出版，主要有《中国民间故事集成·新疆卷》《中国民间歌谣集成·新疆卷》《中国民间谚语集成·新疆卷》①；在此带动下，新疆人民出版社先后出版了近百部维吾尔族、哈萨克族、柯尔克孜族、蒙古族、塔吉克族、锡伯族、乌孜别克族、塔塔尔族、达斡尔族等十几个民族的民间文学资料集（含维吾尔文、哈萨克文、汉文）。随着一批学者深入新疆田野作业，新疆民间文学领域出现了第一次深入的学术研究。这一时期具有代表性的研究著作和成果有：郎樱教授对新疆民间文学（尤其是在史诗领域）进行的一系列深入研究，如《〈玛纳斯〉论析》《中国少数民族英雄史诗——玛纳斯》《〈福乐智慧〉与东西方文化》《西北突厥民族的萨满教遗俗》等；毕桪教授的《哈萨克民间文学概论》；王堡、雷茂奎主编的《新疆民族民间文学研究》；李竟成、雷茂奎的《丝绸之路民间文学研究》；乌斯曼·斯马依编著的《民间文学概论》（维吾尔文，新疆人民出版社，1998 年）和《维吾尔幻想故事研究》（维吾尔文，新疆大学出版社，2006 年）；哈萨克族别克苏力坦主编的《哈萨克民间文学》（汉文，新疆人民出版社，2002 年）。郎樱教授、毕桪教授等学者把新疆各少数民族民间文学置于东西文化交流史的语境下研究，资料翔实，条分缕析，对深入研究新疆世居民族民间文学具有重要的理论参考意义。

在新疆民间文学领域，英雄史诗的研究占有重要地位。郎樱教授、阿地里·居玛吐尔地教授、那木吉拉教授等在该领域取得了丰硕的成果。新疆柯尔克孜族学者、中国社会科学院民族文学研究所的阿地里·居玛吐尔地教授对英雄史诗《玛纳斯》进行了深入的研究。中央民族大学那木吉拉教授的国家社会科学基金项目的最终成果《中国阿尔泰语系诸民族神话比较研究》（学习出版社，2010 年）是全面展示阿尔泰语系诸民族神话研究的最新成果，同样也是新疆世居民族神话史诗研究的重要成果，该书为我们研究新疆各民族神话史诗提供了更多理论参考和可能性。随着国内史诗学术研究的推进，新疆的史诗研究已经成为一个跨国、多元文化的学术研究课题。对新疆民间文学研究者来说，我们如何拓宽"史诗田野作业的纬度"、如何"对以往英雄史诗搜集整理工作"进行"反思和研究理论的反省与总结"，是值得我们认真考虑的；同时，如何运用新的理论方法，在多元文化语境下对各民族史诗进行

---

① 《中国民间故事集成·新疆卷》《中国民间歌谣集成·新疆卷》《中国民间谚语集成·新疆卷》分别于 2008 年 3 月、2009 年 7 月、2010 年 1 月出版，在编纂、出版过程中，文化部民族民间文艺发展中心给予大力支持，新疆民间文艺家协会具体负责各卷编纂工作。

深入的比较研究，也值得我们进一步探索。

新疆维吾尔族民间文学的搜集、整理与研究，在一定程度上代表了新疆世居民族民间文学的研究水平。

（1）海热提江·乌斯曼的民间文学研究。海热提江·乌斯曼教授在维吾尔古典文学研究上做出了突出的贡献，他对维吾尔族民间文学的搜集整理工作极有热情，参与搜集整理了《阿弗拉提可汗与九个女儿》、《传说》（4篇）、《四十条辫子》、《卜古可汗的传说》（4篇）等。他对维吾尔族神话《乌古斯可汗的传说》给予了长期的关注和研究，发表了数篇研究论文；他还较早关注到维吾尔族民间文学中神话与传说的区分问题、维吾尔族民间文学作品中的吉数问题等。海热提江·乌斯曼教授在维吾尔族民间文学领域的研究（尤其在"乌古斯传"方面的研究）为我们深入研究维吾尔族民间文学提供了重要的参考资料。

（2）乌斯曼·斯马依的研究。乌斯曼·斯马依教授在民间文学理论普及与研究等多方面做出了重要的贡献。他编著的《民间文学概论》（维吾尔文）侧重于民间文学基本知识和基本理论的介绍，并结合维吾尔族民间文学文本来分析研究，是维吾尔族民间文学工作者和爱好者的重要参考书。他还在"维吾尔幻想故事研究""维吾尔民间叙事诗（达斯坦）研究""维吾尔民间故事母题研究"等方面做出了积极的贡献。

（3）穆赫麦提·祖农、阿布都克里木·热合曼、买买提江·沙迪克的研究。穆赫麦提·祖农和阿布都克里木·热合曼合著的《维吾尔民间文学基础》（维吾尔文，新疆人民出版社，1982年）是维吾尔族民间文学研究的重要理论著作；买买提江·沙迪克主编的《论维吾尔民间文学》（维吾尔文，新疆人民出版社，1995年）也是研究维吾尔族民间文学的重要参考资料。

（4）21世纪以来，新疆大学人文学院中文系的热依拉·达吾提教授成为新疆民间文学研究方面具有代表性的学者。特别是其国家社科基金项目"维吾尔族传统文化的保存、传承、发展与新疆社会经济发展""维吾尔族非物质文化传承研究——以民间麦西来甫为例"和教育部留学基金项目"维吾尔族民间叙事诗保护传承研究"成为21世纪以来新疆维吾尔族民间文学研究的典型代表。

除维吾尔族民间文学研究取得了一系列重要的成果外，哈萨克族、柯尔克孜族、蒙古族等民族的民间文学研究都有一些重要研究成果。毕桪教授的《哈萨克民间文学概论》（2006年）就是哈萨克族民间文学里程碑式的研究成果。毕桪教授把哈萨克族民间文学与哈萨克族的历史、宗教信仰相联系，以问题为中心，将哈萨克神话、传说、故事、民歌、谚语以及叙事诗系统地进行了阐释,全书资料均翻译自哈萨克原文,权威可靠。中国社会科学院民族文学研究所的黄中祥研究员在哈萨克、维吾尔等突厥语族的民间文学、语言、文化等方面著述颇丰,特别在哈萨克族民间文学田野调查和理论研究方面进行了一系列具有开拓性的研究,产生了重要的影响。此外,哈萨克族学者别克苏力坦主编的《哈萨克民间文学》(汉文,2002 年)也是哈萨克族民间文学基础研究的代表。新疆大学中文系的周亚成教授长期关注哈萨克族民间文化,是新疆本土学者的代表。柯尔克孜族民间文学研究主要集中于英雄史诗《玛纳斯》,出现了一批具有重要影响的代表性研究成果;但对柯尔克孜族民间文学其他内容丰富的文本(叙事诗、神话、传说、民间故事、民歌、谚语等)关注较少,相关的深入研究成果有待后学努力。在柯尔克孜族民间文学研究方面,新疆师范大学文学院建立了"新疆玛纳斯研究中心",该中心藏有大量柯尔克孜族文献,在《玛纳斯》史诗的保护、传承和研究方面做了大量工作。在新疆蒙古族民间文学研究中,除了英雄史诗《江格尔》、蒙古族长调等为代表的一批研究成果外,中国社会科学院民族文学研究所所长朝戈金研究员长期关注新疆蒙古族史诗研究,新疆师范大学文学院巴特教授在卫拉特民间文学研究方面著述颇丰。整体而言,在蒙古族民间传说研究、民间歌谣研究及蒙古族民间文学的整体性研究方面,仍有待新疆本地学者努力。

除维吾尔族、哈萨克族、蒙古族、柯尔克孜族外,包括汉族、回族、塔吉克族、锡伯族、乌孜别克族、满族、达斡尔族、塔塔尔族、俄罗斯族在内的其他世居民族的民间文学研究工作相对薄弱,缺乏深入的理论研究和个案研究。

总体而言,对新疆民间文学的研究,成果已略成系统,在一些领域(如英雄史诗)已较为深入,这些著述为进一步研究新疆民间文学提供了最原始的资料和理论参考。本书也是建立在前人卓有成效的研究基础之上,但思考纬度却和前人稍有不同:其一,本书将新疆 13 个世居民族的民间文学作为一个整体来考察,首次提出"新疆世居民族民间文学"的概念(下文将做细致界定),并对新疆世居民族民间文学按照语系语族进行分类概述;其二,本书的思考视阈是多元文化交流,在对新疆多元文化交流历史与现实的考量基础之上思考民间文学与多民族历史、宗教、民俗的联系;其三,本书选取新疆世居民族神话、史诗、传说、民间故事的一些代表性作品进行微观阐述,以此试图弥补按照语系语族进行宏观描述的不足;其四,本书首次提出"民间文学志"的研究方法,并通过对新疆天池西王母神话传说的研究予以实践,以此期望推进新疆民间文学研究的方法与实践;其五,在多元文化交流视野下,本书对新疆世居民族民间文学的价值与特征进行了初步的阐释与梳理。

二、新疆世居民族民间文学的概念、对象和内容

（一）新疆世居民族民间文学的概念

通过梳理新疆民间文学研究的历史，我们可以发现：在前人富有启发的众多研究成果中，并没有系统、准确、清晰地界定作为核心学术概念的"新疆民间文学"。尽管这种判断有些武断，但笔者试图从国族文学的宏观视角进行思考，以此理解和分析世世代代生活于此的新疆各族人民集体创造、历久传承的民间文学。在此逻辑思路下，笔者提出"新疆世居民族民间文学"的概念。

我们要厘清"新疆世居民族民间文学"的概念，首先要对"世居民族"进行解释，什么叫"世居民族"？在国内的民族学、人类学研究中，研究者经常使用"世居民族"这个术语，而且是拿来即用，大家并不觉得使用"世居民族"会有什么问题。这或许意味着那些使用"世居民族"来讨论问题的研究者陷入一个先验的理论困境，即对由此展开的讨论缺乏深入的逻辑考量。我们是否可以先验地判断某个民族是"世居民族"？显然这值得我们深思。尽管这并不难理解，但我们发现国内民族学领域似乎鲜有对"世居民族"的概念进行清晰的理论界定。尽管如此，但这并不意味着我们无法把握这个概念。

一般而言，国内对"世居民族"的理解是：世代居住在某一地区的民族。这似乎没什么问题。但这种理解当然会面临两个面向的问题：一是世代居住的时间维度如何把握，二是世居民族与国家政策、体制的一体性问题。实际上，国内民族学界对这些问题已经有过反思和讨论，这个过程是与对"民族"概念理解的不断推进而共生的。

国内学术界对"民族"概念的界定是与国家的民族政策和意识形态紧密结合在一起的。在《中文"民族"词源流考辨》中，郝时远先生梳理了自南朝宋齐时期道士顾欢的《夷夏论》到清代咸丰元年奏章等十条代表性古代文献，辨析了古代有关"民族"一词的使用情况，认为："中国古代文献中的'民族'一词，就其含义而言，既指宗族之属，又指华夷之别。"[1] 当时对"民族"一词含义的认识并不统一。1912 年元旦，中华民国临时政府成立，发表《中华民国大总统孙文宣言书》："国家之本，在于人民，合汉、满、蒙、回、藏诸地为一国，即合汉、满、蒙、回、藏诸族为一人，是曰民族之统一。"从"驱除鞑虏"到"五族共和"，孙中山先生有关民族的观念在发生变

---

① 郝时远：《中文"民族"词源流考辨》，《民族研究》2004 年第 6 期，第 63 页。

化，到 1924 年中国国民党"一大"使用了"少数民族"。1929 年，斯大林在其《民族问题与列宁主义》中描述道："民族是人们在历史上形成的有共同语言、共同地域、共同经济生活以及表现于共同的民族文化特点上的共同心理素质这四个基本特征的稳定的共同体。"① 斯大林的民族定义直接影响了中国共产党有关民族问题的理论与实践，也成为新中国成立后民族识别工作和民族区域自治政策的主要理论来源。1928 年夏，中共"六大"在莫斯科召开，大会通过了《关于民族问题的决议案》："中国境内少数民族的问题对于革命有重大意义。"② 这应该是中国共产党党代会上第一次使用"少数民族"的称谓。从"五族共和"到五十六个民族大团结，多民族文学的发展始终与民族问题密切关联；新中国成立后，从民族社会历史大调查到编写各民族文学史，从改造和创制语言文字到扶持少数民族作家，从整理少数民族古籍到"中国民间文学三套集成"工程，民族问题作为一种意识形态渗透到多民族文学发展的各个阶段。很明显，学界的主流观点仍是批判地继承了斯大林的"四特征理论"——民族是人们在历史上形成的一个有共同语言、共同地域、共同经济生活以及表现于共同文化上的共同心理素质的稳定的共同体。然而，目前学界对民族的理解已经日趋多元。在此语境下，我们再来讨论"世居民族"问题的话，便可以明白学界对"民族"概念认识的变化始终潜在地影响着我们对"世居民族"的理解；尽管有时候我们并没有意识到这一点。这意味着我们必须对"世居民族"的概念进行必要的、自足的界定。

笔者并无深厚的民族学学科知识理论背景，但仍试图对"世居民族"做出自己的理解与界定。首先，在谈论"世居民族"时，是在一个潜在的时空背景之下的，这就是"中华民族"的时空背景。这就意味着，我们要厘清"世居民族"的概念，必须对"中华民族"有明确的认识，这似乎不成问题。但是笔者要说明的是，当我们毫不迟疑地使用"中华民族"这个庄严、神圣的词汇时，是否在我们的知识里对其有过本质的思考。如果有，那是什么？在现代民族国家语境下，如果我们从哲学的角度上考量，"中华民族"本质上是一种"实体""属性"，从这个意义上它是无限的、必然的。对中华民族内部的诸民族、族群、部族乃至散居族裔（或称离散族裔，或通俗意义上的港、澳、台同胞，海外侨胞）而言，他们是"中华民族"作为"实体"的一个个"样态"。"世居民族"和作为其相对者的（如果想要找、非要找这样一个相

---

① 斯大林：《民族问题与列宁主义》，莫斯科：外国文书籍出版局 1951 年版，第 5 页。
② 中共中央统一战线工作部：《新时期统一战线文献续编》，北京：中共中央党校出版社 1997 年版，第 20 页。

对者的话）"散居族裔"一样都是"中华民族"的"样态"，当然，我们知道他们是不一样的"样态"。这就是笔者想说的理解"世居民族"时需要注意的第一点，而且这一点很重要，它是我们理解"世居民族"本质的一个起点。

其次，正如斯宾诺莎所言："凡任何存在的东西，必然有其赖以存在的一定的原因。"① 每一个世居民族的存在都有其独特的历史、传统和现实，但这些独特性并不构成对"实体、属性"的否定和限制，反而是一种必然的存在。我们可以举出中国历史上无数次民族对立、冲突、交流、融合的例子来说明，这是我们理解"世居民族"本质的一个关键点。

再次，如果说以上两点厘清了"世居民族"与"中华民族"的关系，那么接下来我们仍要深入考量"世居民族"内部关键问题：如何界定"世居"？通常理解"世居"，即世代居住的意思。因此，我们在使用"世居"时，往往认为它是不言自明的。但是，如果我们继续追问多少年或多少代，才算"世居"或"世代"，或许这就成了一个问题。也就是说，要界定"世居民族"，必须给出一个相对准确的时间范围。到底一个民族或族群世代要居住在某地 100 年、200 年、500 年，还是 1000 年，才算是"世居民族"呢？学界对"世居"的时间维度似乎并没有深入讨论和界定过。在笔者看来，我们讨论"世居"时间维度的真正意义并不仅在时间上，还在考察"世居民族"族群变迁的稳定性因素（族群血缘观念、宗教信仰、政治认同、社会经济组织方式、语言文字、文化传统等）上，也就是说在一个多长的时间段内来讨论这些因素是有效的。《尔雅·释亲》曰："父为考，母为妣。父之考为王父，父之妣为王母。王父之考为曾祖王父，王父之妣为曾祖王母。曾祖王父之考为高祖王父，曾祖王父之妣为高祖王母。"② 如果从"释亲"篇的角度来理解"世居"，世居五代（约百年）似乎足以让我们考察一个家族的历史变迁，但考察一个民族或族群，似乎有些短暂。那么，"远祖者，几世乎？九世矣"③。"世居"九代（约 200 年）而溯到"远祖"，似乎能为我们考察民族变迁提供一个相对合理的历史时间坐标，尽管这个时间仍然较短。那么，笔者便在此采用"九世"约 200 年的标准来界定"世居民族"。在此标准之下，新疆世居民族应该包含维吾尔族、汉族、哈萨克族、蒙古族、回族、柯尔克孜族、塔吉克族、乌孜别克族、锡伯族、满族、达斡尔族、塔塔尔族、俄罗斯族 13 个民族。

---

① 斯宾诺莎著，贺麟译：《伦理学》，北京：商务印书馆 2010 年版，第 7 页。
② 郭璞注：《尔雅注疏》，北京：北京大学出版社 1999 年版，第 116－117 页。
③ 李学勤主编：《十三经注疏·春秋公羊传注疏》，北京：北京大学出版社 1999 年版，第 122 页。

　　最后，界定"世居民族"仍需要对更多诸如族群血缘观念、宗教信仰、政治认同、社会经济组织方式、语言文字、文化传统等这些关键因素进行讨论，或者说"世居民族"至少要满足以上（全部或部分）因素，且具有相对的稳定性。但这些社会民族学的关键问题不是可以那么简单概括论述清楚的，笔者将尝试在后续相关章节中予以具体回应。

　　我们对"世居民族"进行了相对清晰的界定之后，再来讨论本书所使用的重要术语"新疆世居民族"。简单地说，新疆世居民族一般指维吾尔族、汉族、哈萨克族、蒙古族、回族、柯尔克孜族、塔吉克族、乌孜别克族、锡伯族、满族、达斡尔族、塔塔尔族、俄罗斯族13个民族。笔者同意官方的这个界定，但为了深入研究阐释并呈现新疆世居民族民间文学的特征，我们将对"新疆世居民族"进行分组。分组依据是语言学的理论，根据新疆世居各民族使用语言所属的语系语族情况，我们将分六组描述新疆世居民族民间文学：

　　（1）新疆阿尔泰语系突厥语族民间文学：维吾尔族、哈萨克族、柯尔克孜族、乌孜别克族、塔塔尔族；

　　（2）新疆阿尔泰语系蒙古语族民间文学：蒙古族、达斡尔族；

　　（3）新疆阿尔泰语系满—通古斯语族民间文学：满族、锡伯族；

　　（4）新疆印欧语系民间文学：俄罗斯族、塔吉克族；

　　（5）新疆汉藏语系汉语族民间文学：汉族；

　　（6）新疆特例语族民间文学：回族、蒙古族图瓦人。

　　综上所述，我们自然可以对"新疆世居民族民间文学"这个概念做出相对清晰的界定了。所谓新疆世居民族民间文学，是指世代（九代以上）居住在新疆区域内使用特定语族语言的世居民族（13个民族）的口头文学，是世居各民族群众思想和情感的自发流露，也是多民族融合、多元文化交流背景下世居各民族"地方性知识"的总结。

（二）研究对象

　　本书研究对象是新疆世居民族的民间文学，包括新疆世居民族神话、史诗、传说、民间故事、民间歌谣、民间说唱、民间谚语等。根据研究思路设计，本书无法对新疆世居民族民间文学的所有问题进行研究，而是采取宏观整体论述与微观个案研究相结合的方式，尽可能为研究者全面、深入了解新疆世居民族民间文学提供一些有价值的线索和参考。

　　在多元文化交流语境下研究新疆世居民族民间文学及其与当地文化生态之间的复杂互动关系，既是一个全新的学术命题，又是一个具有深刻内涵和历史渊源的学术话题。

三、基本思路和研究方法

（一）基本思路

首先，本书提出了新疆世居民族民间文学的概念，并对其进行了准确的界定。在此基础上，按照语族层级的分类将新疆世居民族民间文学划分为六组，在多元文化交流、多民族交流融合的视野下对六组世居民族民间文学进行宏观整体论述；在论述过程中，重点关注各世居民族历史、民俗、宗教、语言等文化传统与该民族民间文学及同语族民间文学的紧密联系，并对该民族民间文学的基本文体和内容做扼要论述。

其次，在对每个世居民族民间文学进行宏观概述之后，本书从民间文学基本文体神话、史诗、传说和民间故事的角度，以微观深入阐释为主、宏观叙述为辅分析各文体呈现的多元文化风貌；同时，将具有特殊性的新疆生产建设兵团民间文学做专节论述，分析其稳定性与流动性之间蕴含的"散居与乡愁""奉献与创伤"的微妙关系。

然后，笔者提出"民间文学志"的研究方法，以"新疆天池西王母神话传说"为例，进行"民间文学志"方法的个案实践研究，呈现出"惩罚与拯救"这一在信仰类传说中普遍存在的民间文学结构特征，最后一部分展示了西王母神话传说的田野调查过程。

再次，本书试图呈现新疆世居各民族历史文化、宗教文化、民俗文化传统与各世居民族民间文学的密切关系，揭示它们之间多元的微妙互动关系。

最后，本书将新疆世居民族民间文学置于新疆独特的多元文化人文生态背景中，考察新疆世居民族民间文学的价值及其对建构和谐新疆、促进民族和谐交融的意义。

（二）研究方法

本书以新疆世居民族民间文学为整体研究对象，以多元文化交流的视阈为基本研究视角，对新疆世居民族民间文学内部诸问题进行全面的宏观论述和深入的个案阐释，对新疆世居民族历史文化、民俗文化、宗教文化与民间文学的关系予以客观揭示，对新疆世居民族民间文学的价值和意义进行全面、深入、客观的总结。

1. 宏观研究与微观个案研究相结合

这种结合既体现在整个研究框架的篇章安排上，又体现在本书每节每个具体问题的叙述上。在宏观研究方面，本书将新疆 13 个世居民族分为六组介绍：新疆阿尔泰语系突厥语族民间文学、新疆阿尔泰语系蒙古语族民间文学、新疆阿尔泰语系满—通古斯语族民间文学、新疆印欧语系民间文学、新疆汉藏语系汉语族民间文学、新疆特例语族民间文学。在多元文化交流的视野下，分类介绍新疆世居各民族的民间文学情势。同时，从新疆世居民族神话、史诗、传说与民间故事四个方面论述新疆世居民族民间文学所体现的文化多元性。在微观研究方面，一方面，以田野调查为基础，对新疆天池西王母神话传说进行深入全面的研究；另一方面，在宏观论述的各相关部分，均有个案的文本分析作支撑，以贯彻宏观与微观相结合的研究理念。

2. 理论研究和实际应用研究相结合

一方面，本书对新疆世居民族民间文学中内涵丰富的基础理论问题进行富有新意的阐释和研究；另一方面，本书也关注新疆世居民族民间文学的实际应用问题。更重要的是，本书系统提出了"民间文学志"的研究方法，并进行了个案的实践研究验证。

3. 文献研究与田野调查相结合

一方面，本书对新疆世居各民族历史、宗教、语言、民俗与民间文学的关系进行初步的文献梳理，对新疆世居民族神话、史诗、传说和民间故事的多元文化风貌进行客观深入的文献研究与分析；另一方面，本书在大量第一手田野调查资料的基础上，特别在"天池西王母神话传说田野志"上较好地实现了文献研究与田野调查的结合，实现两者的互证。

4. 跨学科

本书综合运用民俗学、历史学、文化人类学、宗教学等多学科理论，通过文献梳理、调查研究、理论分析，详细讨论新疆世居民族民间文学与新疆世居民族历史文化、宗教文化、民俗文化传统的关系；深入、客观地阐释新疆世居民族民间文学的价值以及其对新疆世居各民族和谐共荣的重要意义。

万建中教授说："民间文学本身的特质远远超过了文学本身，它为各种人文社会科学的研究提供了可能。"[①] 新疆世居民族民间文学已经为新疆人文社会科学的学术研究提供了各种有价值的参考，未来也必将促进相关学科研究的深入推进。除了文学研究的价值之外，民间文学还可以为新疆民族学、民俗学、人类学、社会学、宗教学、历史学、考古学等学科的学术研究提供各种可能。比如，对一个民族学者而言，新疆世居民族民间文学研究的推进和资料的挖掘将对新疆经典民族志的诞生产生积极作用。以进行新疆锡伯族民族志的撰述为例，对一个敏感而睿智的民族学者而言，选择《西迁之歌》《喀

---

① 万建中：《民间文学引论》，北京：北京大学出版社 2007 年版，第 98 页。

什噶尔之歌》《拉西罕图》《三国歌》等在锡伯族民间广泛流传的民间叙事诗作为民族志的主干之一展开叙述或许不失为一个事半功倍的选择。因为这些民间叙事诗为研究者深入、形象地阐释锡伯族两百多年来西迁伊犁、屯垦戍边的历史提供了一幅波澜壮阔的画卷。同样，民俗学者、社会学者、宗教学者、历史学者都可以从新疆世居民族民间文学中摄取营养，促进各自学科学术研究的展开。

　　显然，本书在此无意为其他学科对民间文学材料的使用摇旗呐喊，对民间文学研究者而言，新疆世居民族民间文学研究的社会科学化倾向值得我们深入反思，民间文学研究者应该回归到民间文学作为文学的研究轨道上来。当然，这个问题同样是国内学界的问题。早在 2001 年 3 月 15 日，国际亚细亚民俗学会、中国民俗学网与中国社会科学院文学研究所民间文学研究室、民俗文化研究中心联合召开了民俗文化学术研讨会，与会学者围绕"中国民间文学研究的现状与理论探索"畅所欲言，陈泳超教授在研讨会上指出："现在一种比较流行的趋势是将民间文学引导向民俗学上别开生路，这当然不错，但这样就偏于社会科学，难以在文学领域中立足了。"① 近十多年来，关于民间文学研究社会科学化的讨论仍在持续，刘锡诚先生、吕微研究员等学界前辈力倡民间文学研究的文学研究（文本研究）方向。

　　笔者自然是十分赞同民间文学回归到文学研究、人文精神传统上来，民间文学研究应首先关注其文本，关注文本的文学性，关注文本的艺术审美价值。本书中部分章节将尽量从文学本身的艺术审美角度出发解读新疆世居民族的民间文学文本。这或许也将是笔者未来学术道路的努力方向。

---

　　①　中国民俗学网，http：//www. chinesefolklore. org. cn/web/index. php？Page＝3&NewsID＝8999。

第一章　新疆世居民族民间文学概述

引　言

在新疆古老神奇的土地上，世代生活着维吾尔族、汉族、哈萨克族、蒙古族、回族、柯尔克孜族、塔吉克族、乌孜别克族、锡伯族、满族、达斡尔族、塔塔尔族和俄罗斯族。这 13 个世居民族虽在语言上分属于不同的语系语族，但历史上他们长期生活在西域土地上，政治、经济、文化交流频繁，民族融合的现象更是普遍存在。也因此，新疆世居民族民间文学之间的交流与互动鲜明体现了分属不同语系语族的世居各民族在语言上的交流与变迁。这也是新疆世居民族多元文化之间交流与碰撞并存的一个明证。

为了清晰地描述新疆世居民族民间文学的整体风貌，我们按照"语言谱系分类法"分组介绍新疆 13 个世居民族的民间文学，这并不是用"语族"对民族分类，而是为了更清晰地描述分属同一语族的不同民族民间文学的联系与特征。按照这样的原则和每个民族的具体情况，我们将 13 个世居民族分六组来介绍：第一组，新疆阿尔泰语系突厥语族民间文学；第二组，新疆阿尔泰语系蒙古语族民间文学；第三组，新疆阿尔泰语系满—通古斯语族民间文学；第四组，新疆印欧语系民间文学；第五组，新疆汉藏语系汉语族民间文学；第六组，新疆特例语族民间文学。

第一节　新疆阿尔泰语系突厥语族民间文学

一、新疆维吾尔族民间文学概述

（一）维吾尔族族源与历史

维吾尔族是新疆世居民族中人数最多的民族，根据 2016 年的人口调查数据，维吾尔族人口数为 1130.33 万①，占新疆总人口的 48%，主要分布在南疆的喀什、和田、阿克苏，北疆各地及东疆的哈密、吐鲁番等地。维吾尔族语是阿尔泰语系突厥语族的重要一支。

根据何星亮先生的梳理，"维吾尔"（畏兀儿）一词的含义主要有三种解释：①"自食其力者"②（麻赫穆德·喀什噶里《突厥语大词典》）；②"团结、协助"（波斯史学家拉施特《史集》）；③"皈依者"（阿布哈齐）。笔者认为，维吾尔最初的含义应为"自食其力者"，后两项的意思是在民族变迁过程中延伸出的含义，每个含义都有其历史语境和背景。现代学者赞同采用"团结、协助"之意。

维吾尔族（Uygur、Uyghur）的先民为丁零，《史记·匈奴列传》有"后北服浑庾、屈射、丁零、鬲昆、薪犁之国"。司马贞索隐引《魏略》："丁零在康居北，去匈奴庭接习水七千里。"以后历代史籍中对维吾尔族先民都有相关记载，笔者粗略统计如下表：

历代史籍中对维吾尔族的记载

史籍名称	维吾尔称谓	其他族源相关信息
《史记·匈奴列传》	丁零、呼揭	
《汉书·陈汤传》	呼偈、丁令	
《魏书·高车传》	袁纥	六氏十二姓：六氏，狄氏、袁纥氏、斛律氏、解批氏、护骨氏、异奇斤氏；十二姓，一曰泣伏利氏，二曰吐卢氏，三曰乙旃氏，四曰大连氏，五曰窟贺氏，六曰达薄干氏，七曰阿仑氏，八曰莫允氏，九曰俟分氏，十曰副伏罗氏，十一曰乞袁氏，十二曰右叔沛氏
《隋书·北狄传》	韦纥、乌护	
《北史·高车传》	回纥	六氏十二姓：与《魏书·高车传》略有不同，"十二姓"之六此处为"达薄氏"

① 新疆维吾尔自治区统计局编：《新疆统计年鉴（2016）》，北京：中国统计出版社 2016 年版，第 108 页。笔者根据《新疆统计年鉴（2016）》中 2015 年的人口数据，新疆总人口为 2359.73 万，维吾尔族人口数为 1130.33 万，两者相除得出维吾尔族人口数占全疆人口总数的比例，其他 12 个世居民族的人口比例都是用同样的方法算出。

② 《维吾尔族简史》编写组：《维吾尔族简史》，乌鲁木齐：新疆人民出版社 1989 年版，第 4 页。

（续上表）

史籍名称	维吾尔称谓	其他族源相关信息
《通典·高车传》	丁零	六氏十二姓：与《魏书·高车传》略有不同，"十二姓"之二此处为"叱卢氏"，之十一为"乞表氏"
《旧唐书·回纥传》	回纥、回鹘	回纥九姓（内九部）
《新唐书·回鹘传》	回纥、回鹘	
《唐会要·回纥》98卷、100卷、195卷	回纥	回鹘九部（外九部）
《黑鞑事略》	乌鹆	
《辽史》	回鹘、回纥、畏吾儿	
《宋史》	回鹘、回纥	
《元史》	畏吾儿、畏兀儿、畏吾而、畏吾、畏兀	
《明史》	畏吾儿	

不同时代对维吾尔族称谓的不同翻译体现了维吾尔族社会历史变迁的多元文化融合过程。从上表及史籍的记载中，我们可以发现，除了丁零、呼揭、呼偈、回纥、回鹘、畏兀儿是现代维吾尔族的族源外，还有汉族、匈奴、羌族等很多民族也在长期的民族融合中融入了现代维吾尔族，正是多民族的融合使得维吾尔族的文化呈现出多元文化的态势。

（二）维吾尔族民间文学的多元文化背景

维吾尔族的先民在2000多年前就活跃在亚洲大陆上，但最初他们并不生活在新疆，主要生活在蒙古大草原上，过着逐草而居的游牧生活。公元840年，维吾尔族先民开始西迁，西迁之后逐渐在天山南北定居，其文化形态也由草原游牧文化和氏族部落文化向绿洲农耕定居文化过渡。在维吾尔族社会历史文化变迁过程中，其先民的宗教信仰、语言文字、社会民俗等均发生了变化。从宗教信仰上看，维吾尔族先民最初信仰萨满教；在7世纪前后开始信仰摩尼教；元代蒙古族统治时期，维吾尔族的信仰是多元的，仍有部分人信仰摩尼教，但景教和佛教成为这一时期影响最大的宗教势力；喀喇汗王朝时期，维吾尔族开始自上而下地信仰伊斯兰教，经过几百年的推行，伊斯兰教成为维吾尔族全民的信仰。从语言文字上看，维吾尔族属阿尔泰语系突厥语族，按形态结构分属黏着语类型；现代维吾尔语是以 32 个阿拉伯字母为基础，在察合台文的基础上改造而成的；历史上，维吾尔族先民与其他同语系民族一样使用突厥文（鄂尔浑—叶尼塞文）；回鹘西迁新疆以后，维吾尔族开始使用回鹘文，直到 15 世纪仍有人使用；维吾尔族改信伊斯兰教以后，逐渐使用察合台文。从社会民俗上看，维吾尔族先民的民俗发生了巨大的变化，民族的迁徙、宗教信仰的改变、语言的变迁都必然影响着维吾尔族民众的习俗变化。这些变化具体体现在维吾尔族现代社会的方方面面，诸如农业、工业、手工业、交通运输、商业贸易等经济民俗，以及衣食住行、婚姻、寿诞、丧葬等生活习俗，当然还包含宗教、禁忌、民间信仰等信仰习俗。

显然，在维吾尔族社会历史变迁的过程中，民族的迁徙、不同民族之间的征战与融合、不同民族的语言接触与交流、不同宗教信仰的变化、不同文明间的碰撞都直接或间接地影响着维吾尔族社会的发展和文化传统的形成。在这种多元文化交流碰撞的情势下，维吾尔族的民间文学既体现出自身的独特性，又凸显了其多元文化融合的风貌，我们能够从维吾尔族的神话、史诗、叙事诗、传说、故事、寓言、笑话、歌谣、民间说唱、十二木卡姆、麦西来甫等不同民间文学形态中找到这种多元文化变迁的痕迹，并从中感受到历史的沧桑与多元的碰撞。

（三）维吾尔族民间文学分类简述

维吾尔族民间文学种类多样、内容丰富。从种类来看，大致可将其分为神话、史诗、叙事诗、民间传说、民间故事、俗语、民间歌谣、民间说唱等。

1. 神话

神话是维吾尔族民间文学中的古老形态，在远古时代应该非常丰富，而且题材多样。维吾尔族的一些神话片段被记录在《突厥语大词典》和《福乐智慧》中，但现在留存并广泛流传的神话并不多。这与维吾尔族从草原游牧文化到绿洲农耕定居文化的转变有关，当然与改信伊斯兰教以后，宗教对神话的影响与渗透也有关系。如果我们将其与同语族的神话相比较，这种特征会更明显。从种类上看，维吾尔族神话主要包括创世神话、族群起源神话和自然神话；从主题内容上看，维吾尔族神话涉及造人、战争、英雄、动物、植物等。

（1）创世神话。按照一般的分类，我们可以把维吾尔族创世神话分为创世开辟神话和创世造人神话。

创世开辟类型的代表是《顶地球的公牛站在哪里》。① 这则神话主要描述了女天神如何创造和开辟地球的故事。一开始女天神用空气和尘埃造了地球，之后为了防止地球坠落，派巨大的神龟趴在水上，又找来公牛站在乌龟背上用犄角顶住地球。此类神话在其他语族中也有流布，如塔吉克族的《关于地震的神话》②，两者在内容和主题上基本一致。这和汉族的共工怒触不周山的故事也有异曲同工之妙。

创世造人类型的代表是《亚当被贬下界》③ 和《女天神造亚当》。这两则神话虽然内容稍有不同，但实质上反映了维吾尔族先民对创世、造人两个阶段的不同理解。前者主要描述了亚当偷吃了天堂中"金灿灿圆滚滚的麦粒"，后因拉下的大便太臭，损坏了天堂的洁净而被贬下界。后者主要讲述了女天神忘记按时做礼拜，被真主赶下界，无聊的女天神用泥土捏了一个泥人并求真主赐予灵魂，真主吹了一口气把泥人变成了亚当；然后女天神用亚当的一根肋骨创造了夏娃，从此人类繁衍开来。这两则神话都有明显被改造过的痕迹，应该是维吾尔族改信伊斯兰教以后穆斯林改造的结果。

（2）族群起源神话。维吾尔族的族群起源神话并不发达，代表性作品是《乌古斯传》（《乌古斯可汗的传说》④）和《苍鬃狼的传说》⑤。前者主要讲维吾尔族祖先乌古斯的传说：他的六个儿子衍生出二十四支系；乌古斯把三把金弓给了三个大儿子，后裔称"孛祖黑"部；把三支金箭给了三个小儿子，后裔称"兀出黑"部。这则神话也被认为是哈萨克族的族群起源神话，与哈萨克族祖先历史紧密相关。后者主要讲述了维吾尔族祖先在被敌人进攻后，流离失所，在面临绝境之时，看到一头苍鬃狼，最后在苍鬃狼的引领下，走出绝境。

在这两则神话中，"苍狼"成了维吾尔族最重要的图腾象征，在"苍狼"的引领下乌古斯率领部队击败了乌鲁木可汗，走出了冰雪绝境；在古代突厥语碑铭文上也经常有"苍狼"护佑着古代突厥人征战胜利的记载。神话与碑文的一致性更加说明"苍狼"在维吾尔族先民中的核心地位。"苍狼"不仅成为维吾尔族祖先的图腾，而且在哈萨克族和蒙古族中也有"狼图腾"的祖先崇拜。

（3）自然神话。维吾尔族的自然神话主要包括日月天象神话、山川神话

---

① 《中国民间故事集成·新疆卷》（上册），北京：中国 ISBN 中心 2008 年版，第 6 页。
② 《中国民间故事集成·新疆卷》（上册），北京：中国 ISBN 中心 2008 年版，第 26 页。
③ 《中国民间故事集成·新疆卷》（上册），北京：中国 ISBN 中心 2008 年版，第 28 页。
④ 《中国民间故事集成·新疆卷》（上册），北京：中国 ISBN 中心 2008 年版，第 77 页。
⑤ 《中国民间故事集成·新疆卷》（上册），北京：中国 ISBN 中心 2008 年版，第 38 页。

和动植物神话。比较有代表性的作品是《启明星的来历》《公主变成了月亮》《流星的来历》和《神树妈妈》。这些神话类型在阿尔泰语系同语族民族中间都有较广泛的流传，但在各民族中都产生了一些变异。

2. 史诗

维吾尔族的史诗系统并不发达，其原因与维吾尔族的社会历史变迁有着直接的关系，上文分析神话较少流传至今也与此紧密相关。如果把《乌古斯可汗的传说》界定为维吾尔族的英雄史诗的话，这或许是唯一一部具有经典性意义的维吾尔族史诗，而且这部史诗同样体现了维吾尔族民间文学的多元文化因素。

史诗叙述了乌古斯从奇异诞生、青年除害、结婚生子到征战各部建功立业，最后分封疆土的英雄故事。史诗反映了维吾尔族先民的祖先崇拜、图腾崇拜、萨满教习俗等古代风俗习惯。"这部史诗具有鲜明的民族特色和时代精神。它形象、生动地再现了古代维吾尔人的社会生活。史诗的语言质朴、优美，结构严谨。史诗巧妙地将现实与神话、传说交织在一起，富于浪漫色彩，具有不朽的魅力。英雄史诗《乌古斯传》不仅在维吾尔文学史上占有重要的位置，它在中亚文学史上也具有重大的影响。"① 作为维吾尔族的伟大英雄史诗，它凝固并沉淀了维吾尔族先民的古代社会历史与文化变迁，从多元文化视野来考察（后文将详细阐释）更具有重要意义。

3. 叙事诗

维吾尔族叙事诗即维吾尔达斯坦艺术的弹唱底本，主要包括爱情叙事诗、英雄叙事诗和日常生活叙事诗，前两者最受民众欢迎。

维吾尔族爱情叙事诗主要歌颂爱情的纯洁与自由，表现恋人之间忠贞与真挚的爱情，透露出对传统落后旧势力和宗教桎梏的抗争。代表性作品有《艾里甫与赛乃姆》《塔依尔与佐合拉》《莱丽与麦吉侬》《帕尔哈迪与希琳》《热比亚与赛丁》，前两部叙事诗流传广泛，深受民众欢迎。其中《艾里甫与赛乃姆》的流传时代最为久远。根据考证，这部爱情叙事诗早在喀喇汗王朝时期就在维吾尔族民众中流传开了。当时维吾尔族还使用古代突厥语，同语族的乌孜别克族、哈萨克族等民族中间可能也有相关异文流传。这部爱情叙事诗至今在中亚地区流传，甚至在1837年被俄国著名诗人、学者莱蒙托夫改编整理成童话故事《痴情的艾里甫》。近代以来这部叙事诗在各种达斯坦演唱的场合中被不断传唱，成为维吾尔族爱情叙事诗的经典。

维吾尔族英雄叙事诗主要歌颂英雄带领人民反抗压迫的英雄故事，婚姻

① 朗樱：《论维吾尔英雄史诗〈乌古斯传〉》，《民族文学研究》1984年第3期，第92页。

母题和战争母题经常出现在这类叙事诗中，具代表性的作品有《阿里甫·埃尔杜额阿》和《帕塔姆汗》。相传早在维吾尔族过着游牧生活时，就流传过一部名为"阿里甫·埃尔杜额阿"的叙事长诗，后来成为赞美英雄传统的经典达斯坦。

维吾尔族民间叙事诗具有以下几个特征：一是维吾尔族民众集体创作、流传的叙事诗与文人作家记录、整理、改造的叙事诗形成了良好的互动；二是叙事诗的内容主要表现爱情传奇故事和英雄业绩，叙事诗中往往有爱恨、善恶、是非、美丑等矛盾对立的统一体；三是叙事诗往往会有一些固定的语言叙事模式，主要表现在字、词、句、段的反复吟诵；四是并不是所有的叙事诗都有历史的真实性，只是部分地与维吾尔族历史、传统发生关联，同时也与同语族民族的叙事诗有相关性；五是虽然有明显的伊斯兰教的渗透痕迹，但仍部分地保留了维吾尔族先民的一些古老传统。

4. 民间传说

维吾尔族民间传说①内容丰富，笔者将其分为人物传说、历史传说、地方风物传说。具代表性的人物传说有《艾甫拉屯依克木和艾拉斯台依克木》《素吐克·布格拉汗的梦》《阿曼尼莎王后的传说》《医圣鲁克曼的传说》；历史传说主要以《喀喇汗的传说》为代表；地方风物传说最为丰富，也是最能体现维吾尔族民族特色的一类传说，具代表性的文本有《坎儿井的传说》《伯什克然木乡》《天山泉的传说》《高昌城的由来》《布温姆公主和狗路》《铁门关、公主峰和孔雀河》《"母亲门"的传说》《乌兰巴依城的传说》《九楼古城的传说》《布维玛丽亚姆墓》《塔克拉玛干的传说》《魔鬼城的传说》《罗布泊的传说》《东泉的传说》《艾赞高地》《吐鲁番葡萄的传说》《哈密瓜》《阿图什无花果》《和田地毯的传说》《巴旦木花帽的传说》《婚礼的来历》《丧礼的来历》《修坟的来历》《手鼓的来历》《纳格拉鼓的传说》《都塔尔是怎样造出来的》《四十条辫子》《维吾尔族姑娘梳小辫和葡萄的由来》《维吾尔族妇女戴戒指和耳环的来历》等。

维吾尔族民间传说源远流长，尤其是那些人物传说和地方风物传说体现

---

① 　按照《中国民间故事集成·新疆卷》中关于传说的分类，维吾尔族民间传说被分为人物传说、史事传说、地方传说、动植物传说、土特产传说、风俗传说、民间艺术传说七类。笔者认为这种分类方式充分考虑到少数民族地区的一些特点，固有其好处，但稍显复杂。为了论述起来简便，笔者在本书中把土特产传说、风俗传说和民间艺术传说归为一类，即地方风物传说；同时，笔者认为"动植物传说"中的一些文本是否可以归到传说部分，尚待讨论，笔者更愿意把其归到动植物故事中。以上论述，同样适用于其他 12 个世居民族民间传说的论述。在后续章节关于"传说、故事"的论述中，笔者亦采用以上标准，特此说明，后文不再赘述。

了维吾尔族在新疆世居民族多样性文化中的独特魅力。

5. 民间故事

在维吾尔族民间文学大家庭中，民间故事是最具活力、独具维吾尔族民族特色的民间文学类型。

新中国成立前，学界对维吾尔族民间故事知之甚少。随着民族普查工作的展开以及二十世纪八九十年代对维吾尔族民间故事的译介，学界逐渐认识到维吾尔族民间故事的魅力。闻名全国、家喻户晓的机智人物故事——阿凡提的故事，就是鲜明的例子。除此之外，学界还对系列机智人物故事——"毛拉则丁的故事""赛来恰克的故事"和"艾沙木（被誉为'活着的阿凡提'，在维吾尔族民间极受欢迎）的故事"等进行了译介。当然，学界对维吾尔族民间故事的译介不只是停留在机智人物故事上，还有动物故事（赵世杰编译：《维吾尔族动物故事精选》，甘肃少年儿童出版社，1989 年；新疆人民出版社编选：《新疆动物故事选》，1979 年）、幻想故事和世俗故事（《维吾尔族民间故事选》，上海文艺出版社，1980 年）以及寓言（马俊民编译：《维吾尔族寓言选》，新疆人民出版社，1986 年）。

维吾尔族民间故事同样受到多元文化的影响，印度和阿拉伯文化因素最为明显。按照钟敬文先生对民间故事的四类划分：幻想故事、生活故事、笑话和寓言，我们对维吾尔族民间故事分别予以介绍。

（1）幻想故事。主要包括魔法神奇故事和动植物故事，这类故事特点是情节、人物或事物离奇，多用夸张、拟人、神化、象征等方式来营造幻想性强的故事或故事氛围。维吾尔族幻想故事中的一部分保留了一些维吾尔族神话的残存片段和维吾尔族先民的一些古老习俗，这是值得我们注意的。维吾尔族幻想故事特色鲜明地体现了维吾尔族对社会、自然的理解和独特想象力。因数量众多，在此我们谨选部分具有代表性的作品：《狐狸的分配》《狐狸献药》《狐狸和狮子》《"明日不要钱"》《朋友们的条件》《聪明的獾》《公鸡和狼》《陶斯艾来英》《狼、狐狸和驴子》《骆驼和驴》《傲慢的大象》《愚蠢的狮子》《雪鸡与乌鸦》《石鸡》《母鸡告状》《有计谋的青蛙》《青蛙与蝎子》《蚊子攻夺城池》《猫巴依》《塔西古丽》《禾里木与海丽且》《知识的珍贵》《女狼孩》《公正的国王》《库木来克大力士》《王子和金鱼的友情》《黄羊奶大的兄妹》《金宝剑》《神奇的法宝》《库尔班和他的铜水壶》《木马》《大方人和小气鬼》《两兄弟》《金鞋》《姑尔娜和迪尔达》《熟皮匠的妙计》等。

（2）生活故事。维吾尔族生活故事数量也很多，这类故事生活气息浓厚，人物和情节均来自日常生活；维吾尔族各阶层民众都可以在生活故事中找到自己的角色类型，既有地主、国王、商人、手工业者，也有底层的农民、长工等；家庭生活关系中的人物也是其描写的对象。这类故事往往以歌颂勤劳、诚实、聪明和揭露懒惰、欺诈、贪得无厌为目标。具代表性的文本有《拜瑟尔与拜和提扎特》《国王和诙谐者》《聪明的孩子当国王》《国王和卖冰糖的穷人》《国王吃石榴》《国王与瓜农》《国王和蜘蛛》《聪明的农夫》《一只大铜锅》《卖树荫》《正确的判决》《一只母鸡》《儿童国王断疑案》《聪明的姑娘》《鲁克玛巧织地毯》《巧女琪蔓罕》《机智的少妇》《成全丈夫的妻子》《称心的儿媳》《机智的新媳妇》《机智的宫女》《努尔加玛丽公主》《聪明的母亲》《西提莱和皮提莱》《两只箱子》《不孝之子》《孩子做贼》《懒惰的孩子》《贤士和他的三个儿子》《园丁老爷爷》《骄傲的徒弟》《公羊下羔》《木尼克瓦伊》《满头苍蝇的癞子》《自作自受》《叮铃铃，叮铃铃谁醒着》《计谋》《三个和一个》《木匠和画匠》《巴克、沙克和合谋瓦克》《邪恶者的锅底儿总会破漏》《空想》《两个懒汉》等。

（3）笑话。维吾尔族笑话可以称为维吾尔族民间文学中一颗耀眼的明星。特别是家喻户晓的《阿凡提的故事》更是体现了维吾尔族民众的幽默与智慧；以《毛拉则丁的故事》《赛来恰克的故事》为代表的系列机智人物故事和当下被誉为"活着的阿凡提"的艾沙木故事也都是维吾尔族笑话的杰出代表。学界对阿凡提的关注和研究较多些，它一般比较短小，语言诙谐幽默，多运用辛辣的讽刺手法讽喻人、事、物；其在结构、语言、艺术和思想文化等方面的特征，在新疆、中亚地区乃至全世界都有其独特的价值和地位。特别在新疆和中亚地区，阿凡提成为穆斯林民众的智慧化身。确实，"阿凡提笑话内容之丰富、哲理性之强、幽默性之浓、讽刺性之滑稽，堪称笑话之最"[①]。维吾尔族这类机智人物故事（笑话）在哈萨克族、乌孜别克族、柯尔克孜族、塔吉克族四个民族中也有流传；在阿富汗、伊朗、土耳其、乌兹别克斯坦、哈萨克斯坦、吉尔吉斯斯坦也有广泛流传，甚至南亚的印度等国也有与阿凡提故事内容相似的作品。这充分显示了维吾尔族民间文学与新疆其他世居民族民间文学以及周边不同文明之间的交流与融合。

根据巴赫提亚·巴吾东对维吾尔族民间笑话的界定，上述以阿凡提故事为代表的笑话属于维吾尔族传统的笑话，即 Latipa，还有 Parang（话）、Lap（吹牛）、Qakqak（即时笑话）三类。其中，"Parang 则是吐鲁番民间对笑话的特殊称呼，Lap（po）是维吾尔族笑话作品中的特殊门类，特点和表现方式非常怪诞离奇。Qakqak 其意为开玩笑，是维吾尔族笑话中的又一特殊类别，

---

① 苏全贵：《简述维吾尔族民间文学》，《新疆师范大学学报》（哲学社会科学版）1990 年第 4 期。

其形式可以说是一种对口笑话、对口幽默，或句句带笑，或三言两语妙语成笑"①。这些具体分类非常清晰地为我们呈现了维吾尔族笑话的丰富内容和形式，当然非母语学者要想理解并领会维吾尔族笑话的真正魅力，没有熟练的语言本领是很难的。

（4）寓言。汉族的寓言尤其是先秦寓言多以人物故事为主，具有很强的入世伦理情怀；而维吾尔族寓言大多以动物故事的方式呈现（和古希腊的《伊索寓言》类似），通过动物的言谈对话、行为实践来隐喻生活哲理，这是维吾尔族寓言的一大特征，也是它的独特魅力。维吾尔族寓言的哲理性是比较强的，但它蕴含的哲理性思维并不是说教式的生硬灌输，而是通过运用拟人、夸张和象征的艺术手法来实现，达到深入浅出、讽喻古今的效果。具代表性的作品有《福祸争胜》《幻想的破灭》《犟女人之死》《青蛙和狸猫赛跑》《麻雀猎绵羊》《狮子和老鼠》《兔子和鸭子》《鹿角》《杜鹃与青蛙》《离群的羊被狼吃》《够不着的葡萄是酸的》《鹦鹉与百灵鸟》《斧柄》《两只山羊过桥》《狐狸和仙鹤》《狮子和仙鹤》《骆驼报复驴子》《自大的青蛙》《兔子送瓜》《蒿草、泡沫和皮窝子》《好自夸的青蛙》《绵羊羔和山羊羔》《骆驼和山羊》《花猫和灰猫》《鸽子和蚂蚁》《懒惰的牛犊》《猫和朱雀》《玫瑰花与蝴蝶》《只顾逞能的金鱼》《兔子的死》《不知足的狗》《国王和蚂蚁》《蜻蜓和蚂蚁》《狼和葫芦》《蝙蝠和牛》《蛇和蚂蚁》。

6. 俗语（谚语）

维吾尔族俗语（主要指谚语）是维吾尔族民众在长期历史文化变迁中积累下来的智慧语言结晶，也是维吾尔族民间文学大家庭中的重要代表。与其他世居民族相比，维吾尔族谚语的数量占有明显优势。从时间上看，维吾尔族谚语流传时间比较久远，根据考证，在敦煌和吐鲁番出土的回鹘文献都有回鹘谚语记载，而《突厥语大词典》（收录约 300 条谚语）和《福乐智慧》（引 180 多条谚语）两部维吾尔族经典也集中对维吾尔族先民谚语分别进行了收录和引用。这充分说明了维吾尔族谚语的历史传统久远。从内容上看，维吾尔族谚语所反映的内容和主题明显受到阿拉伯文化、中原汉族文化、古波斯文化、古印度文化的影响，是多元文化交流碰撞后的结晶。从艺术形式上看，维吾尔族谚语短小精悍，语言生动形象，艺术手法几乎涵盖了所有的修辞手法——比喻、拟人、夸张、借代、比拟、摹绘、对偶、排比、顶针、双关——真可谓维吾尔族语言的艺术结晶。从思想内容上看，维吾尔族谚语是

---

① 朝戈金主编：《中国西部的文化多样性与族群认同：沿丝绸之路的少数民族口头传统现状报告》，北京：社会科学文献出版社 2008 年版，第 123 页。

维吾尔族民族文化和思想传统的承载物，是维吾尔族社会思想变迁的语言见证。

7. 民间歌谣

新疆素有歌舞之乡的美誉，特别经王洛宾先生改造后的新疆民歌更是唱遍全国。新疆世居民族的民间歌谣确实具有独特的魅力，而维吾尔族民间歌谣便是其中最具代表性的精华之一。《中国民间歌谣集成·新疆卷》对维吾尔族民间歌谣从形式上分为两大部分：一是配有曲调可进行演唱的民歌（笔者理解为"歌"）；二是不要求配曲调的（笔者理解为"谣"），但是也有可以演唱部分的作品。巴赫提亚·巴吾东将维吾尔族歌谣界定为三类："狭义歌谣"（Koxak）、"民歌"（Nahxa）、"谣"（Beyit）。两种分类方式并无本质区别，笔者更倾向于后者。从内容上分，维吾尔族民间歌谣分为劳动歌、时政歌、仪式歌、情歌、生活歌、娱乐歌、历史传说歌和儿歌等。

8. 民间说唱

一般而言，我们把民间说唱分为"说故事"和"唱故事"两类。按照这种两分法，我们也可以把维吾尔族民间说唱分为两类，但维吾尔族"说故事"远没有"唱故事"发达。维吾尔族民间说唱的历史传统同样久远，早在维吾尔族先民信仰伊斯兰教之前就已存在，在伊斯兰教化时期，维吾尔族民间说唱被宣经布道者用来宣扬"圣战"，直到新中国成立前，在维吾尔族民间仍有大量"瓦伊孜"（宣经布道者）在民间村落活动。新中国成立后，维吾尔族民间说唱主要服务于民众的娱乐需要，宗教性逐渐减弱。

维吾尔族民间说唱往往和维吾尔族叙事诗、笑话、民间歌谣等形式紧密联系，有时又多配有民间乐器和民间舞蹈表演，是融合维吾尔族民间文学、民间音乐、民间舞蹈、民间娱乐表演为一体的综合性艺术。本书所论述的维吾尔族民间说唱主要指这种综合性艺术表演的语言文字底本，即文学的部分。根据演出地点、场合及功能的不同，维吾尔族民间说唱的具体表现形式也会不同，按照"说故事"和"唱故事"分类方式，笔者将其细分如下：

（1）说故事。维吾尔族民间说唱"说故事"的主要代表是"麦迪黑耶柯"（Maddahlik），以"说"为主，一般不配乐器和歌舞表演，类似汉族的民间说书艺人，但其主要功能却与汉族说书不同。"麦迪黑耶柯"的主要功能是宣扬伊斯兰教义，因此"麦迪黑耶柯"讲述的主要内容都是与伊斯兰教有关的历史故事、英雄传说、习俗传说、宗教战争、神话故事等，世俗娱乐的故事所占比例很小。

（2）唱故事。维吾尔族民间说唱"唱故事"形式多样，主要有"苛那那合夏""苛夏克""埃提西希""莱帕尔"和"达斯坦"。这些说唱形式的共同特点是配有歌舞表演，有时边唱边舞边表演，音乐性和表演性强。学界对"达斯坦"较为熟悉，不再赘述，在此主要介绍一下其他四种"唱故事"形式。

一是"苟那那合夏"：演出场合自由，音乐性强，语言风趣，动作滑稽，表现内容丰富。二是"苟夏克"：演出场合一般在农家院落，也有街头演出；唱词较短，一般会有独立的情节；演出时有主角和帮腔者（类似湖南花鼓戏的帮腔者），主角一般使用热瓦甫自弹自唱。三是"埃提西希"：演出场合自由，双人说唱；以爱情、家庭生活为主要内容；表演滑稽风趣。四是"莱帕尔"：唱词内容非常短，且多源于演唱场合的周边生活，表演时重视舞蹈，表现形式活泼多样。

二、新疆哈萨克族民间文学概述

（一）哈萨克族族源与历史

哈萨克族是新疆少数民族中人数较多的民族，根据 2016 年的人口调查数据显示，哈萨克族人口数为 159.12 万①，占新疆总人口的 6.7%；主要分布在伊犁哈萨克自治州、木垒哈萨克自治县和巴里坤哈萨克自治县，在乌鲁木齐、昌吉州部分县市也有部分哈萨克族居民居住。哈萨克族也是阿尔泰语系突厥语族的重要一支。

哈萨克的含义主要有两种解释，一种认为是"自由""战士"的意思；一种认为是"白天鹅"的意思。后者在民间的影响力最大，而且和哈萨克族著名族群起源神话——白天鹅神话紧密相连。

在《新唐书·波斯传》中有："波斯居达遏水西……北临突厥可萨部。"有学者认为"可萨"就是哈萨克，可信。"可萨"是 6 世纪后半期突厥的重要一部，因此，哈萨克族的族源可追溯到古代的突厥部。还有学者认为哈萨克族的族源比这还要早得多，因为在《汉书·西域传》就有记载："故乌孙民有塞种、大月氏种云。"在公元前 2 世纪前后的西域，民族征战、迁徙频繁，在这过程中乌孙还融合了部分匈奴、柔然的民族成分，在与康居结成军事联盟后，奠定了古代哈萨克民族的主体。后来又有古代突厥人、回鹘人、契丹人、可萨人、钦察、康里、葛逻禄、克烈、乃蛮、蒙古等民族融入现代哈萨克民族中来。

哈萨克族内部主要分大玉兹、中玉兹、小玉兹，每个玉兹又分若干个部

---

①　新疆维吾尔自治区统计局编：《新疆统计年鉴（2016）》，北京：中国统计出版社 2016 年版，第 108 页。

落。清代，哈萨克大中小玉兹分别称右部、左部和西部，三部下辖 200 多个部落。"根据口头流传整理的《哈萨克族系谱》（20 世纪初成书）记述了哈萨克三个玉兹来源的传说：哈萨克族的祖先是阿拉什（Alash）。阿拉什生哈萨克（Qazaq）。哈萨克生三子：长子名别克阿洛斯（Bek arïs），其后裔为大玉兹；次子名阿克阿洛斯（Aq arïs），其后裔为中玉兹；三子名江阿洛斯（Jan arïs），其后裔为小玉兹。"① 三部的部落组织联盟形式与《乌古斯传》所描述的紧密相关。

可以说，哈萨克民族的形成经历了一个漫长的多民族融合的历史过程，这个漫长的社会历史变迁过程也是一个多元文化碰撞、交流、融合的过程。

（二）哈萨克族民间文学的多元文化背景

哈萨克族先民曾是生活在亚洲大陆上的重要民族之一，他们活动区域广泛，西至中亚最西部的乌拉尔河，东至天山南北的大草原上，过着逐水草而居的游牧生活。与同语族的维吾尔族相比，哈萨克族较好地传承了作为游牧民族的主体历史文化传统；同时，哈萨克族以开放、包容的姿态把语言、信仰、习俗不同的民族吸纳进来，并将多元的文化基因融为一体、内化到自己的民族文化中，最终形成了开放、粗犷、独特的现代哈萨克族文化。这种文化特征在哈萨克族民间文学中得到了充分的体现。具体而言，在哈萨克族的文化变迁过程中，其先民的语言、宗教信仰、社会民俗等均体现了多元文化的特征。

从语言文字上看，哈萨克族的语言分属阿尔泰语系突厥语族西匈奴语支克普恰克语族，语言形态结构分属黏着语类型。哈萨克语保留了大量的古代突厥语，这和哈萨克族较好地继承了族源（匈奴、乌孙、康居）语言关系密切。哈萨克族先民曾先后使用古突厥文、回鹘文和察合台文。现代哈萨克族文字是以阿拉伯字母为基础、改造察合台文之后形成的，而且其语言以开放的姿态吸收了汉语、维吾尔语、蒙古语，最终形成了当代统一的哈萨克族语言。这种民族间语言的接触、交流与吸收，积极促进了哈萨克族民间文学对其他民族民间文学优秀成分的借鉴与吸收。

从宗教信仰上看，尽管现在哈萨克族主要信仰伊斯兰教，但哈萨克族仍然保留了典型的萨满教信仰特色。哈萨克族最初是以自然崇拜、祖先崇拜以及多神崇拜为主，后来萨满教糅合了自然崇拜和祖先崇拜，奠定了哈萨克族萨满教信仰的基石。在哈萨克族社会历史变迁过程中，哈萨克先民曾信仰祆

---

① 何星亮：《新疆民族传统社会与文化》，北京：商务印书馆 2003 年版，第 85－86 页。

教、摩尼教、佛教、景教；然而，后来强势的伊斯兰教进入哈萨克草原的每个部落，哈萨克族改信伊斯兰教。即便这样，在改信伊斯兰教之后，哈萨克族民众信仰深处的坚毅仍以萨满教的腾格里崇拜形式体现出来；也就是说，尽管经过几百年来的推行，伊斯兰教真主仍没有真正意义上单独登上哈萨克神圣的祭坛。从哈萨克族宗教信仰的历史变迁中，我们发现了哈萨克民族文化的包容性，亦强烈感受到了他们对自身信仰和文化的自信。哈萨克族的民间文学尤其明显地体现了这种包容和自信。

从社会民俗看，哈萨克族的民俗特色鲜明地体现了游牧民族的文化特征。哈萨克谚语说："骏马和歌唱是哈萨克族的两只翅膀。"这句谚语自然体现了哈萨克族的游牧民俗文化。马是哈萨克族的一只翅膀，哈萨克族是马背上的民族，《史记·大宛列传》云："得乌孙马好，名曰'天马'。"[1] 又曰："乌孙以千匹马聘汉女，汉遣宗室女江都翁主往妻乌孙……乌孙多马，其富人至有四五千匹马。"[2] 因此，哈萨克族的历史上就有养马、用马的传统。特别在牧民转场过程中，骏马起着关键性的作用。骏马拉上毡房和所有的生活、生产工具从春季牧场转向夏季牧场，再转向秋季牧场和冬季牧场，最后再回到春季牧场。哈萨克牧民的一生便如此经典地定格在转场路途的马背上，也因此，哈萨克族有关马的民间文学文本非常丰富。哈萨克族的另一只翅膀便是歌唱，能歌善舞是哈萨克族的特色。当然多元文化的背景、伊斯兰教与萨满教信仰的共存、游牧文化的主体架构从各自层面深刻地影响着哈萨克族的衣食住行、婚姻、寿诞、丧葬等生活习俗和宗教信仰习俗。很多哈萨克族民间文学文本直接或间接地体现着这种习俗特征。

综上所述，在哈萨克族历史变迁的过程中，民族间的征战与融合、语言的接触与交流、宗教信仰的互动，最终形成了今天哈萨克族以游牧文化和伊斯兰文化为主体，同时深受汉文化影响的多元文化格局。在这种多元文化格局下，哈萨克族的民间文学以开放的姿态特色鲜明地彰显了本民族的历史文化传统；同时，我们也从哈萨克族的神话、史诗、传说、故事、民歌（尤其是阿肯弹唱）、谚语等民间文学文本中探寻到了多元文化融合的痕迹，并从中感受到这个马背上的民族在历史沧桑变迁中的自信与刚毅。

（三）哈萨克族民间文学分类简述

哈萨克族的民间文学内容丰富，更是在多元文化交流的背景下历久弥新，

---

[1] 司马迁著，卢苇、张赞煦点校：《史记》，杭州：浙江古籍出版社2000年版，第951页。
[2] 司马迁著，卢苇、张赞煦点校：《史记》，杭州：浙江古籍出版社2000年版，第951–952页。

显示出游牧文化的生机与活力。笔者将从神话、民间叙事诗、民间传说、民间故事和民歌五个方面予以论述，具体如下：

1. 神话

在未伊斯兰化之前的哈萨克族传统社会里，我们相信其神话应是系统而丰富的。然而宗教信仰的不断变更和历史的变迁，使得原本丰富多彩的哈萨克族神话被不经意地遗忘在历史的角落里。即便如此，数量有限的哈萨克族神话仍以不同的形态较好地保留了草原游牧文化和萨满教的历史传统。哈萨克族神话同时也体现了其多神信仰的民族特征，例如：迦萨甘是至高无上的创世神，腾格里是主宰万物的天神，这两位神的神格最高；在他们之下还有妇女神乌弥、雷神阿加哈依、幸运神克德尔、摄魂神阿尔达西等。如果具体分类，我们可以把哈萨克族神话分为创世神话、族群起源神话和自然天象神话。从主题内容上，哈萨克族神话涉及造人、战争、英雄、动物、植物等。

（1）创世神话。创世神话特色鲜明地保留了哈萨克族古老的思维观念、信仰，具代表性的创世神话主要有《迦萨甘创世》《地之母》《天与地的由来》。

《迦萨甘创世》是阿尔泰语系中最具代表性的创世神话。"远古时候，世界混沌一片，没有天，没有地。那时候，只有创世主——迦萨甘。"① 于是，迦萨甘开天辟地，创造了日月星辰；之后又在大地上种了一棵"生命树"，每片叶子都有灵魂；迦萨甘又用泥土创造了人类（哈萨克之父阿达姆阿塔，哈萨克之母阿达姆阿娜）；最后，迦萨甘又创造了飞禽走兽、花草树木。内容丰富、生动精彩的迦萨甘创世神话反映了哈萨克族先民朴素而又古老的宇宙创世观，也体现了哈萨克族先民在处理未知世界、事物时所具有的丰富想象力。也正因此，迦萨甘不仅在哈萨克族神话中不断被传诵，在传说、故事、史诗、民间说唱以及各种神圣的祭奠仪式中也同样被颂扬。"一方面，迦萨甘是十全十美的创世之神，具有无边的法力和统管众神的力量，是独立于人类和自然的威力无比的主宰者。另一方面，又是一个活生生的人，从而成为整个大自然、生活及人类的救星。"② 前者是从抽象的神圣信仰层面参与哈萨克族精神文化传统的建构；后者从属于前者，从某种意义上讲是具体的、实在的，能够参与到哈萨克族民众的具体生活和自然环境中的。

（2）族群起源神话。哈萨克族族群起源神话最具代表性的文本是《天鹅女》（又名《天鹅美女》）。其主要内容描述了年轻将领哈德尔哈力沙在一次

① 《中国民间故事集成·新疆卷》，北京：中国 ISBN 中心 2008 年版，第 1 页。
② 朝戈金主编：《中国西部的文化多样性与族群认同：沿丝绸之路的少数民族口头传统现状报告》，北京：社会科学文献出版社 2008 年版，第 169 页。

征战中受重伤，被恰巧飞过的天鹅救活，但天鹅是由一位美丽的少女变的，最后哈德尔哈力沙和天鹅美女结婚，生了一个儿子，取名哈萨克，哈萨克的三个儿子就是哈萨克族的三大玉兹。在哈萨克族民间，天鹅女神话的流布范围和影响力是极高的。民众还往往把天鹅女与神仙、萨满巫师联系在一起，这明显是哈萨克族先民萨满教信仰的体现。

哈萨克族神话中亦有生动、有趣的人类起源神话，具代表性的文本有《人的来历》《阿依祖父和阿依祖母》和《光身祖先》。《人的来历》主要叙述了真主安拉先创造了亚当，又用亚当的一根肋骨创造了夏娃的神话故事，这则神话明显是伊斯兰化之后的产物，产生时代较晚。《阿依祖父和阿依祖母》叙述了克普恰克祖先的起源，从内容上看明显比前者更古老些，因文本较短，引文如下：

克普恰克部落的祖先"阿依祖父"和"阿依祖母"是从灌满洪水的山洞里的泥土中挖出来，并经过几个月的风吹日晒之后才有了生命，然后才变成了人。后来，"阿依祖父"和"阿依祖母"结为夫妻，有了孩子。他们的后代才又成为了一个部落。①

前两则神话虽共同叙述了造人的主题，但以两种思维、信仰的形态并存于哈萨克族民众中间，这更加凸显了哈萨克族民间文学的多元文化特征。《光身祖先》主要描述了"神母"用她的神牛的奶喂养自己捏的两个土娃娃，后两个土娃娃（一男一女）获得了生命。这则神话鲜明地体现了哈萨克族作为游牧民族对自身祖先起源的丰富生动的思考。哈萨克族女作家叶尔凯西女士在她的散文中也对这一神话母题进行了生动描述和解读。

（3）自然天象神话。哈萨克族的自然天象神话也比较丰富，具代表性的文本有《月亮和太阳》和《月亮上的白斑》。

2. 民间叙事诗

哈萨克族民间叙事诗数量众多，形成了哈萨克族独特的民间叙事传统。一般而言，我们把哈萨克族民间韵文类（以韵文为主，兼有部分散文内容）叙事文本称为民间叙事诗（或称为达斯坦）。但哈萨克族民间叙事诗毕竟是我们为了适应当下的学术话语体系而做的界定，有时似乎并不完全准确。在哈萨克语里，这类民间韵文类叙事文本传统上被称作"吉尔"。"'吉尔'是一个古老的突厥语语词。在现代柯尔克孜、乌孜别克、土库曼、保加尔、卡拉

---

① 《中国民间故事集成·新疆卷》（上册），北京：中国 ISBN 中心 2008 年版，第 32 页。

沙依、塔塔尔、喀拉喀尔帕克等突厥语族语言里，都使用着它的不同语音变体，用于表示韵文类的民间创作。"① 但并不是所有这类民间韵文类的"吉尔"都是叙事诗或者史诗，还有一部分属于民歌的范畴。因此，笔者放弃了用"吉尔"替代民间叙事诗的企图，仍沿用毕桪先生关于哈萨克族民间叙事诗的界定，因为似乎只有这个后设的术语才能比较完整地涵盖哈萨克族民间韵文叙事作品。根据毕桪先生的分类图②：

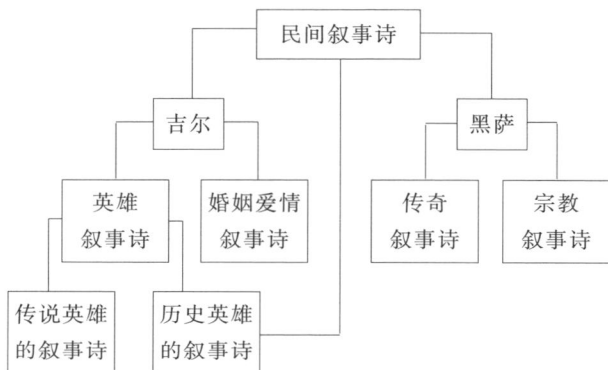

哈萨克族民间韵文叙事作品分类图

按照这种分类，笔者分别将哈萨克族英雄叙事诗、婚姻爱情叙事诗、传奇叙事诗、宗教叙事诗予以介绍。

英雄叙事诗应是哈萨克族民间文学中最精彩、最生动的部分，它们特色鲜明地体现了哈萨克民族的性格和精神气质，具代表性的文本有《阿勒帕米斯》《阔布兰德》《英雄塔尔根》《康巴尔》《萨巴拉克》《别克拜》《哈班拜》《阿尔卡勒克》《英雄谢力扎特》等。英雄叙事诗主要描述了哈萨克族英雄们（虚构的和真实的）英勇斗争的传奇故事，歌颂了英雄们为部落、人民、亲人的自由和幸福而战的美好品格。黑格尔分析道："特殊的史诗事迹只有在它能和一个人物最紧密地融合在一起时，才可以达到诗的生动性。正如诗的整体是由一个诗人构思和创造出来的，诗中也要有一个人物处在首位，使事迹都结合到他身上去，并且从他这一个形象上发生出来和达到结局。"③ 这个诗中的人物当然就是英雄。哈萨克族英雄叙事诗中的英雄正是哈萨克族民族精神

---

① 毕桪：《哈萨克民间文学概论》，北京：中央民族大学出版社 2006 年版，第 250 页。
② 毕桪：《哈萨克民间文学概论》，北京：中央民族大学出版社 2006 年版，第 393 页。
③ 黑格尔著，朱光潜译：《美学》（第三卷下册），北京：商务印书馆 1979 年版，第 133 – 134 页。

的象征，因此也可以说，英雄叙事诗代表了哈萨克族民间叙事诗古老的民族传统。很多哈萨克族英雄叙事诗也在阿尔泰语系其他诸民族中流布，一方面这些叙事诗母题早在哈萨克族族源民族中就已存在；另一方面，在时代变迁、民族融合的过程中，叙事诗之间母题的借用也是自然的，这又一次非常直接地体现了哈萨克族民间文学的多元文化特征。

婚姻爱情叙事诗，或称作"爱情叙事诗"亦是哈萨克族民间叙事诗重要类别，代表文本为《少年阔孜和少女巴颜》《萨里哈和萨曼》《阿娜尔与赛吾来别克》《少女吉别克》等。哈萨克族爱情叙事诗多描述青年男女为了爱情而向传统礼俗或阻碍势力抗争，最后赢得了爱情和自由的故事。以《阿娜尔与赛吾来别克》① 为例：

> 逝去了，那岁月的风云变幻，
> 逝去了，那数不清的月月年年，
> 看啊，在人生的舞台上，
> 善良与邪恶尽情地表演。
> ……

这部叙事诗讲述了美丽的阿娜尔与草原雄鹰的牧人之子赛吾来别克甜蜜浪漫而又曲折辛酸的爱情故事。如引文所言"善良与邪恶尽情地表演"，然而叙事诗最终还是让善良者、对爱情执着者获得了幸福的生活，民间往往必然选择这种大团圆的结局，这是民间的美学，哈萨克族民众亦不例外。

"黑萨"是阿拉伯—波斯语，意为"传说、传奇"，主要指外来文化影响下产生的故事（仿作）。毕桪先生将"黑萨"分为"传奇叙事诗"和"宗教叙事诗"（主要是伊斯兰教为宣经布道而改编的宗教故事诗），其中传奇叙事诗代表性的文本是《克里木的四十位英雄》《巴哈提亚尔的四十支系》《鹦鹉故事四十章》和《四十个大臣》。这四部叙事诗被称为哈萨克族的"四大奇文"，也有人称为"四个四十"或"四大巨著"，或"四部丛集"。这每部叙事长诗都是由四十个故事串联起来的故事系列，例如，《巴哈提亚尔的四十支系》主要讲述了国王（巴哈提亚尔的父亲）听信谗言准备绞死巴哈提亚尔，巴哈提亚尔为了保命、证明清白，在 40 天内给国王讲了 40 个故事，每个故事讲到最有趣的地方时，正好日落入夜，最终巴哈提亚尔通过讲故事为自己赢得了时间，圆满地解决了矛盾，并且父子相认。这明显是阿拉伯故事《一

---

① 《哈萨克族民间叙事长诗选》，乌鲁木齐：新疆人民出版社 1983 年版，第 115－220 页。

千零一夜》的框架模式，而且从思想内容上也集中体现了伊斯兰文化对哈萨克族民间文学的直接影响。宗教叙事诗也是"黑萨"的重要组成部分，这些叙事诗主要讲述伊斯兰宗教历史、传说故事，对伊斯兰教教义的高扬是这部分叙事诗的主要特征。

总体而言，哈萨克族民间叙事诗具有以下几个特征：一是多元文化的碰撞与交流使哈萨克族民间叙事诗呈现出内容的丰富性和包容性；二是英雄叙事诗、历史叙事诗和传奇叙事诗以其对英雄人物的赞歌展现了哈萨克族社会波澜壮阔的历史变迁画卷；三是叙事诗反映了哈萨克族民众热爱自由生活、豪爽奔放的民族性格。

3. 民间传说

哈萨克族民间传说内容丰富，几乎包含了哈萨克族民众生活的各个方面。很多传说体现了哈萨克族牧民的萨满信仰、自然崇拜；同时，在很多文本中我们也可以找到外来文化影响的痕迹。我们把哈萨克族民间传说分为人物传说、历史传说和地方风物传说。人物传说中具代表性的文本有《卡班拜的奇遇》《别布代霍加勇士》《沙巴拉克》《阿木尔铁木尔汗捉贼记》《阿桑海鄂和他的三个妻子》《阿桑海鄂周游世界》《阿桑海鄂的儿子》《少年哈孜别克》《夏尼什胡勒》《居仁太勇士》《独眼》《巴拜圣人痛打长发阎王》；历史传说中具代表性的文本有《阿克泰的夏牧场》等；地方风物传说中具代表性的文本有《库克加尔》《哈依尔特山洞》《奥依巴依拉克》《沙依波拉提山谷》《赛里木湖的由来》《巴里坤湖的传说》《阿勒泰的温泉》《恋人之墓》《巴里坤》《孤树》《诺肉孜节的来历》《哈萨克族"姑娘追"》《为什么羊头待客表示尊重》《给客人倒水洗手的由来》《哈萨克族人为啥不打骆驼》《火钳的来历》《柯尔博嘎与冬不拉》《冬不拉的传说》《冬不拉的由来》《瘸腿野马》《阔加木贾思的挽歌》《萨依麻克的黄河曲》《熊舞》《黑八哥》《孟勒小伙子》等。

哈萨克族民间传说通过对历史人物、地方风物、节日习俗等内容的描述，为我们了解哈萨克族建构起了一幅徐徐展开的民族风情画。而由独特的民族族源结构、社会历史变迁和复杂宗教信仰历史等形成的哈萨克族多元文化格局，也都在哈萨克族民间传说的风情画中得以显现。

可以说，哈萨克族民间传说在本质上体现了哈萨克族的生产生活方式和浓郁的草原文化特征，对现代哈萨克族的社会生活与文化产生了深远的影响。

4. 民间故事

很多民间故事的产生时代和神话传说一样古老。因此，当面对一些神秘性、幻想性极强的文本时，我们会犹豫是将其归为神话、传说，还是归为民

间故事。这种困境，在论述维吾尔族神话传说故事时就已经存在了。接下来
对其他世居民族进行阐述时很可能还会面对这个困境。尽管如此，笔者还是
尽可能在普遍的分类原则下关照一些个案文本的特殊性，但这并不意味着本
书的分类是最合适的，尤其考虑到新疆世居各民族民间文学内容、特征的独
特性，限于我们对每种民间文学文体的认识和研究程度，一个统一、完美的
适合于每个民族的分类形式似乎是不可能的。比如，哈萨克族的民间故事中
的机智人物故事（《阿勒达尔·阔榭的故事》《吉林榭和他妻子喀拉莎什的故
事》《霍加·纳斯尔的故事》），有学者倾向于列入人物传说，但笔者认为划
入民间故事笑话类似乎更合适些。我们依然按照钟敬文先生对民间故事的划
分方式①，把哈萨克族民间故事也分为幻想故事、生活故事、机智人物故事，
具体介绍如下：

（1）幻想故事。哈萨克族幻想故事主要是动物故事、神奇魔法故事和勇
士传奇故事，这类故事特色鲜明地体现了哈萨克族游牧文化的特点和萨满教
信仰。从艺术手法上看，这类故事多运用夸张、拟人、神化、象征等方式来
营造虚幻的故事氛围；其情节离奇曲折，主人公或是动物，或是巫师、萨满，
或是神秘的勇士。哈萨克族幻想故事充分体现了哈萨克族民众的丰富想象力
和对美好生活的向往。幻想故事在哈萨克族民间故事中数量最多，具代表性
的作品如下：《饿狼的幻想》《狐狸的药方》《狐狸、老虎、狮子》《狼和狐
狸》《老狼想出的办法》《轻信的山羊》《会弹冬不拉的公山羊》《骆驼和猴
子》《驼羔的经历》《公牛之死》《忘恩负义的老虎》《百灵鸟重新唱起来了》
《狐狸、刺猬、青蛙》《老虎和青蛙》《耶迪盖勇士》《孤儿和仙女》《放牛娃
塞特》《加拜与卡尔阿霞美女》《凤凰与苏莱曼》《勇敢的吾热力和狡诈的国
王》《一千只黑头绵羊》《骑黑马的大臣》《仙女迭格达尔》《白色的新房》
《长着一撮金发的小伙子》《瘸腿獾》《镶巴图尔》《短尾巴孩子》《神奇的头
骨》《金尾蛇》《瘸腿的蛤蟆》《鹦鹉的忠告》《两只黑公狗》《麦曾与懒汉》
《不满足的人死后才能满足》《巴依哥哥和乞丐弟弟》《月亮和星星》《孤女和
继母》《三个孤儿》《秃儿子的命运》《流浪老人》《勇敢的王子和他们的朋友
们》《白脸小伙子》《找梦的小伙子》《古丽汗的花儿》《梦与三句话》《遇见
狂怒的人神仙都害怕》《孤儿和狐狸》《摸一摸，她有没有下巴》。

（2）生活故事。哈萨克族生活故事数量也很多，与幻想故事不同的是生

---

① 在以后章节的分类介绍时，笔者采取了主流的分类方式来介绍新疆世居各民族民间文学的内
容，这个分类方式不一定是最合适的，但基于叙述和体例的统一，可能会部分割舍了具体民间文学文
体的特殊性，在此补充说明，后文不再赘述。

活故事都是写实的，所以也可以称为"写实故事"。这类故事与哈萨克牧民的生活紧密联系，人物和情节均来自哈萨克族民众的日常生活。哈萨克族生活故事中的常见角色既有汗、大臣、巴依，也有商人、手工业者以及底层的牧民等。因为其与日常生活紧密相关，所以家庭生活关系中的婆媳等相关人物也是其描写的对象。生活故事往往尖锐地反映出哈萨克草原上的社会现实，故事往往歌颂勤劳、诚实、善良、聪明的"弱势群体"，通过他们对美好生活的执着与努力来揭露权贵阶层的贪婪与腐败。具代表性的文本有：《汗王和他的女婿》《神仙汗王》《汗王与"最无用的人"》《给国王放羊的秃孩子》《牧羊孤儿斗汗王》《愚蠢的汗王聪明的王后》《汗王心变黑了》《三个土它木》《神判官比卡达尔》《聪明的阿吾肯》《巴合提拜比官》《玛尔格瓦的故事》《聪明的公主》《格甫沙》《聪明媳妇》《牧羊人的姑娘》《公公聪明还是儿媳聪明》《聪明的女人》《大臣女儿智寻宝石》《神秘的皮口袋》《靠劳动养活自己》《懒汉与老人》《贵人寻找智慧》《技艺使你向上》《功夫是苦练的结果》《机灵的巴尔马克西》《湿牛粪里藏珠宝》《机智的孜亚坦》《找到办法的孩子》《神奇的花园》《好与不好一样对待》《贾克斯与贾曼迪克》《说真话的秃孩子》《相马师》。

（3）机智人物故事。哈萨克族机智人物故事的代表性文本有《阿勒达尔·阔榭的故事》《吉林榭和他妻子喀拉莎什的故事》《赛尔克巴依的故事》《霍加·纳斯尔的故事》等。哈萨克族的机智人物故事与其他世居民族机智人物故事有着密切的联系，都受到阿拉伯民间故事的影响，体现了哈萨克族民间文学的多元文化风貌。

5. 民歌

哈萨克族是草原上能歌善舞的民族，歌唱是哈萨克族的两只翅膀之一，由此可见民歌在哈萨克族民众社会生活中的重要位置。毕桪先生在《哈萨克民间文学概论》中对哈萨克族民歌（分类、概念、形式结构、节奏、押韵和曲调等）进行了深入的研究和阐释。根据毕桪先生的研究，一般而言，从形式上讲，在哈萨克族内部民歌分为"吉尔"（狭义）、"安"（狭义）以及部分的"词令"和"约令"[①]；从主题内容上分为婚嫁歌（喜事序歌、萨仁、加尔—加尔、哭嫁歌、远嫁歌、劝嫁歌和揭面纱歌）、丧葬歌（报丧的歌、吊唁的歌、哀悼的歌和告别歌）、宗教习俗歌（萨满教巫师歌、祛病禳灾的歌、节日歌和祷词祝词）、日常生活歌（四畜歌、知识歌、牧歌、情歌、苦歌、儿

---

① 详细论述见毕桪：《哈萨克民间文学概论》，北京：中央民族大学出版社 2006 年版，第 250 – 253 页。

歌、谎歌和摇床歌）、对唱（苏列对唱、吐列对唱、阿肯对唱）①。根据《中国民间歌谣集成·新疆卷》的分类方式，哈萨克族民歌还可分为劳动歌、时政歌、仪式歌、情歌、生活歌、娱乐歌、历史传说歌和儿歌等。

三、新疆柯尔克孜族民间文学概述

（一）柯尔克孜族族源与历史

柯尔克孜族也是新疆少数民族中比较古老的民族，根据 2016 年的人口调查数据显示，柯尔克孜族人口数为 20.22 万②，占新疆总人口的 0.90%，主要分布于南疆的克孜勒苏柯尔克孜族自治州，另外在伊犁、塔城、阿克苏和喀什等地也有部分柯尔克孜族居民居住。柯尔克孜族也是阿尔泰语系突厥语族的重要一支。

关于柯尔克孜的含义，学术界有很多种解释，这里先把具代表性的观点辑录如下表③：

关于柯尔克孜含义的代表性观点

序号	柯尔克孜音变源头	含义	备注
1	柯尔克（kirik，40）和克孜（kiz，姑娘）	40 个姑娘	有四种传说异文
2	柯尔克（kirik，40）和居孜（部落）	40 个部落	
3	柯尔（大山）和乌古孜（古代国王名）	山里的乌古孜人	
4	柯尔（大山）和奥古孜（大河）	住在山间河旁的人	
5	kirik 原意 40，后引申为威武、盛大之意，az 在古突厥语中表示美、善	威武善良的人	
6	柯尔克孜是由柯尔盖孜（游动、游牧）演化而来	山里的游牧人	
7	柯尔克孜（赤红色）		

当然，"40 个姑娘"仍是学界比较认可的关于柯尔克孜含义的解释。虽

---

① 详细论述见毕桪：《哈萨克民间文学概论》，北京：中央民族大学出版社 2006 年版，第 271 - 356 页。

② 新疆维吾尔自治区统计局编：《新疆统计年鉴（2016）》，北京：中国统计出版社 2016 年版，第 108 页。

③ 参考何星亮：《新疆民族传统社会与文化》，北京：商务印书馆 2003 年版，第 120 - 121 页。

然说柯尔克孜族也经历了一个漫长的民族融合过程，但相对于维吾尔族和哈萨克族而言，柯尔克孜族的历史源流相对明晰。《史记·匈奴列传》有："后北服浑庾、屈射、丁零、鬲昆、薪犁之国。"① 其中提到的"鬲昆"就是现代柯尔克孜族的祖先，后来在汉史籍中有"坚昆""契骨""纥骨""黠嘎斯""辖嘎斯""纥里迄斯""乞里乞四""吉利吉思""乞儿吉思""布鲁特"等不同的称谓。

《史记》所记"鬲昆"受冒顿统治，主要生活在叶尼塞河上游；匈奴分裂后"坚昆"受北匈奴统治；2世纪中叶前后，"坚昆""纥骨"受鲜卑统治，后受高车、柔然统治。6世纪中后期，"黠嘎斯"受突厥统治。唐代，"黠嘎斯"迎来了强盛时期，贞观二十二年（648），唐朝在黠嘎斯地区设"坚昆都督府"，隶属"燕然都护府"。841年，黠嘎斯联合部分回纥人灭掉了回纥汗国，建立起黠嘎斯汗国，后来契丹取代了"黠嘎斯"；1217年，成吉思汗征服"乞儿吉思"，受拖雷管辖。明代，瓦剌征服了"乞儿吉思"，把"乞儿吉思"赶出了叶尼塞河流域。清代，"布鲁特"先后在喀尔喀蒙古扎萨克图汗和准噶尔部统治之下，生活在东起天山以南的阿克苏、西至费尔干纳盆地；1759年，"布鲁特"十五部落首领归顺清朝。

（二）柯尔克孜族民间文学的多元文化背景

柯尔克孜族的社会历史变迁同样是一个多元文化碰撞交流、多民族融合的过程。然而，在这一过程中，柯尔克孜人虽历经迁徙和磨难，但他们却较好地保持了自己的传统文化。正如英雄史诗《玛纳斯》中所唱②：

> 这是祖先留下的故事，
> 我不唱它怎么行呢？
> 这是先辈留下的遗产，
> 代代相传到了如今。
> ……
> 它是我们祖先留下的语言，
> 它是战胜一切的英雄语言，
> 它是难以比拟的宏伟语言，
> 它是繁花似锦的隽永语言，

---

① 司马迁著，卢苇、张赞煦点校：《史记》，杭州：浙江古籍出版社2000年版，第874－875页。
② 居素甫·玛玛依演唱，刘发俊、朱玛拉、尚锡静整理：《柯尔克孜族英雄史诗〈玛纳斯〉》，乌鲁木齐：新疆人民出版社1991年版，第2－4页。

……

山丘变成了沟壑，

冰川变成了河湾，

一切的一切都在变幻，

雄狮玛纳斯的故事，

却一直流传到今天。

一切都在改变，唯有"先辈留下的遗产"——"雄狮玛纳斯的故事，却一直流传到今天"。诚然，以英雄史诗《玛纳斯》等为代表的柯尔克孜族民间文学传承着柯尔克孜族独特的民族文化传统，但"大地"确实经历了太多的变迁，在与其他民族接触、交流、融合与抗争中，柯尔克孜人的语言、宗教信仰、社会民俗也同样"都在变幻"，这种"变幻"经民间艺人口口相传保存在英雄史诗里。英雄史诗的多元文化特征与柯尔克孜族文化的多元特征从某种意义上成了同一问题的两面。

柯尔克孜语属阿尔泰语系突厥语族东匈奴语支基普恰克语族，形态上属黏着语类型。绝大多数柯尔克孜族民众使用本民族语言，但因为民族聚居的原因，很多柯尔克孜族民众使用多种语言："阿克陶等县农业区的柯尔克孜居民有部分人通用或兼通维吾尔语；特克斯一带的柯尔克孜居民有部分人兼通哈萨克语；额敏一带的柯尔克孜族居民有部分人兼通哈萨克语和蒙古语……现代柯尔克孜族语中吸收有大量的维吾尔语、哈萨克语、蒙古语及汉语的借词。"[1] 现代柯尔克孜语是以察合台文为基础的。

柯尔克孜族主体信仰伊斯兰教，属于逊尼派中的哈奈菲派，但萨满教信仰的传统在民族内部仍占据重要地位[2]，这一点与同为游牧文化的哈萨克族非常相似。新疆额敏县的柯尔克孜族信仰藏传佛教和萨满教，在中世纪，他们还信仰过祆教、摩尼教、景教，后来曾短暂信仰佛教，其信仰、习俗（婚俗）与身份认同呈现出矛盾悖离的现象。由此可见，柯尔克孜族的信仰与文化是多元的。

柯尔克孜族的民俗鲜明地体现了以游牧狩猎文化为核心兼有农耕文化的特征。柯尔克孜族节日、人生仪礼、衣食住行等生活习俗都鲜明地体现了他们豪放爽朗的性格和丰富多彩的传统文化。柯尔克孜族的主要节日有肉孜节、

---

[1]　《柯尔克孜族简史》编写组：《柯尔克孜族简史》，北京：民族出版社2008年版，第15页。

[2]　从新疆迁到黑龙江富裕县的柯尔克孜族比较完好地保留了萨满教信仰，在他们的神话和习俗中体现得非常明显。

古尔邦节和诺鲁孜节、掉罗勃左节；主要人生仪礼有诞生礼、摇篮礼、满月礼、割礼、丧葬和婚礼；还有很多生活中的禁忌。这些习俗与柯尔克孜族的悠久历史和游牧狩猎文化紧密相关，很多民间文学文本也都与这些习俗相关。

综上所述，柯尔克孜族不断迁徙征战的历史、伊斯兰教与萨满教并行的多元宗教信仰、以游牧狩猎为主的生产生活方式，构成了当代柯尔克孜族文化的主要特色。而内容丰富多彩的柯尔克孜族民间文学（尤其是英雄史诗）也特色鲜明地彰显了本民族的历史文化传统。

（三）柯尔克孜族民间文学分类简述

柯尔克孜族民间文学最具特色的代表是史诗，《玛纳斯》便是柯尔克孜族享誉世界的英雄史诗。它的著名演唱者居素甫·玛玛依曾被誉为"当代的荷马""活着的荷马"，也是享誉世界的史诗演唱歌手。可惜，他于 2014 年 6 月 1 日在阿合奇县逝世。柯尔克孜族民间文学的魅力在于其真正地融入了民间的日常生活，具体类别有神话、史诗、传说、民间故事、民歌和谚语等，介绍如下。

1. 神话

神话在柯尔克孜语中称"昂额孜"。柯尔克孜族神话与他们的宗教信仰和民族文化特征紧密相关，它既具有浓郁的游牧狩猎文化和萨满教信仰底蕴，又明显渗入了伊斯兰宗教世界观的影响。这使得柯尔克孜族神话具有了其独特的风貌，因此，深入研究柯尔克孜族神话有助于我们理解柯尔克孜族古老的民族文化和民族精神，更有助于我们理解柯尔克孜族民间文化精神内涵。一般而言，我们把柯尔克孜族神话分为创世神话、人类起源神话和自然天象神话。

（1）创世神话。柯尔克孜族创世神话中具代表性的有三篇：《创世的传说》《腾格里创世》和《野鸭鲁弗尔》[①]，前两篇神话在内容上有很多的相似

---

① 这篇神话是张彦平先生从吉尔吉斯斯坦作家艾特玛托夫的小说集《艾特玛托夫小说集》（力冈等译，下册，外国文学出版社 1980 年版，第 422 – 433 页）中最后一篇《花狗崖——献给弗拉基米尔·桑基》里摘录的，艾特玛托夫在开篇不久就叙述了"野鸭鲁弗尔"的神话，分别在 436 页和 509 页出现了一次。从叙事功能上看，神话隐喻着小说主人公的命运，这和同样多次出现在小说中的"鱼女"神话在功能上是相似的。但是，编者把作家小说中的一段叙事文本单独摘录出来，作为独立文本编入满都乎先生主编的《中国阿尔泰语系诸民族神话故事》中，这是否合适呢？且编者将其作为"柯尔克孜族神话"的首篇。笔者对此有几点疑虑：首先，我们在田野调查过程中并没有发现柯尔克孜族中有流传"野鸭鲁弗尔"的文本，对其是否真的在柯尔克孜族民间流传心存疑虑；其次，如果文本在民间有流传，它是主要流传于吉尔吉斯斯坦还是在新疆的柯尔克孜族中间；最后，如果民间有流传，那么小说集中的文本与民间流传的文本有多大差异。这些问题笔者不得而知，存疑于此，求证方家。

性。《创世的传说》主要讲述了真主创造了大地、万物以及人类祖先阿达姆和阿瓦，后因人类走向邪路，用洪水惩罚人类的创世故事。这篇创世神话明显受到伊斯兰文化的影响。《腾格里创世》主要讲述了腾格里创造了日月星辰、山川草木，最后创造了人类之父阿依阿塔和人类之母阿依娃的创世故事。这篇神话应该更古老，反映了柯尔克孜族先民原始的萨满教信仰。最后一篇神话是《野鸭鲁弗尔》，主要讲述了洪荒时代，野鸭鲁弗尔从胸脯上啄下一些羽毛，筑窝以后漂浮在水面上形成了陆地。王宪昭先生把其归为"动物创世"一类。柯尔克孜族的创世神话，一方面反映了柯尔克孜族先民对宇宙的最初认识和原始狩猎时期的萨满教信仰等社会状况；另一方面也反映了信仰伊斯兰教以后，伊斯兰文化对其创世神话的改造。

（2）人类起源神话。柯尔克孜族人类起源神话的代表性文本有《人的由来》和《人类之母》。前者讲述了安拉从地上取土，用37年时间造出人类之祖的故事；后者讲述了安拉派天神取人类之父的一根肋骨造人类之母的故事。两则神话明显是信仰伊斯兰教以后的产物。

（3）自然天象神话。柯尔克孜族的自然天象神话非常丰富，具代表性的文本有《日月两姐妹》《月光神与汲水小姑娘》《雷鸣与闪电的来历》《大山的由来》《光的由来》《北斗星是吉星》《北斗星的来历》《天神和北斗星》《雪神、冬神和风神》等。这里选前两则神话作介绍：《日月两姐妹》主要讲述了日月两姐妹比美的故事，月亮的性格温柔可爱，她对姐姐处处忍让，实在忍不住了才反击，朝太阳脸上撒一把白碱土。《月光神与汲水小姑娘》主要流传在阿合奇县，讲述了月亮救小姑娘的故事：从前有个有钱的财主，只使唤一个孤女，重活、脏活都让小姑娘做，还经常打骂她，小姑娘被折磨得骨瘦如柴。一天夜里，财主让小姑娘去河边挑水，小姑娘在河边伤心地哭了很久，此情此景终于感动了光神，她解救了小姑娘，把她带到月亮上了。柯尔克孜族长期生活在高山、河流之间，过着游牧狩猎的生活，这两则神话表现了柯尔克孜族先民对自然天象的美好想象。

2. 史诗

史诗在柯尔克孜族中称"交毛克"，广义的"交毛克"是指那些韵文类的民间叙事长诗，狭义的"交毛克"是指"以玛纳斯（Manas）及其子孙赛麦台（Semetey）、赛依铁克（Seytek）、凯耐尼木（Kenenim）、赛依特（Seyit）、阿斯勒巴恰—别克巴恰（Asilbaqa – Bekbaqa）、索木碧莱克（Sombilek）、奇格台（Qiktey）八代英雄的名字命名的系列史诗作品"①。史诗代表了柯尔克孜族民间文学的最高水平，特别是以《玛纳斯》为代表的英雄史诗为柯尔克孜族赢得了世界性的荣誉。也因此，《玛纳斯》研究在柯尔克孜族民间文学研究中是最深入的。《玛纳斯》主要描述了以玛纳斯及其七代子孙为代表的柯尔克孜族英雄们在社会历史变迁中的传说故事，集中反映了柯尔克孜族古代社会政治、经济、军事、地理、民俗、医药、音乐、宗教信仰等丰富的历史现实。除了我们所熟知的《玛纳斯》之外，具代表性的叙事史诗还有：《库尔曼别克》《艾尔托什图克》《艾尔塔毕勒迪》《艾尔塔尔兰》《艾尔托里托依》《考卓加什》《阿勒帕米斯》《吐坦》《玛玛凯楚巴克》《卡尔特考捷克》《赛依提别克》《加尼什和巴依什》《加额勒米尔扎》《奥勒卓巴依和克什木江》《库勒米尔扎》《凯代汗》《萨仁吉包凯依》等。这些叙事史诗大多以描述传奇人物的爱情故事为主，也有一些英雄历险的故事。

托汗·依萨克在其《柯尔克孜族口头传统文类概述》中介绍了"柯尔克孜族口头传统中的一个综合性文类，即民族、部落的谱系"②，将其称为"散吉拉"（Sanjira）。笔者认为，这类韵散结合的口头传统与族群史诗基本相似，或可归入史诗一类。

3. 传说

柯尔克孜族传说称"吾拉米什"，主要分为历史传说、族群起源传说、人物传说、地方风物传说等；代表性文本主要有：《冰山之父与姐妹湖》《苏莱卡乌苛坎山的传说》《两棵白杨》《胡塔孜卡拉的传说》《霍奇贺尔阿塔》《色尔哈克的陵墓》《马奶酒的传说》《柯尔克孜人的由来》《柯尔克孜族名的来历》《诺鲁孜节的由来》《掉罗勃左节》《吃阔确饭的传说》《十二生肖的传说》《柯尔克孜婚俗》《耳环作订婚标记》《秋千架上选情郎》《白毡帽的传说》《吃羊肉的传说》《吃肉面片的传说》《叼羊游戏的由来》《攻占皇宫游戏的传说》《赛鹰游戏》《库姆孜的传说》。

4. 民间故事

我们同样把柯尔克孜族民间故事按照幻想故事、生活故事、机智人物故事和寓言来介绍，具体如下：

（1）幻想故事。柯尔克孜族幻想故事主要是动物故事、神奇魔法故事和

---

① 朝戈金主编：《中国西部的文化多样性与族群认同——沿丝绸之路的少数民族口头传统现状报告》，北京：社会科学文献出版社2008年版，第218页。

② 朝戈金主编：《中国西部的文化多样性与族群认同——沿丝绸之路的少数民族口头传统现状报告》，北京：社会科学文献出版社2008年版，第219页。

勇士传奇故事，这类故事在柯尔克孜族民间故事中数量最多，鲜明地体现了柯尔克孜族民众丰富的幻想力和对幸福美好生活的向往。代表性文本有《分吃羊尾巴油》《五个阿吉》《愚蠢的饿狼》《鹌鹑的小聪明》《麻雀与毒蛇》《王子佳尼侠》《阿依尼加玛勒》《太阳美女》《金鸟》《龙头》《狼姑娘》《狮子大力士》《熊大力士》《旱獭儿子》《老翁与狐狸》《忠诚的黑马驹》《仇将恩报》《喜鹊巴依》《两位匠人》《宝石》《谋害别人倒霉的是自己》《金头银臀的孩子》《伊萨克拜》《四十种手艺》《好汉贺希奥依》《骑神驹的坎德拜勇士》《蒙拜和居孜拜的孩子们》《秦铁木尔勇士》《三兄弟的旅行》《田干阿塔尔智胜妖魔的故事》《寻找人间没有的汗王》《永不停息的旅行者》等。

（2）生活故事。生活故事与柯尔克孜族的日常生活紧密相关。代表性文本有《国王和傻子》《谋害》《聪慧的女子》《有计谋的女子》《幸运儿》《扁头阿塔》《第一面镜子的故事》《继母》《挖金子》《巴亚特画师》《辩才杰仁切》《友谊胜过生命》《善与恶》《莫同走出正道的人交朋友》《两位挚友》《农夫与蛇的较量》等。

（3）机智人物故事。柯尔克孜族机智人物故事的代表性文本有《玛纳坎的故事》《霍加纳斯尔的故事》，这些故事和同语族的维吾尔族、哈萨克族的机智人物故事基本相似。

（4）寓言。柯尔克孜族寓言以动物故事为主，通过拟人、象征、夸张等艺术手法揭露现实生活中的黑暗、虚伪与贪婪等，颂扬勤劳智慧、诚实忠厚等。这些寓意深刻的动物故事承载着柯尔克孜族古老的生活智慧和思想，代表性文本有《幸运之光》《狐狸与扁虱》《负心的戴胜鸟》《四个伙伴》《蚊子教训狗熊》等。

5. 民歌

柯尔克孜族民歌被称为"额尔"，民歌歌手被称为"额尔奇"，按照内容可把其分为劳动歌、习俗歌、情歌、哭歌、怨歌、反抗歌和社会主义新民歌（歌唱中国共产党和新社会）。

柯尔克孜族生产方式以畜牧业为主，因此其民歌中有很多古老的反映畜牧生活的劳动歌，如《守圈歌》《牧马歌》《放羊歌》和《放骆驼歌》等。柯尔克孜族习俗歌数量较多，主要涉及婚丧嫁娶、日常生活和节日习俗等。情歌最受柯尔克孜族青年男女欢迎，歌唱青年恋人的相识、相知、相爱，颂扬他们冲破传统婚姻枷锁、追求真挚的感情和自由幸福美好的生活。哭歌和怨歌主要有《喀拉古力》《牧人妻子的哭歌》《农夫妻子的哭歌》《工匠妻子的哭歌》《牧人的怨歌》《羊倌的怨歌》《穷人的怨歌》《孤儿的怨歌》《姑娘的怨歌》《单身汉的怨歌》《寡妇的怨歌》《年轻妻子的怨歌》等。① 反抗歌主要表现了柯尔克孜族各时代民众为反抗压迫和民族侵略的民族精神，这部分民歌多慷慨悲壮，极富感染力。社会主义新民歌是新中国成立以后柯尔克孜族民众自发创作的歌颂中国共产党的英明领导和社会主义制度优越性的。

6. 谚语

谚语在柯尔克孜族中被称为"玛卡勒"，是柯尔克孜族先民在畜牧生产和生活方式中积累下的语言智慧的结晶。例如：

山是柯尔克孜族的父亲，水是柯尔克孜族的母亲。
马是英雄的翅膀。②

这两则谚语鲜明地体现了柯尔克孜族先民的社会历史情况，柯尔克孜族对"山"和"水"的深厚情感源自长期逐水草而居的高山游牧生活方式，而对马的钟情则更体现了游牧民族对马的依赖，同时也体现了柯尔克孜族豪迈的民族性格。

四、新疆乌孜别克族民间文学概述

（一）乌孜别克族族源与历史

乌孜别克族也是新疆世居民族中较古老的民族，根据 2016 年的人口调查数据显示，乌孜别克族人数为 1.87 万③，占新疆总人口的 0.08%；主要分布于北疆的伊宁、乌鲁木齐、木垒县、奇台县、塔城地区，南疆的莎车县、叶城县和喀什市。乌孜别克族大多生活在城镇，从事商业和手工业，也有少部分民众生活在农牧区从事农牧业。乌孜别克族语言属阿尔泰语系突厥语族西南葛逻禄语支。

乌孜别克族是古老的突厥部落后裔，乌孜别克族的名称来源可以追溯到我国元代的金帐汗国的统治者苏丹·穆罕穆德·乌孜别克汗，《元史·列传第四·术赤》篇称为"月即别"。后来昔班尼汗（公元 1500—1510 年在位）统领河中地带和费尔干纳河流时，与当地的民众融合，极大促进了乌孜别克族

---

① 《柯尔克孜族简史》编写组：《柯尔克孜族简史》，北京：民族出版社 2008 年版，第 180－181 页。
② 中央民族学院少数民族文学艺术研究所编：《中国民族民间文学》（上册），北京：中央民族学院出版社 1987 年版，第 353 页。
③ 新疆维吾尔自治区统计局编：《新疆统计年鉴（2016）》，北京：中国统计出版社 2016 年版，第 108 页。

的正式形成。这一时期，已经有大批乌孜别克商人，进入新疆（甚至中原）经商。明、清两代几百年间，又有很多乌孜别克族商人进入新疆经商，并与新疆穆斯林妇女结婚定居下来，近代又有一部分乌孜别克农民、军官等进入新疆，最终逐渐形成了中国现代的乌孜别克族。

（二）乌孜别克族民间文学的多元文化背景

乌孜别克族主要生活在中亚地区的乌兹别克斯坦、哈萨克斯坦、吉尔吉斯斯坦、塔吉克斯坦、土库曼斯坦以及我国的新疆地区。新疆的乌孜别克族经过几百年的不断迁徙，其经济、政治、文化发生了巨大的变化，在其第一次大迁徙之前，生活在钦察草原的乌孜别克族是典型的游牧生活方式。在迁往中亚地区以后，他们不得不改变生活方式以适应绿洲农耕文化，又因中亚独特的区位优势使部分乌孜别克人开始转向商业和手工业，成为东西丝绸之路上的重要商队。现代新疆的乌孜别克族显然继承了这一商旅文化传统，大多数居民仍从事着商业和手工业。总体而言，乌孜别克族文化在继承其商旅、农耕文化的同时，仍深受阿拉伯文化、维吾尔文化的影响，体现出多元的文化背景。

乌孜别克族语属阿尔泰语系突厥语族西南葛逻禄语支，形态上属黏着语类型，现在绝大多数乌孜别克族民众的母语是以阿拉伯字母为基础的维吾尔文。尽管乌孜别克族在历史上曾信仰过萨满教、琐罗亚斯德教、佛教、摩尼教和景教，但现代乌孜别克族主体信仰是伊斯兰教，属于"逊尼派"，而且其伊斯兰化是非常彻底的。乌孜别克族民众长期与维吾尔族民众生活、通婚，因此他们的民俗受维吾尔族影响明显。

（三）乌孜别克族民间文学分类简述

乌孜别克族民间文学主要代表是史诗、民间叙事诗、民间故事和民歌。

1. 史诗

史诗在乌孜别克族的代表是《阿勒帕米斯》，这部史诗在维吾尔族、哈萨克族中也有流传。此史诗主要描述了英雄阿勒帕米斯神奇的诞生，青年时代他英勇善战，最后建立起政权，成为乌孜别克人的英雄。这部史诗在乌孜别克族内部也有很多变体，它以自己丰富的内容成为研究乌孜别克族历史的重要文本。

2. 民间叙事诗

乌孜别克族的民间叙事诗相对发达，代表性文本有《坟墓中生的孩子》、《尤玉甫别克和艾合买特别克》、《罗鲜》、《塔依尔与祖赫拉（佐合拉）》（亦有散文体民间故事)、《昔班尼可汗》、《阿里别克和巴里别克》、《昆吐合米西》、《阿吾力孜汗》、《哈桑汗》、《一钱重的仙女》、《古丽娜尔仙女》、《艾牙尔公主》、《西琳与夏卡尔》以及叙事组诗《鲁斯坦汗》。[①] 其中《坟墓中生的孩子》产生年代较早,叙事的内容有部分萨满时代的痕迹,史诗通过对英雄完美、理想人格的塑造再现了乌孜别克族波澜壮阔的迁徙历史。这部史诗对乌孜别克族其他叙事长诗影响较大,甚至部分叙事诗的主要情节单元就是从其中演化而来。

3. 民间故事

乌孜别克族民间故事鲜明地体现了其多元文化特征。很多民间故事可以在同语族和中亚阿拉伯世界中找到原型或变体。我们把乌孜别克族民间故事分为幻想故事、生活故事、机智人物故事,代表性文本有《阿亚孜大臣》《福尔凯特的教诲》《年过六十遭弃的传说》《拜凯赛姆罩衫和艾提莱斯衣裙的由来》《抓饭的由来》《狐狸和大雁》《狼吃肉》《金翅膀的夜莺》《使瞎父复明的姑娘》《妖怪》《塔伊尔和佐合拉》《古丽》《贞洁的女人》《一个姑娘的爱情》《顶灯台的猫》《种瓜得瓜　种豆得豆》《客人至尊》《行凶作恶　必遭惩处》《对告密者的奖赏》《自掘陷阱》《恶有恶报》《知足者常乐》《阿凡提的故事》《阿尔达尔考沙的故事》《固执者的结局》。

4. 民歌

乌孜别克族能歌善舞,民歌亦非常丰富,按照内容可把其分为劳动歌、习俗歌和情歌。乌孜别克族的劳动歌与其农耕、手工业商旅文化紧密相关,反映农业生产的有《犁地歌》《割麦歌》和《打场歌》等,反映手工业的有《磨面歌》,还有部分反映迁徙之前游牧生活的《挤奶歌》,不过这部分民歌较少。习俗歌主要表现乌孜别克族的节日习俗、婚丧嫁娶。乌孜别克族情歌内容也非常丰富,表现青年男女美好的爱情,这些情歌往往在民间各种聚会上对唱,形成系列的抒情组诗。

乌孜别克族摇篮曲在妇女中流传广泛,代表性文本是:

> 你的手是狮子的上肢,
> 你有一颗豹子心,真正勇敢,
> 无论是美好或不幸的时光,
> 你同样是我的心肝。

---

① 中央民族学院少数民族文学艺术研究所编:《中国民族民间文学》(下册),北京:中央民族学院出版社 1987 年版,第 677 页。

　　睡吧，孩子，睡吧，

　　我的宝贝儿，睡吧。①

五、新疆塔塔尔族民间文学概述

（一）塔塔尔族族源与历史

　　塔塔尔族是新疆世居民族中人数较少的民族之一，根据 2016 年的人口调查数据显示，塔塔尔族人口数为 0.69 万②，占新疆总人口的 0.03%。塔塔尔族主要居住在伊宁、塔城、乌鲁木齐、奇台、吉木萨尔和阿勒泰的部分县区的农牧区。塔塔尔族语言属阿尔泰语系突厥语族西匈奴语支的克普恰克语族，其文字先后使用过回鹘文和以阿拉伯字母为基础的塔塔尔文。现代塔塔尔族的语言受到维吾尔语、哈萨克语、乌孜别克语、汉语的影响，这与塔塔尔族散居新疆各地，与各民族的融合密切相关。

　　塔塔尔是塔塔尔语 "Tatar" 的汉译名词，古代称鞑靼，又称 "达旦""达达""达靼"。关于塔塔尔族族名的来历有七种不同的观点③：

　　（1）"塔塔尔"一词作为族称最早出现在 732 年的突厥鲁尼文《阙特勤碑》和 735 年的《毗伽可汗碑》中，起初它是突厥汗国统治下的一个部落名称。

　　（2）根据《毗伽可汗碑》记载，715 年，突厥人曾与乌古斯九姓 "塔塔尔" 联军作战，说明 "塔塔尔" 一词最迟在 715 年就已经使用于突厥语世界。

　　（3）明朝蒙古人的历史便是塔塔尔族的历史。

　　（4）"塔塔尔"一词最初是 6 至 9 世纪在贝加尔湖东南许多部落中出现的。

　　（5）苏联学者埃·捷尼舍夫的《突厥语言研究导论》认为，"塔塔尔"一词，现在是突厥语民族几个支系的名称。

　　（6）《史集》中写道："'塔塔尔'一词应该是远古一个民族的自称。"

　　（7）维吾尔文《塔塔尔族简史》认为，"塔塔尔"是通古斯语，词的含义为 "亭子、茅屋" 等。

　　笔者更认同前两种观点，"塔塔尔" 最早应是北方突厥汗国众部落的一

---

　　①　中央民族学院少数民族文学艺术研究所编：《中国民族民间文学》（下册），北京：中央民族学院出版社 1987 年版，第 682 页。

　　②　新疆维吾尔自治区统计局编：《新疆统计年鉴（2016）》，北京：中国统计出版社 2016 年版，第 108 页。

　　③　参照《塔塔尔族简史》编写组：《塔塔尔族简史》，北京：民族出版社 2008 年版，第 7–10 页。

支，后来逐渐发展成为势力强大的鞑靼部落，后又为蒙古所灭。14 世纪，归入金帐汗国的鞑靼人与突厥人、突厥化的蒙古人、钦察人、保加尔人，一起改称"塔塔尔"。现代新疆塔塔尔族主要是 19 世纪以后从沙俄的伏尔加河、伏玛河流域迁徙到新疆阿尔泰的，现在民间仍有关于这段历史的传说，典型的文本是关于"六个家族的传说"。

（二）塔塔尔族民间文学的多元文化背景

语言方面，塔塔尔族民众现在使用的语言已经明显体现出这种多元的趋势，塔塔尔文只有老者才会使用，年轻人因教育、社会发展需要，多使用维吾尔语（乌鲁木齐和伊宁）和哈萨克语（昌吉、阿尔泰和塔城）。在经济形态方面，新中国成立前，新疆的塔塔尔族民众以其天然的语言优势和地理优势主要从事商业和手工业；新中国成立后，除了部分塔塔尔族民众仍从事商业手工业之外，大部分群众从事畜牧业并开始过上定居的生活。在宗教信仰方面，自然崇拜、图腾崇拜和萨满教是塔塔尔族的最初信仰；约 9 世纪以后开始改信伊斯兰教。特别是"近两个世纪以来，散居各地的塔塔尔族长期与周边其他兄弟民族共同生活，其语言、文化、习俗、经济形态等均发生了变化，塔塔尔族社会呈现了多元发展的趋势"①。这种多元发展态势使得塔塔尔族民间文学天然地融入了多民族、多元文化的因子。

（三）塔塔尔族民间文学分类简述

塔塔尔族民间文学主要有神话、民间传说、民间故事、民歌和民间说唱。

1. 神话

塔塔尔族的神话传说并不发达，神话大多与伊斯兰教有关，只有少部分神话与古代塔塔尔族先民图腾崇拜相关。塔塔尔族先民对动物的崇拜主要有狼、虎、天鹅、马等。在其神话与传说中，狼图腾的崇拜占有重要位置；天鹅是塔塔尔人爱情与自由的象征，马是塔塔尔英雄的象征，因此，在神话传说和民歌中，经常会有颂扬天鹅和马的文本。

2. 民间传说

塔塔尔族民间传说主要包括人物传说、历史事件传说和风俗传说。其中《聪明的老人》便是一篇反映从"杀老"到"敬老"的习俗变迁传说。《阿勒帕米斯》（在哈萨克、乌孜别克等族中均有流传）以散文故事的形式描述了塔塔尔族先民部落之间的征战。

---

① 赵海霞：《国内塔塔尔族研究综述》，《西域研究》2008 年第 1 期，第 136 页。

　3. 民间故事

塔塔尔族民间故事内容丰富，有幻想故事、生活故事和寓言。其中幻想故事最为丰富，代表性作品有《面团巴图尔》《第十一个艾合买特》《金苹果》《神魔》《林妖》《战胜鬼怪》《金鱼》《穷人与巫女》等。生活有《失去亲妈的姑娘》《机灵的小伙子》《毛拉与农夫》《机智的姑娘》《聪明的儿媳》《三次射击》等。寓言有《幸福的秘密》《老翁与狐狸》《骄傲的公鸡》《诬告者的下场》等。另外，阿凡提的故事也在塔塔尔族中广泛流传。

　4. 民歌

塔塔尔族也是能歌善舞的民族，民歌在民众生活中占据重要的位置。按照内容主要分为劳动歌、习俗歌和情歌。劳动歌有《收割之歌》《打草歌》《辽阔的草原》《牧歌》等。习俗歌又分为摇篮歌、婚礼歌、祭祀歌三类。摇篮歌是塔塔尔人举行"摇篮礼"时，为新生儿祈祷的歌；婚礼歌内容丰富，形式多样，是最受欢迎的，代表性文本有《婚礼之歌》《美丽的情侣》《巴拉米斯肯》（意为"可怜的小伙子"，多在婚礼、节日时演唱）；祭祀歌多与伊斯兰教仪式有关，也有相当部分的萨满信仰遗存。情歌的代表性文本有《天鹅进行曲》《草原上的人都这样唱》《你的眼睛》《姑娘的心愿》《树上的夜莺在歌唱》等，表现了塔塔尔族青年男女对美好自由爱情的追求与向往。

　5. 民间说唱

塔塔尔族民间说唱受哈萨克族影响较大，说唱也被称为"吉尔"。塔塔尔族民众多在喜庆或节日欢庆聚会场合演唱"吉尔"，表演舞蹈。塔塔尔族民间说唱的代表性文本有《阿斯丽·亚尔》和《天鹅的翅膀》。

第二节　新疆阿尔泰语系蒙古语族民间文学

一、新疆蒙古族民间文学概述

（一）蒙古族族源与历史

蒙古族是新疆世居民族中古老的民族之一，根据 2016 年的人口调查数据显示，新疆蒙古族人口数为 18.06 万①，占新疆总人口的 0.80%；主要居住在巴音郭楞蒙古自治州、博尔塔拉蒙古自治州以及和布克赛尔蒙古自治县。其

---

　① 新疆维吾尔自治区统计局编：《新疆统计年鉴（2016）》，北京：中国统计出版社 2016 年版，第 108 页。

语言属阿尔泰语系蒙古语族卫拉特方言，用"托忒"蒙古文，目前推广全国通用的胡都木蒙古文，两种蒙古文并用。

新疆蒙古族是卫拉特蒙古的后裔，卫拉特是"Oyirad"的汉语音译。卫拉特有"林中的百姓"的意思，这是因为早在13世纪以前卫拉特的先民就居住在蒙古大草原北部的大森林里。现在，新疆蒙古族主要由东归的土尔扈特部①、西迁的察哈尔部②、平定准噶尔部叛乱之后的厄鲁特人（含土尔扈特、杜尔伯特、和硕特和准噶尔部）以及乌梁海和扎哈沁等部组成。

（二）蒙古族民间文学的多元文化背景

蒙古族是新疆世居民族中最古老的民族之一，他们曾一度生活在西至中亚最西部的乌拉尔河、东至天山南北的大草原的这一片区域上，过着逐水草而居的游牧生活。与同语族的达斡尔族一样，新疆卫拉特蒙古族是典型的游牧民族文化。当然，近千年来，新疆卫拉特蒙古族在与新疆世居各民族的交流过程中，既保持、继承并发扬了蒙古族的优秀文化传统，同时也吸收、融合了新疆兄弟民族的文化基因（尤其体现在对佛教文化和汉文化的吸收上），体现出多元文化融合的风貌。

从语言文字上看，新疆卫拉特蒙古族的语系分属阿尔泰语系蒙古语族。13世纪之前，蒙古族没有自己的文字，蒙古族的历史文化在民间口头文学中得到较好的传承。1648年，卫拉特和硕特部大师咱雅班第达为了适应政治、宗教的需要，同时为了克服胡都木蒙文难学难读的特点，在回鹘式蒙文的基础上创制了托忒（Tode）蒙文，托忒文便成为新疆蒙古族的通行文字。

从宗教信仰上看，当今蒙古族主体信仰藏传佛教，但在成吉思汗统一蒙古各部之前，蒙古人主要信仰萨满教，萨满教在部落社会生活中占据支配性地位。卫拉特蒙古族崇拜祖先魂灵、火神和地神，火神是纯洁的象征，是家庭的保护者，每年都要祭祀；同时，每年也都要祭祀地神，也就是祭敖包。到元代，新疆部分部落中开始流传佛教、伊斯兰教、道教，成吉思汗对宗教采取了包容性的态度，到忽必烈时期逐渐重视藏传佛教，1260年，忽必烈即位的同时，封八思巴为国师，统一天下教门。明清时期，中央政府在蒙古族

---

① 1771年，原西迁至伏尔加河下游的土尔扈特部人，在渥巴锡率领下东归祖国，现居住在巴音郭楞、和布克赛尔、乌苏市、精河等州县的是他们的主要后裔，当时跟随西迁的部分和硕特部人也回归祖国，现居住在和硕县。

② 1763—1764年，清朝从张家口以北地区分三批迁来部分察哈尔蒙古族人屯垦戍边，三次共迁徙6468人（第三次迁徙全是妇女，共378人），现在他们的后裔主要居住在博尔塔拉蒙古自治州的博乐、温泉县。

聚居地区大力扶持藏传佛教的发展，这造成了两方面的影响：一方面，藏传佛教的发展有利于民族地区的社会稳定，同时也促进了社会教育、文学艺术、医学等方面的发展；另一方面，藏传佛教大兴庙宇，耗费大量的人才、财力，并且喇嘛阶层日趋庞大（几乎每个家庭都有一个喇嘛），客观上阻碍了蒙古族社会的发展。

从社会习俗上看，新疆卫拉特蒙古族的社会习俗特色鲜明地体现了游牧民族和藏传佛教的文化特征。尽管如此，新疆卫拉特蒙古族内部不同部族之间，由于游牧地区、各自传统的差异，他们的衣食住行、婚姻、寿诞、丧葬等生活习俗方面也稍有不同。比如从东北地区迁徙而来的察哈尔部仍部分保留了原居地的一些习俗。同时，新疆卫拉特蒙古族也吸收部分兄弟民族的社会习俗。

新疆卫拉特蒙古族文化在历史、宗教、习俗、民间文学等方面所体现的独特风貌，使其成为新疆多元文化中的重要一员。

（三）蒙古族民间文学分类简述

在蒙古族文字产生之前，卫拉特先民便创作了大量优秀的民间文学作品，这些文本承载着卫拉特的文化，凝聚着他们的集体智慧，同时也显示着蒙古族游牧文化的勃勃生命力。新疆卫拉特蒙古族产生了举世闻名的英雄史诗《江格尔》，同时还有丰富的神话、民间叙事诗、传说、民间故事、民歌、祝赞词等民间文学作品，具体介绍如下。

1. 神话

神话是新疆卫拉特蒙古族民间文学的最古老的形式，是卫拉特先民对自然万物的最初认识，很多古老神话保留了萨满教的痕迹，但大多神话却直接与藏传佛教相关，显然是喇嘛教渗透的结果。具体而言，卫拉特蒙古族神话主要分为创世神话和自然天象神话。

（1）创世神话。

创世神话特色鲜明地保留了新疆卫拉特蒙古族古老的思维观念、信仰，代表性的创世神话主要有《世界是这样形成的》和《乌旦喇嘛创造了世界》。《世界是这样形成的》主要讲述了释迦牟尼射中金龟、抓土撒在金龟上创造世界的神话。后者主要讲述了乌旦喇嘛创世造人的神话，文本较短，引述如下：

古时候，曾经生活着一个能创造万物的喇嘛，他的名字叫乌旦。当他五百岁的时候，宇宙间并没有什么天、地、山、水、草、木、鸟、兽及人类。又过了五百年，当他一千岁的时候，他才分开天和地，又创造了九重天、九层地、九座山、九条河。从此,有了天地山河。当时世界上除了乌旦喇嘛以外没有别的人,他感到寂寞和孤独。

有一天,他用天上的雨水和地上的土和成泥团,捏了一个名叫伊优木的壮汉,用以帮助自己干活和做伴。然后,他以同样的方法又捏了一个名叫特登的美丽女人,并让她与伊优木结婚生子。后来伊优木和特登一代代地繁衍生息下来,渐渐地产生了人类,从而才形成了纷繁完美的世界。①

这两则创世神话显然受到了藏传佛教的影响和渗透。

(2)自然天象神话。

自然天象神话形象体现了新疆卫拉特蒙古族对自然天象丰富的想象力。代表性的文本有《下雪的由来》《日月的形成和日食月食的由来》和《日食和月食的由来》。

《下雪的由来》主要讲述为什么下雪,最初的时候天上下白面,后来上天看到有人用白面给孩子擦屁股便只下雪不下白面了。这则神话应该受到了汉族神话的影响,笔者在阜康调查了解到的文本是王母看到一位母亲用白馍给孩子擦屁股,却不给饥饿的老太婆(王母变的)一点饭吃,很生气,于是不再保护人间风调雨顺,惩罚了人类。用面、馍等食物给孩子擦屁股是这类神话的核心情节,蒙古族以奶制品、肉制品、奶茶奶酒为主要饮食,吃面食较晚,因此,我们判断这则神话应是受了汉族的影响。

《日月的形成和日食月食的由来》流传在新疆博湖地区,《日食和月食的由来》流传在和布克赛尔蒙古自治县。两则神话均是讲述日食、月食的来历,讲一个喇嘛参禅之后发生的事,其核心情节是一致的:月亮说了谎话,太阳说了真话。不同之处在于,前者坐禅的大喇嘛两口气分别吹出了太阳和月亮;后者参禅的阿拉希喇嘛与国王的妻子、儿子发生了一段故事,这段故事应该受到其他民族民间故事的影响。

2. 民间叙事诗

民间叙事诗是新疆卫拉特蒙古族民间文学最杰出的代表,其中《江格尔》和《格斯尔》是其中的两朵奇葩。

《江格尔》于2006年进入首批国家非物质文化遗产目录,成为新疆卫拉特蒙古族民间文学的骄傲。这部史诗最早流传于新疆的阿尔泰地区,后来在俄罗斯伏尔加河下游的卡尔梅克人与蒙古国的卫拉特人和喀尔喀人中也有流传。一般认为,现在13章本的《江格尔》是明代以后用新疆托忒文记录的。

---

① 《中国民间故事集成·新疆卷》(上册),北京:中国 ISBN 中心 2008 年版,第 4 页。

史诗主要描述了卫拉特人反抗侵略与压迫、渴望自由幸福的愿望，生动再现了古代蒙古族社会历史的状况，是研究卫拉特蒙古族政治、经济、文化、宗教信仰、语言、民俗的"百科全书"。

《格斯尔》与蒙古族文学有着密切的关系，一些作家根据《格斯尔》创作了格斯尔的神话小说。在民间亦有流传广泛的格斯尔传说故事。关于蒙古族《格斯尔》与藏族《格萨尔》的具体关联与比较，不少学者进行了初步的阐释，但仍没有深入、详细地揭示两者之间的渊源关系。可以肯定的是《格斯尔》糅合了萨满教时期的神话英雄传说和藏传佛教的神祇信仰，众多异文文本对不同神话主题的差异叙事正体现了这种社会历史和宗教信仰的变迁，而且，《格斯尔》与《蒙古秘史》亦存在内在关联。因此，就《格斯尔》文本本身而言已经具备了文化的多元性。这意味着，我们在考察《格斯尔》时，不能仅从卫拉特蒙古族的视角进行研究，更应将其置于多元文化交流的视野下来分析阐释。

除此之外，新疆卫拉特蒙古族还有不少民间叙事诗流传下来，具代表性的有《祖乐阿拉达尔罕传》《那仁汗传》《策日根查干汗》《珠拉阿拉达尔汗》《士兵查干罕》《赖罕和他的聪明宫使》等。《祖乐阿拉达尔罕传》共分三部分，分别描述了祖乐阿拉达尔罕所处的社会时代背景、祖乐阿拉达尔罕与其敌人蟒古斯各自所崇信的宗教和道德伦理观念、祖乐阿拉达尔罕的英雄事迹及正反双方的女性形象。

3. 传说

新疆卫拉特蒙古族传说主要以英雄人物传说和地方风物传说为主，还有部分反映各部族的历史事件的传说。英雄人物传说的代表性文本有《红脸勇士乌兰·哈茨尔》《嘎勒丹巴的传说》《嘎勒丹巴智杀洒尔特格》《泽伯格道尔吉的偃月宝刀》《泽伯格道尔吉拜见皇上》《为正义献身的加瓦协理》《阿奈巴尔达尼克和他的铁青马》等；地方风物传说的代表性文本有《伏仍哈达的传说》《乌龟背上的喇嘛庙》《和硕特部落的喇嘛庙》《特根浩润达坂的传说》《胡苏木土的传说》《博格达峰的传说》《阿勒泰山的传说》《赛里木湖的传说》《龙马的传说》《人是从花蕊中生出来的》《人裸狗长毛的由来》《人为啥会死》《天女的恩惠》《春节的由来》《尝酒礼的由来》《男人不吃胛骨肉的由来》《蒙古人祭酒的习俗》《大年初一祭天的由来》《用鲜奶祭洒天地习俗》《父亲的教导》《洁白的母驼》《带绊的金黄色马》《丢了袍带的姑娘》《乌则尼克》《巴拉金的枣骝马》《善走的大黑熊》《花马驹》《青羯山羊》《杭盖山的乌雄》等。历史传说的代表性文本有《准噶尔四卫拉特联盟的分裂》等。

4. 民间故事

我们把新疆卫拉特蒙古族民间故事分为幻想故事、生活故事和寓言，具体介绍如下：

（1）幻想故事。新疆卫拉特蒙古族幻想故事主要有动物故事、神奇魔法故事和勇士传奇故事。特别是动物故事数量较多，这与卫拉特蒙古族长期以来的游牧生活有关。幻想故事的代表性作品如下：《狐狸、老虎和狼》《狼和狐狸捕鱼》《寻找仙丹的狼》《猴子、鸽子和狐狸》《狐狸、青蛙和蝗虫》《小老虎和公山羊》《狐狸和山羊》《狮子和山羊》《两只山羊和四十只狼》《狼、虎、兔、狐和绵羊》《骆驼和山羊》《受伤的喜鹊》《猫和狗》《尕小子和仙女》《王子寻药记》《娶狼女为妻的小伙子》《汗王的蛤蟆儿媳》《鹿姑娘》《可汗的熊外孙》《面团勇士的故事》《蛇身儿子的故事》《牛身儿子的故事》《拇指勇士》《富仔的动物朋友》《渔翁的儿子》《穷小伙娶了上帝的女儿》《孪生兄弟》《孪生兄弟的故事》《七只山羊的主人》《孝子老三》《宝袋》《放牛娃的故事》《人不是为自己而生存》《黑心弟媳》《阿彦岱和巴彦岱》《善有善报》《好汉库库勒代和他的朋友》《北斗七星的由来》《恶有恶报》《癞蛤蟆吃到了天鹅肉》《莽三拜佛记》《穷小子实现美梦》《换取梦的青年》《霍托智斗阎王》《斗败阎王的小伙》《新可汗继位》等。

（2）生活故事。卫拉特蒙古族生活故事以描述底层牧民、猎人反抗上层汗王、喇嘛的故事为主，同时也以家庭生活为描写对象；代表性文本有《智叟》《聪明小伙娶公主》《国王选儿媳》《吉仁策岑可汗选儿媳》《肖日古勒津可汗的儿媳》《聪明媳妇巧斗恶霸太子》《傻儿子与聪明媳妇》《愚蠢的图图太》《饱吃羔肉硬　饿嚼牛角软》《弟兄仨》《善有善报　恶有恶报》《妖怪和苏毕台》《吝啬的女人》《智谋老人》《选媳择婿》《檀香木盆》等。

（3）寓言。新疆卫拉特蒙古族寓言数量不多，多以动物故事隐喻事物的道理，代表性作品有《当上大王的狐狸》《猎人和狼》《两个犟老汉》《种下苍耳收羊毛》《贪大反而小也失》等。

5. 民歌

民歌是新疆卫拉特蒙古族口头文学中最鲜活、最具特色的文类。民歌已经成为蒙古族日常生活的一部分。卫拉特民歌从形式上分为长调歌（"乌图都"）和短调歌（"夏西特尔"）。长调民歌的特点是节奏比较自由，情绪严肃深沉，格调高昂辽阔，散发着辽阔大草原的特有气息，一般在正式的仪式上演唱，特别是敬酒时演唱。短调民歌节奏比较短促明快，风格活泼欢快，具有大众化的特点，多在日常生活中演唱。

从民歌内容上分，卫拉特民歌主要包括劳动歌、情歌、历史传说歌、习俗歌、仪式歌、宗教歌等。

劳动歌主要反映卫拉特牧民的放牧、捕猎的生活；情歌多为短调，亦有优雅的长调情歌；历史传说歌多表现重大历史事件或英雄人物，比如反映土尔扈特部东归的历史传说歌以及反映察哈尔部西迁的历史传说歌，如有一首《远征的兄长们可平安》：

> 塔赫勒供杯可尊可敬，
> 塔赫勒的神水又满又清，
> 雄鸡啼鸣时跨上战马，
> 远征的兄长们可平安？
> 高山挺拔高山陡峭，
> 高山顶峰耸入云霄。
> 雪鸡鸣叫时跨上战马，
> 远战的兄长们可平安？
> 登上高山望远方，
> 远方一片雾茫茫。
> 只要兄长们保平安，
> 总有一天能凯旋。①

这首民歌反映了清代西迁的察哈尔蒙古族将士从博尔塔拉到天山南北战斗的历史事迹，表达了对远征的兄长们平安的祈愿，也表现了对远征的兄长们凯旋的信心。

6. 祝赞词

祝赞词又称祝词，是卫拉特蒙古族日常生活和各种仪式性场合常见的民间文学文类。在那达慕大会上，在婚礼上，在祭祀仪式上，在各种集会庆祝的场合上，卫拉特蒙古人用美好的祝词来表达对特定场景的赞美，体现了蒙古人积极乐观热爱生活的人生态度。如《婴儿摇篮祝词》：

> 用翠柳编制的摇篮带来孩子的福气，
> 系在摇篮上的白绸如其银丝赐予孩子长命百岁。
> 愿孩子传承祖业，

---

① 博尔塔拉蒙古自治州党史研究室及地方志办公室主编：《新疆察哈尔蒙古西迁简史》，北京：民族出版社 2010 年版，第 154 页。

健康成长，
幸福美满。①

二、新疆达斡尔族民间文学概述

（一）新疆达斡尔族族源与历史

达斡尔族是新疆世居民族中人数较少的民族，根据 2016 年的人口调查数据显示，新疆达斡尔族人数为 0.69 万②，占新疆总人口的 0.031%；主要居住在塔城市阿西尔达斡尔自治乡和伊犁霍城县伊车嘎善锡伯族自治乡的一大队、四大队、五大队以及县乡机关单位。达斡尔族语属阿尔泰语系蒙古语族达斡尔语支。③ 在新疆的达斡尔族使用达斡尔语新疆方言，当代达斡尔族没有自己的文字，契丹时代使用大、小文，后来使用过蒙文，近代以来，绝大多数人学会使用汉语，也有部分民众使用哈萨克文。

关于达斡尔族的族源，学界有很多观点，影响较大的有两种④：一说源于契丹，二说源于蒙古。前者在学界的影响力更大，接受者更多，持蒙古一说的学者较少。笔者更倾向于第二种说法。新疆的达斡尔族是清代驻守在塔尔巴哈台的八旗官兵，也就是 1764 年（清乾隆二十九年）清政府从东北的布特哈、莫力达瓦等地被派来新疆"索伦营"的"披甲"。"索伦营"驻扎在伊犁霍尔果斯河和图尔根河一带，担负驻防任务达一百多年之久；后因战乱不得不再次搬迁，迁徙中因越过西线国境而被沙俄军队挟持。两年后，在清政府交涉下，回到祖国怀抱。新中国成立后，塔城县设立"阿西尔达斡尔民族乡"。

（二）新疆达斡尔族民间文学的多元文化背景

新疆达斡尔族原本在东北大地上过着渔猎的生活，清乾隆年间迁居新疆，几百年来他们在与新疆世居各民族交流过程中，既保持着达斡尔族的传统文化，同时也受到新疆兄弟民族（尤其是哈萨克族）文化的影响，体现出文化

---

① 博尔塔拉蒙古自治州党史研究室及地方志办公室主编：《新疆察哈尔蒙古西迁简史》，北京：民族出版社 2010 年版，第 144 页。
② 新疆维吾尔自治区统计局编：《新疆统计年鉴（2016）》，北京：中国统计出版社 2016 年版，第 108 页。
③ 有学者认为应把其归在满—通古斯语族中，也有学者根据最新的成果更定为阿尔泰语系东胡蒙古语族契丹语支。
④ 参考巴图宝音、孟志东、杜兴华主编：《达斡尔族源于契丹论》，北京：中国社会科学出版社 2011 年版。

的多元性，甚至这种多元性在其迁居新疆之前就已经发生了。

从语言文字上看，新疆达斡尔族语分属阿尔泰语系蒙古语族达斡尔语支。但这一观点在国内外学术界有争议，无论将其归在满—通古斯语族中，还是把其归在阿尔泰语系东胡蒙古语族契丹语支，都充分证明了达斡尔语在语言上的多元属性。就现代达斡尔语而言，它的确存在着大量的类蒙古语的词汇；但同时，我们也不得不承认其很多基本的词汇继承了古契丹语。迁居新疆的达斡尔族在语言上虽受到了汉语、哈萨克语的影响，但"还保持着清朝中期达斡尔语的主要特征，并在词汇中仍然保留着一些其他方言早已不复使用的古老词语"[①]。

从宗教信仰上看，当今新疆达斡尔族的宗教信仰是以多神崇拜为主的萨满教，主要体现在自然崇拜、图腾崇拜和祖先崇拜上。但现在，这种萨满教信仰已然式微，达斡尔族年青一代的宗教信仰开始呈现出多元的选择。这种多元的倾向与新疆达斡尔族社会历史变迁密切相关，从大东北的渔猎到新疆的农牧，经济生活方式的变迁已然使得萨满教信仰发生了微妙的变化，并直接影响着新疆达斡尔族社会习俗的变化。尽管新疆达斡尔族有着强烈的传统意识，较好地保持了他们先祖的生活习俗，但经济生活方式、地域的变迁，使他们不得不进行调适以便融洽地与兄弟民族相处。这种迁徙之后的文化多元融合是每一个族群都必然经历的一个过程，尽管会有创痛，却在所难免。

（三）新疆达斡尔族民间文学分类简述

迁居新疆的达斡尔族的民间文学虽没有东北、内蒙古地区的达斡尔族发达，但同样保留了很多神话传说、民间故事等民间文学作品，具体介绍如下。

1. 神话传说

《中国民间故事集成·新疆卷》中并没有收录达斡尔族的神话，收录的传说也不多，我们揣测有三个原因：一是田野调查不够充分；二是搜集到的神话文本内容不够"典型"，没有引起足够的重视；三是本来达斡尔族的神话就不多，部分神话传说文本作为民间故事处理，归在故事类。根据我们的了解，除了收在书里的《燕子尾巴的传说》《喜鹊报喜》《为何出嫁要带达格德尔》《佩带马罗神袋的传说》和《端午节祭"绰罗熬博"》五篇传说之外，新疆达斡尔族中还有以下神话传说流传：《萨吉哈勒迪汗的传说》《娘娘神的传说》《丢失文字的传说》等。

《萨吉哈勒迪汗的传说》主要讲述了达斡尔先祖可汗一系列的英雄传奇故

---

①　丁石庆、吴兰：《论新疆达斡尔族的传统文化观》，《黑龙江民族丛刊》1999 年第 2 期，第 97 页。

事，把达斡尔族历史上著名人物的功绩都叠加到萨吉哈勒迪汗的身上。《娘娘神的传说》有异文，过去有学者认为达斡尔族民间敬奉的娘娘神是汉族娘娘庙里的娘娘，根据达斡尔学者的考证，《娘娘神的传说》里的娘娘应为辽太后萧绰，我们认为很有道理，需要补充的是：原型是萧绰皇后，但在民间流布过程中，显然吸收了汉族娘娘神的相关神格。《丢失文字的传说》在达斡尔族中间流传较广，主要讲述了达斡尔先祖在民族迁徙中，装文字的箱子被风浪打翻在江里，从此以后便只有语言没有文字了。这种文字消失的故事类型在很多没有文字的少数民族中广泛存在。

　　2. 民间故事

　　新疆达斡尔族民间故事非常丰富，数量也最多，且具有多元文化的特点。这并不是说达斡尔族民间故事在迁徙新疆之后才具备了这种多元特点，在迁徙之前它便与"南西伯利亚及中亚突厥和蒙古语族诸民族有关，而且也跟北亚洲甚至北欧洲故事有雷同，这无疑是很古老文化关系的反映"①。我们将新疆达斡尔族民间故事分为幻想故事、生活故事和机智人物故事三类做具体介绍。

　　（1）幻想故事。新疆达斡尔族幻想故事主要以神奇魔法故事和勇士传奇故事为主，动物故事较少，这是一个有趣的现象。一般而言，渔猎民族的动物故事数量会较多，或许是因为经历了两百多年来的农牧生活方式，渔猎生活里的动物故事已经被淡忘了。但这并不意味着达斡尔族民众想象力的衰退，在民间仍有大量的神奇魔法故事和勇士传奇故事流布，代表性作品有《拇指孩儿》《山羊尾巴大的小孩儿》《小头儿》《一只金鸟》《爱吹牛的老头》《皮囊》《一颗南瓜籽》《兄弟仨》《石头人》《喜洁和博布》《姑娘的心愿》《大萝卜、水萝卜、青钗果》《孤儿和蜘蛛》《托娅》《乌吐木喀莫尔根》等。

　　（2）生活故事。新疆达斡尔族生活故事以描述日常生活、家庭生活和反抗压迫的故事为主；代表性文本有《莫牛扎罗巧治财主》《年轻的夫妇》《布克布尔图的神衣》《该死的莽盖》等。

　　（3）机智人物故事。《中国民间故事集成·新疆卷》中把达斡尔族《乌拉迪·莫尔根的故事》归入机智人物故事一类，笔者认为选入的两篇故事似乎代表性不强。第一篇故事主要讲述了"胆大无畏、力大无比"的猎人乌拉迪吓走和他比试的邻居，第二篇讲述他把前来挑衅的骑马人从天窗上扔出去的故事。

---

　　① 巴图宝音、孟志东、杜兴华主编：《达斡尔族源于契丹论》，北京：中国社会科学出版社 2011 年版，第 151 页。

第三节　新疆阿尔泰语系满—通古斯语族民间文学

一、新疆满族民间文学概述

（一）新疆满族族源与历史

满族是新疆世居民族中重要民族之一，根据 2016 年的人口调查数据显示，新疆满族人口数为 2.75 万①，占新疆总人口的 0.11%。目前，新疆满族人主要居住在乌鲁木齐、伊宁、霍城、昌吉、哈密、奇台等市县，与汉族人混居。满族语属阿尔泰语系满—通古斯语族满语支。现在，新疆的满族只有极少部分人会使用满语，大多数人使用汉语。

满族是我国最古老的民族之一，最早可以追溯到六千多年前的肃慎，《左传》曰："肃慎、燕、亳，吾北土也。"肃慎是周代之北疆。又《后汉书·东夷传》："挹娄，古肃慎之国也。"汉代及三国时期，称肃慎为挹娄；南北朝时期称其为勿吉；隋唐时期称其为靺鞨；辽宋至明代称其为渤海、女真；1635年，皇太极改女真为满族，延续至今。因此，满族是肃慎人的后裔。

新疆的满族是清代满族贵族和八旗官兵的后裔。"自乾隆二十九年（1764）至三十九年（1774）先后从凉州、庄浪、西安、热河等处调取满族八旗一万一千五百名移驻于新疆伊犁、乌鲁木齐、巴里坤、古城等新疆重镇。"②

清末，新疆几处满城中的满人大多因战乱和瘟疫逃散到伊犁或甘肃等地。民国以后，新疆的满人失去了统治权威，从原来由国家奉养的官员和八旗兵沦为平民，而且遭到各种势力的排斥和迫害，很多满人不得不隐姓埋名或改称汉族，也有部分人逃难到内地。新中国成立前，新疆满族人口不足 1 000人，不足全盛时期的 3%。新中国成立后，新疆各族人民处于平等地位之下，很多改为汉族的满人重新改回满族，满族的政治、经济、文化生活得以恢复和发展。

（二）新疆满族民间文学的多元文化背景

新疆满族的祖先是作为统治阶层迁居新疆的，最早进入新疆的满族都是

---

① 新疆维吾尔自治区统计局编：《新疆统计年鉴（2016）》，北京：中国统计出版社 2016 年版，第 108 页。

② 许秀芳：《清代前期新疆满族的社会生活》，《伊犁师范学院学报》1996 年第 3 期，第 23 页。

政府官员和八旗兵。因此，在清代，新疆绝大多数的满人是不需要劳动的，官员从政、士兵操练就是他们的生活。从历史文化发展的角度看，从女真人建立大清王朝开始，满族文化便在不自觉中与中国各民族文化发生着交流与碰撞。在语言方面，满语逐渐式微到最终选择汉语作为交际语；在宗教信仰方面，萨满教占据主流地位的同时，清代为了便于统治西藏和蒙古地区，大力扶持喇嘛教，导致萨满教自上而下地融入大量佛教的因素；在社会习俗方面，从白山黑水之间走来的女真人，建立起大清政权以后，在保持传统习俗的同时，明显受到了汉族的影响。起初，迁居到新疆的满族是统治阶层，他们较好地保持着满族的传统文化；清末以后，经历各种创伤的满人开始适应新的生存环境，特别是新中国成立以后，满人以新的姿态与新疆各世居民族和谐共处。

（三）新疆满族民间文学分类简述

中国满族民间文学内容丰富、形式多样，在漫长的历史文化进程中，满族先民创作了丰富的神话、传说、民间故事、民歌和民间说唱，展现了满族悠久的文化传统和民族特色。满族的神话多为自然神话、萨满神话、氏族祖先神话，代表性文本有《尼山萨满》《天鹅仙女》《长白仙女》《女真定水》等；传说文本有《萨布素买军草》《老罕王杀儿》《海兰泡与大将军》《牡丹江的传说》《长白山天池》《一夜皇妃》《道光选妃》《骑龙披风》《黑娘娘》《关玛法传奇》等；民间故事有《猫和狗的故事》《貉子和獾子》《骄傲的鲤鱼》《弟兄山》《红罗女》《德青天断案》《桦皮篓》《一文钱》等；萨满祭歌是满族民歌中具有代表性的一类，一般比较古老且用满语演唱，情歌、习俗歌、劳动歌多用汉语演唱；满族民间说唱在清初逐渐成熟，主要有清音子弟书、八角鼓和牌子曲等。这些民间文学文本都鲜明地体现了满族从白山黑水到建立大清政权的文化变迁过程。

新疆满族的民间文学部分继承了迁居之前的民间文化传统，但《中国民间故事集成·新疆卷》却只收录了三篇满族民间文学作品，其中两篇为传说：《天下无敌》和《三忠碑的传说》，一篇为民间故事《猫将军收礼》，这说明学界对新疆满族民间文学的田野调查还不够深入。

虽然民间故事卷收录的文本较少，却能反映出新疆满族民间文学一些特点。三篇文本均与战争和军队有关：《天下无敌》（流传地新疆木垒）主要讲述了喜欢下象棋的满族大将军征西路过一酒店，与一棋师下象棋，大将军先输一局后，连扳两局，高兴启程征西；三年后征西大获全胜；后路过此酒店，得知当年棋师故意让大将军两局，为的是鼓励大将军旗开得胜。大将军恍然大悟，与棋师彻夜对弈，第二天亲书横匾"天下无敌"挂在酒店上。《三忠碑的传说》主要讲述了三忠祠和三忠碑的来历，虽然传说文本与历史事实①有很大出入，但毕竟反映了满族民间对其祖先进驻新疆过程中的历史事迹的深刻记忆。

二、新疆锡伯族民间文学概述②

（一）新疆锡伯族族源与历史

锡伯族是新疆世居民族中的重要民族之一，根据 2016 年的人口调查数据显示，新疆锡伯族人数为 4.32 万③，占新疆总人口的 0.20%。目前，新疆锡伯族人主要居住在乌鲁木齐、伊宁、塔城、霍城、巩留等市县，与汉族人混居，占全国锡伯族人口的 20%。锡伯族语属阿尔泰语系满—通古斯语族满语支；现在，新疆锡伯族较好地保存了锡伯族的文化传统，特别是较好地延续使用着满语，连东北地区的锡伯族都从新疆请老师教授满语，而锡伯族年青一代越来越多地使用汉语。

锡伯族的族源和族属问题主要有三种不同观点："一种见解，认为锡伯族与满族同源，都是女真人的后裔；另一种见解，认为锡伯与鄂伦春同出自室韦；还有一种见解，认为锡伯即鲜卑的移民，鲜卑转为锡伯。第三种见解似已成定论。"④ 发源于大兴安岭北段东麓的锡伯族，在清代以前主要生活在以伯都讷为中心（东至吉林，西至呼伦贝尔，北起嫩江，南抵辽河流域）的广阔地区，过着渔猎生活。

乾隆二十九年（1764），清政府平定准噶尔叛乱之后，将一千余名锡伯族官兵携同随军家属两千多人征调到新疆伊犁察布查尔县戍边。从此，锡伯族分居祖国东北、西北两地。"锡伯族，一簇箭镞，砰然迅疾；从东北故土射出，在伊犁河谷散落；洞穿无援的心灵史"⑤，在顾伟的笔下，从东北西迁到新疆的锡伯族成了"无援的心灵"散落在伊犁河谷。乾隆三十二年（1767），

---

① 笔者注：光绪二年（1876 年），钦差大臣锡伦（保恒之子）为祭奠乌、吐、奇三城战死的官兵修建祠堂，于光绪三年（1877 年）在汉城东街，建"三忠祠"，并对三忠加赠谥号，乌鲁木齐督统平瑞为平忠襄公，吐鲁番钦差大臣惠庆为惠庄勇公，古城奇台总办大臣保恒为保桓庆公。同时在南城外满族坟地（现在冷库门前）为富家塘阵亡的满汉官兵建修忠义祠。

② 本节初稿由学生尹丹完成，笔者进行部分修改。

③ 新疆维吾尔自治区统计局编：《新疆统计年鉴（2016）》，北京：中国统计出版社 2016 年版，第 108 页。

④ 《锡伯族简史》编写组编：《锡伯族简史》，北京：民族出版社 2008 年版，第 12 页。

⑤ 何元秀主编：《锡伯族文学简史》，北京：中央民族大学出版社 2010 年版，第 360 页。

新疆锡伯族被编为八个牛录（旗），于伊犁河流域屯田驻守。他们开挖察布查尔大渠，发展当地农田水利，开垦十余万亩良田，并使当地一些兄弟民族学到许多农业生产知识和技术。19世纪20年代至80年代，锡伯营英勇善战，先后英勇抗击了英殖民主义代理张格尔和沙皇的殖民统治，和清军一起收复了南疆和伊犁地区，有历史和锡伯民歌为证，锡伯营是获胜的关键之一。20世纪前半叶，锡伯人顽强不屈，进行了反对国民党统治和抗日的斗争。在中国共产党的领导下，随着解放战争的节节胜利，新疆的锡伯族人民在1949年获得解放。中华人民共和国成立后，锡伯族进入民族平等、团结互助的新时代，政治上享有了和各族平等的权利。1954年实现了民族区域自治，在新疆原宁西县成立了察布查尔锡伯自治县，进行了一系列社会改革，走上了社会主义道路。新疆察布查尔锡伯自治县是中国唯一的锡伯自治县。

（二）新疆锡伯族民间文学的多元文化背景

在信仰方面，锡伯族信仰藏传佛教，还有原始信仰和萨满教信仰的现象。《奉天通志》中就记载有锡伯族请喇嘛做法的情景；对喜利妈妈和牲畜神的崇拜是最典型的原始信仰现象；萨满歌则是信萨满教的产物。以类马似牛、吻上生角、背上长翼的鲜卑兽——瑞兽为民族的图腾。在语言方面，东北的锡伯族通用汉文和蒙古文，而新疆的锡伯族至今仍然使用锡伯语，属于阿尔泰语系满—通古斯语族满语支，有锡伯文字。此外，锡伯人还学习汉语、维吾尔语、哈萨克语等，因此享有"翻译民族"的美称。在民族节日方面，锡伯族有纪念由东北家乡"西征"至新疆的西迁节（又称"四一八"节）。在文化艺术方面，锡伯族有技艺高超的民间画师、擅长刺绣布艺的妇女、特有的弹拨乐器"东布尔"、能歌善舞的民间艺人等。在民间传统体育方面，"英姿潇洒凋零斜挂"的射箭是其特长，另有打瓦尔、摔跤、骑马、叼羊、滑冰、举重、武术、抓嘎拉哈、扔筷子等丰富的体育娱乐活动。在生产、生活习俗方面，新疆的锡伯族以种水稻为主，牧业也比较发达，还有许多青年从事商业和手工业等；他们十分注重礼仪，也有一些禁忌，如忌食狗肉等；锡伯族以米、面等为主食，也食用奶茶、酥油、牛肉、羊肉等；穿戴原基本与满族相同，后与汉族相同，但新疆的锡伯族妇女至今仍保持着穿袍的习惯。

锡伯族人民经过长期的社会生产实践，在创造了丰富物质财富的基础上又创造了自己民族丰富多彩的精神文化财富。尤其是在文学方面成绩突出，锡伯族的文学在本民族文学的基础上大量吸收了满、汉民族的文学精华；更加值得一提的是锡伯族文学早期以锡伯人民喜闻乐见的民间文学为主，后期作家文学有所发展，但口头传诵的民间文学仍然占着主要地位，并且还不同程度地滋养和哺育了作家文学的发展。锡伯族的文学有着鲜明的民族特色，特别是民间文学，在传承本民族优秀文化方面做出了很大的贡献。下文将主要以流传于新疆维吾尔自治区伊犁哈萨克自治州察布查尔锡伯自治县的锡伯族民间文学为文本，按照类别——进行介绍。

（三）新疆锡伯族民间文学分类简述

新疆锡伯族民间文学继承了西迁之前的优秀民间文化传统，在西迁之后也创造了大量生动、感人的民间文学作品。新疆锡伯族民间文学主要有神话、民间传说、民间故事、民间叙事诗、歌谣、谚语和念说。

1. 神话

新疆锡伯族神话可分为宇宙起源神话、人类起源神话和族群起源神话。

（1）宇宙起源神话。锡伯族有一则讲述天神造大地的神话，收录在《中国少数民族宗教神话辞典》中：天神每年向人间大地撒下雪白的面粉，供人类食用，使其繁衍。后来，一心想吞吃太阳和月亮而被天神贬到人间的天狗悄悄回到天宫，向天神告发，由于有天神撒下的面粉吃，人类开始变得懒惰了。天神闻听大怒，变下面粉为下雪，并且奖励天狗先吃饭，惩罚人类后吃饭。天狗乐得忘乎所以，在返回人间时不小心跌了一跤，把天神交代的狗先吃饭人后吃饭的天训给遗忘了，于是在向人类传达时，把天训错误地传达为狗后吃饭人先吃饭。从那以后，狗就只能吃人类的剩饭了。

（2）人类起源神话。代表性作品是《老鼠、蛇、蚊子、燕子和人》（《中国民间故事集成·新疆卷》将其放在动物传说一类）。这则神话主要讲述洪水再生造人的故事：相传在老早老早的混沌时代，洪水淹没了大地，生灵找不到一块立足之处。阿布凯厄真为了不让生灵绝种，派人造了一艘大船，放入所有生灵中的公母各一，待到洪水退后再将其放回大地繁衍生息。

（3）族群起源神话。代表性作品是《喜利妈妈》，主要讲述了一个普通但智慧、善良的锡伯族姑娘救了拓拔毛，成了北魏王朝第一代皇帝的救国恩人，死后被朝廷封为"福神"。锡伯人通常称她为救苦救难的保护神，并将其奉为祖先，至今仍在供奉。

2. 民间传说

锡伯族的民间传说源远流长，内容丰富，主要分为人物传说、历史事件传说和地方风物传说。

锡伯族的人物传说记录了杰出的锡伯族人的传奇故事。例如《大力士元章京的传说》讲述清代锡伯营一位因驯服过两只老虎而名震当地的大力士元章京，在一次中俄边境的摔跤比赛中技压群雄最终夺魁的故事。另外，还有杰出的女性民族英雄《素花的传说》，以及其他杰出人物的传说如《神箭手萨凌阿》《顾尔佳卡夫的传说》《义士英雄伯克德苏》《喇嘛爷爷的传说》等。

《图伯特开挖察布查尔大渠的传说》是新疆察布查尔地区最有名的历史事件传说。该传说讲述了清嘉庆年间锡伯营总管图伯特在率众开挖察布查尔大渠时，受到神仙的点化而最终挖成两百里大渠的故事。此外，《浑巴什河战役的传说》《活捉张格尔的传说》《托库拉克尚伯克拯救锡伯族的传说》《杨统领发动起义的传说》《收复喀什噶尔的传说》等，都是特定历史事件在民间文学中的反映。还有像《伊犁马的传说》《龙马的传说》《抓嘎拉哈的传说》《摇车的传说》等生动有趣的传说。

锡伯族地方风物传说以山川草木、花鸟虫鱼、古迹特产为主要叙述对象，赋予它们丰富的文化意义，表达了锡伯人对家乡风土和美好生活的热爱与信念。其中《灵芝姑娘》讲述了以采药为生的爷孙俩在山中偶遇灵芝仙女后，灵芝仙女竟然爱上憨厚老实的孙子，并结为夫妻过上幸福生活的故事。

3. 民间故事

锡伯族的民间故事内容涉猎广泛，语言生动流畅、质朴活泼，富有独特的民族风格，形象地展现了锡伯人的生活风貌，是其社会生活和内心世界的一面镜子。锡伯族想象奇特而丰富的民间故事还具有娱乐、教育和宣泄的多重社会功能。代表性的作品有《狗和兔子》《放牛娃和仙女》《狼女婿》《灵芝姑娘》《青蛙儿子》《乌鸦》《破石磴》《瘸腿驸马》《秃鹰和兄弟俩》《瘤子的故事》《三兄弟》《老大、老二和老三》《后娘的故事》《尼曼芝和霍宁芝》《伊尔尕姑娘》《九个哥哥和一个妹妹》《蟒古斯的故事》《狐仙》《芦笛》《夫妻相爱》《傻子娶妻》《自作聪明的依努花》《活佛》《遗嘱》《比手艺》《牧得善念经》《巴图和他的章京岳父》《捕鱼鸟》《吝啬鬼》《不愿花钱的人》等。

英雄故事在锡伯族民间中广为流传，记录了锡伯人以报国效忠为荣的光荣历史。《义士英雄伯克德苏》在新疆察布查尔锡伯自治县较为出名：在一百年前的战乱中，乌珠牛录的勇士伯克德苏出征。以区区两百余人抵抗万余之敌，他率先冲向敌阵奋勇杀敌，但终因敌我悬殊而败。他在奋力冲杀寻其叔叔时，见离马的族兄徒步奔跑，他过去把冲上来的十几个敌人连连砍倒，将族兄救到马背上，冲出重围退到伊犁河边。他那通灵性的赤兔马，驮着兄弟二人，从满河漂流的冰凌、冰排中游过去，救了他们。他当时虽多次立功，但官员们都没给他上报，以致他始终没能受奖。另外，还有为国效劳的《费扬阿英雄的故事》、舍身救女的《巴图鲁巴克塔春》、英勇救公主的《诚实的真肯巴图》等英雄人物的故事。

　　锡伯族的爱情婚姻故事并没有"惊天地、泣鬼神"似的轰轰烈烈，而是平平淡淡、普普通通却不乏温馨与感动的质朴爱情，表现了对美好爱情的憧憬与赞美之情。《扎穆里姑娘》就讲述了发里善与仙女扎穆里的爱情故事。勤劳善良的发里善救了一条白蛇，白蛇的爷爷奶奶给发里善送了一朵扎穆里花（月季花），后来扎穆里花变成一个非常美丽的姑娘，与发里善结为夫妻，过上了幸福的生活。章京老爷想占有扎穆里，结果连人带马栽入一条积雪的沟壑里被冻死了。《灵芝姑娘》《夫妻相爱》《放牛娃和仙女》《芦笛》《织布姑娘》等，都是锡伯人口耳相传的感人爱情故事。

　　生动亲切的锡伯族生活故事恰如其分地反映了锡伯人的基本生活面貌，承载了锡伯族人民克服困境、追求幸福生活的美好愿望，赞美了锡伯人勤劳勇敢、自力更生的民族精神。其中关于继母的故事有不少，一般都是讲母亲早逝，继母对非亲生的孩子不好，这个孩子便通过自己的不懈努力终于过上了幸福的日子，而继母也得到了应有的报应，例如《巴音芝和继母》《恶毒的继母》《后娘的故事》《后妈的故事》《尼曼芝与霍宁芝》等。另有与亲人之间的故事，如《九个哥哥和一个妹妹》中同甘共苦的兄妹、《婆媳之间》里丈夫设妙计化解婆媳矛盾、《兄妹俩与旋风怪》中大战怪兽的兄妹、《姐姐和弟弟》中经历磨难后一辈子过上好日子的姐弟俩等。还有体现锡伯人善恶观念和伦理观念的故事：《好心姑娘与回报》《卖柴孩儿》《墙画和小偷》《恶子回头》《善恶之报应》《小弟弟的故事》《七偷升天变七星》《外姓人》等。《做布娃娃的小姑娘》《二子学艺》《富人的三个女儿》《吴尔和图真诚的心》等则体现了他们勤劳致富的观念。

　　智愚讽喻故事中则集中体现了锡伯人的智慧与哲理。其中有一类是"聪明人"系列的故事，主要讲主人公如何运用自己的聪明才智解决自己在生活中遇到的难题。如讲述一个聪明的寡妇智斗一群无赖的《聪明的寡妇》，还有《聪明的乞丐》《聪慧的嫂子》《聪明妻子的故事》《聪明俊俏的三媳妇》《聪明的猎人》《聪明的女人》《聪明的儿子》等。而帮助善良的弱势群体伸张正义或专门与强势的人斗智的"霍托"系列故事，"霍托"不是人名，而是锡伯语"秃孩子"之意，是锡伯族民间家喻户晓的机智人物。《霍托与巴音》《霍托和他的假牙》《霍托传授绝技》《霍托与硬币和烟蒂》《霍托和富人的钓鱼比赛》《霍托当寺庙的撑门和尚》《霍托和他的黑心哥哥》《金鹅和霍托娶妻》《霍托伏虎》等都属此类，其影响范围较广。另外，还有一系列"傻子"的故事，如《傻子娶妻》《锯树赶鸟》《傻子的故事》《傻子财主》《傻女婿的故事》《傻儿子寻千里马》《傻人的被子》等。这类故事往往因"傻子"的傻行为营造幽默氛围，引人发笑。

4. 民间叙事诗

民间叙事诗是一种具有比较完整的故事情节的韵文或散韵结合的民间诗歌。叙事性是其突出特点，巫师、艺人、歌手等在其创作和传播中起着比较重要的作用。这类诗歌除以口头形式流传外，有的还有手抄本。锡伯族的民间叙事诗主要反映与西迁和戍边两大历史事件相联系的内容。

《西迁之歌》是管兴才根据民间叙事诗《告别盛京》（主要有两种变体，均为满文，民间的异文版可能更多）和文人创作的《离乡曲》（用锡伯文创作）创作的，并在 1981 年荣获全国少数民族文学优秀作品一等奖。

《西迁之歌》开篇讲述了锡伯族西迁的历史：在"如花似锦的伊犁"，"叛乱的烽烟"升起，"受难的人民渴望安居乐业，残暴的匪徒妄想蠢蠢再起"。于是，"清廷急令兆惠率师殄灭穷寇……命令抽选锡伯千户人，远戍边防到伊犁"。诗中真实地再现了锡伯人背井离乡之际对家乡人、对故土的不舍场景，"亲吻着沃土不忍上鞍呜咽哭泣……相抱哭泣何凄凄，莫道是钢铸铁打的汉，心如刀割垂泪涕……别了，与君惜别无会期"。

接着，此叙事诗再现了锡伯人在西迁跋山涉水的途中遭遇的各种艰辛不易，同时揭露了当时的贪官污吏："催促的鞭子抽得皮开肉绽，一路青草涂染了斑斑血迹……辖领西迁的大臣阿木胡朗，是个贪婪残暴喝人膏血的狮子，不等拂晓像黄鼠狼吼叫着即催启程，真是蛇蝎的心肠狠毒又暴戾。路上发放的饷银微微无几，哪能分到兵丁的手里；盐银菜金谁曾见过，喂肥了狠心的贪官污吏"；还有可怜的妇女儿童"饥寒交迫使孕妇途中早产，裸身嗷啼的婴儿命在旦夕"，途中的疲惫加上饥寒交迫更是令人望而生畏，"吃完了树皮采集难得的乌珠木耳，谢天谢地勉强填充饥肠辘辘的肚皮……穿过了朔风凛冽的科布多，又往冰雪封冻的塔尔巴哈合进发……夜晚围住篝火弹起冬不尔，疲惫不堪的同胞以此聊以消遣"，但顽强不屈的锡伯人仍然坚持不懈地前进着，而且还能化消极为积极，竟然还在篝火旁弹起冬不尔，为大家加油打气。

此叙事诗最后一部分则讲述了在图公图伯特、班第、永常、兆惠等英雄人物的带领下，锡伯族人民终于历尽千难万苦到达伊犁地区，开始了保卫祖国边疆、建立第二故乡的壮举："图公壮志凌云要开引伊犁河水，他为民族的安身立命深谋远虑……洒下七年的血汗奠定了百年大业，开垦了近八万亩肥沃的耕地，建设边疆保卫边疆有了坚固的基础，人们纵情赞颂图公辉煌的功绩……用生命和鲜血保卫了每一寸土地！啊，两百年来的历史功勋谁来评说？中华民族的史册上写进光辉的一页！雄伟的乌孙山可以作证锡伯的忠诚，心脏和着祖国的脉搏跳动在一起！"

《喀什噶尔之歌》是锡伯族屯垦戍边叙事诗的代表之作。它记述了 19 世纪 20 年代，包括锡伯营在内的伊犁四营奉命赴南疆平定张格尔之乱的历史。全诗主要叙述了清政府派官兵围剿第三次作乱的喀什噶尔城，暂时败退阿克苏城，又遭遇"腹泻事件"；在额尔古伦率领的锡伯营等官兵的帮助下，扭转战势，浑巴什河战役取胜，清军又先后收复柯尔坪、喀什噶尔、叶尔羌，直至最后俘获张格尔，叛乱彻底平定，南疆重获安宁。该诗情节安排详略恰当，成功塑造了锡伯营总管额尔古伦的民族英雄形象，批判了叛乱分子的胡作非为，歌颂了锡伯营等四营英勇作战、誓死卫国的伟大精神。

《三国之歌》是汉文化与锡伯族文化交流的杰作之一，它是根据在锡伯族民间广为流传的《三国志》《三国演义》等改编，主要讲述关羽单刀赴会的故事。此叙事诗运用精练形象、富有民族特色的语言以及多种艺术手法，如比兴、虚实结合等，展现了东汉末年三国鼎立的历史，重点刻画了智勇双全、器宇轩昂的英雄人物关羽。这首叙事诗在锡伯族民间流传已久，并且在其民间文学中别具一格。锡伯族民间对关公非常敬重，西迁之后，锡伯族民众把关公庙也带到新疆，在他们聚居区建有关公庙，每年都会举行祭祀仪式。

5. 歌谣

锡伯族作为一个擅长歌唱的民族，在其歌谣中寄托了他们真挚而热烈的情感，主要有宗教萨满歌、情歌、劳动歌、生活歌和儿歌等。

锡伯族的宗教歌是一种歌乐舞三位一体的综合艺术，以反映萨满为人跳神治病的场景为主，不仅具有独特的地域文化色彩，而且是世界满—通古斯语族语言和历史文化与艺术的"活化石"。其类型除了萨满歌外，还有从萨满歌中分化出来的斗琪歌、尔琪歌、相同歌三种。其中比较有代表性的有《霍里色》《祈求土地神歌》《亚布塔尼》《阿勒坦库哩》《托斯别久别》等，其演唱风格粗犷，富有神秘色彩。

锡伯族的情歌可以说是异彩纷呈，唱尽了爱情各个阶段的各种心境：有"阵阵凉爽的清风，吹动了幼嫩的小草；我终于壮着胆子，向姑娘把心迹表"的真诚表白；有"欢唱的喜鹊哟，爱在沙枣林中飞走耶哪；多情的阿哥哟，爱在小妹屋前逗留耶哪"的热恋；有"情郎哥哥来相会，怕咱爹妈不答应。连忙担起两水桶，走出门来兴冲冲"的迫切求婚；有"小妹细眼送情波哟，阿哥心里无比甜耶哪"的男女情歌对唱；有"嫣然盛开的百合花，狂风暴雨里不会凋谢。用心血浇灌的爱情之花，电霹雷轰也不会摧折"的忠贞不渝；有"泥窝中那个雏燕哟，没有想到早已飞走哟；咱俩那个相爱哟，没有想到今日会分手哟"的离别悲伤；有"山中的狮子叫哎，声声回荡在山谷；思念远方的小妹喔，悲痛充满了心头"的久别相思；有"一对鸳鸯被拆散，双方熬煎多孤单"的爱情受挫；有"道枝上的红桃，高挂不可摘。心爱的姑娘啊，为何喜徘徊?"的复杂心情,亦有"送你送到辽河边,河里船儿由你选,要坐哥就赶快坐,不要脚踏两只船"的深情劝导。这些都表达了锡伯人甜蜜炽烈的爱情追求。

"锄掉那苞谷地里的杂草耶哪,才能有丰收的谷粮堆满仓耶哪。黄莺在高粱地里欢飞耶哪,锄地的阿哥在阳光下欢歌耶哪"的劳动歌表达了锡伯族人民热爱劳动,崇尚靠自己的双手勤劳致富的精神。例如《四季歌》《猎人之歌》《打渔歌》等。这些将抒情、叙事融为一体的语言和优美舒畅的旋律减轻了劳动中的痛苦,同时彰显了锡伯人的劳动经验智慧。

生活歌则具有强烈的写实精神和育人作用。《戈壁滩上的沙枣树》《茫茫长夜》《穷人皮包骨头筋》《悲苦的泪水流不尽》等苦歌叙述了旧社会锡伯族人民受压迫的贫困生活情景,表达了其渴望翻身求解放的愿望。《朋友多的人出门方便》《在今日的世道里,诚直勤劳的人荣升》《和学问交朋友,就会成秀才》《不敬父母怎么行》《劝阿古归正道》《禁烟歌》《劝学歌》等格言哲理劝导歌展现了锡伯人对自己生活学习的高标准要求以及中华传统美德,为锡伯人的为人处世提供了良好的模范。

锡伯族的儿歌多取材于日常生活,语言通俗生动,节奏明快。例如《巴伯哩曲》《摇篮曲》等催儿童入眠的歌曲;《刚刚嘎里伟里》《格合格合更额勒》《赶老鹰》等游戏歌曲;《惜时勤学歌》《朋友们,努力吧》《我们爱劳动》等劝学勉励歌。

6. 谚语和念说

锡伯族的民间谚语语言简练生动,比喻对偶丰富,具有鲜明的口语色彩。有社会生产生活类:"锅里无饭碗里空""乱世的官不如太平年的犬""缝补衣之本,勤俭粮之本""过稠的庄稼满眼窝,种稀的庄稼满仓库""生十子易,教一子难""饭菜不可过量""舌头虽小,能品百味";自然风物类:"滴水汇进大海才能奔流""长角的并非都是牛""绳断细处,冰破薄处""树茂鸟儿集";伦理哲语类:"父母不可遗弃,祖国不可背离""失礼人家,亲友疏远;讲理人家,门庭生辉""从远处听来的,不如从近处见到的""轻信往往受骗""有雄心的虎,不怕登险峰;有真理的人,不怕他人指""铃不摇不响"等。这些谚语主要表述了劝善、劝学、劝勤等内容,简练易懂、含义深刻,富有启发和教育意义。

锡伯语把念说称为"祝伦呼兰比",是流行于新疆的锡伯族聚居地采用锡伯语进行表演的一种说书形式。相传是形成于16世纪之前的一种锡伯族特有的曲艺曲种,并且一直延续到今天。

锡伯人每到闲暇时候就三五成群地聚在一起,"一人念,众人听",通常演出时念说者与听众交流活跃，听众可随时就书的情况提出问题并发表见解。主要内容是中国古典章回小说《三国演义》《水浒传》《西游记》等，由此可见念说是锡伯族文化受汉文化影响的产物。后来的念说内容又加入了锡伯人自己创作的叙事长诗。一般是由民间艺人或者"文化人"来念说。念说曲调委婉动听，引人入胜，音乐节拍也比较自由。这就与汉文化中的"说书"有异曲同工之妙，念说者和说书人或口技艺人一样都能通过自己惟妙惟肖的模仿，将文本中人物的爱恨情仇、悲欢离合以及渲染气氛的各种自然环境演绎得精妙绝伦、淋漓尽致。

念说之声时而高亢激昂，铿锵有力，一幅幅壮怀激烈的战争场面便清晰浮现：千军万马如汹涌澎湃的海潮涌向敌军，顿时战马嘶鸣、旌旗蔽空、尘土飞扬、短兵相接、刀光剑影，让人不禁屏声静气，全神贯注地密切关注着战场形势，仿佛身临其境。时而念说之声随着主人公的不幸遭遇又转入悲伤凄凉、低沉浅吟，如泣如诉、如怨如慕的念说把听者的心境也带入了凝重悲凉的氛围中，以至于与主人公同呼吸共命运。时而又可以听到小孩子们嬉戏玩耍时的童真欢笑，情侣们打情骂俏时的莺声燕语，老人们给小辈传授经验教训时的语重心长、谆谆教诲……

听者从中充分体味到这种"念"的魅力——不仅为他们的生活增添了色彩和诗意，得到一种艺术审美享受，而且吸收了丰富的汉文化精华，陶冶了情感和民族的精神，激发了爱国主义情感以及对生活的美好向往。

第四节　新疆印欧语系民间文学

一、新疆俄罗斯族民间文学概述

（一）新疆俄罗斯族族源与历史

俄罗斯族是新疆世居民族中人数较少的民族，根据 2016 年的人口调查数据显示，新疆俄罗斯族人口数为 1.18 万[①]，占新疆总人口的 0.053%，占全国俄罗斯族人口的一半以上。目前，新疆俄罗斯族主要居住在伊犁、塔城、阿勒泰和乌鲁木齐。俄罗斯语属印欧语系斯拉夫语族东斯拉夫语支，分为南北两个分支，中国俄罗斯族使用的俄语属南部方言，但由于受汉语、维吾尔语

[①]　新疆维吾尔自治区统计局编：《新疆统计年鉴（2016）》，北京：中国统计出版社 2016 年版，第 108 页。

和哈萨克语等语言的影响，在语音和词汇上形成自己的一些特点。俄罗斯人大多数信仰东正教，也有少数人信仰基督教其他教派。

自 18 世纪开始，俄罗斯南部的群众因不堪忍受沙皇的剥削和残酷统治，大批南迁到中国新疆伊犁等地。19 世纪末至俄国十月革命前后，又有大批俄罗斯人从西伯利亚等地迁入新疆北部地区。盛世才统治新疆时期，俄罗斯族被称为"归化族"。新中国成立后，俄罗斯族人要求把"归化族"改回俄罗斯族。

（二）新疆俄罗斯族民间文学的多元文化背景

新疆俄罗斯族大多信仰东正教，信奉三位一体（圣父、圣子、圣灵）的上帝，相信天堂地狱和末日审判。还有少部分人信五旬节教派、吉尔佳克教派、洗礼派，这些教派都是在二十世纪三四十年代进入新疆北部地区，大多在伊犁设有教会组织。在节日习俗方面，新疆俄罗斯族的节日习俗多与宗教信仰相关，比如最重要的复活节（又称"帕斯喀节"），节日期间有一系列的宗教礼俗，婚姻、丧葬保持着俄罗斯独有的韵味，而饮食习俗在保持俄罗斯特色的同时，也吸收了新疆兄弟民族的饮食习俗。

（三）新疆俄罗斯族民间文学分类简述

新疆俄罗斯族民间文学主要分为民间传说、民间故事、民歌等。

1. 民间传说

新疆俄罗斯族民间传说的代表性文本是《复活节红鸡蛋的传说》和《鸽子救耶稣》。两个文本都是宗教习俗传说，前者主要讲述了俄罗斯人在复活节这天吃红鸡蛋的来历；后者主要讲述了一只鸽子落在受难的耶稣心脏的位置，士兵的刀便没刺到耶稣的心脏，耶稣获救，俄罗斯族人便把鸽子奉为圣物。

2. 民间故事

新疆俄罗斯族民间故事内容较为丰富，按类别分为动物故事、幻想故事、生活故事和寓言。

动物故事的代表性文本有《狐狸——忏悔婆》和《公鸡和狗》。前者主要讲述了一只饥饿的狐狸与公鸡斗法的故事，故事结尾透露出东正教对故事的影响。这篇故事有异文，公鸡变成了山羊，地点变成了枯井。《公鸡和狗》的故事主要讲述了一户贫苦人家的公鸡和狗实在无法忍受饥饿，便离开主人家到森林里，后来公鸡和狗智斗狐狸，最后狗把狐狸咬死了。

幻想故事的代表性文本是《寒冷老人》。主要讲述了一个老太婆疼爱自己的亲生女儿、虐待继女的故事。自己的女儿好吃懒做，继女勤劳懂事。老太婆想借丈夫外出的机会杀死继女，于是便让她到寒冷的大森林捡干柴，勤劳懂事的继女感动了寒冷老人，得到寒冷老人的礼物和祝福，而老太婆的女儿再到寒冷大森林，希望也得到礼物和祝福的时候，终因好吃懒做和无礼的举动激怒了寒冷老人，最后老太婆和她的亲生女儿都被大雪掩埋了。春天来临的时候，勤劳懂事的继女嫁给了一个铁匠，过上了幸福的生活。这篇富有幻想力的童话故事表达了俄罗斯族人朴素的、美好的生活观。

生活故事的代表性作品有《非凡的纺织工》《贫家女》《兄弟俩》《农夫和国王》《审判》《聪明的农夫》《老爷"孵马"记》《爱争吵的妻子》等。这些作品大都表达了对劳动人民及其聪明才智、不畏强权、助人为乐、勤劳节俭等美好品德的赞美，同时也表达了对强权阶层的批判。

寓言的代表性文本有《农夫和熊》《狐狸和虾》和《狐狸和罐子》等。

3. 民歌

俄罗斯族民歌主要有习俗歌、情歌、童谣以及社会主义新民歌等。习俗歌主要包括歌唱宗教节俗、婚俗、丧俗等内容的民歌，代表性作品有《婚期近》和《飞去的小燕子》等。

> 啊，可爱的小燕子啊，
> 你展开双翅，
> 任意地飞翔。
> 抛弃了温暖的旧巢，
> 为什么过早地飞去？
> 你离别了衰老的双亲，
> 离别了天鹅般的姊妹，
> 离别了雄鹰般的兄弟。
> 原谅我吧，亲人们，
> 这是父母的安排，
> 乡亲的美意。
> 女大当嫁，
> 我只得忍心离去。①

《飞去的小燕子》中的这段话表达了亲人、乡亲与新娘之间的依依不舍之

---

① 中央民族学院少数民族文学艺术研究所编：《中国民族民间文学》（上册），北京：中央民族学院出版社1987年版，第186页。

情。俄罗斯族情歌大多歌唱男女恋人之间美好的爱情故事，表现了男女青年活泼、爽朗的性格。俄罗斯族童谣是民歌的重要组成部分，在塔城和二工镇的俄罗斯族中流传着《摇篮曲》和《小老鼠睡觉》等童谣，笔者把后者辑录如下：

> 小老鼠啊要睡觉，它嫌妈妈太唠叨。
> 妈妈出去找保姆，找来一匹大白马。
> 小老鼠嫌马儿叫，老鼠妈妈又去找。
> 妈妈找来一条鱼，不知小老鼠要不要。
> 小老鼠嫌鱼不出声，光张嘴巴也不好。
> 老鼠妈妈又去找，找来鸭子哄宝宝。
> 小老鼠又嫌鸭子声音吵，"不要不要还不要"。
> 老鼠妈妈又去找，找来猫儿哄宝宝。
> 猫儿猫儿很不错，性情温顺声音好。
> 老鼠妈妈回过头——
> 呀！小老鼠它不见了。

二、新疆塔吉克族民间文学概述

（一）新疆塔吉克族族源与历史

塔吉克族是新疆世居民族中人数较少的民族，根据 2016 年的人口调查数据显示，新疆塔吉克族人口数为 5.01 万[①]，占新疆总人口的 0.216%。目前，新疆塔吉克族主要居住在南疆帕米尔高原的塔什库尔干塔吉克自治县、莎车、泽普、叶城和皮山等县。塔吉克语属印欧语系伊朗语族东伊朗语支（也有学者认为，塔吉克语为伊朗语族东南伊朗语支的帕米尔语族），但许多族人会说维吾尔语和柯尔克孜语。

（二）新疆塔吉克族民间文学的多元文化背景

塔吉克族为新疆 13 个世居民族之一。塔吉克为"王冠"之意，是塔吉克人的自称。塔吉克语属于印欧语系伊朗语族东伊朗语支，由于高原的冰原、河谷、草原、沃野等地理环境多样化，塔吉克人的生活方式相应地既有畜牧

---

① 新疆维吾尔自治区统计局编：《新疆统计年鉴（2016）》，北京：中国统计出版社 2016 年版，第 108 页。

也有种植业，他们过的是半定居半游牧的生活。他们以肉食和馕为主食，以土木结构平顶屋为固定住房，也住毡房。

高原天朗气清，辽阔无垠，使人产生离天很近的错觉，塔吉克人又是"太阳神"部族，究其来源可上溯至公元2—3世纪的竭盘陀国、"汉日天种"的传说。然而塔吉克人种又的的确确是欧罗巴人种印度地中海类型，是"中国的白种人"。

塔吉克族曾信仰祆教和佛教，现在普遍信仰伊斯兰教什叶派中的伊斯玛仪派。伊斯玛仪派相信安拉是唯一的最高实在，该派的教义和传统道德规范对塔吉克族的社会生活和传统文化产生了深远的影响。塔吉克族聚居区清真寺相对较少，教徒既不封斋，也不朝觐。

塔吉克族能歌善舞，而且崇拜翱翔的雄鹰，因此他们的鹰舞具有浓郁的民族特色，是塔吉克族最早进入国家"非遗"的项目。塔吉克族非常重视礼节，日常生活中行"吻"礼：同辈的男人见面，握手并亲吻手背；晚辈对长辈要急走几步迎上前去，吻手，长辈吻小辈的额头以示回礼；妇女见面，平辈互相吻面颊，晚辈需要吻长辈的手心。塔吉克族婚俗、饮食习俗、节日习俗等方面既有自身民族的风格传统，同时也明显地受到维吾尔族、哈萨克族、柯尔克孜族等族影响，与相邻民族和谐地融合为一体。

（三）新疆塔吉克族民间文学分类简述

在独特的自然生态环境中，塔吉克族创造了绚烂的历史文化，在与各民族的交往过程中，其历史、宗教、文化融入了更多有益基因，使得塔吉克族文化成为高原上一只展翅翱翔的"雄鹰"。而这些文化传统很大程度上流传在他们的神话、传说和民间故事中，下面予以分类介绍。

1. 神话

塔吉克族神话内容非常丰富，我们可以将其分为自然天象神话和人类起源神话。前者代表性文本有《太阳神话》《太阳和月亮》《月亮神话》《水的神话》《风的神话》《山的神话》《关于地震的神话》《鲁斯塔木之弓的传说》。后者代表性文本有《人怎么离开天堂的》和《人类的来历》。

在自然天象神话《太阳神话》（流传于塔什库尔干塔吉克自治县）中，安拉是创世神，他为了让大地上的万物享受无穷无尽的光亮，决定长驻地面。然而安拉之光不能同时均匀地覆盖整个大地，照亮了这边，那边仍在黑暗中；照亮了那边，这边又陷入黑暗，并且有的人得天独厚，可以享用很多安拉之光，有些人运气不佳，享用得很少。这样，人就分出贵贱来，不平等相继而来，人世间开始了无休止的争吵和争斗。安拉看到这种情况，就想办法改变，决定重上九霄，好让万物平等地享用他的光——高悬于空的太阳所散发的光芒便是安拉之光。本篇异文在情节上发生了改变：安拉先将大地上的人分为"贵人"和"贱人"两类，由此纷争骤起。安拉厌恶这种纷争，就升到九霄，大地因此陷入一片黑暗。人类连累万物也遭受黑暗之灾。在万物的苦苦哀求下，安拉就每日清早从九霄东门放出安拉之光，到傍晚又从西门收回安拉之光，以此使世人一方面享受阳光，颂扬安拉，一方面又在夜里忍受黑暗之苦，以便让他们忏悔过错、常怀感恩之心。这则神话明显体现了伊斯玛仪派的教义和哲学思想。安拉给人类万物以光明，又让他们忍受黑暗之苦，只有怀有坚定的信念和感恩之心，才会得到安拉之光。

《月亮神话》（流传于塔什库尔干塔吉克自治县）主要讲述了月亮何以成了今天这种面貌——有斑痕，不发热，也不发光。很早的时候，月亮火焰四起，把热散发到大地上，常常面朝着世人微笑着；但是人们却不知感恩，反而咒骂月亮妨碍他们做一些见不得人的事。有一天，一家三姐妹吵架了，越吵越凶，最后打起来，把对方的衣服撕得稀烂，三人赤身裸体地继续用各种污言秽语相骂，直闹到大街上去。月亮看到一丝不挂互骂的三姐妹，为之羞愧万分，决心转过脸去，再也不向她们看一眼。从此月亮就成了今天冷冰冰的模样，三姐妹丑陋的身影成了月亮表面的斑斑点点。世界本非如此冰冷，而应是充满光明和温暖的美好家园，人类自己断送了自己的幸福。

《风的神话》《山的神话》《关于地震的神话》分别讲述了风、山和地震的来历。这些神话文本与塔吉克族人生存、生活的环境紧密结合。塔吉克族生活在帕米尔高原上，山脉高大且纵横极广，于是就有了真主为防止地震而造七山压服神牛的神话（世界上所有的山都是这七山所生的后代，而七山之首即帕米尔之上的慕士塔格峰）。帕米尔高原上风烈，于是很容易让我们联想到"风的神话"（四个国王在魔鬼的蛊惑下向安拉宣战，安拉造云生风将他们消灭，这之后就有了风，风是安拉之怒，提醒人们不要作恶，不要违背安拉的意志）。这些释源性的叙述非常自然地与真主安拉发生关联，其产生时代肯定是在塔吉克族信仰伊斯兰教之后。

人类起源神话的代表性文本是《人怎么离开天堂的》和《人类的来历》。前者讲述了人类因偷吃了天堂里的麦粒，拉下的粪便污染了天堂的洁净，被创世主安拉罚下天堂，后又在安拉的启示下学会了耕作的故事。后者主要讲述安拉命众天使用泥土造人并先后赋予人类永久灵魂和有期限灵魂的故事。这两则人类起源神话均与伊斯兰教紧密相关。

2. 传说

塔吉克族民间流传着丰富的传说文本，有族群起源传说、英雄传说、地方风物传说等。这些想象奇诡、内容翔实的传说文本蕴含了塔吉克人对历史传统模糊而又清晰的记忆。

族群起源传说的代表性文本有《公主堡的传说》《秦公主的传说》和《大同人的祖先》。《公主堡的传说》描述了塔吉克族的民族起源，即著名的"汉日天种"神话，玄奘的《大唐西域记》[①]详细记载了竭盘陀国的建国传说、汉日天种、人种相貌、语言、宗教等内容。《秦公主的传说》则描述了大秦公主躲避 18 岁"黄蜂之劫"而发生的传奇故事。这两则传说文本明晰地勾勒出古代塔吉克族与汉民族的关系。传说文本并非毫无根据，显然不是空穴来风。公元前 60 年，汉代设置西域都护府，塔吉克族先民聚居的蒲犁国（塔什库尔干塔吉克自治县一带）便归其管辖。自此，塔吉克族与汉族之间的经济、文化交流从未中断。塔吉克族中不仅流传着与汉族交往的传说，同样流布着与其他新疆世居民族的交往融合的传说文本，《大同人的祖先》便是一例。它主要讲述了塔吉克族与柯尔克孜族结合，孕育了大同人的传说：有一年外国侵略者血洗了大同河谷，只有一个叫罕珠的塔吉克妇女和她的三个女儿存活了下来，后来柯尔克孜族牧民巴巴西带着他的三个儿子游牧来到这里，三对青年结合，于是繁衍出后来的大同人。

塔吉克族流传着很多英雄传说，特别是关于鲁斯塔木的英雄传说，传说文本有《鲁斯塔木出生》《鲁斯塔木之死》和《鲁斯塔木之墓的传说》。这些传说文本主要描述了鲁斯塔木从出生、建功立业到死亡的系列英雄故事。英雄的出生是神圣的、灵异的，他的父亲扎勒是加木西德时代的英雄萨木的儿子，出生时浑身白毛，被抛弃后为神鸟养大，后与祖哈克家族的鲁碧代结婚生下鲁斯塔木。他少年时就能用棍子打死狮子，后骑着骏马则西克征战四方，与黑暗作斗争；鲁斯塔木是一个巨人，鞋里的土磕出来变成了比赫别肯拱背形山丘；他甚至还提巨弓上天同光明之神一同击败黑暗魔鬼，战后天开云散，人们看到的彩虹就是神奇的鲁斯塔木之弓；英雄的死是因为他弟弟的出卖而掉进敌人的陷阱，但他还是拼尽神力，射出两箭，隔着大树将叛徒弟弟和敌人杀死。有学者指出，英雄鲁斯塔木波澜壮阔的事迹，可能与 11 世纪左右问世的伊朗民族史诗《列王纪》的部分篇章有着密切联系。

塔吉克族的地方风物传说包含了地方传说、习俗传说等，传说文本有《慕士塔格冰山的传说》《慕士塔格峰与乔戈里峰的传说》《比赫别肯传说》《姐妹峰的传说》《巴扎尔——代西提的传说》《阿甫拉西雅布山的传说》《孜

---

① 玄奘、辩机著，季羡林等校注：《大唐西域记校注》，北京：中华书局 2000 年版，第 983 – 990 页。

代克西比赫传说》《兴干白马石的传说》《石头城的传说》《帕尔哈德渠的传说》《奇里堂麻扎的传说》《麦子秆长穗短的原委》《花的传说》《关于"皮里克节"的来历》《达甫的传说》《苏奈的传说》等。

3. 民间故事

塔吉克族的民间故事形式多样，可分为幻想故事、生活故事、寓言等。

（1）幻想故事。塔吉克幻想故事较多，《鹰笛》是其典型的传奇文本。故事通过曲折的情节、优美的语言讲述了民族乐器鹰笛的来历，表现了塔吉克族独特的民族文化传统。这则故事广泛流传于塔吉克民众中间，受到民众的喜爱，对研究塔吉克族的历史和民俗具有重要的价值。幻想故事的代表性文本有《聪明的狐狸》《玉枝金花》《四个王子的故事》《伯孜·依格特》《莎依甫加玛丽公主的故事》《一对慷慨的年轻夫妻》《脚能踩出金砖的姑娘》《海吾来克》《狐狸与看磨坊的人》《忠诚的小马》《乞丐、国王和思罕古羽》《盛不满的小金杯》《父亲的遗嘱》《闪光的大理石》《神羊的儿子》《孤独的三姊妹》《艾西热甫阿曼》《一条缰绳的故事》《巴胡都尔和孜力娜》《瓦依迪热赫》《国王和大臣的儿子》《勇敢的小王子》《海依达尔和他的动物伙伴》《梧桐树》《牧民的女儿》《四十个魔鬼和宰相的女儿》《纺织匠成了英雄》《大力士》《艾力姆提克》。幻想故事中还有很多动物故事，有马、牛、驴、羊、鸟、鸡、狗等与他们的日常生活密切相关的动物，也有蟒蛇、雪鸡这样或许并不常见的动物，还有常见的象征性意味极强的狐狸。关于狐狸的故事很多，例如：狐狸和狮子学打猎，因为它只注意到狮子打猎前外表的变化而没考虑自己的体型和力量，自高自大地认为自己已经学会了打猎，最后被马群踢死的故事；《别和狐狸交朋友》的故事源自"看人不要看表面，交友不要交狐狸"的民谚；也有《聪明的狐狸》：狼和狐狸每次一起出力打猎或偷东西，但狼每次都多吃多占欺负狐狸，于是狐狸开动脑筋，运用智慧治死了所有的敌手；还有《狐狸与看磨坊的人》中智慧的狐狸帮助看磨坊的人热赫穆赢得国王的尊重，娶回美丽的公主的故事。

（2）生活故事。塔吉克族生活故事往往也是表现民众对压迫、不公的批判和对自由美好生活的赞美，代表性文本有《斯坎德尔国王和他的继承人》《艾斯热丁国王和他的女婿》《聪明勇敢的老三》《热娜古丽》《能媳妇和她的丈夫》《会屙金子的驴》《开不败的玫瑰花》《猎手和他的朋友们》《那甫宝德城》《两个宝箱》《征服世界的毛驴》等。

（3）寓言。寓言也是塔吉克族民间故事的重要一类，大部分是动物故事，也有部分植物故事。这些寓言大多短小精悍，用拟人化的语言讲述寓意深刻的故事，达到民间教育的功能。代表性文本有《喀孜与蛇》《巴依和狼》《鹰与孔雀》《鸡和雪鸡》《狐狸和狮子》《红花与紫花》《黑熊和狐狸》等。

第五节　新疆汉藏语系汉语族民间文学

一、新疆汉族的历史

汉族是新疆世居民族中人数排第二的民族，根据 2016 年的人口调查数据显示，新疆汉族人口数量为 861.1 万①，占新疆总人口的 36.1％。目前，新疆汉族大部分居住在东疆和北疆地区，也有很多民众居住在南疆喀什、和田等地，是新疆世居民族中分布最为广泛的民族。新疆汉族属汉藏语系汉语族，城市的民众大多说汉语普通话，在乡村多使用汉语新疆方言（以西北官话为主），在兵团大部分团场说河南方言，在部分城市（石河子市）则出现了普通话方言岛现象。也有很多汉族群众和干部通晓维吾尔语或哈萨克语、柯尔克孜语等。

汉族是新疆最古老的民族之一。远在新石器时代，中原汉族可能已经与新疆古代民族发生了初步的交往。在河南安阳殷墟武丁妇好墓中出土的玉器大多来自新疆于阗，而在新疆乌鲁木齐以南的阿拉沟出土的环形贝和哈密七角井出土的红珊瑚均来自我国东部的海滨。这些出土文物直接证明：至少在殷商武丁时代，中原与新疆的玉、贝交换就已经有了一定的规模。而至今流传在新疆巴里坤、木垒、奇台、吉木萨尔和阜康的天池西王母神话传说（周穆王西巡瑶池会见西王母的传说）也为我们部分复原了中原汉族与新疆古代民族的政治、文化交流的图景。汉代，建元三年（公元前 138 年）、元狩四年（公元前 119 年），张骞两次出使西域，这是汉族官方与西域交流的开始。两次通西域对促进中原汉族地区与西域的联系产生了历史性的影响，在以后的历史岁月里，汉族逐渐进入西域，参与到各族人民开发新疆的历史进程中。公元前 60 年，汉朝在新疆建立了西域都护府，确立汉朝中央政权对西域的管辖。

公元 608 年，隋朝派兵进驻伊吾，设立鄯善郡（今若羌县）、且末郡（今且末县西南）和伊吾郡（今哈密市境内）。唐代，中央政府强化了对新疆的统治；公元 630 年，伊吾城主率所属七城归顺唐朝，唐朝设西伊州（后改称伊州）；公元 640 年，在高昌设立安西都护府；公元 702 年，在庭州（今吉木萨

---

① 新疆维吾尔自治区统计局编：《新疆统计年鉴（2016）》，北京：中国统计出版社 2016 年版，第 108 页。

尔县北庭镇）设置北庭都护府。1063 年，北宋册封喀喇汗王朝可汗为"归忠保顺鳞黑韩王"；于阗的使臣、僧人向宋朝进贡不断；元代，1286 年设置"别失八里元帅府"管理全疆屯垦事务；明代，1406 年设立哈密卫，维持丝绸之路的安全；清代，中央政府完成了平定准噶尔及大、小和卓叛乱后，实现了对西域各地的军政统辖，1762 年设立的"伊犁将军"是全疆最高的军政机构，驻地在"惠远城"（今霍城县境）；在清朝政府和新疆各族人民的共同开拓下，清代三百年来新疆的社会经济得到了稳步发展；民国时期，杨增新、金树仁、盛世才先后主政新疆。1949 年 9 月 25 日，在中国共产党的积极努力下，新疆和平解放。新疆各族人民迎来了全新的历史时期。

历朝历代，中原中央政权不断加强与西域各族人民的密切联系，汉族在新疆的人口不断增加，但最早进入新疆的汉族人大部分和西域其他民族一样融入当地各民族中去了，再有一部分主要生活在哈密、巴里坤等地。现在生活在新疆的汉族人，主要由以下四个部分组成：一是自汉唐以来世居在此的汉族人；二是清代以后陆续进入新疆的部分汉族官员和大批汉族贫民，主要以政府征召为主；三是民国时期从湖南、陕西、甘肃、宁夏、河北、河南、山东等地大批进入新疆的汉族，特别是盛世才主政新疆时期，大批流民因战乱、荒灾等原因进入新疆，属于人口的自然流动，也有相当一部分是国民党的军队（约 9 万人）和共产党的军队，到 1949 年，新疆汉族人口约为 29.10 万人；四是新中国成立后，新疆各族人民得以解放，汉族群众响应党和国家的号召，来自全国各地的汉族同新疆各族群众一起掀起了建设美好新疆的新浪潮。

二、新疆汉族民间文学的多元文化背景

至晚在秦汉时期，汉族先民便与新疆土地上最古老的民族有着较紧密的交往。尽管他们各自的生产、生活方式不同，但在不断的碰撞与交流中，汉族以其先进的生产方式和文化魅力影响着新疆各族群众的日常生活。特别是近现代以来，新疆各族社会内部都面临着近代化和现代化的命题，无论是生产生活方式还是民族传统文化都面临着转型的危机。新疆的汉族和各兄弟民族一起参与到这个转型中，汉族在西学东渐和传统文化危机的语境下很好地起到了沟通桥梁的作用。同时，新疆汉族社会内部也经历着这样的历史文化变迁，他们的宗教信仰、语言文字、社会民俗也发生着变化。

从宗教信仰上看，新疆汉族仍呈现出多元化的特点，但其核心仍是以儒教家国理念为旨归。如果我们仔细考察清代以来新疆汉族的民间信仰或许能

得到很多启示。龙开义副教授对清末民初时期的汉族庙宇做过一个统计，见下表：

清末民初新疆汉族移民的宗教信仰空间地理分布表①

分布区域	地点	宗教信仰神灵与庙宇
北疆和东疆一带	惠远城	社稷坛、先农坛、风神庙、火神庙、文昌宫、魁星阁、城隍庙、龙王庙、八腊庙、刘猛将军庙、节孝祠、子孙圣母庙、财神庙、老君庙、关帝庙、娘娘庙、孔子庙、祠堂、万寿宫
	古城（奇台）	城隍庙、文庙、关帝庙、万寿宫、玉皇阁、文昌宫、火神庙、药王庙、财神庙、吕祖庙、太阳宫、老君庙、定湘王庙、娘娘庙、马王庙、龙王庙、七星庙、无量庙、三教庙、将军庙、三忠祠（祭祀平瑞、保恒、惠庆）、刘氏节孝坊、土地庙、鲁班庙、三官庙、北斗宫、萧曹祠、观音阁、三清宫、仙姑庙、山神庙、菩萨庙、树神庙、牛王宫、石人子庙
	阜康	福寿寺（通天教主、元始天尊、老子）、三皇殿（伏羲、神农、轩辕）、三官殿（尧、舜、禹）、龙王宫、东岳庙、玉皇阁、土地祠、关帝庙、城隍庙、娘娘庙、财神庙、武庙
	绥来县	文庙、武庙、玉皇阁、土地庙、大佛寺、娘娘庙、关煞洞、王爷庙（定湘王庙）、城隍庙、红山庙、虫王庙、财神庙、火神庙、五圣宫、祖师庙、老君庙、马王庙、昭忠祠、刘猛将军庙、魁星楼
	镇西（巴里坤）	关圣帝君庙、文昌宫、凉州庙、马王庙、秦州庙、鲁北庙、东关大庙、昭忠祠、文庙、城隍庙、牛王宫、羊会、雷祖庙、龙君娘娘庙、土神祠、瘢神庙、赞化帝君庙、萧曹庙、五凉庙、三官庙、甘州庙、地藏寺、老君庙、财神庙、海神庙、驼会、南山庙、南园子庙、花庄子苗、奎素庙、大黑沟庙、沙山子庙、李家沟庙、武威户庙、二道河庙、东西敦煌庙、玉门县庙、石佛爷庙、三塘湖庙、柳沟庙、头渠庙、二渠庙、三渠庙、源泉庙、海城庙、苏武庙、钟馗庙、左文襄公祠、孙膑庙、仙姑庙、娘娘庙、万寿宫、药王庙、虫王庙、风神庙、观音殿、观音阁、定湘王爷庙、嫘祖庙

---

① 龙开义：《清末民初新疆汉族民间宗教信仰研究》，《北方民族大学学报》（哲学社会科学版）2011年第6期，第6页。

（续上表）

分布区域	地点	宗教信仰神灵与庙宇
北疆和东疆一带	迪化城	玉皇阁、地藏寺、大佛寺、风神庙、雷神、雨神、电神、万寿宫、关帝庙、城隍庙、真武庙、魁星阁、文昌庙、财神庙、三官庙、娘娘庙、仙女庙、龙王庙、罗真人庙、药王庙、火神庙、定湘王庙、文襄祠、刘襄勤祠、平襄祠、金忠介祠、昭忠祠、北斗宫、红山庙、巩宁城万寿宫、文昌宫、昭君祠、文庙、社稷坛、无量庙、菩萨庙、虫王庙、先农坛、八腊庙、赤帝宫、神龙祠、三皇庙、玉皇庙、地藏庙、五圣宫、牛王庙、老君庙
	昌吉县	土地神、文昌宫、魁星阁、城隍庙、厩神庙、关帝庙、先农坛、观音菩萨庙、眼光文殊菩萨庙、普贤地藏菩萨庙、文庙、五圣庙、无量庙、龙王庙、财神庙、三圣庙、牛王宫、娘娘庙
	库尔喀喇乌苏直隶厅	文庙一、文昌阁一、武庙四、龙王庙一、城隍庙一、火神庙一、方神庙一、社稷坛一、老君庙一、承化寺一、昭忠祠一
	塔城直隶厅	关帝庙二、方神庙、万寿宫、城隍庙、昭忠祠、娘娘庙、山神庙各一
	精河直隶厅	武庙三、娘娘庙二、文庙、文昌庙、东岳庙、万寿宫、仙姑庙、观音庙、城隍庙、老君庙、龙神祠、药王庙、财神庙、马王庙、土地祠、昭君祠、刘猛将军祠各一
南疆一带	温宿府	万寿宫、文庙、社稷坛、神祇坛、武庙、城隍庙、龙神祠、刘猛将军庙、方神祠（定湘王庙）各一
	拜城县	万寿宫、文武庙、龙王庙、城隍庙、社稷神祇坛、昭君祠、方神祠各一
	焉耆府	万寿宫、文庙、社稷坛、神祇坛、武庙、城隍庙、龙神祠、刘猛将军庙各一
	乌什直隶厅	万寿宫、文庙、武庙、忠义祠、方神庙、观音阁、刘襄勤祠各一
	莎车	万寿宫、武庙、火神庙、龙神祠、昭君祠、城隍庙和方神庙各一
	蒲犁厅	城隍庙、武庙、风神庙和龙神祠各一
	巴楚州	龙神庙、城隍庙、火神庙、文武庙、昭忠祠各一
	和阗州	文武庙、文昌宫、社稷坛、神祇坛、龙神祠、昭君祠、刘猛将军庙各一
	英吉沙城	关圣庙、龙王庙、万寿宫、城隍庙、方神庙和左公祠各一

根据上表，龙开义副教授认为："新疆建省后，郡县制度不断完善，带来了汉族移民在新疆地理空间分布的不断扩展，随之而来的一个文化现象就是新疆汉族的民间宗教较之于以前，在地理空间上大大扩展。即便在南疆维吾尔族传统聚居区，也有大量的汉族神祠庙宇的出现。但因为北疆和东疆一带汉族移民分布比较多，因而使得这些地区的庙宇兴建之多、分布之广大大超过南疆地区。"① 现在新疆各地汉族相关庙宇虽不及清代繁盛，但经重修、重建的庙宇的分布情况也基本如此。对笔者而言，表格中的每一座庙宇都是一个传奇故事，因为我们可以从庙宇的兴衰背后理出一部部感天动地的家国离乱与散居乡愁"神话"。这些"神话"大多已经伴着众多信众在烧香礼佛时佛烟氤氲升华，但终归消散在历史的尘埃里。

从语言文字上看，新疆汉族使用的汉语包含来自天南海北的方言，但在长期与维吾尔语、哈萨克语、蒙古语等少数民族言语的接触中，逐渐形成了新疆方言。新疆方言中有大量的少数民族语的借词，明显体现了文化交流给各族语言带来的变迁。从社会民俗上看，新疆汉族分布在新疆各地，部分地区汉族群众的社会习俗受到当地主体少数民族影响，特别体现在语言、饮食、生产、建筑、节日等方面。当然，汉族与新疆世居各民族在长期的历史交往过程中，其语言、习俗文化也潜移默化地影响着当地少数民族，汉族群众以其先进的生产技术和生产方式推动着新疆的历史进程。

事实上，汉族文化在参与新疆社会历史变迁的过程中，既建构了一种文化交流模式，又在建构的过程中丰富、完善了自身。我们可以从汉族古代传统的民间故事类型里看到印度文明、阿拉伯文明的痕迹，这已经是共识的意见。因此，考察新疆世居民族民间文学的多元性，汉族民间文学或许是一个非常奇妙的切入口，但学界对新疆汉族民间文学的了解却几乎是一个空白。这个观点似乎是绝对化了，但如果我们关注新疆的民间文学研究的话，不得不承认这是一个事实。在这样一个背景下，我们实在有必要对新疆汉族民间文学进行一个"概述"。

三、新疆汉族民间文学分类概述

完整描述新疆汉族民间文学的整体风貌似乎是一项很难的工作。当你觉得似乎已经可以把握住新疆汉族民间文学的某种特点时，你会发现这只是一个开端，还有更多的问题需要处理和分析。因为时空总在变化，所谓稳定的、

---

① 龙开义：《清末民初新疆汉族民间宗教信仰研究》，《北方民族大学学报》（哲学社会科学版）2011 年第 6 期，第 7 页。

持续的、纯粹的、单一的文本总会遭到挑战，这同时也意味着在社会与历史情境之中的汉族民间文学文本在流动性之中遭遇着口头传承链接的危机。或许可以这样说，新疆汉族的绝大部分民间文学文本都是在这种危机中"涅槃重生"的，每一个文本都有其必然性，更有其偶然性成分。这或许是我们在了解丰富的新疆汉族民间文学文本之前应该注意和思考的问题。我们依然按照神话、民间传说、民间故事、民歌与小戏等形式来介绍汉族民间文学。

1. 神话

新疆汉族神话大部分是中原汉族神话的文化移动，比如在《中国民间故事集成·新疆卷》中收录的《人是怎么来的》《兄妹成婚》两个文本中，故事内容与新疆并没有关联。前者讲述的是盘古开天辟地的神话，后者讲述的是汉族常见的兄妹成婚的神话。故事均采录自哈密农村，这个地区是汉族人数较多、较早进入新疆的地方。还有一些神话文本虽未被收入书中，但或许能很好地复原古代汉族与西域交往的历史，例如"阜康天池西王母神话传说"。它以《山海经》时代的神话内容为源头，以周穆王西巡瑶池会见西王母的神话传说为主体内容，同时融汇包含了西王母神话被历史化、宗教化、地方化之后与阜康天池地方风物相关联的神话传说，是一个历史悠久、内涵丰富的神话传说系统。它是中国西部神话传说的重要组成部分，流传于新疆阜康境内，并形成以阜康为中心、辐射周边地域的传说圈。笔者一直关注阜康天池西王母神话传说，将在本书第三章予以专门介绍。

2. 民间传说

新疆汉族民间传说可分为历史传说、人物传说、地方风物传说以及动植物传说。最能体现汉族特色的是人物传说和地方风物传说。人物传说大多是历代中央政权派驻新疆的文官武将，他们治理边疆的故事在新疆各族中间流传，尤其在汉族民众中世代相传，具有重要的研究价值。代表性文本有《纪晓岚对对联》《纪晓岚诈死》《林则徐惩办伯锡尔》《左宫保在哈密的传说》《左宗棠威震风神》《杨飞霞进城》《杨增新的传说》《杨增新惧内》《杨知府破双叶案》《杨增新题匾》《李溶之名的来历》《"草包"李溶》《盛世才剃头》《马仲英火烧庙尔沟大佛寺》《刘佛吾巧断鸡案》《木垒县长董卒真》《火车司炉工王震》《王震的外号"王胡子"》《王震挨打》《王震当"伙夫"》《小炉匠巧换鼓环》《王桂兰复仇马营长》等。

再一部分就是新疆汉族地方风物传说，这部分文本反映了汉族与新疆兄弟民族共同开拓新疆过程中对特定地点、事物的历史记忆和情感，既有理性的历史沉思，也有感性的审美体验，有助于我们理解新疆多元文化历史形成的建构过程。代表性文本有《鬼谷子与狗腿子的传说》《煤窑神》《青龙白龙化天山》《妖魔山的传说》《红山的传说》《鲤鱼山的传说》《石河子红山的来历》《天池顶天三石的传说》《八大石》《白石头》《焉耆千佛洞的传说》《千佛洞的传说》《红山的太白洞》《庙尔沟的由来》《核桃沟》《猩猩峡与星星峡》《头屯河的传说》《木垒河的传说》《天池传说》《天池彩虹的由来》《天池穿地柏的传说》《红庙子的来历》《李白与三台烧房》《阿魏滩唐朝渠的传说》《天池定海神针的传说》《沙海"动物园"的传说》《燕儿窝的地名由来》等。

还有一些动植物传说和习俗传说文本，这些文本多与汉族日常生活相关。与内地相关的传说异文相比，这些传说的核心情节单元并未发生变化，或多或少在某一个具体情节单元上会发生些变异，融入一些新疆的元素。这些文本有很多：《牛的传说》《牛没有上牙的来历》《牛吃青草倒磨的由来》《小山羊的胡子》《骆驼尿尿向后洒》《骆驼喝水流眼泪》《毛驴见水就撒尿》《驴子过河撒尿》《驴子叫开像哭声》《骡子、麻雀和角角鸟》《狗追兔子的由来》《野猫和家狗》《狗见猫就着气》《猫抓老鼠》《鸡的来历》《公鸡和鸭子》《鸡和鸭子》《啄木鸟的来历》《老鹰钩钩嘴的来历》《"咕咕咚"的传说》《苍蝇》《蜻蜓和青蛙的传说》《螃蟹钳子的毛哪来的》《哈密黄鳝的由来》《榆树和榆钱》《松树和梭梭》《松树杨树和榆树》《芦苇和芦草》《红娘子草》《为啥麦子只有一个穗头》《苋菜不怕太阳晒》《西红柿的来历》《臊子面的来历》《太阳王子与哈密瓜》《哈密瓜名称的由来》《哈密瓜的传说》《网纹瓜的传说》《人间蟠桃的来历》《杏子的传说》《龙女与焉耆马》《金子变白硝的传说》《人鞭的传说》《社火的来历》《喝腊八粥的故事》《"喜"的由来》《尾巴和遮羞布》《原汤化原食》《铲子与锄》《祭灶的来历》等。

3. 民间故事

新疆汉族民间故事种类十分齐全，幻想故事、动植物故事、生活故事、寓言、笑话都有大量丰富的代表性文本。从《中国民间故事集成·新疆卷》中选录的民间故事和新疆生产建设兵团各师民间故事集成收录的民间故事情况看，新疆汉族民间故事类型包含了中国南北方大部分典型的民间故事类型。在此简单列举部分故事：《猴子和蚂蚱》《牛郎织女》《员外儿子和仙女》《瓜钥匙》《酒井》《金指先生》《瞎子老三》《人和鼠》《骗子的下场》《王恩和石义》《卖"春播韭菜"》《太阳的回答》《士兵与姑娘》《妖精的下场》《"人为财死，鸟为食亡"的传说》《鬼魂夫妻》《金蜜蜂》《阴阳两班头》《神鬼怕恶人》《人狐夫妻》《有情夫妻终团圆》《打牲莫如放牲》《黑狐报恩》《巧治地主》《泥瓦匠吃财主》《渔夫与县官》《丰年和玉琴》《马蹄子圆了来取钱》《方氏姐》《地不平，旁人铲》《父母的心，儿女的心》《勤和俭》《牵驴上炕》《王三巧对》《三个女婿拜寿》《三女婿饮酒作诗》《狼子野心》《牧人和狼》《牛和老虎》《小花猫养老鼠》《狐狸杀驴》《喜鹊和牛》《小财主想发大财》《不会说话的长工》《篮球赛》《让"卫生"进来》《记账》《坐到碗上》《土地佬上台》《我还以为是葫芦哩》《独吞一席》等。

4. 民歌与小戏

新疆汉族民歌、小戏多伴随移民流传到新疆各地，其典型特点有二：一是多元文化里熔铸；二是流动变异中传承。

新疆汉族民歌、小戏的内容与类型特别丰富，源自天南海北的民歌、小戏汇聚在古丝绸之路上，并受到新疆歌舞民族传统民歌、曲艺的影响，在摄取有益养分的基础上，形成了汉族民歌多元的文化品格。在新疆昌吉，我们可以看到同语族汉族、回族民歌的相互借鉴和融合，形成了与西北甘肃、宁夏风格相异的民歌区域风貌。而在新疆生产建设兵团各师团连队，五湖四海的民歌在一个连队里熔铸，你方唱罢信天游，他已哼上五更调；你方唱罢道情戏，花鼓小戏已登场……这种独特性恐怕只有在兵团体制里才有。

很多汉族民歌爱好者将维吾尔族、哈萨克族等民族的民歌用汉族方式演绎，融入了民间艺人的理解和文化基底，这样既显示出民间文学交流融合的多元文化风貌，又显示出汉族民歌、小戏在文化流动中的变异和传承。

最后，需要特别指出的是：在新疆汉族民间文学里，还有一枝奇葩独自绽放在新疆生产建设兵团各农牧团场、连队里，它是新疆生产建设兵团各族民间文学中的主体，体现了奉献与乡愁的主题内蕴和稳定性与流动性的存在特点。笔者将在第二章第五节详细叙述新疆生产建设兵团的民间文学。

第六节　新疆特例语族民间文学

一、新疆回族民间文学概述

（一）新疆回族族源与历史

回族是新疆世居民族中人数排第四的民族，根据 2016 年的人口调查数据显示，新疆回族人口数量为 101.58 万①，占新疆总人口的 4.30%。目前，新疆回族主要居住在昌吉、乌鲁木齐、阿勒泰、伊犁、哈密、吐鲁番、鄯善、

---

① 新疆维吾尔自治区统计局编：《新疆统计年鉴（2016）》，北京：中国统计出版社 2016 年版，第 108 页。

托克逊、焉耆等地。新疆回族属汉藏语系汉语族，绝大多数回族人说汉语、使用汉文字，部分人通晓哈萨克语和维吾尔语。

回族是中国分布最广的少数民族，在居住较集中的地方建有清真寺，又称礼拜寺。公元 7 世纪中叶，大批波斯和阿拉伯商人经海路和陆路来到中国的广州、泉州等沿海城市以及内地的长安、开封等地定居。公元 13 世纪，蒙古军队西征，西域人大批迁入中国，吸收汉、蒙古、维吾尔等民族成分，之后便逐渐形成了回族。在回族民间流传着唐太宗以三千唐兵换取三千回族兵陪伴斡歌士的传说，这三千回族兵"生育无穷"，便逐渐形成了回族。

新疆回族形成的历史至今已有 700 多年。13 世纪，成吉思汗西征中亚，将在那里征召的士兵带回中国，整编成"探马赤军"，在西域新疆戍边驻防，其中有一万五千名回族士兵。公元 1290 年，元朝政府下令，探马赤军就地垦荒屯田，定居在"滕竭尔"，即现在新疆昌吉回族自治州阜康市一带，成为新疆最早的回族居民。回族人口大量迁入新疆，是在 18 世纪前后。清政府实行"屯兵戍边""移民戍边"的政策，多次从陕西、甘肃、宁夏、青海一带调兵、移民，鼓励士兵携带家口、鼓励回族居民搬迁到新疆从事农业生产。此后，从清光绪年间到中华民国年间，因起义、战争、自然灾害等原因，又有大量回民从陕甘宁青一带陆续迁来新疆定居，形成了现在的新疆回族。

（二）新疆回族民间文学的多元文化背景

从新疆回族的来源和形成的特点看，新疆回族显然具有多民族融合、多元文化交融的特征。一方面回族主体来源是中亚西亚各族人、波斯人和阿拉伯人，他们都信仰伊斯兰教，直接受到伊斯兰文化影响；另一方面，回族进入新疆和中原以后，与蒙古族、汉族女子实行通婚，使得回族的社会习俗发生了部分演变。这种宗教信仰的稳定性和社会习俗、生活方式的变迁，必然以其多元文化的杂糅影响回族的民间文学。首先，回族这种以伊斯兰文化为主体的多元文化风格直接影响到回族神话的面貌；其次，在民间故事方面明显带有阿拉伯文化的痕迹；最后，在民歌（花儿）、谚语等方面也明显具有多元文化的特点。

（三）新疆回族民间文学分类简述

新疆回族民间文学内容丰富，形式多样，且受伊斯兰教的影响非常明显。几百年来，新疆回族民间文学文本在回族民众口头中流传。一般而言，可把新疆回族民间文学分为神话、叙事诗、传说、民间故事、民间歌谣和说唱等。

1. 神话

回族有没有自己的神话一直是学界争论的一个话题。从目前的研究情况看，主要有以下两种观点：一是回族有神话，且在回族民间流传着《人祖阿丹》《阿丹与好哇》《阿丹寻火种》等神话；二是回族没神话，理由是回族历史较短，从元代才开始形成民族共同体，如此短的民族历史似乎不应该有神话。我们并不同意"回族没神话"的观点，这显然忽视了回族族源民族遗留下的神话因子。如果仔细分析回族阿丹系列民间神话，我们可以看到这些神话与伊斯兰文化及其经典《古兰经》的密切关系，这是不可否认的。同时，这些神话也吸收了汉族神话的一些主题，比如关于龙的描述。尽管《中国民间故事集成·新疆卷》中并没有收录新疆回族的神话文本，但这并不意味着回族神话的缺失。

2. 叙事诗

回族民间叙事诗以反映清末一个真实的回族青年爱情故事的长诗《马五哥和尕豆妹》最为著名。还有在回族叙事长诗《紫花儿》中，就不乏回族爱情的段落"顿亚上的事情最难说，依布利斯倒比天使多"，"念了尼卡哈写婚书，紫花儿百问不答只是个哭"，"我跟我姑舅哥情似梅夕女婿娃早死早下多灾海"。其中的"顿亚""依布利斯""多灾海"分别为伊斯兰教教义中的"人，世间""魔鬼""地狱"的称谓，"尼卡哈"是回族青年结婚仪式上阿訇的证词。它们都是波斯、阿拉伯语的音译，反映着伊斯兰教的特定意蕴，并且本身又是伊斯兰教的专用术语。

3. 传说

新疆回族传说多为地方风物传说，还有部分动物传说。这些传说凸显了回族与新疆历史、地理的密切关系，这种强烈的地域性特点和阿拉伯伊斯兰文化传统是区别于内地回族民间传说的主要特征。新疆回族民间传说的代表性文本有《蜘蛛救穆圣》《博格达山传说》《回城的传说》《母鸡下完蛋为啥要叫唤》《猫头鹰的传说》《蝙蝠的传说》《永远后悔的青蛙》《巴里坤马的传说》《焉耆马的传说》《回族人为什么叫回回》《宰牲节的来历》《阿舒拉节》《回族婚礼中的"追马"》《唐瓶的由来》等。

4. 民间故事

新疆回族民间故事包括幻想故事、生活故事、寓言和笑话。这些民间故事的多元文化特征是非常明显的。首先，新疆回族民间故事与阿拉伯民间故事有着极其密切的血缘关系，我们可以从很多文本中找到《一千零一夜》的故事主题或情节，有的故事甚至名称和情节都没有发生太大变化，这是新疆回族民间故事与其他新疆世居民族民间故事的最大不同点。尽管其他新疆世居民族与阿拉伯民间文化也有关联，但他们远没有新疆回族那么直接和亲密。其次，新疆回族民间故事在继承阿拉伯民间文化的同时，也吸收了汉族和其他兄弟民族的民间故事的优秀成分，部分实现了本土化和民族化。幻想故事的代表性文本有《梅花鹿和狼的故事》《狼、鹿和乌鸦》《仙子下凡记》《贤妇毛艳》《孝子十二》《猎手与龙女》《池中缘》《阿里和喜姑》《面人尔萨的故事》《孬豆》《动物报恩》《书生当国王》《阿不都的故事》《兔姑娘》《宝贝山羊》《银牛的故事》《禾克与主麻》《牡丹图》《五只小花鹿》《问麦瑟列》《发妹和阿哥》《猫精》《狼精》。生活故事的代表性文本有《法土麦斗昏君》《宛尕斯巧斗坏财主》《金钱与学问》《放牛娃的故事》《玉雕茶碗》《"神医"尔沙》《尤苏福除"恶虫"》《知县断案》《患难结深情》《贪财又贪色的财主》《财主和他的三个女婿》《木沙和狗》《考徒弟》《禾尔克巧计得驴》《秀才写休书》《阿斯玛巧治恶老太婆》《鞋匠驸马》《伊斯哈的故事》《伊斯麻智斗刘财主》。寓言有《野鸡借粮》和《鹰娶鹦哥的故事》。笑话有《伊斯哈》《吃蜡》《不会讲瓦尔兹的阿訇》《拾钱喊三声》《两个阿訇》等。

5. 民间歌谣和说唱

新疆回族民间歌谣有劳动歌、时政歌、生活歌、情歌、儿歌等，而最具代表性的形式就是"花儿"。新疆昌吉州回族花儿是较早一批入选国家非物质文化遗产项目的新疆民间文化代表作。新疆昌吉等地的一些回族群众在举行婚礼或办喜事时都会大办宴席，因此我们把在新婚宴席等喜庆场合演唱的曲调叫"宴席曲"，这是回族民间最具活力的民间说唱形式。

二、新疆蒙古族图瓦人民间文学概述[①]

图瓦人是我国蒙古族的一个分支，隋唐时称"都播""都波"，元朝时称"秃八""秃八思"，后又被译为"图瓦"，也被称为土瓦或德瓦、库库门恰克，也曾称索约特人、乌梁海人、唐努图瓦人；是从西西伯利亚南部叶尼塞河上游发源的一个古老民族，在 20 世纪 50 年代民族识别工作中，图瓦人被认定为蒙古族。图瓦人的语言属于阿尔泰语系的突厥语族，但又与突厥语族其他民族的语言有着明显的差异，在语法结构上与俄罗斯图瓦语的差别不大。虽然中国图瓦人被民族识别为蒙古族，而他们依然保持着不同于蒙古族的族群特征和文化实践。

---

① 本文初稿由笔者的蒙古族学生巴音格撰述，笔者在查阅相关文献基础上对其进行了增删和修改，主要保留了巴音格在喀纳斯湖区对图瓦人的田野调查部分。巴音格不懂图瓦语，故采访时由其亲戚担任翻译，并对录音进行了校对和整理。

我国的图瓦人主要集中在新疆阿尔泰山区，地处中国与哈萨克斯坦、俄罗斯、蒙古三国接壤的三角形地带。东部是巍巍的阿尔泰山，北部是海拔4374米的友谊峰，西部是北南流向的哈巴河，南部为开阔平坦的额尔齐斯河流域平原，图瓦人几个世纪来一直居住在这块土地上。现在图瓦人共有2500余人，分别居住在喀纳斯湖附近的禾木、喀纳斯、白哈巴等3个自然村内，现隶属喀纳斯景区管委会管辖。另外，图瓦人还大量分布在俄罗斯和蒙古，人口近20万。

（一）图瓦人文历史、语言等研究现状

生活在喀纳斯湖区的图瓦人，数百年来一直在阿尔泰山南麓的周边地区繁衍生息，他们依托当地特殊的生态地理环境所形成的天然屏障，长期处于与外界隔绝的状态，从而比较完整地保留了自己的社会、经济和文化特征。

近年来由于喀纳斯地区旅游业发展的需要，关于图瓦人研究的文献，关于新疆阿勒泰山区图瓦人的各类报道、旅游资料和研究有迅速增加的趋势，出现了一批研究成果。中国台湾学者李毓澍著的《外蒙古撤治问题》一书，用专章讨论了阿尔泰山两侧图瓦人的历史。国内对图瓦人的生活现状、历史渊源、文化方面的相关研究主要集中在以下方面：新疆社会科学院编印的《阿勒泰地区图瓦人调查资料集》、蒙古族女学者南快莫德格《新疆图瓦人研究》（蒙文，2007年）、马合皮儿·哈提江的《禾木、喀纳斯的乌梁海人》、樊明方的《唐努乌梁海并入苏联始末》（1997年）、《阿尔泰山区的图瓦人》（2006年）、《云间部落——图瓦人》（2006年）、《图瓦人之谜》（2007年）等；另有一些旅游文化方面的论文论及图瓦人的旅游开发问题。图瓦语的研究也是学界研究的一个热点问题，中央民族大学耿世民教授提出了"图瓦语可能是阿尔泰语系最古老的语言之一"的观点。另外，中央民族大学程世良教授主编的《阿尔泰语系语言导论》一书也讨论了图瓦语的起源和语族归属问题。

关于图瓦人最新的研究成果当属关丙胜博士的博士学位论文《族群的演进博弈——中国图瓦人研究》。[1] 图瓦人是中国少数民族族群中的一个处于濒危状态的族群，关丙胜博士关注到图瓦人的族群生存演进问题，通过深入的调查，为学界呈现了一个真实的少数民族"族群演进博弈"的现实境遇。

学界对图瓦人的研究鲜有专门论及民间文学。对于一个处于濒危状态的小族群图瓦人部落而言，图瓦人的民间文学虽构不成热点，但的确有进行田

---

① 关丙胜：《族群的演进博弈——中国图瓦人研究》，厦门大学博士学位论文，2009年。

野调查和学术研究的必要。全球化的影响，处于密山丛林之中的图瓦人也不能幸免——自喀纳斯美景被外界发现以来，图瓦人的宁静生活被那只莫名其妙的"湖怪"惊扰了，旅游的过度开发使得图瓦人的民间文化受到强力冲击。本节主要以喀纳斯湖区图瓦人的民间民俗文化作为研究对象，以部分揭示图瓦人的民间文学面貌。

（二）族群起源传说的矛盾与同构：图瓦人的渊源

关于图瓦人渊源的描写和解释繁多，代表性观点有三种：一是 500 年前从俄罗斯和蒙古国迁徙而来；二是成吉思汗西征时遗留下来的部分士兵繁衍而来，因为这里曾发掘出乌梁海左旗的大印，许多图瓦人称自己是"乌梁海蒙古"或"乌梁海种人"；三是清初从伏尔加河流域东归的蒙古土尔扈特部。

根据文献资料，图瓦人有着悠久的历史。"关于他们的祖先据汉文史料记载可追溯到我国古代的'丁零'或'丁灵'……如清代记载少数民族事迹的《朔方备乘》一书中，在追述乌梁海的历史时曾写道'今漠北之乌梁海，匈奴之典，役属于丁零诸部。突厥之行，役属于铁勒诸部'。"① 此说是 20 世纪 80 年代末新疆阿勒泰地区图瓦人历史研究代表性观点，最先提出了图瓦先祖考证汉文史料，并指出"丁零"部族与图瓦人先祖有着密切关系。

关于他们的祖先，在文献索引的基础上，我们通过田野调查对白哈巴村图瓦青年巴图·欧其儿进行了深入细致的采访后，了解到对于图瓦人清朝政府所赐的名称是乌梁海，现在的图瓦人当时被叫作唐努乌梁海人，但是他们自称为唐努图瓦人。

"图瓦"这两字最早出现在《隋书·铁勒传》中，里面写道："北海南则都播等"，北海就是指现在的贝加尔湖。由此可以判断我们的先祖是居住在贝加尔湖周边的。在图瓦中的部氏"索彦"与"萨彦"的发声相似，而当时的索彦部落就居住在贝加尔湖的右南面的萨彦岭右侧。图瓦是铁勒的一个部落，要了解图瓦的部族演变就得明白铁勒的历史，因此在翻阅了很多资料后，巴图·欧其儿告诉笔者：在夏商时期，铁勒的先祖被称为"鬼方"，因为当时需要更多的奴隶（夏商时期处于奴隶制度的萌芽时期），商周两朝都对他们发动过侵略性的战争，因此一些人被迫迁徙到西伯利亚蒙古草原（当时不叫这个名称），演变成了"丁零"，另外一些与商周的汉族人融合。战国及秦汉时期，丁零为具有强大势力的匈奴所统治，成为其奴隶。北匈奴灭亡之后，丁零迁

---

① 郭蕴华：《阿勒泰乌梁海"德瓦人"的历史变迁》，《喀什师范学院学报》1988 年第 1 期。

到了蒙古草原，与匈奴共同生活。到了北魏时期，一部分丁零人迁到色楞格河地区的南方，被称作"高车"，即"高车丁零"。

高车曾被柔然汗国统治过，到了隋朝，高车逐步变为了铁勒。在《隋书·铁勒传》中"北海南则都播等"指出铁勒中的都播即为现在的图瓦人。《新唐书·回鹘传》对都播的位置及特点有着较为详细的介绍：从黠戛斯"东至木马突厥三部落，曰都播、弥列、哥饿支，其酋长皆为颉斤"。从这里可知当时都播位于北海，即贝加尔湖以南，黠戛斯（笔者按：当今的柯尔克孜族的祖先。那时的黠戛斯主要游牧在叶尼塞河上游萨彦岭以北的米奴辛斯克一带，人数较多，势力较强）之东。公元6世纪突厥统治了铁勒各部，漠北被左突厥统治。公元682年突厥的贵族建立起突厥汗国，后又有薛延陀（铁勒部落之一）崛起，都播处于薛延陀的控制之下。公元646年，唐军击破薛延陀，铁勒诸部想臣服于唐朝，到了公元647年初，唐朝政府宣布在大漠以北铁勒居地设置六都督府、七州。

公元745年回鹘推倒了突厥的统治，创立汗国，因此铁勒中有很多部落成为后来的回鹘维吾尔族。一百年后（笔者按：公元840年），古柯尔克孜人攻击回鹘汗国赢得胜利，从此铁勒中的图瓦人受到了他们的统治。在《蒙古秘史》中记载着"兔儿年，拙赤率右翼军，去征伐林木中百姓，以不合为前导二，二拙赤招降了斡亦剌惕部、巴儿浑部、兀儿速惕部、合卜合纳斯部、康合斯部、秃巴斯部，到达万乞儿吉斯部的牧地"。其中"秃巴斯部"就是当今的图瓦人，"tuba"译为了"秃巴"，"斯"为复数词缀。从此，图瓦人开始了与蒙古人犬牙交错的生活轨迹。①

巴图·欧其儿的讲述代表了一部分图瓦人的观点。事实上，关于图瓦人族群起源的问题，在图瓦人内部存在着严重的分歧。根据关丙胜博士论文"第三章　口述与文本之间：族群的历史追认"中的考证，图瓦内部的文献与民间传说之间存在四点差异：

一是口述史一再强调了图瓦族群与蒙古人在族源上的同一性，即认为图瓦人是蒙古人的一个分支部落，并将自己进入现居住地的原因和历史直接与成吉思汗联接，进一步为图瓦族群和蒙古人之间的"同源"性提供了强大的佐证。而学术界的研究则与之完全相反，认为图瓦人在族源上与蒙古人没有直接的关系，虽然中国图瓦人与蒙古人的关系非常亲近，乃至许多个体自称

---

① 根据巴音格对巴图·欧其儿的采访整理。

为"蒙古人"，但其族源和现在的俄罗斯联邦所辖的图瓦自治共和国以及蒙古人民共和国境内西部的图瓦族实属一个族群，有着完全一样的族源历史，只是在后来的某个时期因为某种原因来到了现在的居住地。二是关于中国图瓦人来到现在居住地的原因上，口述史直接将这段历史与成吉思汗相接，认为他们是随成吉思汗西征时留在该地的"守湖人"（或老、伤残人员，或物资收集人员，或"看地"人员，或因有战功而受赏人员等），喀纳斯湖就是成吉思汗所赐之名，"喀纳斯"就是"可汗之水"的意思。而学术界对此问题的研究结果则与之不同，几乎都认为中国图瓦人来到现居住地与成吉思汗没有关系，而是某个时期内与族群之间的冲突、挤压、战争下的迁移有关。三是口述史的上限是成吉思汗时代的 800 年前，对于之前的历史几乎没有反映，而学术界的研究则呈现了较完整的图瓦人历史过程。四是口述史中"再现"了中国图瓦人的"军人"身份，处处透露或表明了其作为军人后裔的"辉煌历史"，而在学术界的研究文本中则弱化了这一点，认为中国图瓦人迁居今地是和战争、族群冲突相关，但其本身是不是军人身份则未能可知。①

　　笔者详细参阅了关丙胜博士有关的图瓦人文献资料与口述史（笔者称之为族群起源传说），我们认为关博士以上分析是比较全面的。处于封闭状态中的图瓦人，没有文字，只有代代相传的口头传说记录着他们的历史，因此笔者更愿意相信族群起源传说的那些片段的、矛盾的民间历史叙事。在这一点上，笔者与关丙胜博士的观点似乎有些差异。关博士在第三章结尾处，总结道："这里，我们既不能过高地以口述史来诠释和解读族群历史，但也不能歧视口述史以致对其弃之不顾。只有在口述史和文本史之间，才可能追寻出族群历史的真相。所以，不论是族群历史演变事实本身还是对族群历史不同层面的追认都是演进博弈的过程。"② 区分民间传说与文献之间的历史性是必要的，但问题的关键是在"口述史"与"文本史"如何仔细考辨和思量。我们可以根据不同图瓦人讲述的族群起源传说的文本和语境来探讨众多民间文学文本的"历史真相"，这就要仔细考察讲述者的讲述动力所在，也就是陈泳超教授"传说动力学"所论及的核心问题。一个民间传说文本呈现在我们面前自然有其历史的巧合和必然性，在辨明讲述者的动力基础上，结合传说流布的范围、共识度，或许可以在民间文学文本层面上部分解决"历史真相"的

①　关丙胜：《族群的演进博弈——中国图瓦人研究》，厦门大学博士学位论文，2009 年，第 79 - 80 页。
②　关丙胜：《族群的演进博弈——中国图瓦人研究》，厦门大学博士学位论文，2009 年，第 106 页。

问题，在此基础上再结合精英叙事和文献记载，或许可以相对客观地还原历史的场景。此问题有待笔者到喀纳斯做深入田野调查之后再作论述。

（三）图瓦民间文学中的自然崇拜和民间故事

图瓦人主要居住在喀纳斯一带的山区森林地带，自古以来以狩猎为最主要的生存方式，因此也被称为"林中百姓"。现在则是以放牧牛羊和采集农作物为主。由于他们所处的地理环境的原因，过去图瓦人几乎很少与外部交往，因此比较完整地保留着其古老的部落、氏族形式和宗教信仰等传统的文化遗存。

最能反映图瓦人传统文化的是他们信仰的宗教。图瓦人的宗教信仰中既有原始的自然崇拜、图腾崇拜的内容，他们认为天地、河湖、森林、山脉乃至野生动物，皆有神灵。同时他们也信萨满教，而在后期则是信奉喇嘛教（即格鲁派）。

自然崇拜是最原始的宗教形式，自然崇拜对象因各族所处的地理环境不同而有差别。在图瓦人中，自然崇拜的对象主要是日、月、天、地、火、树和动物等。

图瓦人对自然的崇拜最为突出的表现是在一年一度的 Tcgan bayar（即农历春节），在田野调查中，图瓦人中较为年长的索龙格老人说，在图瓦人的传说中，将新年来临称作"cagan ogen"（即白神公公）的到来，每年的农历大年三十那一天，为了辞别旧的一年，清晨天刚亮，便要带着家中的"kimoren"（即代表好运的经幡）去八灵祭拜，八灵是用雪雕成的敖包，敖包上矗立着喀纳斯独有的白桦木，因为白桦木是圣洁的，犹如白色的"cagan ogen"。在八灵的旁边还要堆一个用红松木烧成的火堆，将各家送来的祭品投入火中，以此呈给"cagan ogen"，希望其保佑来年家中五谷丰登，祭拜时还要将"kimoren"绑在单独的白桦树枝上，并将从家中带来的八种颜色的祈愿带绑在白桦木上，向"cagan ogen"祈愿家人平安、新的一年万事顺利。

祭祀结束后，表示新的一年已经到来，参加祭祀的图瓦人各自回家，向没有参加祭祀的家人相互拜年，老人之间用鼻烟壶互拜。然后叩拜家中的祖鲁灯（即酥油灯），他们认为祖鲁灯上住着火神，火神则是全家的保护神，而且火又是香火传宗的象征，因此家中的所有人都会叩拜祖鲁灯，以求平安。

新年的第一天，清晨起床后便要去关系较好的 7 户人家拜年，彼此道贺，品尝各家为新年准备的美食，并且必须吃饱，如没有吃饱，体重变轻，"cagan ogen"便会将家中的小孩儿扔到阿尔泰山的另一边。寓意为新年将至，增进邻里亲情，享受美食。

对于图瓦人来说，春节是一年中最重要的节日，因为图瓦人生活的喀纳斯湖区冬季最为漫长，有时积雪厚达 3～4 米之深，图瓦人能度过一个冬季仿佛翻过了一座大山，人和牲畜度过了如此艰难的冬季，就应该庆祝，并为来年祈福。

1. 天崇拜

图瓦人崇拜天，认为一切可感知的存在物都是天所造，因此也崇拜由天主宰的各种自然现象，即崇拜风雨雷电等。比如在冰雪融化后的第一次打雷时，图瓦人都会出门向上苍叩头，在家中炉火中点燃 "arica" 香树（阿尔泰山上生长的常青柏树叶），将牛奶或酸奶（图瓦人认为牛奶是白色的圣洁之物，犹如图瓦人的心灵）洒向打雷的方向，他们认为打雷是天上的苍龙已被吵醒，希望 "arica" 香树的味道和洒出的牛奶能让苍龙不要动怒，并祈求苍龙，能让今年风调雨顺、草原丰美、牲畜肥壮、庄稼能有好的收成。

崇拜天，同样也表现在他们非常崇尚的天空的颜色——青色。图瓦人认为青色是最好的，并把青色作为高贵的象征，这也是为什么至今图瓦男女都喜欢穿青色衣服的原因。不管什么牲畜，生下青色的小畜便是最吉祥的，会给家中带来好运，因此青色牲畜只用于祭祀各种神灵。

2. 月亮崇拜

月亮也是图瓦人崇拜的主要对象之一。月亮崇拜主要表现在对月亮的跪拜上。图瓦人叩拜月亮是有男女之别的，新月初升的那一天是男人叩拜，圆月初升之时则是女人叩拜，夏历每月初二或者初三，男人一看到新月初升，便要面对新月，叩拜三次，祈求月神保佑整月万事如意、吉祥平安；女人则是在夏历的每月十五或十六拜月。当圆月初露山顶时，女人们会放下一切事务，凝视月亮，默默地祈祷，叩拜三次。图瓦人非常忌讳对着月亮大小便。关于月食，图瓦人也有自己的传说，图瓦人认为在很久以前世上有雌雄两个恶魔，巨大无比，它们吞食世上所有的生物，很快，地球上的所有生物几乎被它们吞食殆尽，月神在夏天到来时将雌性恶魔带走，太阳神则是在冬天将雄性恶魔带走。月神带走了恶魔，在月亮上把它用枷锁锁起来，关在笼中。而月食是因为恶魔从笼中跑了出来，与月神在搏斗，图瓦人必须帮助月亮驱逐恶魔。因此在月食那天，图瓦人便会朝天射箭、放枪，敲打家中的铜器或铁器，拧母狗的耳朵，让无父无母的孤儿啼哭（图瓦人认为只有母狗的叫声和孤儿的啼哭才能传到月亮上，其他声音无法到达），同时还要妇人剪一缕头发放置火上烧，直到月亮重新出现。

3. 动物崇拜

在自然崇拜中，图瓦人对于动物的崇拜是由于野生动物是他们生活资料的主要来源之一。对于动物崇拜，各少数民族民间有很多典故，而图瓦人的典故较为丰富。关于狩猎，图瓦人认为，狩猎是否顺利是由动物之神决定的。图瓦人要出去狩猎前，必须举行一定的祭祀仪式，以求动物之神的恩赐。他们认为，狩猎途中要是碰到兔子是吉祥之兆，而蛇是财富的象征。如碰到蛇，就会有两种情况：如果蛇朝着自己的衣袖口（一般是由左至右）出去的，则认为是不吉利的，表示破财，必须将蛇打死；如果蛇是朝着衣袖口方向过来，表示进财，预示着一切都会顺利。

图瓦人也崇拜一些鸟类。他们从来不猎杀大雁和黄鸭，因为大雁和黄鸭都是成双成对的，他们认为这是爱情的象征，只有保护这两类鸟，他们的爱情才会美满。图瓦人对布谷鸟也是比较崇拜的，因为布谷鸟的第一声鸣叫表示夏天的到来，告诉图瓦人已经度过了漫长的冬季，为图瓦人带来了好运。而且布谷鸟在一年中只鸣叫三个月，其叫声便代表夏天的长短。图瓦人认为布谷鸟是"大自然之父"的神鸟，既为神鸟，自然不用自己孵蛋，繁衍后代，布谷鸟只负责咕咕地鸣叫，和"大自然之父"交流即可。而且布谷鸟鸣叫时尾翼自然张开，喻为大自然和谐，这也是图瓦人崇拜布谷鸟的重要原因。图瓦人在制作酸奶的过程中，若酸奶变质，只要将布谷鸟停留过的树枝放在盛放酸奶的皮囊里，酸奶就会神奇地恢复原味，因此图瓦人认为只有布谷鸟才会让圣洁的酸奶变好。所以图瓦人从来不猎杀此鸟，如有人无意猎杀，一定会被族人惩罚。

民间故事是一个民族或一个部落在漫长历史中创造和传承的精神遗产。我国各个民族都有属于自己的民间故事，而我们对于图瓦民间故事的采集整理却是少之又少，所以还要依靠深入的民间调查。在对索龙格老人的采访中，他讲述了一个自己从小就听到的民间故事：

很久以前，在雪山下，荒无人烟的森林深处，有一对老夫妇，他们无儿无女，一直祈愿上苍能赐给他们一个孩子，他们有 7 只金色的山羊。老人不仅放养 7 只金色山羊，还会打猎，不管是在山岭上还是在平原上，老人都是一个很棒的猎手。

有一天，老人猎到了一只羚羊，他将羚羊肚子剖开后发现，羚羊腹中竟有一个金箱子，打开金箱子，里面有个男孩。老人非常高兴，回到家告诉老妇人，他说："我们请求上苍赐予的东西，今天得到了。"老妇人兴奋地看着箱子里像个天使一样美丽的孩子。她抱着箱子，不停地感谢上苍的赐予。

其实这个孩子是水神的女儿水神公主的孩子。原来水神公主是众神中最美丽的公主，月神的儿子月神王子爱慕她已久，总是执着地追求她。这个孩子便在月光的照射下出生了，因为还未结婚，水神公主不能让众神知道孩子的出生，她爱打猎，因此她抓了一只羚羊，把孩子放在一个神奇的金箱子里，将箱子放进羚羊的腹中，并在这只羚羊的角上做了记号，蹄子上画上彩色的记号，然后把羚羊放走了，她以为只要做好记号，总有一天她又会猎到这只羚羊，找回孩子。

终于有一天，水神公主和月神王子举行了盛大的婚礼，他们的婚礼进行了七天七夜，天上地下，万人瞩目，众神祝福。婚礼结束后，公主将孩子的事告诉了王子，他们两人上天下地、翻山越岭找遍了所有的羚羊，也没有找到那只做了记号的羚羊。无奈之下，他们向世人告示，要是谁能找到那只羚羊，水神公主和月神王子将有重赏。所有人都想找到这只羚羊，将它供奉给水神公主和月神王子。但是这个消息并没有传到与世隔绝的老人和老妇人那里，他们只是将做过记号的角和蹄子藏在了山洞里，给孩子取名叫作 Alkardeng altengsangdekh（意思是"羚羊的金箱子"）。

8 年过去了，小男孩和老夫妇过着幸福的生活，有一天，小男孩骑着马出去打猎时，从森林里捡到了做了记号的羚羊角和蹄子，原来是一只狐狸从山洞里叼了出来，扔在了森林里，恰巧被小男孩儿捡到带回了家里，老人和老妇人看到后非常吃惊，问小男孩是从哪里捡来的，责骂他为什么要翻山洞里的东西。小男孩说："我没有翻山洞，这些是在森林里捡到的。"老人和老妇人听后相信了孩子的话，他们甚至以为，也许很多的羚羊都有这样的角和蹄子，便继续不以为然地生活着。

时间过得很快，有一天，一个猎人看到远处山岭的中间有一个木刻楞房在冒着炊烟，房子周围用石头围着护栏，护栏里放养着 7 只金色山羊，这位猎人一直听说森林深处的山岭中住着一户人家，原来就是这一家人。猎人来到老人的家，老人和老妇人热情地招呼着这位客人，这时小男孩走了进来，猎人很诧异，因为他听说老人和老妇人是没有孩子的，怎么会有这个小男孩，而且这孩子漂亮至极，不像是凡人能生出的孩子。猎人好奇地问老人："这是谁家的孩子，这么漂亮。"老人和老妇人非常紧张，吞吞吐吐说不清，只是不停地说"这是上苍赐予我们的孩子"，那位猎人又看到家中摆放的羚羊角和蹄子，更是好奇："你们怎么会有这样的羚羊角和羚羊蹄子？这可不是普通的凡物，这是水神公主下令找寻的做过记号的羚羊角和蹄子，你们是从哪里捡来的？难道你们没有听说水神公主下令找寻的羚羊就是做了这样记号的吗？这个命令下来已经有 8 年了，而且找到者必有重赏。"老人一听，很是慌张，告诉猎人，他们从未听说过此事。

没过多久，水神公主听说了这件事，便派人去老人的家中问询，他们看到漂亮的孩子，知道了孩子的名字叫作 Alkardeng altengsangdekh（羚羊的金箱子），老人还告诉他们这样的羚羊角还有一对被他们藏在了山洞里，老妇人带人去山洞，不过，翻遍山洞也没有找到。公主亲自来到老人的家中，告诉老人："8 年前我将我的孩子装进一个金箱子放在了羚羊的肚子里，后来翻天覆地地找这只羚羊，找了 8 年的时间，我很想念我的孩子，也非常感激你们对我孩子的养育之恩，如果你们同意，我愿意把你们也接走，孩子还是你们的，我和月神王子也会孝敬二老。"老人和老妇人高兴地答应了公主。后来，这对有七只金色山羊的老夫妇幸福地生活在神殿中，直至生命的结束。

　　在这个故事中，笔者最大的感受是人与自然的和谐交融，图瓦人的自然崇拜，使得他们与自然和谐共处，并通过民间故事的方式传达对于大自然的敬意，他们将崇拜日月星辰与现实生活联系在一起，认为世界万物都有主宰它们的神灵，由对于它们的信仰、敬畏、依赖、恐惧等逐渐演变成对自然的崇拜，因此他们认为命运、富贵贫贱等都是上天的安排，这也正体现了游牧文化崇尚自然、崇尚人与自然和谐共存的理念。

　　对于没有文字的图瓦人来说，民族精神的传承就是民间口头文学，而这篇民间故事的开头充分地体现了民间故事的地方性。因此，对于图瓦人来说，他们的民间故事当然发生在森林中，而他们将传统美德寄托于故事中，认为只要老实本分，定会受到上天的眷顾，将属于本民族最淳朴、最原始的道德观念融入自己的口头文学作品中，一代代传承了下来。这篇图瓦族民间故事，散发着浓烈的森林草原的生活气息，丰富的幻想、生动的故事、感人的形象、优美的语言集中地反映了图瓦人的思想、感情、梦想，是图瓦人淳朴善良生活的真实写照。

　　图瓦族民歌也是其民间文学的重要组成部分。在高山上、森林里、喀纳斯湖边吹起绰尔（图瓦人的一种乐器，国家非物质文化遗产），唱起民歌，这就是图瓦人神仙般的诗意生活。我们还可以从下面两首民歌中感受蒙古族图瓦人特有的热情。[1]

> 山腰上飘荡着白云，
> 河水在滔滔流淌，
> 故乡啊，喀纳斯，

---

[1]　引自关丙胜：《族群的演进博弈——中国图瓦人研究》（扉页），厦门大学博士学位论文，2009 年。

无论我走到哪里都永远难忘。
你是祖辈们生活的地方，
我为你自豪，为你歌唱，
生活在美丽的喀纳斯，
就像在母亲的怀抱中一样。
　　　　——中国图瓦人民歌

鲜艳的花朵开遍了山间，
尊贵的客人来到了我们中间，
夏日的草原风光迷人哪，
似欢乐的海洋无际无边。
毡房没有支架不能立稳，
不敬上美酒怎能表达心情？
这杯奶酒为您洗去一路尘土，
喝下就有神仙般精神。
　　　　——图瓦人敬酒歌

（四）结语

图瓦人有着源远流长的历史与特有的文化，在图瓦人文历史、语言等研究都得到重视的今天，对于图瓦民间文学的整理研究也是刻不容缓的。因此，随着时代的发展，喀纳斯湖区的旅游开发，图瓦人与外界的交往日趋密切，图瓦人所保留的传统民族文化也得到了相对的重视。图瓦人的民间民俗文化，是图瓦人在长期的生产和生活实践中积淀而成的，它不仅在日常生活中时时影响和规范着图瓦人的行为，而且使其能够与周围的生存环境和谐共处，从而屹立于当今世界的民族之林。

第二章　多元文化交流视野下的新疆世居
民族神话、史诗、传说与民间故事

第一节　新疆世居民族神话：以《乌古斯可汗的
传说》和日月神话为中心

　　新疆神话研究是一个热点学术问题。新疆各民族学者从各自角度均对本民族的主要神话进行了解读，中央民族大学（耿世民教授、胡振华教授、黄中祥教授、那木吉拉教授等）和中国社会科学院民族文学研究所（朗樱研究员、阿地里·居玛吐尔地研究员等）民族文学的老一辈学者均对新疆世居民族神话进行了全面、深入的解读，他们的研究具有十分重要的开拓性意义，为新疆世居民族的神话（史诗）赢得了世界声誉，也推进了国际学界对中国新疆神话学术研究的认识。

　　在新疆世居民族神话的宏观研究方面：喀什师范学院的赖彦刚撰述的《新疆民间神话研究》对新疆民间神话的类型和特点进行了初步的描述；苏州大学刘振伟的博士学位论文《丝绸之路神话研究》"运用'原生态'式的把握方式，从纵、横两个方向解析丝绸之路神话发生、传播的语境及特色"，该论文认为萨满神话是西域神话的核心部分，还分析了西域神话东传西渐及其对外来神话的借取问题，关注到了各种宗教神话在西域的汇聚。

　　具有标志性意义的研究成果是中央民族大学那木吉拉教授的《中国阿尔泰语系诸民族神话比较研究》。该书全面展示阿尔泰语系诸民族神话研究的最新成果，同时也是新疆世居民族神话研究的重要成果，为我们研究新疆各民族神话史诗提供了更多理论参考和可能性。该书共十章，研究内容涵盖了新疆世居民族神话研究的绝大多数学术问题，这些问题包括：

　　蒙古语族诸民族开天辟地神话比较研究，突厥语族民族开天辟地神话比较研究（维吾尔族天神信仰及女天神创世神话、哈萨克族开天辟地神话《迦萨甘创世》），蒙古、突厥语族民族熊图腾崇拜及神话形态，满—通古斯语族民族熊图腾崇拜及神话，"狗国"神话在突厥语族民族中的传承，高车族与突厥语族民族狼图腾神话传说，阿尔泰语系诸民族日月星辰神话比较研究，突厥和蒙古语族民族腾格里信仰及神话比较研究，阿尔泰语系诸民族人类起源神话比较研究（抟土造人型神话与树生神话比较研究、柯尔克孜族族源神话传说研究），阿尔泰语系诸民族洪水神话、物种起源神话、动植物神话、文化英雄神话比较研究。

那木吉拉教授在宏观上运用"比较文学的影响研究和平行研究，微观上采用比较故事学或神话学的类型、母题比较方法"[1]，对新疆的相关语族民族神话进行了深入分析，以比较研究法的视野为学界呈现了一个清晰、丰富的阿尔泰语系多元神话系统。在那木吉拉教授全面、深入研究的基础上，本章以新疆世居民族中的乌古斯神话和日月神话为中心，在多元文化交流视野下分析新疆世居民族神话的发生与变异。

一、乌古斯神话

《乌古斯可汗的传说》（据耿世民先生译本）是一部英雄史诗，是新疆突厥语族人民珍贵的文化遗产。它叙述了乌古斯这位居住在天山一带的古回纥——乌护部族的可汗，从出生、成长、结婚、生子到建功立业、分封疆土、交权退位等一生的英雄史诗故事。同时，《乌古斯可汗的传说》也是一部英雄神话，在内容上反映了新疆突厥语族民族中流传的关于图腾崇拜、树生神话、萨满教信仰及数字崇拜等。作为一部伟大的英雄史诗、英雄神话，乌古斯神话折射和反映了古代新疆突厥人民与各民族交往的社会风貌，凝聚和沉淀了西域各族人民的文化精神，是多元文化交流的重要产物，是民族文化的瑰宝。

《乌古斯可汗的传说》深刻地反映出古代突厥语族（维吾尔族、哈萨克族等）人民的图腾崇拜、宗教信仰、生产生活、习俗等，核心情节主要分为三大部分：第一部分主要讲乌古斯的出生以及青年时期的智慧与勇敢；第二部分主要叙述了乌古斯的婚姻经历以及杀死怪兽宣布即位可汗的经历；第三部分主要讲述了乌古斯在毛公狼的指引下，率领各部族征战，征服四周各部落的英雄壮举。下面对其反映的神话母题进行阐述。

1. 图腾崇拜

"图腾"一词源于印第安部落的用语（totem），意思是"我的亲族"，后

---

① 那木吉拉：《中国阿尔泰语系诸民族神话比较研究》，北京：学习出版社 2010 年版，第 11 页。

来演变为"标志、象征"。严复先生在 1903 年翻译英国学者甄克思的《社会通诠》时，首次把"totem"一词译成"图腾"，成为中国学术界的通用术语。根据图腾观念，人们把动物、植物或非生物当作自己的血缘亲属或祖先的象征。图腾崇拜是人类最古老的宗教信仰形式之一，维吾尔族曾以"苍狼"作为本民族的图腾，这在《乌古斯可汗的传说》中可见一斑。

乌古斯在举行盛典宴请百姓时，对诸伯克①和百姓下了诏令"让旗帜作为我们的福兆，让苍狼作为我们的战斗之标"，而且，在乌古斯征战最困难的时刻，确实有一只苍狼在为他带路，之后这只苍狼始终指引着乌古斯的部队，并且一次又一次地取得了胜利。毕桦教授指出："在乌古斯出生时，'他面青、嘴红、眼红、发黑、眉黑。这一形象的原型是狼的面目'。可见，在《乌古斯可汗的传说》中作为突厥人可汗的乌古斯和作为突厥人图腾的苍狼的化身合二为一了。"② 乌古斯被神化和人格化为草原苍狼，显然是作为古代突厥语族人民的原始图腾崇拜的形象出现的。狼图腾的文化内涵始终是庇佑部队、团结部队、凝聚精神、激励斗志的精神武器，因此乌古斯说"让苍狼作为我们的战斗之标"。

苍狼图腾的现象不只出现在古代维吾尔族中，在哈萨克族、蒙古族等民族中也同样有这种图腾崇拜。古代哈萨克人常把苍狼与苍天相提并论，认为苍狼是保护祖先灵魂的神兽，能给予英雄、巫师特殊的神力。哈萨克巫师的诸神之一就是狼，有些哈萨克部落的口号也是狼，旗帜上也会绘着苍狼的头像，有时英雄也被称为苍狼。新疆蒙古族民间流传着关于苍狼的神话，柯尔克孜族也有《狼的由来》的故事。可见苍狼图腾崇拜及神话讲述不仅仅是古代维吾尔族人民所特有的，新疆古代乃至当代很多民族都存在着狼图腾崇拜和神话。这种历史和现状与新疆多民族融合、交流的历史是分不开的。而把苍狼作为他们的图腾与这些民族历史上都曾是游牧民族有关。在草原和森林里，苍狼是凶猛、聪明的野兽，且富有灵性。古代先民往往对它们既恐惧又敬奉，狼图腾便在这种复杂的情感中萌生了。

2. 树生神话

《乌古斯可汗的传说》中这样描述乌克斯第二个妻子的出现："一天，乌古斯外出打猎，见前面湖水中长着棵树，树穴里有个姑娘独自坐着。她长得

---

① 伯克：部落社会的头目，官员。加在人名后表示尊重。

② 力提甫·托乎提：《维吾尔史诗〈乌古斯可汗传说〉中的萨满教印记》，《中央民族大学学报》（哲学社会科学版）2000 年第 2 期；毕桦：《哈萨克民间文学概论》，北京：中央民族学院出版社 1992 年版。

美极了，接下来，乌古斯爱上了这个姑娘，与她一起起居，实现了自己的愿望。这姑娘有了身孕，她分娩了，生了三个男孩，取名天、山、海。"这是比较典型的树生神话类型，尽管文本有变异。很多学者认为，《乌古斯可汗的传说》中的树生神话，反映了维吾尔族先民树图腾的文化内涵，深刻反映了维吾尔族先民对周围的生存环境，特别是对赖以生存的绿色植被的高度重视，甚至是对待神灵的敬畏和崇拜心理，可以说古老的树图腾崇拜的观念是树生神话产生的基础。维吾尔族民间还把神树母亲视为保护妇女儿童的神，尤其是妇女遇到灾难不幸时会向大树祈祷。在新疆察布查尔县境内的维吾尔族民间流传的一则神话称：

相传，古代一处雪山环抱的草原上，住着一位老头和他的女儿，有一天窜来一个魔鬼，吃了老人，又向姑娘伸出魔掌，姑娘逃到一棵树下，乞求树神保佑。树神怜悯姑娘，当即在树身上开了一个门洞，于是姑娘走进树身，门洞也就合上了。姑娘逃脱了魔掌后，树神把她交给了雪山仙人。同语族的哈萨克人中也流传以上维吾尔族故事的一个变体。

由此可见，这种文化一直传承至今。在南疆维吾尔族聚居区，民众仍十分重视种树绿化，至今还保留着崇拜树的习俗，他们一般不允许随便砍伐院里、路边、田边的独树，不在树干、树枝上晾衣服，不在树下倒污水、血水等。经过胡杨林或者是其他老树时，甚至还得下马、下车。维吾尔族人民还将大树视为他们的生殖神，还有拜树求子的习俗，当妇女不育时，便向大树祈祷，可见大树在他们的生活中有着重要地位。

在突厥语部落的其他民族中树图腾崇拜的习俗也广泛流行，在他们中间也广泛流传着树生人的神话传说。"柯尔克孜人对孤立的树十分崇敬，人们不砍伐孤立的树，现在人们还常把沙刺树枝条挂在门上，或者放在室内，驱魔镇妖，护佑全家平安。在这里，树扮演着人类的保护神的重要角色。"[1] 在柯尔克孜族、哈萨克族等突厥语民族中也有将不育的妇女送到森林中独居（柯尔克孜族《玛纳斯》中将不受孕的绮依尔迪送到巩乃斯的布菇里托海森林中生活40天，由此英雄玛纳斯来到人间；哈萨克族英雄史诗《阿尔帕梅斯》中围绕英雄阿尔帕梅斯的奇异诞生加入了许多伊斯兰教文化因素，但其中也遗留树生人神话母题的踪迹），向神圣的天神祈求后代的习俗。这说明他们确实相信大树具有生殖神的功能，这在一定程度上也是树生人神话的遗留状态。

① 何星亮：《新疆民族传统社会与文化》，北京：商务印书馆2002年版，第334页。

"蒙古族也崇拜大树，但不如突厥诸族内容丰富。蒙古人所说的林神是又高又大的巨人形象。"①

树生神话在新疆世居各民族中的流布与变异，充分说明多元文化交流在古代先民那里已经开始了。

3. 萨满教信仰

迪木拉提·奥迈尔的《阿尔泰语系诸民族萨满教研究》系统梳理了新疆世居各民族的萨满信仰情况。古代维吾尔族的萨满信仰也可以在《乌古斯可汗的传说》中找到。最具萨满教特色的文本出现在末尾，即乌古斯在把国土分给他的儿子时举行的盛大仪式上：乌古斯"坐在大帐里，大帐右面栽了一根四十庹长的木杆，顶端拴了两只金鸡，木杆下面拴了一只白羊，大帐左面栽了一根四十庹长的木杆，顶端拴了两只银鸡，木杆下面拴了一只黑羊……然后，乌古斯可汗把国土分给儿子们……"在这段分国土仪式上表现出了一个典型的萨满教庆典仪式。在这个神圣的仪式中，"木杆"可以看作是萨满与天神取得联系的路径或"天梯"，这与树崇拜的现象是相通的，在萨满与天神联系的时候，高山和高树都可以起到中介的作用。木杆上挂的金鸡、银鸡也和萨满与天神相互沟通有关。

《乌古斯可汗的传说》中祭祀物品的摆放也是有先后次序的，如先是在右边树立起木杆，上挂金鸡，下面拴一只白羊，然后再在左边树立起木杆，上挂银鸡，下面拴一只黑羊。《乌古斯可汗的传说》中先右后左在一定程度上是先西后东的另一种表述，右边放白羊，左边放黑羊，因此右或西与白一致，左或东与黑一致，这一点可以从蒙古族的萨满教信仰中得到信息。佟德福、苏格鲁谈到，在蒙古族萨满教观念中认为，天上共有 99 尊腾格里天神：在西方有以霍尔穆兹达为首的 55 尊天神，他们代表着光明、善良、正义、洁净；在东方有以阿达·乌兰为首的 44 尊天神，他们代表着黑暗、邪恶、虚伪、诳惑、污浊。布里亚特蒙古人甚至把西方与阳间、东方与阴间联系起来。在他们的语言里"去东方"与"死亡"是同义词，他们相信阴间有危害人类的东方众腾格里天神的后裔，乘黑色马、黑色车。② 这些都证明在萨满教的信仰中白与黑的对立表现了西方与东方，以及在西方的善天神与在东方的恶天神之间的对立。

《乌古斯可汗的传说》反映了古代突厥语族先民共同的萨满教习俗，这部

---

① 迪木拉提·奥迈尔：《阿尔泰语系诸民族萨满教研究》，乌鲁木齐：新疆人民出版社 1995 年版，第 98 页。

② 力提甫·托乎提：《维吾尔族史诗〈乌古斯可汗传说〉中的萨满教印记》，《中央民族大学学报》（哲学社会科学版）2000 年第 2 期。

作品极有可能也是在各民族交流融合的时代背景下诞生的，是多元文化交流的结晶。

4. 神圣的数字

在《乌古斯可汗的传说》中频繁地出现一个数字，而且每次都是在一个非常紧急神圣的时刻出现的，这个数字便是四十。乌古斯可汗在四十天内长大成人；他命令制造四十张桌子和四十张板凳；他在四十天后到达大冰山；他命令两边竖起四十庹木杆；庆典活动持续了四十天四十夜等，这都反映出维吾尔族先民对"四十"这个数字的崇拜。在突厥部族看来，四十表示任何事物的极限，事物发展成熟的全盛时期。① 在突厥语部落的其他民族中也存在着将"四十"作为神圣的数字来崇拜的现象，如哈萨克族中的民族叙事诗"四个四十"，即《克里木的四十位英雄》《巴哈提亚尔的四十枝系》《鹦鹉故事四十章》和《四十个大臣》。其中每一"四十"都由四十部叙事长诗组成。除了"四个四十"之外，民间文学中还有《塔孜夏的谎歌四十例》《秃牧人的四十个谎歌》《四十个勇士之歌》等。英雄史诗《阿勒帕米斯》中老妖婆带着四十个美丽的姑娘假扮成四十个寡妇，在阿勒帕米斯的来路上设下四十顶帐篷等候他。在民间讲述传统中形容家乡巨变的时候，也用"四十匹骏马也赶不上"的句子。在形容盛大的庆典时，则说"举行了四十天的游艺"，以及"四十天的宴会"等。

胡振华先生在《关于柯尔克孜族的〈四十个姑娘〉》中论述了柯尔克孜族部落来源的传说《四十个姑娘》：国王的四十个女儿喝了溪水怀了孕，怀孕后国王把她们驱赶到了深山中去。其中，三十个女儿向右走进了深山里，十个女儿向左走到靠近农村的地区。后来，这四十个姑娘都生下了孩子。三十个姑娘的后代称为"奥土孜吾勒"，即三十个部落；十个姑娘的后代称为"窝恩吾勒"。传说这就是柯尔克孜族的四十个部落。

加俊认为应该从伊斯兰教的角度来理解"四十"。传说从前世界上洪水泛滥四十天之后，万物几乎都绝种了。上帝就派了他忠诚的侍臣穆罕默德下凡拯救了他的信徒。而各种伊斯兰教典籍都记载了穆罕默德在四十岁时受到安拉的天启，在偶像众多的麦加传扬独一神宗教——伊斯兰教的事迹。人类自洪水中被解救和穆罕默德受到天启这两次重大的转变都与数字"四十"有关，于是作为主要信仰伊斯兰教的民族之一的哈萨克族就特别尊崇数字"四十"，认为"四十"意味着一个转折、飞跃的时机；并把它应用到民族生活、民族

---

① 力提甫·托乎提：《维吾尔族史诗〈乌古斯可汗传说〉中的萨满教印记》，《中央民族大学学报》（哲学社会科学版）2000 年第 2 期。

文化的方方面面，形成了今天数字"四十"在哈萨克族中的重要地位。① 在笔者看来，伊斯兰教中的数字"四十"似乎是受到更古老的神话的影响。

综上所述，《乌古斯的传说》保留、融合了突厥语部落和阿尔泰语系其他民族的文化传统，是一部伟大的神话史诗，更是一部多元文化交流结晶的产物。

二、日月神话

"在古代阿尔泰语系诸民族先民中盛传日月及星辰崇拜及其神话。日月星辰神话是天体神话的主要类型之一，其内容主要包括日月等天体的来历、日月的各种活动以及它们之间的关系、日月性别的解释等等。"② 那木吉拉教授在其著作《中国阿尔泰语系诸民族神话比较研究》第四章第一节中，主要使用了蒙古族、满—通古斯语族的材料，新疆柯尔克孜族的材料来自满都呼先生主编的《中国阿尔泰语系诸民族神话故事》。在新疆的哈萨克族（《月亮上的白斑》《月亮和太阳》）、塔吉克族［《太阳和月亮》、《月亮神话》、《太阳神话》（异文）]、柯尔克孜族（《日月两姐妹》《月光神与汲水小姑娘》）、蒙古族（《日月的形成和日食月食的由来》《日食和月食的由来》）和汉族［《太阳和月亮的传说》、《太阳为什么扎眼睛》（异文）、《太阳和月亮》、《太阳和月亮的传说》（异文）、《太阳和月亮》（异文），在后文第五节详述］中还有母题相似的神话流传。

在新疆阿勒泰市哈萨克族民众中流传着日月神话：《月亮上的白斑》③。神话不仅讲述了月亮上白斑的来历，同时对日月不相遇的原因做出了解答：太阳和月亮是两个容貌出众的美女，她们常在一起比美（月亮实际上比太阳美），由此结下了仇。一天，太阳耍了个小计谋，假意称赞月亮的美貌，然后趁她欣赏自己美貌的时候，抓破了她的脸。从此月亮不分昼夜地追逐太阳，太阳也不分昼夜地逃避着。

同样，在新疆克孜勒苏柯尔克孜自治州阿合奇县也流传着类似的神话故事《日月两姐妹》（与那木吉拉教授引满都呼先生的内容一致）。神话还向我们讲述了月亮性情的温柔可爱，她对姐姐处处忍让，实在忍不了了才反击，朝太阳脸上撒一把白碱土。而在新疆喀什地区塔什库尔干塔吉克自治县流传的神话故事《太阳和月亮》中，日月也是两个漂亮的姑娘，月亮也比太阳更

---

① 加俊：《文化变迁中的哈萨克民间叙事诗——四个四十》，《伊犁师范学院学报》2006年第1期。
② 那木吉拉：《中国阿尔泰语系诸民族神话比较研究》，北京：学习出版社2010年版，第173页。
③ 《中国民间故事集成·新疆卷》（上册），北京：中国ISBN中心2008年版，第10页。

漂亮，不过二人是亲姐妹。姐妹比美，太阳动手伤了月亮，之后结仇，再也不相见了。

然而，在另外一个哈萨克族神话《月亮和太阳》（流传于乌鲁木齐县）中，月亮和太阳不再是因为不和而不相见，他们是一对恋人，月亮依然是美女，与太阳是伴侣，因出世日有先后，苦苦相恋却不能相见，只能在每月十五，遥望对方即将远去的身影。日月渴望相见而不得见。原始先民用他们的想象，把如此美丽的故事赋予了不能同时出现的日月。这则神话似乎吸收了汉族日月神话的一些因素。

柯尔克孜族的另一则神话《月光神与汲水小姑娘》①（流传于阿合奇县）讲述了这样一个故事：从前有个财主，家里很有钱，但是除了使唤一个孤女，再不请仆人。财主的心特别狠，什么重活、脏活都让小女孩干，还经常打骂她，她被折磨得骨瘦如柴。一天夜里，财主竟让又累又饿的女孩去河边挑水。女孩在河边哭了很久，被月亮看到了，就解救了女孩，把她带到月亮上了。神话赋予月亮救人于危难的善良精神品质。

新疆是多民族、多宗教地区，宗教对于各民族神话的产生、传播有着深远的影响。同样，新疆世居民族的部分日月神话也受到宗教的明显渗透。《日月的形成和日食月食的由来》②（流传于蒙古族博湖县）告诉我们，日月是众神之师"法神"（被挤牛奶的好心姑娘救活的坐禅大喇嘛）的两口仙气。法神的第三口仙气，产生了永恒的金瓶圣水。到这里，世界一片大好。怎奈众神又祈求法神吹了第四口仙气，坏蛋阿让海出世，它刚出世就喝了一口永恒圣水，又把尿洒到金瓶里，逃之夭夭。法神追捕阿让海，向太阳问路，太阳指给法神相反的方向，而月亮告诉法神正确的方向，法神得以斩杀阿让海。喝了永恒圣水的阿让海被拦腰截断也不会死，它非常憎恨月亮，发誓每年捕食月亮一次，对太阳，每三年才捕食他一次。而在和布克赛尔蒙古自治县流传的《日食和月食的由来》讲述了相似的神话，不过后者大喇嘛明确为阿拉希，而"坏蛋"被猛兽拉胡所替代；同样，太阳说了谎话，月亮说了真话。相比之下，和布克赛尔的异文要比博湖县的情节叙述更丰富。但两则神话均明显受到藏传佛教的影响，这也是符合新疆蒙古族的历史人文情况的。

公元 10—15 世纪，伊斯兰教经过五百年的发展，逐渐成为新疆维吾尔族、哈萨克族、塔吉克族、柯尔克孜族、回族、乌孜别克族等民族全民族信仰的宗教。因此，这些民族除了少部分原始神话保留于古代文献中，大多数

---

① 《中国民间故事集成·新疆卷》（上册），北京：中国 ISBN 中心 2008 年版，第 15 页。
② 《中国民间故事集成·新疆卷》（上册），北京：中国 ISBN 中心 2008 年版，第 12 页。

的神话都演变为伊斯兰文化色彩鲜明的神话。

《太阳神话》①（塔吉克族神话，流传于塔什库尔干塔吉克自治县）中，安拉是创世神，他为了让大地上的万物享受无穷无尽的光亮，决定长驻地面。如此一来，沐浴在安拉之光里的人们就幸福无比；然而安拉之光不能同时均匀地覆盖整个大地，照亮了这边，那边仍在黑暗中，照亮了那边，这边又陷入黑暗，并且有的人得天独厚，可以享用很多安拉之光，有些人运气不佳，享用得很少。这样，人就分出贵贱来，不平等相继而来，人世间开始了无休止的争吵和争斗。安拉看到这种情况，就想办法改变，决定重上九霄，好让万物平等地享用他的光——高悬于空的太阳所散发的光芒便是安拉之光。

太阳是安拉之光，体现了远古先民的宗教信仰，也在一定程度上看出神话与原始宗教的关系。在原始的生活生产中，太阳占据极其重要的位置，我们的先民将它看成是神灵，灾荒之年用来祭祀祈祷。神话还讲述了人因享受到的光亮不同，贵贱分明，陷入纷扰中，这不是先民想要的生活。于是安拉将自己升到九霄，为大地带来公平之光。这无疑是先民的一个愿望，同时也是宗教教义"人人生而平等"的体现。

在该则神话所附的异文中，安拉将大地上的人分为"贵人"和"贱人"两类，由此纷争骤起。安拉厌恶这种纷争，就升到九霄，大地因此陷入一片黑暗。人类连累万物也遭受黑暗之灾。在万物的苦苦哀求下，安拉就每日清早从所居的九霄东门放出安拉之光，到傍晚又从西门收回安拉之光，以此使世人一方面享受阳光，颂扬安拉，一方面又在夜里忍受黑暗之苦，以便他们忏悔不知感恩之过。这就明显地在宣扬宗教教义了，安拉给人们光明，又让他们忍受一定的苦难，怀有坚定的信念和感恩之心，同时也是充满智慧的先民总结出来的人生哲理。

在塔吉克族的这则神话中，我们了解到：安拉造就一切。每个民族都有自己民族的神圣叙事，这种神圣性既源于原始先民的知识局限和崇拜心理，同时又来自他们的宗教信仰。塔吉克族和蒙古族的日月神话均为我们呈现了这种特色。日月神话在新疆世居民族中的多元讲述，充分说明我们的先民在对自然天象方面解释的相通之处。从某种意义上说，新疆世居民族的神话就是同一片神话森林中的各种鲜花，尽管鲜花颜色各异、大小不一，但它们毕竟都扎根于同一片土地，呼吸着同样的空气，而且有时勤劳的蜜蜂也会将一朵花的花粉带到另一朵花上。这样交流与变异便发生了。我们已然从《乌古斯可汗的传说》和日月神话中触摸到了新疆多民族文化交流的历史痕迹。

---

① 《中国民间故事集成·新疆卷》（上册），北京：中国 ISBN 中心 2008 年版，第 16 页。

第二节　民间文学志的可能性与多元的诗学和声

——以新疆柯尔克孜族的民间文学志撰述为例

"如果后现代主义者的宣言属实，一旦他把手稿送交印刷者的时候，他的文本的意义旋即面临着冒险。"① 或许本文呈现在读者面前时也同样"面临着冒险"，因为这个世界本来就是多元的，读者更是多元的。在这个意义上讲，民间文学志能否用一种诗学的方式来描述那些多元的、看似清晰而又逐渐模糊的文化传统呢？本节将初步探讨民间文学志的可能性与多样性诗学和声的问题，更加深入全面的理论建构将在第三章第一节予以呈现。

一、民间文学志的可能性

万建中教授率先提出"民间文学志"② 的问题，这的确值得学界深入思考。在学界对田野作业的必要性和重要性似已达成共识的前提下，我们认为民间文学志不仅仅包括我们从田野中获取的文本、获取文本的方式，还包括研究者的文化态度、田野观，也包括研究者撰写民间文学志时的叙述原则和叙述结构等。

一般而言，我们似乎会把民间文学的田野调查报告理解为民间文学志。如果是这样，那么民间文学志或许便成为这样：一是概述。这包括田野的由来，田野地点的概述，田野的时间、调查人员、经过的概述等；或许还包括研究者对自身的描述（案头准备、理论思考），或许夹杂些进入田野地点的感性片段描述。二是田野调查事实的主体描述。分门别类地描述田野材料（或按逻辑主题描述，或按照线性时间描述，选择后者的居多），而且叙述时要遵循实事求是的原则，要全面、系统、客观且经得起历史的考验。这种要求算是比较高了。三是初步结论。研究者往往会对田野进行学科的理论概括，论证一些具有预见性、学术性的发现和结论。（如果有调查问卷，还会对其进行图表分析之类）最后，往往会有些附件以辅助说明。

这样的田野作业报告是否能称为民间文学志？笔者认为不能，或者至少

---

① 罗伯特·莱顿著，罗攀、苏敏译：《他者的眼光：人类学理论导论》（修订版），北京：华夏出版社 2008 年版，第 184 页。

② 根据笔者的粗浅了解，"民间文学志"应该是万建中教授首先提出来的，但是学界对此的讨论并不深入。

不能称为经典的民间文学志。在笔者看来，民间文学志就是具有特定文化态度和田野观的研究者对特定区域内一个或一类乃至全部民间文学文本进行完整的记录、描述与研究的过程。这既是一个感知、分析、判断的过程，又是一个书写、回味与反思的过程。

在此界定下，我们如何进行民间文学志的学术实践呢？或者说，怎样的实践才能诞生出我们所迫切呼唤的"经典民间文学志"？笔者没有成功的个案支撑和经验，只有一些不成功的教训，希望这些教训和思考能够推进学界对民间文学志的讨论。笔者认为，以下几个方面可能是需要特别注意的：

1. 文化态度与民间文学志

克利福德·格尔茨教授在文化理论和解释人类学领域贡献卓越，被看成阐释人类学或者符号人类学的奠基者和一代宗师。他的《文化的解释》或许对我们讨论文化态度与民间文学志大有裨益。格尔茨先生对文化的概念继承并发展他的导师克莱德·克拉克洪《人类之境》中对文化的界定，他认为："……文化概念实际上是一个符号学（semiotic）的概念。马克斯·韦伯提出，人是悬在由他自己所编织的意义之网之中的动物，我本人也持相同的观点。于是我以为所谓文化就是这样一些由人自己编织的意义之网，因此，对文化的分析不是一种寻求规律的实验科学，而是一种探求规律的解释科学。我所追求的是析解（explication），即分析解释表面上神秘莫测的社会表达。但是，这种见解，这种只用了一句话就说出来的学说，其本身就需要做一些解释。"①

格尔茨的这种文化概念直接影响到他对"人的概念"的分析。他对人类学界"人的概念"的界定做了梳理，然而在人类学试图提出"一个更可行的人的概念"过程中，文化和文化的可变性似乎并没有得到认真的考虑。由于"人性在其本质方面和表达方面都具有不同"，因此格尔茨对"全人类一致性"的观点进行了深入的剖析，在考虑了"文化的普遍特征是不是实质性的""普遍特征是否能够归于'根本实在'"以及"普遍特征能否作为人的定义的核心因素而得到可信的辩护"这三个问题之后，格尔茨认为"全人类一致性"的观点几近失败，因为这种一致性远离了人类境况的基本事实的复杂性。格尔茨还通过对本尼迪克特的人类学著作《文化模式》中"任何一个群体所倾向的东西都应该受到其他群体的尊敬"观点的批判分析，认为：首先，把文化看成具体行为模式的复合体是一种偏失；其次，人是在某种"控制机制"和"文化程序"的控制下来协调自己的具体行为的；最后，通过对人类先祖

---

① 克利福德·格尔茨著，韩莉译：《文化的解释》，南京：译林出版社1999年版，第5页。

的研究说明文化乃是人存在的基本条件。通过以上的逐层分析，格尔茨先生最后回到了原处的命题"文化的概念对人的概念影响"上，他概括道："当文化被看作是控制行为的一套符号装置，看作是超越肉体的信息资源时，在人的天生的变化能力和人的实际上的逐步变化之间，文化提供了联接。变成人类就是变成个体的人，而我们是在文化模式指导下变成个体的人的；文化模式是历史地创立的有意义的系统，据此我们将形式、秩序、意义、方向赋予我们的生活。"①

在这些文化态度之下，格尔茨通过"深描"来"探求规律的解释科学"，他在《文化的解释》后半部分对文化体系中具体事项，诸如"宗教""意识形态""革命""仪式""世界观"等主题进行了深描式的民族志写作的方法论实践。也就是说，基于特定文化态度的格尔茨通过深描所建构的这种分析方法和系统使文化的实体或者说民族志的实践得以表达并能被理解。格尔茨对具体文化实体的文化阐释都是基于他的文化态度所做的学术实践，这就意味着文化态度才是人类学民族志实践的根基。

尽管民间文学志与人类学的民族志有着巨大的差异性，但从本质上说，两者都是在对人的文化进行更合理的解释。因此，民间文学志的实践更应把"人的文化态度"放到根本位置上来考虑。至于我们应该在哪种文化态度之下来进行民间文学志的"科学实践"，不同的研究者会选择更适合自己的那一种。而笔者更认同格尔茨先生的文化态度。

2. 人类学田野民族志的传统与民间文学志

民间文学学科对人类学田野作业方法的继承与实践使得民间文学志必然与人类学田野民族志的传统发生联系。尽管人类学田野民族志的研究对象、方法和目的与民间文学志不同，人类学学者与民间文学研究者的学术背景、方法训练等也存在着差异，但近年来民间文学的学科发展仍得益于对田野作业方法的借鉴。

这种情况非常明显地体现在近30年来中国民俗学、民间文学学科的发展上。安德明、杨利慧在2012年中国民俗学年会上提交的论文《1970年代末以来的中国民俗学——成就、困境与挑战》中提到："80年代中期以来（笔者加），国外民俗学、人类学和民族志领域一些重要的理论成果，被陆续译介到中国，其中包括对弗雷泽、马林诺夫斯基、涂尔干等在中国民俗学发轫时期就已产生重要影响的学者著述的重新译介，以及对表演理论、口头程式理论等当代西方民俗学界活跃的理论与方法的译介与评论，等等。它们极大地拓

---

① 克利福德·格尔茨著，韩莉译：《文化的解释》，南京：译林出版社1999年版，第65页。

展了当代中国民俗学的理论视野。"① 他们还提到:"从 1980 年代后期开始,田野调查方法在中国民俗学界'更进一步受到重视'……到了 1990 年代中后期,综合性、概览式的文献分析,越来越多地被具体社区的个案的调查和研究所取代,民族志式的田野研究,逐渐成为民俗学领域占主导地位的研究方法。(叶涛,2000;高丙中,2008)。"②

民族志式研究范式的广泛使用为中国民俗学、民间文学领域的学术研究注入了新的活力,同时也面临着一些问题。因为我们已经看到对我们影响很大的美国民俗学过去和现在仍面临的问题。这个问题似乎已经清晰地向我们展示过多次:"当民俗学交叉于社会学和我们现在称作'族群研究'的研究类型之中时,民俗学的地位更加边缘化了,对此,我们可以从赫斯顿(Zora Neale Hurston)生前开创性的研究中痛苦地得到证实,像帕尔兹(Americo Paredes)之类的学者在他们人类学教程的教学中仍忽视民俗学的地位。"③

这种被边缘化和忽视的地位恐怕要从民俗学、民间文学学科内部反思,很多学界前辈已经对此问题进行了深入思考。在我们看来,对中国民俗学、民间文学而言,对一部"经典民间文学志"而言,如何"科学地"继承西方人类学田野民族志传统恐怕是我们首要考虑的。然而,这个传统本来就非常复杂,而我们似乎更多地继承了马林诺夫斯基的田野民族志传统,尽管这是一个主流的传统。但是,正如古塔·弗格森指出的,我们还未提及"各种非正统实践,它们以不同的方式存在于人类学的田野实践中"④。这些非正统的实践包括爱德华式的传播论、博厄斯的"抢救人类学"(参与观察)以及由此发展出两种趋势——"原始社会"的模式和"文化涵化研究"。除了弗格森指出的这些传统,民族志"深描"、科学的修辞基础、"写文化"等都是值得我们深入研究和借鉴的田野民族志传统。

然而,真正值得我们关注的是这些田野民族志理论、传统的提出者或实践者所持的文化态度,以及他们提出或实践这些理论时的时代背景和区域人文环境。他们的文化态度和时空背景能让我们更加清晰地还原研究者的学术理路和目的。这就意味着我们对某一田野民族志传统及其时空背景要有更加

---

① 安德明、杨利慧:《1970 年代末以来的中国民俗学——成就、困境与挑战》,赤峰:2012 年中国民俗学年会会议论文。

② 安德明、杨利慧:《1970 年代末以来的中国民俗学——成就、困境与挑战》,赤峰:2012 年中国民俗学年会会议论文。

③ 古塔·弗格森编著,骆建建等译:《人类学定位——田野科学的界限与基础》,北京:华夏出版社 2005 年版,第 37 页。

④ 古塔·弗格森编著,骆建建等译:《人类学定位——田野科学的界限与基础》,北京:华夏出版社 2005 年版,第 23 页。

通透的梳理，而不仅仅是掌握该理论的方法和技巧。

一部优秀的中国民间文学志要有一种文化态度，这是一开始我们就强调的，也是基本的原则；同时，我们还要有适合特定区域的民间文学文本的田野观（田野民族志观），也就是刚才我们扼要追溯人类学田野民族志传统所关注到的——正统或非正统的民族志传统。除此之外，一部优秀的人类学田野民族志还能为中国民间文学志带来多少启发呢？下面的论述，或许更多从民族志和民间文学志的区别来呈现一部"经典民间文学志"的"诞生"过程。

3. 田野准备、调查

民族志的田野调查与民间文学志不同，这是我们所熟知的。所以，要谈民间文学的田野准备与调查，在这里显然是一个老生常谈、显得"幼稚"的问题。然而一部经典意义上的民间文学志应该如何做田野准备，进行行之有效的调查？特别对那些已经被学界广泛关注的民间文学传统（少数民族神话、史诗等）而言，我们这里所说的田野准备与调查又意味着什么？

田野准备应从"问题"开始，这个"问题"既是理论也是现实的。对于成熟的人类学家或民间文学研究者而言，这似乎不是问题。因为他们在其文化态度和研究理念之下已经形成了一种适合自身学术传统的模式，但对普通的基层文化工作者或民间文学初学者而言，这或许是一个大问题。换句话说，他们在田野准备时的问题意识相对狭隘。这里既有专业、知识和纯技术操作上的欠缺，也有文化态度、理念和视野上的局限。"问题"的理论部分包含了研究者对具体民间文学文本所涉及人文传统的文献考辨和理论思考，现实部分则包括了与调查相关的物质准备和调查环境考量（包括最现实的语言准备）。在这些准备之后，紧密相关的考量便是调查时间和调查对象。时间当然是尽可能长些；对象的选择最关键，也最复杂，因为这几乎关系到田野调查的成败。选择好的民间文学讲述人，会让你更加真实、真切地触摸这个民间文学传统的灵魂所在。选择对的人既要靠好的向导，更要靠研究者自己的脚、口、耳和眼；这时研究者最好能变成"相控阵雷达"，不间断地扫描自己的调查区域，要具备发现目标就能击中的能力。我们似乎已经在谈论如何进行行之有效的田野调查了。

进入某一特定区域开始民间文学的田野调查，首先要感受和调查该地的语言、风俗和历史，并对与民间文学文本相关的那些部分进行详细的了解和记述。例如，如果你想到阿合奇县或乌恰县做柯尔克孜族英雄史诗《玛纳斯》的深入田野调查，那么，首先你要学会柯尔克孜语，其次才是了解当地的风俗和历史。当然，寻找一个合适的翻译作为助手，会使你最终的民间文学志呈现出完全意想不到的风貌，人类学经典的民族志里已经有很多例子，这一点民间文学志是与之相通的。

在这之后，我们就要进入调查的最关键部分：对民间文学传统讲述活动的完整记述。我们要详细记述讲述时间、地点、类型、参加者情况、人数、现场情况；还要对讲述者的年龄、性别、籍贯、职业、文化程度、活动范围和人生经历、社群关系、特殊技能做系统的了解，更要记录讲述者讲述的完整文本以及讲述能力、数量、体裁、传承谱系、传承方式、讲述习惯和特点等。这样既庞杂又细致的记录自然有它的道理和用处，因为这些第一手的田野笔记和录音会在某个夜晚的台灯下激活你田野准备时的"问题"，让那些问题变得清晰或模糊；让你的民间文学志变得既严谨又富有诗意。除了摆好你的录音笔、相机或摄像机并埋头速记之外，或许更重要的是你真诚地聆听、凝眸，沉入其中理解语境。这样的记录才可能更忠实于那个民间文学传统。这里也牵扯到一个被人类学界忽视的传统——"如何做田野笔记"。正如罗伯特·埃默森、雷切尔·弗雷兹和琳达·肖在《如何做田野笔记》中"前言"所述："如此一来，他们就忽视了民族志写作的最初场景——做田野笔记，从而忽视了民族志撰写中的一个关键问题——理解观察者/研究者是如何在第一时间坐下来，将一段鲜活的生活经历转化为书面文本的。"① 我们的问题是一个鲜活的民间文学传统是如何转化为经典民间文学志的。这个问题值得我们在做调查时注意，《如何做田野笔记》分六章进行了详细的论述，这很值得民间文学研究者借鉴。

这一部分确实最关键、最复杂，因为这是研究者与调查对象之间对话与理解的过程，也可以说是两个传统、两种文化、两种历史的碰触。甚至，即便对研究者或调查对象而言，文本的记录或文本的讲述也都是历史的、变化的。于是，如何来呈现两种人带来的多元文化时空成了民间文学志的困境。当然，这也成为民间文学志的魅力，这种魅力比民族志更具有诗意。因此，在笔者看来，诗学的传统重建对民间文学志更加具有意义。

4. 重建诗学传统：民间文学志的撰述

民间文学志的撰述肯定不同于民族志。虽然以往的人类学民族志撰述更多的是在一个系统、科学而又严密的话语传统下进行的，但新近人类学对"人类学诗学"的反思却为民间文学志的撰述提供了更加切实可行的可能性。特别是伊万·布莱迪编的《人类学诗学》"前言"所表达的："在人类学的学科之内，或超越人类学学科的疆界，开拓人类学诗学对话的领域。因此，本

① 罗伯特·埃默森、雷切尔·弗雷兹、琳达·肖著，符裕、何珉译：《如何做田野笔记》，上海：上海译文出版社2012年版，第1页。

文集展现了一种新的学术领域，在这个领域中，一切还显得高深莫测。这个领域以及这部文集都充满了令人困惑和难以解释的问题，这些问题打破了已有的艺术和科学之概念：比如，我们如何以一种比较的视野来探索和描述我们的经验？不仅以一种预先设定的形式描述事实（这种简单的意义上），而且在更具美学和创造性的意义上，鼓励个人在特定场景中对文化进行解释。在这特定的场景中，文化撰写的形式是否可以有所改变？如果认真对待这些问题，就意味着超越学科的传统，而着力于解释田野中相互关系之间的意义，包括跨文化进入他人领地的意义，这些意义看起来充满矛盾，而实际上预示着真知。认真对待这些问题还意味着，在哲学上进行相当的论述更为困难，而我们最孜孜以求的学术实践尚缺乏坚实的理论支撑。其唯一不变的定则是我们要在这种学术实践中把诗学重新纳入探讨的范围并给予评价。可以借用保尔·瓦莱里（Paul Valéry）的话语把诗学的探讨大概定义为包含'以语言为素材和工具进行作品创作和写作的所有现象'。"[1]

民间文学志更应该在"更具美学和创造性的意义上，鼓励个人在特定场景中对文化进行解释"，这种建立在诗学传统之上的文化解释才是对民间文学文本所属族群传统文化的基本理解方式。因此，重建（或者说回归）诗学传统或许能够产生真正经典意义上的民间文学志。那么，我们要在民间文学志中贯彻的这个诗学传统到底是什么？我们的理解比较宽，但主要可能体现在两个大的方面：①以诗学的理念、诗意的方式整体把握和处理民间文学志，这个理念和方式不仅包含"诗言志""文以载道"的传统，还包括中华各民族的诗学传统；②以诗化的形式（诗歌的形式）直接揭示和处理民间文学志各层面的具体问题，尤其是那些难以用科学实证的方式表达和描述的问题。这样的诗学传统或许更能表达和呈现出民间文学的审美特征，特别对那些多元文化背景中的民间文学文本而言，诗韵的处理能碰触和化解掉那些敏感微妙的问题。正如伊万·布莱迪所言："主观性的诗人比传统的人类学家更容易成为跨文化声音的传递者。"[2]

建立在以上理解基础上，下面就将笔者对民间文学志撰述的几点不成熟思考做简要说明，在此请教方家。

（1）诗学的传统。这是基于艺术与科学之间辩证思考之后的倾向性选择，民间文学志应该坚持这个传统，在具体的操作中应该是采用诗学的形式、基

---

① 伊万·布莱迪编，徐鲁亚等译：《人类学诗学》，北京：中国人民大学出版社 2010 年版，第 1 页。

② 伊万·布莱迪编，徐鲁亚等译：《人类学诗学》，北京：中国人民大学出版社 2010 年版，第 265 页。

调和气质，还是完全采用诗学的形式和内容，这都值得我们在民间文学志具体的、不同文类实践中去把玩和体会。

（2）民间文学志的字里行间应该蕴含撰述者对该地区民众的历史人文底蕴和风俗气质的批评，这种"春秋笔法"的整体把握和批评确实考验撰述者的功底。

（3）对民间文学讲述传统的特定审美瞬间要用独特的诗意笔法来描述。民间文学的讲述大多带有表演的性质，是一种"在场情境的审美体验"，如何把这种田野中鲜活的、灵动的审美瞬间转化为读者可理解的民间文学志，既需要语言辞藻上的功夫和技巧，还需要民间文学志整体结构上的安排，更需要我们对民间文学文本的情感把握。

（4）民间文学志的撰述要对"标志性文化统领式"（由刘铁梁教授提出）做深入辨析。刘铁梁教授的"标志性文化统领式"在撰述地方民俗志中确实具有理论和现实的指导意义，然而具体到某一地区的民间文学志时，如何界定哪一个文本是"标志性的民间文学文本"则需要我们仔细考虑，并且这可能会连带出民间文学调查中的"全面调查和局部调查"[①] 的问题。因此，我们如果使用这种方法撰述民间文学志需要仔细考虑各种具体、复杂的问题。

（5）对民间文学讲述人的重视。讲述人的描述应该更立体，置于历史时空的多元情境中来理解讲述人的讲述，并关注讲述人的人生、社群的生活情境与民间文学文本之间的历史性与内在互文性。

（6）异文讨论的深入。在民间文学志的撰述中，在特定时空语境中对异文的比较和研究应该有更多的可能性。

（7）不同文类的叙述结构。不同民间文学文类的民间文学志在叙述结构上应有不同，主要体现在韵文和散文的区分上，至于具体神话、传说、故事、史诗、歌谣、谚语之间的区别何在，也需要学界同仁深入实践和研究。

（8）多元的纬度。研究者、调查对象、日常生活中的听众、民间文学文本以及当地历史人文传统之间存在着多元的、复杂的互动关系，我们也可以从段宝林先生"立体文学论"的角度来理解它，但我们在此想要强调的是如何以多元的视角在民间文学志中揭示这种内在与外在的多元互动关系。

总而言之，我们从文化态度、人类学田野民族志的传统、田野准备与调查以及重建诗学传统（民间文学志的叙述与结构）四个方面对民间文学志的可能性进行了初步的阐述。这样粗略的梳理和思考能否促进我们对民间文学志的理论探讨暂且不论，假定我们要在一个多民族聚居地区进行这样的民间

---

① 笔者曾于 2012 年 8 月 7 日中午向陈连山教授请教此问题，在此感谢陈老师的指点和启发。

文学志的实践，我们该如何处理呢？比如我们要到新疆克孜勒苏柯尔克孜自治州的阿合奇县或乌恰县做柯尔克孜族民间文学志调查，我们该如何撰述它呢？

二、多元的诗学和声：以新疆柯尔克孜族的民间文学志撰述为例

对大多数研究新疆柯尔克孜族民间文学的学者而言，要对新疆柯尔克孜族民间文学整体进行经典民间文学志的实践确实是一个巨大的挑战，笔者更没有这样的能力。我们在此希望通过对地处文明交流之处的新疆多元文化风貌的考量，通过对某一类或某一具体民间文学文本的思考和处理来回应这个大的命题。

1. 扎实的田野准备

上文对此问题有较为充分的讨论，在此以柯尔克孜族"神话"——《野鸭鲁弗尔》为例做个案补充说明。在搜集资料过程中，笔者对满都乎先生主编的《中国阿尔泰语系诸民族神话故事》中柯尔克孜族首篇神话《野鸭鲁弗尔》产生了兴趣，更准确地说是感到好奇或者疑惑。"野鸭鲁弗尔造陆地"的神话在柯尔克孜族神话中显得有些怪异，根据本篇的选编者张彦平先生留下的文献出处，笔者对其进行了考证。我们发现，这则神话是张彦平先生从吉尔吉斯斯坦作家艾特玛托夫的小说集《艾特玛托夫小说集》① 中最后一篇《花狗崖——献给弗拉基米尔·桑基》里摘录的，艾特玛托夫在开篇不久就叙述了"野鸭鲁弗尔"的神话（分别在 436 页和 509 页出现了一次）。从叙事功能上说，这则神话在小说中隐喻着小说主人公的命运，这和同样多次出现在小说中的"鱼女"神话在功能上是相似的。问题的关键是柯尔克孜族民间是否真的流传着"野鸭鲁弗尔"的神话。笔者是带着这个问题进行田野调查的。根据有限的调查②，我们发现，在柯尔克孜族民间并没有流传"野鸭鲁弗尔"的神话文本。如果说我们的调查不够全面，神话文本是否只在艾特玛托夫的祖国吉尔吉斯斯坦流传呢？这是一个有待考证的问题。如果柯尔克孜族民间有流传，那么小说集中的文本与民间流传的文本有多大差异，这又是一个问题。

① 艾特玛托夫著，力冈等译：《艾特玛托夫小说集》（下册），北京：外国文学出版社 1980 年版，第 422 – 433 页。

② 笔者委托自己的柯尔克孜族学生阿丽娅（笔者是其毕业论文《乌恰县〈玛纳斯〉歌手调查研究》的指导老师）在新疆阿合奇县和乌恰县柯尔克孜族中间进行调查，根据柯尔克孜族老者的反馈，他们从没听说过《野鸭鲁弗尔》的故事；2012 年 5 月 23 日，笔者参加中国社会科学院民族文学研究所主办的"第四期 IEL 国际史诗学与口头传统研究讲习班"，当面请教了朗樱研究员，她对《野鸭鲁弗尔》也存疑。

　　笔者把这个问题提出来存疑，也向方家求证。但是，把作家小说中的一段叙事文本单独摘录出来作为独立民间文学文本编入神话故事集（且作为"柯尔克孜族神话"的首篇）似乎欠妥。其实，笔者在此真正想说明的是田野调查前的扎实准备问题，如果把"野鸭鲁弗尔"的神话当作柯尔克孜族民间流传的神话来看待而不去求证，那么我们需要花多少时间和精力才能在民间找到文本呢？

　　2. 外在的多元视角

　　所谓外在的多元视角是指撰述民间文学志时，对与民间文学文本有关的多元文化传统有着清晰的认识，并能够灵活、适度地贯穿于民间文学志中。

　　把握柯尔克孜族民间文学志也必须对其悠久的历史人文传统有深刻、清晰的认识。柯尔克孜族的"大地"确实经历了太多的变迁，在与其他民族接触、交流、融合与抗争中，柯尔克孜族人的语言、宗教信仰、社会民俗也同样"都在变幻"，体现着柯尔克孜族文化的多元特征。

　　我们进行柯尔克孜族的民间文学志实践，应该首先考虑其语言。柯尔克孜语属阿尔泰语系突厥语族东匈奴语支基普恰克语族，形态上属黏着语类型。绝大多数柯尔克孜族民众使用本民族语言，但因为民族聚居的原因，很多柯尔克孜族民众使用多种语言："阿克陶等县农业区的柯尔克孜居民有部分人通用或兼通维吾尔语；特克斯一带的柯尔克孜居民有部分人兼通哈萨克语；额敏一带的柯尔克孜族居民有部分人兼通哈萨克语和蒙古语……现代柯尔克孜语中吸收有大量的维吾尔语、哈萨克语、蒙古语及汉语的借词。"①虽然现代柯尔克孜语是以察合台文为基础的，但语言的接触和借用明显影响到柯尔克孜族民间文学。其次是宗教，柯尔克孜族主体信仰伊斯兰教，属于逊尼派中的哈奈菲派，但萨满教信仰的传统在民族内部仍占据重要地位，这一点与同为游牧文化的哈萨克族非常相似。而新疆额敏县的柯尔克孜族则信仰藏传佛教和萨满教，在中世纪，他们还信仰过祆教、摩尼教、景教，后来曾短暂信仰佛教。由此可见，柯尔克孜族的信仰体系是多元的。最后是民俗，柯尔克孜族的民俗鲜明地体现了以游牧狩猎文化为主兼有农耕文化的特征。柯尔克孜族节日、人生仪礼、衣食住行等生活习俗都鲜明地体现了他们豪放爽朗的性格和悠久的传统文化，很多民间文学文本也都与这些习俗相关。

　　柯尔克孜族不断迁徙征战的历史、伊斯兰教与萨满教并行的多元宗教信仰、以游牧狩猎为主的生产生活方式，构成了当代柯尔克孜族文化的主要特色。这些丰富多元的文化传统构成了我们关照柯尔克孜族民间文学文本的外

---

① 《柯尔克孜族简史》编写组编：《柯尔克孜族简史》，北京：民族出版社 2008 年版，第 15 页。

在多元视角，而内容丰富多彩的柯尔克孜族民间文学（尤其是英雄史诗）也特色鲜明地彰显了这些文化传统。

3. 内在的多元视角

一般而言，我们能够在民间文学志实践中更多地关注到外在的多元传统，却往往对内在的多元复杂关系缺少全面、深入的揭示，这是值得我们注意的。所谓内在的多元视角是指我们在民间文学志的实践中，从田野调查的理念、实施，到民间文学志的撰述过程，都要揭示研究者、讲述人、日常生活中的听众、民间文学文本互相之间的多元复杂关系。为了便于揭示民间文学志撰述过程中"内在的多元视角"的复杂微妙关系，笔者草拟一个有待完善的表格（见下表）。表格中用一些学界已经关注或还未关注到的关键词来揭示两个不同层面之间的可能性关系，如果"三者""四者"之间，他们的关系当然会更复杂。

研究者、讲述人、听众、文本之间的多元复杂关系

内容	研究者	讲述人	听众	文本
研究者	他者/家乡，时间/空间	客体/主体	观察/聆听	审美纯文学研究/社会科学研究
讲述人	主体/客体	诗意的竞赛/文本的传承	传承/生活	表演活动/生活意义
听众	聆听/观察	传承/生活	进入传统的不同方式/原生态环境	文学/生活
文本	审美纯文学研究/社会科学研究	表演活动/生活意义	文学/生活	重奏/和声，内容/形式，文本/生活

我们以柯尔克孜族英雄史诗《玛纳斯》为例，对上表中的诸层面关系做简要的阐释说明。

首先，我们从研究者及其相关层面讲，如果研究《玛纳斯》，笔者的田野及民间文学志撰述更多的是以他者的视角理解这一口头表演传统；而柯尔克孜族学者关注更多的可能集中在这一史诗传统在柯尔克孜族社会历史变迁中的文化史价值、史诗传承与内部程式等，并且即便在柯尔克孜族研究者内部，不同年龄、性别的研究者关注的具体问题也会存在差异（笔者的学生阿丽娅关注的就是女性玛纳斯奇和青年玛纳斯奇的生存境遇问题）。不同的研究者、研究者不同时期的视角与讲述人、听众、文本之间的关系也必然对民间文学志的撰述产生最基本的影响，甚至是一种决定性的影响。

其次，我们从讲述人层面讲，《玛纳斯》的讲述人（玛纳斯奇）在柯尔克孜族民间享有较高的地位，这与玛纳斯奇自身的博学和才艺有关，更与《玛纳斯》在柯尔克孜族文化传统中的地位紧密相连。我们所熟知的"当代的荷马"——居素甫·玛玛依便是享誉国内外的玛纳斯奇。显然，调查并描述这样的讲述人更能成就一部经典民间文学志。因此，研究者在面对这些威望极高的讲述人时，如何处理和描述地位崇高的讲述人与听众、文本的关系是需要我们思量的。

再次，我们从听众层面讲，过去，我们较少关注民间文学讲述空间中的听众，其实，原生态空间中的听众对民间文学的讲述与传承起着重要的作用。柯尔克孜族的民间讲述活动多在"阿依勒"（村落）中举行，"阿依勒"中的柯尔克孜族听众通过聆听玛纳斯奇、散吉拉奇（历史族源歌手）、阿肯（即兴诗人）、额尔奇（歌手）的表演活动理解本部落的历史、文化和习俗，而且部分听众本身也是民间文学的讲述人。在讲述活动中，玛纳斯奇与听众之间产生心灵的共颤，柯尔克孜族的历史和文化传统便在他们中间得以传承，文化的边界和生活的意义也得以确立。没有原生态听众参与，只有玛纳斯奇孤独地吟唱的活动不是完整意义上的民间文学讲述。因此，我们的民间文学志应该给予听众以笔墨，观察他们、描述他们、理解他们，这也是理解讲述人及其讲述的民间文学传统的重要视角。

最后，我们从文本层面讲，面对同一个民间文学文本和同一母题的异文，研究者、讲述人和听众必然会以不同的方式研究、讲述和聆听它。以《玛纳斯》第一部为例，"当代的荷马"居素甫·玛玛依和另一著名的玛纳斯奇艾什玛特·玛木别特演唱的《玛纳斯》在内容和情节上就存在差异。"在艾什玛特变体中卡妮凯率四十勇士进行的塔拉斯保卫战这一个充分反映巾帼英雄卡妮凯智慧、谋勇和胆略的重大战役，在居素甫·玛玛依变体的第一部中，却只字未提，而是在第二部中，出现了这一战役，却是阿依曲莱克率领十四位汗王进行；在玛纳斯和四十位勇士遭阔孜卡曼投毒暗害而死后，在居素甫·玛玛依等人的变体中都是卡妮凯以仙方仙药救治而复生，而在艾什玛特的变体中则是由过往商人开墓相救，然后让玛纳斯及其勇士们在阔克苏（圣水）中沐浴而复生。故事情节和描述极为详细。"① 除了在内容和情节上的不同，居素甫·玛玛依和艾什玛特·玛木别特在演唱风格和语言上也各具特色。因此，

---

① 贺继宏主编：《柯尔克孜族民间文学精品选·第二集·〈玛纳斯〉（其他变体精选）》，北京：中国文联出版社 2003 年版，第 119 页。

描述异文的多元风貌应成为民间文学志撰述的基本要求。

经典民间文学志应该揭示研究者、讲述人、听众、文本等内在的多元复杂关系。限于篇幅，无法展开叙述，笔者将另撰文详细叙述"内在多元"的复杂关系及其撰述的问题。

4. 多元的诗学和声

正如柯尔克孜族英雄史诗《玛纳斯》中所唱：

> 这是祖先留下的故事，
> 我不唱它怎么行呢？
> 这是先辈留下的遗产，
> 代代相传到了如今。
> ……
> 它是我们祖先留下的语言，
> 它是战胜一切的英雄语言，
> 它是难以比拟的宏伟语言，
> 它是繁花似锦的隽永语言，
> ……
> 山丘变成了沟壑，
> 冰川变成了河湾，
> 一切的一切都在变幻，
> 雄狮玛纳斯的故事，
> 却一直流传到今天。①

柯尔克孜族的社会历史变迁是一个多元文化碰撞交流、多民族融合的过程。然而，在这一过程中，柯尔克孜人虽历经迁徙和磨难，他们却较好地保持了自己的传统文化。一切都在改变，唯有"先辈留下的遗产"——"雄狮玛纳斯的故事，却一直流传到今天"。《玛纳斯》正是承载这一多元文化碰撞交流、多民族征战融合的最重要文本。从某种意义上说，英雄史诗《玛纳斯》本身就是一部美妙的多声部和声交响曲。我们的研究如何呈现这部和声交响曲才能让更多的读者感受和声的力量？我们或许应该在扎实的田野调查基础上，以诗学的方式，通过多元（内在与外在）的视角来呈现这部英雄史

---

① 居素甫·玛玛依演唱，刘发俊、朱玛拉、尚锡静整理：《柯尔克孜族英雄史诗〈玛纳斯〉》，乌鲁木齐：新疆人民出版社1991年版，第2-4页。

诗——玛纳斯奇们用他们对柯尔克孜族历史、文化和自身生命的理解吟唱着这部"雄狮玛纳斯"和声交响曲。

三、结语

正如吕微研究员所强调的："我在这里并不是要反对民间文学乃至民俗学的社会科学化，而是要执意追问：相对于社会科学对作为'事实'的民间文学的对象化、知识性呈现，作为精神科学（人文学术）的民间文（艺）学能否对民间文学作为交互主体的、实践着的生活形式（'体裁'实践）的'生活意义'或'形式意志'有所描述、有所揭示？"[①]

本书所要回应的或许就在于民间文学志描述"生活意义"或"形式意志"是可能的，一种"多元的诗学和声"能够成为"作为精神科学（人文学术）的民间文（艺）学"的独特研究路径，一种区别于看似严肃、科学、严密话语的诗学表达方式。

奈吉尔·巴利说："我收起表格，等待灵感降临。"[②] 走向民间时，灵感已经降临，我们等待民间文学志——多元的诗学和声的诞生。

第三节　历史图景的多元建构：以塔吉克族族群起源传说和博格达山的传说为中心

新疆世居民族民间传说内容十分丰富，仅收入《中国民间故事集成·新疆卷》中的民间传说文本就有 362 个（不含异文），其中人物传说 63 个、史实传说 5 个、地方传说 87 个、动植物传说 86 个、土特产传说 19 个、风俗传说 74 个、民间艺术传说 28 个。而在新疆世居民族民间还有众多传说没有收入书中，这些内容丰富多样的民间传说为我们呈现了一幅既波澜壮阔又形象生动的多元历史图景。本节试图以塔吉克族族群起源传说和流传在汉族、维吾尔族、回族中的博格达传说为例来呈现这种历史图景的多元建构。

---

① 吕微：《中国民间文学的西西弗斯——刘锡诚〈20 世纪中国民间文学学术史〉读后》，《民俗研究》2008 年第 4 期。

② 奈吉尔·巴利著，何颖怡译：《天真的人类学家》，桂林：广西师范大学出版社 2011 年版，第 340 页。

一、塔吉克族族群起源传说:《公主堡的传说》《大同人的祖先》

塔吉克族被誉为"帕米尔高原上的雄鹰",前文曾提及在塔吉克族中有"汉日天种"传说,这个传说最早在玄奘的《大唐西域记》中有详细的记载:

> 朅盘陀国,周二千余里。国大都城基大石岭,背徙多河,周二十余里。山岭连属,川原隘狭,谷稼俭少,菽麦丰多,林树稀,花果少。原隰丘墟,城邑空旷。俗无礼义,人寡学艺,性既犷暴,力亦骁勇,容貌丑弊,衣服毡褐。文字语言,大同佉沙国。然知淳信,敬崇佛法。伽蓝十余所,僧徒五百余人,习学小乘教说一切有部。
>
> 今王淳质,敬重三宝,仪容闲雅,笃志好学。建国已来,多历年所。其自称云是至那提婆瞿呾罗唐言汉日天种。此国之先,葱岭中荒川也。昔波利斯国王娶妇汉土,迎归至此,时属兵乱,东西路绝,遂以王女置于孤峯。峯极危峻,梯崖而上,下高周卫,警昼巡夜。时经三月,寇贼方静,欲趋归路,女已有娠。使臣惶惧,谓徒属曰:"王命迎妇,属斯寇乱,野次荒川,朝不谋夕。吾王德感,妖气已静。今将归国,王妇有娠。顾此为忧,不知死地,宜推首恶,或以后诛。"讯问喧哗,莫究其实。时彼侍儿谓使臣曰:"勿相尤也,乃神会耳。每日正中,有一丈夫,从日轮中乘马会此。"使臣曰:"若然者,何以雪罪?归必见诛,留亦来讨。进退若是,何所宜行?"佥曰:"斯事不细,谁就深诛?待罪境外,且推旦夕。"于是即石峯上筑宫起馆,周三百余步,环宫筑城。立女为主,建官垂宪。至期产男,容貌妍丽。母摄政事,子称尊号;飞行虚空,控驭风云;威德遐被,声教远洽;邻域异国,莫不称臣。其王寿终,葬在此城东南百余里大山岩石室中。其尸干腊,今犹不坏,状羸瘠人,俨然如睡。时易衣服,恒置香花。子孙奕世,以迄于今。以其先祖之出,母则汉土之人,父乃日天之种,故其自称汉日天种。然其王族,貌同中夏,首饰方冠,身衣胡服。后嗣陵夷见迫强国。①

这是著名的朅盘陀国"建国传说",至今这个传说仍在塔吉克族民间流传甚广。如果把马达里汗(男,塔吉克族)讲述的《公主堡的传说》②(采录翻译者:西仁·库尔班、段石羽,1994 年 8 月采录于新疆塔什库尔干塔吉克自

---

① 玄奘、辩机著,季羡林等校注:《大唐西域记校注》,北京:中华书局 1985 年版,第 983 – 985 页。

② 《中国民间故事集成·新疆卷》(上册),北京:中国 ISBN 中心 2008 年版,第 252 – 254 页。

治县）与《大唐西域记》卷十二中"建国传说"文本做比较的话，我们会发现两者基本故事情节高度一致。

《公主堡的传说》主要内容为：波斯国王梦中见到一位美女，美女对他说，你想找到我，就到世界的东方来。对梦中人日思夜想的国王于是派出两位大臣经过无数的地方，终于到了世界的东方，见到了汉族的国王，国王听了他们的陈述，将自己最小也最可爱的女儿许配给了波斯国王，并且带上大量的嫁妆。但送亲的队伍在途经帕米尔时遇上了战乱，道路不通，只好停止不前。加上天气转寒，帐篷无法御寒，众人在高山上为公主建了座城堡，不准任何男人上去，但公主却莫名其妙地怀孕了。原来，每天日上中天时，便有一位美貌英俊的男子，从太阳里下来和公主相会。幽会时，宫内金光灿灿。两位大臣担心回波斯会受死，便商议和公主住在此地，后来公主生下一男孩。他力大无比，智勇超人，十岁便能领兵杀敌，保卫家乡。男孩当了国王，建立了朅盘陀国。公主死后，国王依照她的遗嘱，在城堡东南一百里处的高山上依山崖凿了一个石洞，将她头向东安葬在里面。传说公主死后，经过多年，尸身新鲜如初。国王按照四季变化，经常为公主换衣整容，在她的四周摆上鲜花，让人祭祀。

根据我们的了解，《公主堡的传说》主要在公主堡遗址周边的群众中间流传。根据书面文献和民间讲述的比照，我们可以猜测马达里汗的讲述和西仁·库尔班先生的采录翻译或许参考了《大唐西域记》的文献。但传说一定有其历史的依据，石头城是汉代西域三十六国中的蒲犁国及唐代朅盘陀的都城，地处古代丝绸之路的必经之路上。从"汉日天种"的书面记载和民间传说讲述中，我们都可以看到古代西域民族与中原汉族交往的悠久历史。塔什库尔干地处古代西域与波斯经济文化交流的重要关口，中原与波斯的交流也要通过这个重要节点，塔吉克族的这些族群起源传说以其传奇或超人间的方式为我们建构起一段虚实之间的塔吉克族历史，同时也部分还原了中原与西域、波斯文化交流的历史片段。

除了"汉日天种"的族群起源传说，塔吉克族中还流传着一个与柯尔克孜族有关的族群起源传说。这个传说叫《大同人的祖先》①，讲述了塔什库尔干塔吉克自治县大同乡人祖先的来历：

帕米尔高原冰峰林立，雪岭连绵，被称作"山的故乡"。然而在帕米尔东部，却有一条被座座雪峰阻隔，几乎与山外断绝来往，而被人称为"世外桃

---

① 《中国民间故事集成·新疆卷》（上册），北京：中国 ISBN 中心 2008 年版，第 436 页。

源”的峡谷，这就是现在的塔什库尔干塔吉克自治县的大同乡，这是一个气候温和、桃红柳绿、瓜果满园、稻谷飘香的好地方。在这里居住着一些比较特殊的“高山塔吉克”人。

有一年外国侵略者血洗了大同河谷，只有一个叫罕珠的塔吉克妇女和她的三个女儿存活了下来。后来柯尔克孜族牧民巴巴西带着他的三个儿子游牧来到这里，三对青年结合，繁衍出后来的大同人。

这则传说明显反映了柯尔克孜族与塔吉克族之间的交往线索，两个民族的三男三女孕育了大同人祖先。尽管这是一种民间传说的“传奇”表达，但我们认为这传说与真实历史之间并没有鸿沟，反而非常接近。尽管我们没有直接的历史文献证实这场外国侵略战争，但我们可以确定的是类似的战争在西域古老的土地上发生过多起。我们在《玛纳斯》《江格尔》里都可以找到这些战争的影子。

总之，塔吉克族作为一个弱小民族或部落，生活在丝路要道上，周旋于几大民族和文明之间，如果我们要呈现一部塔吉克族人的“史记”，这幅历史图景必将是民族交融和文化交流的历史风情图。无论是汉族公主与日神的结合，还是塔吉克族三个女儿与柯尔克孜族三个儿子的结合，虚实之间的讲述已经建构起，也描绘出塔什库尔干的多元历史图景。在新疆世居各民族和谐共处的今天，这些文本的讲述和流传本身就意味着传说故事已经进入当下历史图景的多元建构。

二、博格达山的传说

在哈萨克牧民的神话故事《沙勒哈沙曼》中，博格达山被牧民称为“圣人”，而博格达山上的石头是圣人石，传说投圣人石击敌，无所不胜，因此博格达山被誉为“神山”。维吾尔族、回族、汉族的民间传说也都有关于“博格达山”的传说。

（一）维、汉、回传说文本

1. 维吾尔族的博格达山传说

在乌鲁木齐维吾尔族群众中间流传着《博格达山的来历》① 的地方传说：古时候有个叫博格达图的人，他原本是个神。九岁时，父母就让他去树林里

① 《中国民间故事集成·新疆卷》（上册），北京：中国 ISBN 中心 2008 年版，第 175–176 页。

放羊。博格达图赶着九十九只羊，骑着一匹三条腿的马，随行的还有三只没有尾巴的牧羊犬。据说，博格达图即使养一千年，九十九只羊永远增不到一千只，三条腿的马也变不成四条腿，狗的尾巴总也长不长。博格达图百思不得其解，他就把这件事告诉了经常给他送水喝的老太婆，老太婆让他等待，但不能把这件事告诉他的父母，否则他就成不了神仙。可是博格达图还是没有忍住，把这件事告诉了他的父母，他的父母识破了老太婆的诡计。每次老太婆给博格达图送水时，都和九十九个妖魔约定好。妖魔趁博格达图喝水的时机，就偷食羊羔充饥，割下马腿当棍棒，割下狗尾巴做头发。博格达图最后与妖魔激战了四十四天，终于打败了妖魔。最后在天神的帮助下，他变成一座神山，他和他的父母一起变成了一座巨大的山脉。从此这座山就叫作博格达图山，以后有所改变，就成了博格达山。

2. 汉族的天山传说

在农八师 143 团汉族群众中流传着《青龙白龙化天山》[1] 的传说：在很久以前，新疆还是一片无边的大海，海的中间有个岛，岛上住了很多人。其中有户人家，只有母子二人，然而日子过得很美满。然而不知哪一年、哪一天，忽然变天了，有一青一白两条龙出来祸害岛上的居民。母子二人就站出来，在第二年的三月一日，龙再次出现的时候，儿子举着母亲的眼珠就去除龙了。在与龙的激战中，龙不见了，海也消失了。眼前出现了两座山，一座是白色的，一座是青色的，儿子也化成一只小鸟飞走了，从此以后人们又过上了安居乐业的日子。而这两座山就是前天山和后天山。

3. 回族的博格达山传说

在新疆奇台县回族群众中流传的关于博格达山的传说[2] 是这样的：很久以前，博格达山是个很小的山包。有个没有父母的放羊娃总是来这放羊，他就是伊斯麻。他受雇于庄里的地主王没牙，王没牙对长工很不好。有一天，伊斯麻放羊时丢了一只羊，他就满山满洼地找啊找啊，羊没找到，却碰到了一个白胡子老阿爷，老阿爷送给伊斯麻两个无价之宝，一个是提山桃，一个是垫山石。老阿爷告知了这两个宝贝的用法后就消失了。伊斯麻带着宝贝回去，把这件事告诉了长工们，并和他们一起来到博格达山下，用提山桃和垫山石把博格达山提起来了，博格达山下都是金豆子，长工们就一人捧了一捧金豆子赶着羊回去了。王没牙因为丢了一只羊非常愤怒，伊斯麻给了王没牙一个金豆子并且告诉王没牙以后再也不给他放羊了。在王没牙的诱骗下，伊斯麻

---

① 《中国民间故事集成·新疆卷》（上册），北京：中国 ISBN 中心 2008 年版，第 174 页。
② 《中国民间故事集成·新疆卷》（上册），北京：中国 ISBN 中心 2008 年版，第 177–179 页。

告诉了他事情的始末。王没牙趁晚上偷走了提山桃和垫山石，也提起了博格达山，贪财的王没牙不知满足地装金豆子，最后，博格达山突然落下，把王没牙压死在了山下。

这是一个地主贪财被惩罚的故事，与新疆广泛流传的阿凡提和巴依老爷的故事相似。在回族的传说中，伊斯麻这个人物时常出现。在《伊斯麻智斗刘财主》《池中缘》中都有伊斯麻这个形象，可见伊斯麻在回族人民心目中的地位。

（二）　神秘的博格达山想象

博格达山坐落在新疆维吾尔自治区阜康市境内，是天山山脉东段的著名高峰。在中原文献中，博格达山的名称是不断变化的。西汉设立了西域都护府（公元前 60 年），博格达纳入汉朝的统治；在唐代，博格达山被称为"折罗曼山"或"天山"（后续第三章有论证）；辽代将高昌回鹘变为属国，设高昌大王府以监管，博格达山被称为"金岭"；在元代，博格达山被称为"阴山"；明代，博格达山被称为"灵山"；在清代初期，博格达山被称为"博克达山"，后改为"博格达山"，为蒙古语"神灵之山"之意。

维吾尔族、汉族、回族对博格达山的不同讲述体现了生活于此的各族民众对这座神秘山峰的多元想象。在维吾尔族、汉族两个民族的讲述中，有一个故事情节是相似的：父母协助儿子驱除妖魔/妖龙。不同的是在汉族的讲述中妖龙化为天山山脉，而在维吾尔族的讲述中博格达图和父母化为博格达山。

（三）　维吾尔族和回族版本比较

维吾尔族和回族的版本中都出现了类似神仙的人物，他们是帮助人们达成愿望、逃离苦海的。这个应该是和维吾尔族与回族的信仰有很大关系。他们中的大多数群众都是穆斯林。这些穆斯林相信有真主安拉存在，会给自己的行为做出最公正的评论。

（四）　博格达山的来源比较

汉族和维吾尔族版本里的博格达山是人为造成的，而回族传说中的博格达山是自然存在的。维吾尔族版本中的博格达山是博格达图历经千难万险变成的，汉族版本中的博格达山是母子为了救村里的乡亲舍身变成博格达山的。回族版本中的博格达山是能带给正义的人财富的，给贪婪的人以惩罚的，所以大家把博格达山尊称为"神山"。

第四节　多元文明交汇之处：新疆世居民族民间故事

一、外来文化对新疆世居民族的影响

"民间故事宛如动物，传说类似植物。民间故事奔走于四方，因而无论到何处，都能窥见其相同的姿态；传说扎根于某一土地，并不断成长壮大。雀、鸥之类均长着同一脸颊，但梅、山茶等的每一株都是长势迥异，容易识别。可爱的民间故事中的小鸟，多数在传说的森林密丛中建巢，同时，把芳香的各类传说的种子和花粉搬运到远方的也正是他们。"① 奔走于四方的民间故事汇聚于四大文明交汇处的神奇西域，我们发现这些姿态相同的鸟儿飞梭于不同民族间，成为新疆世居各民族日常生活中的好朋友。

新疆世居民族民间故事的确受到了多元文化（特别是印度文明、阿拉伯文明、波斯文明）的影响，不少学界前辈学者，季羡林、朗樱、刘发俊、齐木德道尔吉、杨知勇、毕桪、刘守华、穆罕穆德吐尔孙·吐尔迪等都对此问题进行了阐述。杨富学博士在其新近出版的《印度宗教文化与回鹘民间文学》第七章第三节"《五卷书》对回鹘民间文学的影响"② 中，系统地梳理了学界关于"《五卷书》对维吾尔民间文学影响"的研究。按照杨富学博士对此问题的梳理，结合《中国民间故事集成·新疆卷》收录的情况，笔者把杨富学博士的文本内容摭要梳理如下表所示。

《五卷书》中的故事对维吾尔民间文学的影响

序号	《五卷书》中的故事	影响到的维吾尔族民间故事	在维吾尔族民间故事中的变异情况	该故事是否收入《中国民间故事集成·新疆卷》
1	第 1 卷第 7 个故事《兔杀狮》	《老虎和兔子》	狮子被替换成老虎	否
2	第 1 卷第 8 个故事《金翅鸟》	《木马》	织工被替换成王子，金翅鸟被替换成木马	是，序号 0585

① 万建中：《民间文学引论》，北京：北京大学出版社 2006 年版，第 172 页。
② 杨富学：《印度宗教文化与回鹘民间文学》，北京：民族出版社 2007 年版，第 295–303 页。

（续上表）

序号	《五卷书》中的故事	影响到的维吾尔族民间故事	在维吾尔族民间故事中的变异情况	该故事是否收入《中国民间故事集成·新疆卷》
3	第1卷第1个故事《豺狼为王》	《陶斯艾来英》	豺狼被替换成熊	是，序号0435
4	第1卷第18个故事《麻雀与大象》	《傲慢的大象》	麻雀被替换成蚊子	是，序号0451
5	第1卷第28个故事《老鼠吃秤》	《能吃铁的老鼠》	铁秤被替换成铁，鹰被替换成百灵鸟	否
6	第2卷《鸽王》	《石鸡》	情节更简单	是，序号0457
7	第2卷第8个故事《大象和老鼠》	《狮子和老鼠》	大象被替换成狮子	是，序号0936
8	第3卷《乌鸦和猫头鹰》	《乌鸦》	情节更简单	否
9	第3卷第3个故事《鹧鸪与兔子》	《猫和朱雀》	情节变异较大	是，序号0957
10	第3卷第5个故事《蛇和蚂蚁》	《蛇和蚂蚁》	内容一致但寓意不同，前者强调人多可胜强，后者强调齐心可胜	是，序号0966
11	第3卷第13个故事《老鼠择夫》	《骄傲的公主》	内容一致但寓意不同	否
12	第5卷第7个故事《婆罗门的幻想》	《痴心妄想》	情节变异较大	否，但后半部分情节和《幻想的破灭》（0930）相似
13	第1卷第16个故事《天鹅和乌龟》	《爱吹的青蛙》	情节部分相似	否
14	第3卷第6个故事《下金币的蛇》	《贪婪的人》	情节部分相似	否

　　杨富学博士在文中还多次提到印度佛教故事对回鹘民间文学的影响，这种影响还体现在它对现代哈萨克族民间故事的影响上。毕桪教授、刘守华教授都曾对此问题做了深入的探讨。现代哈萨克族祖先曾信仰佛教，佛教故事在其民间流传至今是有其深刻历史渊源的。尽管现在很多维吾尔族、哈萨克族民间故事都被伊斯兰化，但是《五卷书》对民间故事情节结构的影响却是基本的，现代维吾尔族民间故事的情节结构依然没有太大的变化。"可爱的民间故事中的小鸟，多数在传说的森林密丛中建巢"，传说的森林里有了这些小鸟变得更加有活力，新疆世居各民族的民间文学中有了这些民间故事也变得更加多元和丰富。

　　除印度文明的《五卷书》，阿拉伯的《一千零一夜》也对新疆世居各民族民间故事产生了重要的影响，中国有时把这部阿拉伯民间故事书称为"天方夜谭"。这里的部分故事也受到印度故事和波斯民间故事的影响，同时也可能吸收了中亚其他地域和民族民间文学的养分，并影响到新疆部分民族的民间故事。"维吾尔族民间故事《三条遗嘱》中父亲叮嘱儿子折树枝的情节跟汉族故事中父亲让儿子折箭的故事很相似。中亚细亚、阿拉伯、波斯等地区的民间故事，像《一千零一夜》和《十日谈》中的一些民间故事，同样在维吾尔族人民中流传。自然，这些故事在故事家的讲述流传过程中，在语言、风格、情节等方面都注进了维吾尔民族的和地方的色彩，从而成为维吾尔族民间故事的一个组成部分了。"① 新疆师范大学阿不都·热苏力和杨春航两位老师在《〈一千零一夜〉与〈维吾尔民间故事〉》一文中较为全面地叙述了两者的关系。

　　前述，维吾尔族民间故事《木马》与印度《五卷书》中第 1 卷第 8 个故事《金翅鸟》情节相似；不仅如此，《木马》还与《一千零一夜》中的《乌木马的故事》情节类似，仅从故事的名称上我们就可以看出这种联系。《木马》主要讲述了一位木匠和一位铁匠在国王面前赛艺，铁匠造出了能装万袋粮食在海上游的铁鱼，而木匠则造出了会飞的木马；好奇的王子骑上木马飞进天宫，和那里的公主相爱，可是公主的父王反对他们的爱情，王子骑上木马救出了被囚禁的公主，最终顺利飞回家，国王为太子和公主举行了四十天的盛大婚礼。维吾尔族的《木马》故事中还提到麦西热甫的情景。《一千零一夜》中的《乌木马的故事》与《木马》虽情节类似，但也有多处不同。《乌木马的故事》在故事开始讲述了三位哲人分别拿着金乌鸦、铜喇叭、乌木马，前两位哲人显示了金乌鸦和铜喇叭的神力，国王把大公主、二公主嫁给了他

　　① 刘发俊：《维吾尔族民间故事选·前言》，上海：上海文艺出版社 1980 年版，第 2 页。

们；第三位哲人想娶三公主，正准备展示乌木马的神力时，太子骑上了乌木马，故事便展开了。《乌木马的故事》明确太子是波斯国太子，他飞到萨乃奥国并喜欢上他们的公主，后来又到希腊救出了萨乃奥国的公主，最后飞回了波斯国。这些都是两者故事不同的地方。但通过这两则富有浓郁幻想色彩的木马故事，并联系《五卷书》中《金翅鸟》的故事，我们便可以窥见印度文化、阿拉伯文化、波斯文化与新疆世居各民族文化的联系，这种联系是多元文明政治、文化、经济交流的最直接的体现。

二、多元文化交流中新疆世居各民族的机智人物故事

机智人物故事是民间故事类型中的重要一类。我国很多少数民族都有机智人物故事的流布，像蒙古族的"巴拉根仓的故事"、维吾尔族的"阿凡提的故事"、藏族"阿古登巴的故事"、瑶族"卜合的故事"、纳西族"阿一旦的故事"。这些机智人物故事大多具有以下特点：一是由一个本民族所熟知的机智人物作为正面主人公，且多表现该机智人物惩恶扬善、帮助贫苦百姓的事迹；二是机智人物故事富有典型的喜剧色彩，机智人物凭借其聪明才智，以诙谐风趣方式推动故事矛盾情节的展开；三是这类故事还反映了底层民众与统治阶层的矛盾斗争，具有鲜活的日常生活背景，却又表现了以机智人物为代表的民众智慧。

新疆世居民族民间文学中的机智人物故事同样具有以上特点，且内容更加丰富，与中西亚地区的伊朗、土耳其、乌兹别克斯坦、吉尔吉斯斯坦等国流传的朱哈的故事、纳斯列丁的故事联系密切，呈现出新疆机智人物故事受多元文化影响的特点。新疆机智人物故事的代表是阿凡提，他和哈萨克族的霍加·纳斯尔，柯尔克孜族的霍加·纳斯尔，乌孜别克族的阿凡提、阿勒达尔·阔赛具有同源性，因为他们的故事情节和内容极其相似，只是在各民族中的名字有不同而已。

国内学者在翻译和研究阿凡提故事方面取得不少成果。新疆的代表性汉文译本是赵世杰先生翻译的《阿凡提故事》，近年来维吾尔文、汉文的版本又有出版。在阿凡提研究方面，北京大学中文系民间文学研究资深教授段宝林先生早在1988年就出版了《笑之研究：阿凡提笑话评论集》，成为阿凡提研究的代表性成果。而在国外阿凡提相关故事译介方面的权威专家是戈宝权先生，他于1982、1983年先后主持和翻译出版了《朱哈逸闻趣事》（阿拉伯民间笑话）、《纳斯列丁的笑话——土耳其的阿凡提的故事》（土耳其民间笑话）。这两部译作对我们研究中亚、西亚地区机智人物故事与新疆世居民族机

智人物故事的关系具有重要意义。国外学者考证认为土耳其的纳斯列丁（13世纪前后）要比朱哈（10世纪左右）晚 200 多年，纳斯列丁的很多故事都能从《朱哈逸闻趣事》中找到痕迹。

我们在新疆的阿凡提故事中也能找到共同的故事类型。比如维吾尔族阿凡提故事中有《知道》①：

清真寺要阿凡提去讲道，阿凡提走上清真寺的讲台，对大家说："我要给你们说什么，你们知道吗？"

"不，我们不知道。"大伙说。

"跟不知道我要说什么的人还说什么呢？"阿凡提说完，下了讲台就走了。

过了些日子，阿凡提又来到清真寺，站到讲台上，说道："喂，乡亲们！"他又把上回那句话问了一遍。清真寺里的人们想："上回我们说不知道，他没把话说出来，那我们这次就说知道吧，阿凡提也许能告诉我们，这样才合道理。"他们就异口同声地说："我们知道啦。"

"你们知道了，那我还说什么呢？"阿凡提又走了。

清真寺里的人们又坐下来商量："我们说不知道他不说，我们说知道他也不说，他要是再来的话，那我们就一半人说知道，一半人说不知道，那个臭要饭的就会告诉我们了。"他们就这么商量好了。

阿凡提又来了，把前回的问题又问了一遍。围拢在他跟前的人们说："我们一半人知道，一半人不知道。"

"那样的话，知道的人就告诉不知道的人吧。"说着阿凡提就离开清真寺，走了。

（李提甫、乔家儒、陈桂兰译）

同样的故事在《朱哈逸闻趣事》中有《三次讲经》②，故事内容和情节基本一致，只是朱哈去的清真寺名字叫阿克谢哈尔，阿凡提讲经的地方只说清真寺没提具体名称；在《纳斯列丁的笑话——土耳其的阿凡提的故事》中有《在清真寺讲经》③，故事内容和情节也基本与《知道》一致。还有一则我们

---

①　祁连休编：《少数民族机智人物故事选》，上海：上海文艺出版社 1978 年版，第 150 – 151 页。

②　戈宝权主编，刘谦、徐平、万日林译：《朱哈逸闻趣事》，北京：中国民间文艺出版社 1982 年版，第 3 – 4 页。

③　纳斯列丁·霍加著，戈宝权译：《纳斯列丁的笑话——土耳其的阿凡提的故事》，北京：中国民间文艺出版社 1983 年版，第 1 页。

熟知的维吾尔族阿凡提故事《锅生儿》①：

纳斯尔丁在最吝啬的一位巴依家里借了一口大锅。人们都感到奇怪，巴依为什么对纳斯尔丁这样大方？其实，巴依对纳斯尔丁也一样吝啬。他是像放账一样租给纳斯尔丁的。

过了些时候，纳斯尔丁来见巴依，高兴地说："给巴依报喜！给巴依报喜！"巴依说："喜从何来？"纳斯尔丁说："巴依的大锅生了儿子，岂不是一喜？"巴依说："胡说八道！大锅怎么能生儿子呢？"纳斯尔丁说："不信，你看这是什么？"纳斯尔丁说着解开一条毛口袋，果然从口袋里掏出一口小铁锅来。尽管纳斯尔丁摆出满脸认真的神气，巴依从心眼里还是不信，可是这傻瓜既然做出了傻事，要是不顺手捞他一把，岂不也成了傻瓜！巴依想到这里，不由故作惊喜地说："唔！我的大锅果然生儿子了！"纳斯尔丁说："巴依，你说这不是大喜吗？"巴依说："当然是大喜！当然是大喜呀！"纳斯尔丁一面小心翼翼地把小铁锅递给巴依，一面说："多漂亮的一个儿子啊！"巴依说："是啊，是啊，小家伙真有点像它的妈妈呢。"巴依反复地玩赏着小铁锅，嘴里发出啧啧的赞美声。纳斯尔丁等巴依收起了小铁锅，便向巴依告别，巴依叮咛道："以后要好好地照应我的大铁锅，让它多生几个这样的儿子。"纳斯尔丁说声："好吧。"便回家去了。

又过了些时候，纳斯尔丁来见巴依，悲伤地说："给巴依报丧！给巴依报丧！"巴依说："丧从何来？"纳斯尔丁说："巴依的大锅死去了！"巴依说："胡说！大锅怎么会死呢？"纳斯尔丁说："大锅既然能生儿子，怎么就不能死呢？"巴依听了猛醒过来，才明白纳斯尔丁送小锅的用意，原来傻瓜不是纳斯尔丁，倒是他自己。

巴依不甘心把大锅送给纳斯尔丁，说："好吧，既然我的大锅死了，请你把尸首送来吧。"纳斯尔丁说："我已经埋葬了。"巴依说："埋在哪里？"纳斯尔丁说："埋在铁匠的熔炉里。"巴依听了，再也没心思装模作样了，就直截了当地说："别再骗人！你想骗取我的大铁锅吗？"纳斯尔丁说："是你先骗了我的小铁锅！"

两人争吵起来，巴依怕惊动了四邻五舍，有损自己的声望，便向纳斯尔丁让步了。他表示只要纳斯尔丁不再提小锅的事，情愿把大铁锅送给纳斯尔丁。巴依心想：这样纳斯尔丁该高兴了。谁知纳斯尔丁拒绝了他，一直吵，直到引来了许多人，才拂袖而去。原来纳斯尔丁布置这场把戏，并不是为了

---

①　祁连休编：《少数民族机智人物故事选》，上海：上海文艺出版社 1978 年版，第 154 – 155 页。

捞一口大铁锅，只是想借此取笑吝啬的巴依而已。

（王玉胡搜集）

这则故事在《朱哈逸闻趣事》和《纳斯列丁的笑话——土耳其的阿凡提的故事》中分别对应的故事是《大锅生小锅》和《锅死掉了》；在新疆哈萨克族的机智人物故事霍加·纳斯尔系列故事中，也有内容和情节相似的故事《死了的锅》①。从以上几个故事文本流传情况，我们可以看出：新疆世居民族机智人物故事内容题材的相似性或许具有某种偶然性的成分，然而从人类民间故事类型的流布和文化交流意义上讲，这种同类型故事在不同民族、不同文明的广泛流动却有其必然性。正是因为这种多元文明交汇之处的故事流动所体现出的文化碰撞，才更让我们对民间故事文本讲述语境的现实功能有了全面而理性的认识。

第五节　奉献与乡愁：稳定性与流动性之间的新疆生产建设兵团民间文学

新疆生产建设兵团是在特定历史时期形成的、以屯垦戍边为主要任务的"军、政、企合一"的特殊社会组织，其政治、经济和文化均体现出特殊体制下的鲜明特色。在此体制下的民间文学自然也体现着兵团的独特性。国内最先关注兵团民间文学、民俗学研究的学者已经从民俗学视角关注到新疆兵团、地方文化关系和兵团民间文学的特征。② 安战国、刘宁、陈平等则在不同岗位和领域对兵团民间文学进行了长期的搜集和研究工作，取得了不少成果。兵团文联正在展开的"中国民间文学三套集成·新疆生产建设兵团卷"编撰出版工作（笔者有幸加入其中）将为从事兵团民间文学研究的研究者提供翔实的、富有兵团特色的民间文学文本。

以上专家和学者的研究工作为笔者的研究提供了资料基础和理论参考，然而如何从学理上深入阐释兵团民间文学研究中一些基本概念和理论问

---

① 《中国民间故事集成·新疆卷》（下册），北京：中国 ISBN 中心 2008 年版，第 1961 – 1962 页。

② 薛洁教授的《新疆兵地民俗文化资源的保护与利用研究》和《军垦民间文学的民俗文化阐释——以石河子垦区民间文学为例》是最早关注兵团民间文学的文章。前者立足于新疆独特的民族民俗文化资源，就兵地如何保护和利用这些资源做了详细的阐释；后者则"进行民俗文化阐释，旨在探索精神民俗文化中军垦特色文化的深层底蕴"。薛洁教授承担的教育部人文社科项目"多元文化背景下的兵团民间文化保护研究"则从多元文化的视角进一步关注兵团民间文化资源的保护及其机制问题。

题——兵团民间文学的概念界定、内容和特征等，确实值得进一步思考。我们习惯拿来即用的兵团民间文学研究中的概念和术语有没有深入探讨和重新界定的必要，这是本书希望解决的问题之一。同时，我们也看到兵团的社会历史变迁深刻地影响了兵团民间文学的形成、建构与发展。在全球化语境下，我们如何理解兵团民间文学的独特性，以何种视角梳理兵团民间文学的情感内蕴则是本文的关键问题。

一、概念与源流：兵团民间文学的几个基本问题界定

（一）兵团民间文学的历史源流

1954 年 10 月 7 日，中央军委决定，新疆军区生产建设部队的广大指战员集体就地转业，脱离国防军序列，组成"新疆生产建设兵团"。兵团的基本任务是：领导部队加速完成国有农场建设，更快地发展农业生产，以适应兰新铁路修通后国家经济建设的需要，供应工业发展所需要的粮食棉花和其他工业原料，并能逐年增加支援内地所需要的棉花和其他工业原料。同时，兵团要有力地帮助农民开展互助合作运动，促进新疆农业的社会主义改造。1975 年 3 月 25 日中共中央、中央军委决定撤销新疆生产建设兵团及各师建制，所属企事业单位全部移交地方管理。1981 年 12 月，中央决定恢复已撤销的新疆生产建设兵团，兵团历史进入新的阶段。作为重大历史事件，兵团的成立和恢复无疑对新疆的发展起到了重要的促进作用。尽管新疆生产建设兵团曾被撤销，但新疆兵团人在各个历史时期都以"热爱祖国、无私奉献、艰苦创业、开拓进取"的屯垦戍边精神为国家做出了突出的贡献。

兵团民间文学正是随着新疆生产建设兵团的建立而逐渐产生、发展的。准确地说，狭义的兵团民间文学是在 1954 年 10 月以后逐渐形成和发展起来的。最初，有些文化工作者认为"兵团的历史较短，没有民间文学"。在当时特定的体制和历史情境之下，我们并不能苛求兵团人对自己的民间文化有一种准确的认知；无论是军垦战士还是文化工作者对那些口头讲述的故事和传唱的民歌并没有一种自觉的意识。但兵团民间文学的确是客观地存在的，它在垦荒的原野上、收获的棉花地边、笔直的干渠陇上、地窝子的油灯下……它就在兵团民众的身边。

作为一个概念，真正意义上的兵团民间文学形成于 20 世纪 80 年代中叶的民间文学搜集、整理运动。1984 年 5 月 28 日，文化部、国家民族事务委员

会、民间文艺研究会（中国民间文艺家协会的前身）联合下发《关于编辑出版〈中国民间故事集成〉、〈中国歌谣集成〉、〈中国谚语集成〉的通知》，全国各地开展了搜集整理民间文学的工作。1987 年，新疆也开始在各地开展民间文学搜集整理工作。兵团各师直单位的民间文学搜集工作大多从 1991 年春天开始展开（农八师石河子市最早开始，做得最好，各师局大多是学习八师的经验推展开的），1992 年夏季开始陆续出版各师直单位的分卷本①，并将这些分卷本资料上报给新疆民协以编辑整理新疆民间文学集成。1992 年以后，各团、农场及其他企事业单位都陆续编印了本单位的"民间文学三套集成"分卷本。这些出版或油印的民间文学卷集质量参差不齐，而且很多卷本没有得到重视，很多宝贵的第一手资料被当作废纸卖掉。薛洁教授作为兵团民协副主席多方呼吁了七年时间，希望能够搜集整理《中国民间文学集成·新疆生产建设兵团卷》并于 2014 年在兵团六十华诞之前出版。②

　　兵团各师直单位出版的这些民间文学分卷本的确为我们展示了内容丰富、独具特色的兵团民间文学。在田野调查中，笔者发现了两册非常珍贵的油印本民间文学集成资料：《石河子公路总段民间故事集成》和《石河子市八一毛纺厂民间故事集成》。这两本油印小册子生动直观地为我们还原了那段民间文学搜集运动的历史片段。特别是后者，更是从民间纬度再现了石河子市八一毛纺厂的光辉历史（在物资紧缺的年代，八一毛纺厂在全国影响极大，它的毛纺织品甚至成了新疆、兵团的象征符号）。从油印的小册子上，这两个单位都设有专门的民间文学集成编辑办公室，从搜集整理上看也都比较规范。由此可见，特殊体制下的兵团动员了各基层单位，对民间文学的搜集工作可谓全面而深入，整理工作也比较认真、负责，基本上能够按照"忠实记录、慎

---

　　① 笔者见到的分卷本有："中国民间故事集成新疆卷·新疆生产建设兵团农一师、农二师、农三师、农四师、农五师、农六师、农七师、农八师石河子市、公交局分卷"（共九册），"中国民间故事、歌谣、谚语集成新疆卷·新疆生产建设兵团农九师分卷"（共一册），"中国歌谣集成新疆卷·新疆生产建设兵团农一师、农二师、农五师、农六师、农八师石河子市"（共五册），其中只有农二师和农八师的是正式出版物。

　　② 2010 年，历时 35 年的全国民间文学三套集成搜集整理出版工作宣告结束，并进行了全国性的表彰，农八师民协是全国唯一受表彰的地级市单位。笔者近些年与薛洁教授一直呼吁此事，2012 年笔者赴北大中文系进修期间与薛洁教授商讨此事。薛洁教授在贺学君老师的引荐下向文化部民族民间文艺发展中心副主任汇报此事。文化部民族民间文艺发展中心认为，兵团民间文学很有特色，应该单独出版国家卷；并就编辑出版注意的问题提出指导性建议，且派专人来新疆向兵团领导汇报此事，兵团相关领导做出了批示，后由兵团文联负责具体业务，并立项委托石河子大学薛洁教授负责此事，薛洁教授邀请周海鸥老师负责谚语卷，由笔者负责歌谣卷；几经曲折，在薛洁教授及大家的共同努力下，2015 年 5 月，《中国民间故事集成·新疆生产建设兵团卷》《中国歌谣集成·新疆生产建设兵团卷》和《中国谚语集成·新疆生产建设兵团卷》由兵团出版社出版。

重整理"的原则来工作。这些珍贵的材料为我们梳理兵团民间文化的形成与建构提供了极好的文本支持。

兵团民间文学正是在这种特定的历史背景和传统精神的影响下，逐渐发展和建构起来的。柯文认为："历史学家重塑历史的工作与另外两条'认知'历史的路径——经历和神话——是格格不入的。对普通人而言，这两条路径具有更大的说服力和影响力。"① 这段话对我们理解兵团民间文学的形成与建构，理解兵团民间文学对兵团精神的建构或许具有重要的启示意义。对普通人而言，兵团民间文学——那些亲身经历的"传说故事"、那些流传的戍边英烈歌（《火凤凰之歌》）以及兵团师、团各具特色的神话传说故事——将真正为我们触摸那段可歌可泣的宏伟历史建构提供更多的可能性。正因如此，准确界定兵团民间文学就变得十分必要和重要。

（二）界定兵团民间文学

所谓"兵团民间文学"是指在现行兵团体制内各族人民的口头文学，是兵团各族人民屯垦戍边的奉献精神和乡愁情感的自发流露，也是他们各自"地方性知识"的传承与新变的总结，是一种稳定性传统与流动性文化的双重建构。

我们应从三个方面来理解这个概念：一是兵团民间文学不仅是汉族的口头文学，更包括兵团辖区内各族人民的民间文学；二是兵团民间文学中包含的战天斗地的豪情与月明星稀的乡愁并不矛盾，这些思想和情感都是他们发自内心的真实流露，正体现出兵团民间文学的真挚质朴；三是兵团民众来自疆内疆外、五湖四海，在兵团体制下，他们身份存在的自由纬度都有其特殊性。正因如此，他们各自的传统、习俗和民间文学既有传承又有新变，这种传承与新变的互动正体现了兵团人"地方性知识"的独特性——一种稳定性与流动性的双重构建。

从体裁内容上看，兵团民间文学和内地民间文学一样也包括神话、传说、故事、民歌、俗语、民间说唱和小戏等，不同的是兵团民间文学具有典型的复合性。具体而言，兵团民间神话都是来自五湖四海的群众从家乡传入的，兵团本地并没有产生神话，也不可能产生本地的神话，来自全国各地的神话在兵团人的讲述中产生了复合和变异。兵团民间传说主要包括两部分：一部分是来自群众家乡的各种传说（以人物传说和历史传说为主），另一部分则是

---

① 柯文著，杜继东译：《历史三调：作为事件、经历和神话的义和团运动》，南京：江苏人民出版社2000年版，第1页。

与屯垦戍边有关的军垦传说（以王震、陶峙岳、张仲翰等兵团领导带领各族群众热火朝天开展屯垦的传说为主），这是兵团民间文学最具特色、最动人、最具生命力的部分。兵团民间故事也包括两部分：一部分是来自兵团人家乡的各种生活故事、动植物故事和民间笑话，另一部分主要是反映兵团人战天斗地、真实的军垦故事（一种介于传说和故事之间的讲述）。兵团民歌中最有特色的是军垦歌谣，军垦歌谣继承了人民军队延安时期的军旅歌谣传统，又融合了新疆生产建设兵团的独特社会生产、生活的内容，大多短小精悍，艺术上非常质朴且富有激情，反映了兵团人热情豪迈地开展屯垦戍边事业的精神风貌；当然兵团民歌也吸收了全国各地的民歌艺术传统，几乎各地有特色的民歌都可以在兵团各师团农场找到。兵团并没有自己的民间说唱和民间小戏系统，这类民间文学都是从内地传入兵团的，传入渠道有两个：一是来自各地的兵团职工把家乡的民间说唱和小戏带入兵团，这部分大多能够传承两代；二是20世纪60年代前后全国各地赴新疆文化慰问团将丰富的民间说唱和小戏传统带入兵团，虽然通过这一渠道传入的东西很多，但大多昙花一现（大部分没有传承下来）。通过以上两个渠道传入并传布开来的民间说唱和小戏，现在也面临着失传的危机，比如兵团非物质文化遗产——眉户（又称迷糊戏，从甘肃武威传入，老艺人已去世，他的儿子狄光照继承了父亲的事业）就面临失传的危险。

从讲述者方面来考虑，兵团民间文学可分为两大部分：本地民间文学与移民传入的民间文学。其中本地民间文学又可分为两类：新近产生的、直接反映军垦生产生活的民间文学（最有特色的内容应属军垦故事传说和军垦歌谣）和有一定历史传统的本地民间文学；而移民传入的民间文学内容丰富、形式多样，表现出新疆多民族聚居、人口构成多元的典型文化特征。

（三）兵团民间文学的独特性

兵团民间文学是中国民间文学大家庭中一个具有悠久历史传统的崭新成员。其悠久历史传统可以追溯到汉代，这和历代中原中央王朝对西域的经营和屯垦戍边有着密切的关系。我们可以在新疆地方历史传说中找到不同历史时期反映屯垦的民间文学文本，这些文本已经成为新疆各族人民共同开拓边疆、建设新疆的重要明证被不断传诵。兵团民间文学继承了这些悠久的屯垦传统，同时也形成了自己的特色。除了口头性、集体性、变异性和传承性这些民间文学的基本特征外，我们理解兵团民间文学时，可能还要注意它的在地性、时代性、多元复合性。

陈晓明教授认为"兵团民间文学"的提法可能会引起歧义，因为外界觉得兵团是一种特殊的军政体制，具有强烈的官方色彩，"兵团"民间文学这种提法似乎存在一种"官与民"的自相矛盾，因此陈晓明教授提出"兵团在地（localization）民间文学"的术语。这个术语解决了不熟悉民间文学的研究者对兵团民间文学的"疑惑"。笔者这里的"在地性"是指兵团民间文学植根于兵团各师局民众所在驻地的文化土壤，与驻地地方文化传统紧密融合后形成的一种新的文化传统所表现出来的特性。这就意味着兵团民间文学并不是无源之水，它既有屯垦戍边、无私奉献的文化传统，又深深地扎根在兵团辖域内的土地上。

兵团民间文学还具有鲜明的时代性。在屯垦戍边、建设新疆的宏大事业中，兵团各族群众共同创作了具有鲜明的时代色彩的军垦故事、军垦歌谣和军垦谚语。在这些民间文学作品中，部分作品与二十世纪五六十年代出现的社会主义新文艺（民间文学）的时代背景相同，但它们反映的内容主题和情感内蕴却有不同之处；还有很多作品所体现的时代性更为明显，因为它们只有在新疆的兵团才有，与兵团发展的历史一起脉动。

兵团民间文学还具有多元复合性的特征。这种多元复合性主要体现在三个方面：一是兵团各族群众之间的民间文化传统的融合；二是兵团军旅文化与所在驻地地方文化的融合；三是来自五湖四海的兵团职工之间的多元复合。

兵团民间文学所体现的在地性、时代性和多元复合性，有助于我们深入理解对兵团民间文学的初步界定，也许很多问题仍值得深入探讨，但在这些界定和独特性的分析基础上，却有利于我们将兵团民间文学置于特定时空的政治、经济和社会文化变迁中来探讨它的存在方式——一种稳定性（建构性）和流动性的存在。

二、稳定性与流动性：兵团民间文学的存在方式

兵团民间文学存在方式的独特性——一种稳定性与流动性的多元文化建构，正是其作为兵团"地方性知识"的最突出特征之一，也是区别于其他地域民间文学的重要特征。为了深入阐述这个问题，我们以"农八师民间故事集成"为例来梳理兵团民间文学的稳定性与流动性。

"农八师民间故事集成"共收入故事文本530篇（不含故事异文），每篇故事都标明了流传地。其中一部分故事文本只标明了现在的流传地——"农八师石河子市"（或某一具体团场、社区），占311篇；另一部分故事文本不仅标明了现在的流传地，还标明了故事来源地（原流传地，多为故事讲述者的故乡），这部分文本有219篇。根据上述界定，我们把后者称为"流动性文

本"，但前者不完全属于"稳定性文本"，因为我们详细考察前者311篇故事文本，会发现这些文本并不全符合上述对"稳定性"的界定。只标明现在流传地的故事文本大概可分为三种情况：一是特征鲜明的稳定性文本，即军垦传说故事（38篇），主要内容是反映屯垦戍边生活，主题以讴歌奉献精神为主，体裁则以传说居多；二是特征并不明显的稳定性文本，我们把其称为屯垦地传说（15篇），这部分内容多是屯垦所在地的风物传说，有些传说在兵团人进驻前就已存在，还有部分传说经过处理打上了兵团的烙印；三是流动性较为明显、数量较多的民间故事文本（以动物故事、幻想故事和生活故事为主），这些文本内容、主题大多不固定，讲述人的多元使这些民间故事呈现出多样性和丰富性的特点，同时也流露出兵团民间文学的情感内蕴——我们已然透过棉花地下的月光感受到当时从讲述者嘴角撒落的满地乡愁。

　　同样的乡愁，却来自大江南北，情系着不同的城镇乡野。我们能够通过标明了故事来源地的215篇故事（见下表）来数一数那撒落满地的乡愁来自何处。

不同故事来源地的乡愁文本

来源地	篇数	来源地	篇数	来源地	篇数	来源地	篇数
安徽	13	河南	62	江西	1	陕西	5
北京	2	湖北	4	辽宁	18	四川	41
甘肃	6	湖南	2	青海	1	天津	1
广西	1	吉林	14	山东	16	浙江	3
河北	7	江苏	16	山西	2		

　　尽管上表有其偶然性（考虑到农八师的特殊性、讲述人的讲述能力以及搜集整理的编选等）的成分，但我们仍然可以通过这215篇来自全国各地的神话、传说和民间故事来窥探兵团民间文学那流动性的部分，那充满了温馨、幻想的柔软地带隐藏着的绵绵乡愁，这些乡愁或许曾经召唤过一些兵团人离开新疆回到故乡，但或许更多时候是支撑兵团人进行屯垦戍边的拓荒事业的精神支柱。从这个层面上讲，流动性的多元乡愁与稳定性的屯垦戍边事业建立了勾连，甚至发生着某种微妙的位移。让我们再来看看相对稳定的军垦故事的篇目（38篇，见下表）：

相同故事来源地的军垦故事文本

故事题目	来源地	故事题目	来源地	故事题目	来源地
《周恩来改诗》	石河子	《神磨》	136 团	《所长找老婆》	莫索湾
《王震将军的手套》	石河子	《第一座礼堂诞生记》	小拐镇	《煮红薯》	莫索湾
《王震撵猪》	石河子	《挖棉花》	136 团	《一个人骑驴》	石河子
《要老婆》	石河子	《白大胖压死黑野猪》	小拐镇	《假死一回》	下野地
《野人见首长》	121 团	《军垦战士智擒恶狼》	149 团	《我爹是你爷》	炮台镇
《陶司令闹洞房》	石河子	《老李与狼亲嘴》	147 团	《不许放屁》	132 团
《陶司令背砖》	石河子	《敲水桶防狼》	下野地	《等油灯》	122 团
《把水端回去》	下野地	《伙食比赛会》	小拐镇	《把关》	135 团
《将军送鞋》	石河子	《火墙》	石河子市	《老鼠和黄鼠狼》	南山
《张仲翰当警卫员》	石河子	《老营长和八二三》	150 团	《改姓名的故事》	炮台镇
《张仲翰赔被面》	石河子	《义狐》	西古城镇	《不搞资本主义》	炮台镇
《一把铅笔》	石河子	《只认衣服不认人》	石河子市	《开幕和闭幕》	石河子
《陈实睡公路》	石河子	《打瞌睡的故事》	150 团		

笔者不可能把上述两表的故事内容一一描述，但是我们试着通过一些文本（异文）分析对稳定性与流动性的存在方式做出更准确的阐释。

（一）具有稳定性（建构性）的兵团民间文学

所谓稳定性就是指兵团民间文学中的一部分文本在内容、主题、体裁和情感内蕴等方面具有相对稳定的传承性和建构性，这部分文本多是军垦第一代人在屯垦戍边的拓荒事业中产生的，且以军垦传说故事、屯垦地传说和军垦歌谣（民歌、谚语等）为主。

在兵团各师都流传着关于王震将军的传说：《王震将军的故事》（农二师），《王震说媒》（农三师），《王震将军趣话》（农六师），《王震将军的手套》、《王震撵猪》、《野人见首长》（农八师，反映延安时期的传说），《王震将军的传说》、《"王胡子"的来历》（农九师，与《野人见首长》内容相似，异文）。这些传说故事主要表现王震将军投身兵团建设事业的责任感和使命感，由此表现了他的人格魅力。兵团各师大多是王震将军的"老兵"，自然就有表现王震将军戎马生涯的英雄气概的故事传说。在兵团民间文学中，表现抗日战争、解放战争（解放新疆）的主题也不少，从将军到士兵，都成为故事讴歌的对象，这正体现了兵团民间文学的军旅文化传统。

兵团民间文学中还有一些故事传说和歌谣生动再现了兵团人的生产场景、生活风貌。在农九师焉耆163团流传着一个《馒头变成土坷垃》①的故事：兵团垦荒战士因为劳动强度大，吃饭时拿着馒头睡着了，馒头掉在地头上，但垦荒战士睡梦中下意识找馒头吃，于是抓起地上的一块土坷垃就往嘴里放，嚼了几口，感觉不对劲，醒了发现手里拿着土坷垃、嘴里含着土……我们听着像笑话，但这种故事在兵团各团场却很多。兵团成立后，不仅实现了自给自足而且在"三年自然灾害"时期和其他时期为国家贡献了大量的粮食和棉花。含在嘴里的土坷垃的味道是苦的，也是甜的——一种无私奉献的甜味，这甜味恐怕已经穿越时空甜到了内地人的心里。还有一类反映兵团人住房问题的故事在各师团也广泛流传。农五师《睡错床的故事》②和农九师《钻错了被窝》③都是表现兵团人在艰苦的地窝子里生活的故事。兵团建立初期，各基层连队住宿条件都很艰苦，住的都是地窝子④；几对刚结婚的年轻夫妇晚上都挤在一个地窝子里面。上面两则故事讲的就是妻子或丈夫晚上出去小解，回到地窝子钻错了被窝的"笑话"。

这些反映兵团人建设新疆的生产、生活故事、传说和歌谣具有典型的稳定性（建构性）。可以说，通过这些民间文学文本，兵团人建构起稳定的兵团文化精神——无私奉献的屯垦戍边精神。

（二）具有流动性的兵团民间文学

流动性是指兵团民间文学部分文本在内容、主题、体裁等方面体现出的多元交流的流动性特性，这些文本多是从兵团职工的家乡传入，多在劳作间歇或夜晚休息时讲述，且多以神话、故事为主，亦有来自家乡的民间说唱小戏。

兵团民间文学中的神话故事均是从内地传入的。以《太阳和月亮》神话为例，笔者根据掌握的材料做了一个表格（见下表）：

---

① 《中国民间故事、歌谣、谚语集成新疆卷·新疆生产建设兵团农九师分卷》（合订本），新疆农业厅印刷厂，1993年，第310页。

② 《中国民间故事集成新疆卷·新疆生产建设兵团农五师分卷》，1992年，第185页。

③ 《中国民间故事、歌谣、谚语集成新疆卷·新疆生产建设兵团农九师分卷》（合订本），新疆农业厅印刷厂，1993年，第309页。

④ 新疆生产建设兵团草创时期较简陋的居住方式：在地上挖1米高左右的深坑，形状四方，面积2～5平方米不等，四周用土坯垒起约半米的矮墙，顶上放几根木椽子，再搭上芨芨草或树枝编成的筏子，再用草叶、泥巴盖顶。

《太阳和月亮》的文本和来源地情况

题目	主要内容	流传地	来源地	讲述者情况
《太阳和月亮的传说》	盘古开天地后，来了哥妹二人，哥是月亮，妹是太阳，哥晚上出来，妹白天出来。妹害羞，哥给了一包绣花针，白天谁看太阳就刺谁。	农五师84团	四川邛崃	李运琼，女，邛崃人，初小文化
《太阳为什么扎眼睛》（异文）	太阳和月亮是姑嫂二人，小姑想白天出来，嫂嫂不愿意，不想让人看到小姑，最后小姑坚持，说自己放出绣花针，谁看她就刺谁。	农五师建筑公司	河南商丘	赵秀兰，女，商丘人，初中文化
《太阳和月亮》	太阳和月亮是兄妹，谁也离不开谁。哥是太阳，妹是月亮，原来一起走，后来分开走，哥白天，妹晚上。有懒汉不干活老看太阳盼落日后收工，妹送哥绣花针，谁抬头刺谁；妹晚上走，好色之徒老看她，哥送纱巾盖住脸。	农六师共青团农场	江苏	薛和英，女，江苏人，文盲
《太阳和月亮的传说》（异文）	哥哥是月亮，太阳是妹妹，哥晚上出来，妹白天出来，妹害羞，哥给了一包绣花针，白天谁看太阳就刺谁；妹担心哥晚上害怕给了一把弯刀，所以月亮有时是弯的。	农六师102团	河南登封	陈玉成，男，登封人，高小文化
《太阳和月亮》	太阳和月亮是夫妻，星星是他们的儿女，人间发洪水，月亮可怜受灾的人们，求太阳把洪水晒干。太阳爱生气，月亮不忍心看着人们受苦受难，就带着自己的儿女星星离开太阳藏起来了，所以，太阳总找不到月亮和星星。	农八师石河子	四川	唐军，男，四川人，工人，高小文化

以上五篇神话（含两篇异文）分别从四川邛崃、河南商丘（异文）、江苏、河南登封（异文）、四川传入兵团农五师、农六师和农八师，除了农八师的内容变化较大外，其他四篇变化不大，至少没有和新疆当地风物发生任何

关联。这些神话既是一种偶然性的植入，又具有一些普遍性，因为神话讲述者的讲述很可能代表了故事来源地文化在兵团的流动与传播。

兵团的民间故事（幻想故事、生活故事、笑话、寓言）同样精彩多元，融汇了全国各地的精华，同一个故事类型可能在一个师（市）存在多种异文。例如，"人心不足蛇吞象"：在农八师石河子市的民间故事集成里收录了143团的《人心不足蛇吞象》，笔者在油印本的《石河子公路总段民间故事集成》中也看到了《人心不足蛇吞"相"》（陈金安讲述，安徽传入），同样也在油印本的《石河子市八一毛纺厂民间故事集成》中看到了《人心不足蛇吞象》（曹程士讲述）。三篇异文母题相同、内容情节稍有差异，因为故事是从不同的地方流入，当然它还会顺着兵团人的口继续流传下去。

兵团的民间歌谣也非常有特色，除了具有稳定的军垦歌谣外，五湖四海的民歌汇聚于各师团，青海、甘肃、宁夏的花儿，陕北的信天游，湖南的花鼓戏、盘歌，土家族的民歌均汇聚于此。歌谣类型有情歌、生活歌、仪式歌、传说歌等，其中又以情歌为最盛，还有"光棍苦"的情歌一度很流行，这些的确反映了兵团建立初期，男女比例严重失调的历史史实。

这种神话、故事、歌谣的流动自然体现了一种文化的移动，无论这种文化移动是基于政治的原因还是人口的自然迁移，因为民间文化的流动与交流从来都是民间自发自觉的。这也就意味着，当那些源自大江南北、城镇乡野的民间文化已然流进兵团文化血液里的时候，同时也成就了兵团文化多元包容的精神品格。

更进一步说，兵团民间文学稳定性与流动性的存在方式在一定意义上形塑了这种精神品格，也因此，兵团民间文学具有了某种精神和气质。这精神和气质既包含了兵团人战天斗地、无私奉献的屯垦戍边精神，同时也隐藏着他们颠沛漂泊、柔软缠绵的边疆散居乡愁。这似乎有着某种天然的"对立"，但是如果我们了解那独特的体制和特定的人群所肩负的特殊使命，并回到那个特定的时空点，那么我们一定会理解他们的信仰，并对他们的生活处境心存敬意。这时，我们会奇特地发现在稳定性与流动性之间的那种历史间性，这历史间性填满了奉献和乡愁，因为在那个时代，奉献与乡愁不仅不对立，反而成为相互支撑的情感建构力量。

三、奉献与乡愁：兵团民间文学的情感意蕴

现今存在的一个客观事实是兵团民间文学传承的现状不容乐观，而且研究情况也相对滞后，除薛洁教授的研究外，没有相关的深入研究。在全球化

语境中，我们该以怎样的视角和方法，才能准确触摸那填满在稳定性与流动性之间的历史间性——奉献与乡愁的情感意蕴？

（一）散居与乡愁

笔者曾在《新疆世居民族民间文学研究的回顾与前瞻》中提出："我们可以在散居族裔理论的视阈下研究兵团民间文学。"①

"散居的概念，20 世纪 60、70 年代，散居一词开始兼备专有名词和普通名词两种用法：作专有名词时，特指犹太人散居这一历史现象中散居行为、散居地、散居者和散居状况四位一体的意义……作为普通名词时，有五个义项：一种分散（关于有共同民族来源或共同信仰的人群的）；扩散（关于民族文化的）；流亡，分散的移民群；某一国分散在他国中的人群，如亚美尼亚人的某些阶层；孤立于他们自己的宗教团体的基督教徒的分散。"②

绝大多数的兵团人似乎可以理解为"分散的移民群的一种民族文化的扩散"，这种扩散与地域文化身份相关。当一个兵团人向你介绍自己是"某师某团某连人"时，你对此或许一无所知，那么你也许会问："你家乡是哪里的？"兵团人说："我是河南的！"（普通话的词汇，河南方言调）这或许道出了兵团人作为散居者的尴尬境地，兵团既是一个在地的单位，也是兵团第一代的第二故乡——当然这个故乡是一个未完成的建构。尽管这种单位的地域性正在建构起一种故乡的概念（比如农八师人逐渐建构起的石河子家乡感）。但兵团人的地域文化身份是否完成了真正意义上的建构？如果没有完成，在这种稳定性与流动性之间，难道永不终结的建构将持续？如果说这种"文化身份既是一种形成物，又是一种存在物（a matter of 'becoming' as well as 'being'）；既属于未来又属于过去，而非某种超越地点、时间、历史和文化的已经存在之物。在这样一种视角的观照之下，身份及文化身份都处于一个不断建构的过程之中，与鲜活变化的生存经验紧密相关，呈现为永无止境的未完成状态"③。这种散居的地域文化身份似乎更是一种"永无止境的未完成"的建构，这也从理论上澄明了乡愁作为兵团民间文学情感意蕴的一种永恒品格。

农九师 162 团 6 连（塔城叶尔盖提）流传着这样一首歌谣（《中国民间故

---

① 吴新锋：《新疆世居民族民间文学研究的回顾与前瞻》，《文艺理论与批评》2012 年第 3 期，第 138 页。

② 潘纯琳：《"散居"一词的谱系学研究》，《重庆工商大学学报》（社会科学版）2006 年第 2 期，第 143 页。

③ 潘纯琳：《"散居"一词的谱系学研究》，《重庆工商大学学报》（社会科学版）2006 年第 2 期，第 143 页。

事集成·新疆卷》把其归在儿歌类)《十六打花月月清》:"十六打花月月清,西向成都去看亲;一来要看张家女,二来要看李家亲。张家女儿长一岁,李家儿子长一分……"① 1991 年 3 月采集歌谣时,演唱者李国兵 80 岁(四川仁寿县人),他是兵团的第一代(现已去世)。我们相信他给孙儿唱起这首儿歌的时候,心是向着成都的,那里有他的童年记忆和亲族朋友,那里有他思念的张家女、李家亲。他铮铮铁骨从战争年代走来,走到新疆建设兵团,他是兵团第一代男子汉的代表;他又柔情似水,从四川离家,来到塔城安家落户,他还是川兵团男人的典型。"西向成都去看亲"既解构着李国兵作为兵团人的文化身份,同时这种乡愁的底蕴也正建构着他兵团人的文化身份和性格。

来自五湖四海的"李国兵们"当然不是"流亡"移民群,他们从故乡来到新疆体现了一种"民族文化的内部流动"。因此,绝大多数兵团人的散居是一种民族国家共同体内的区域移民,这种散居导致的文化身份未完成建构其实质也就是地域文化的碰撞与融合。

所以,没有散居,何来乡愁?

我们在过分强调这种散居时,或许已经不自觉地以某种方式强化或建构了兵团人的那个可能已经虚无的精神家园——家园与乡愁。而且,这种乡愁往往会客观上(甚至主观上)激活某些创伤性的记忆。可是,我们难道真的了解"创伤历史"的真相吗?对那些带有创伤性的民间文学文本,我们的理解是否过于简单化了呢?这或许就是我们引入"创伤证词理论"的必要性。

(二) 创伤与奉献

朱利安·沃尔弗雷斯在其《21 世纪理论批评述介》第六章"创伤及证词批评:见证、记忆和责任"② 详细介绍了西方对创伤证词理论的运用和反思,在此笔者不再赘述。凯西·卡鲁斯说:"让历史成为一部创伤的历史意味着这样的历史知识是参考性的,因为它完全没有按真实发生的历史被充分感觉到;或者用稍微不同的话来说,历史只能在其发生无法被接触的情况下被把握。"③

在部分民间人士或一些研究者的眼中,新疆生产建设兵团的早期历史充满了创伤性的苦难记忆,但这并不意味着兵团早期的历史就是一部创伤的历

---

① 《中国民间故事、歌谣、谚语集成新疆卷·新疆生产建设兵团农九师分卷》(合订本),新疆农业厅印刷厂,1993 年,第 477 - 478 页。

② 朱利安·沃尔弗雷斯著,张琼、张冲译:《21 世纪理论批评述介》,南京:南京大学出版社 2009 年版,第 168 - 197 页。

③ 朱利安·沃尔弗雷斯著,张琼、张冲译:《21 世纪理论批评述介》,南京:南京大学出版社 2009 年版,第 168 页。

史，因为那段鲜活的、惊天动地的历史"完全没有按真实发生的历史被充分感觉到"。当兵团人在讲述《地窝子》《班长遇险》①（农五师民间故事集成）的传说故事时，我们如何通过民间讲述来理解兵团人创业的艰难？如果把其简单地理解为一部只有创伤的历史，我们恐怕真的无法感觉到那段真实而又火热的兵团历史。正是因为兵团第一代承受了巨大的苦难和创伤，才真正体现了他们无私奉献的精神品格。

在《西部女人事情——赴新疆女兵人生命运故事口述实录》②中，石河子大学中文系的张吕教授（现为湖南师范大学教授）和朱秋德教授为我们呈现了30篇关于"西部女人事情"的文章，这些"事情"呈现了兵团第一代女性特有的创伤和苦难。这一类创伤文本在各师的民间故事集成中均有体现，多是讲述年轻女兵（学生）"被迫"嫁给老军垦的传说故事。这类故事流传在兵团各师各团各连，几乎每个兵团第一代、第二代都能讲述情节各异、主题相同的这类故事。

农五师有《摸丈夫》："……全团就是缺姑娘。正巧，从山东支边来了一批姑娘，小伙子们一听说都急了。组织上开始考虑了，当时那个环境，自由恋爱会找不少麻烦，再说一些老实巴交的小伙子可能还相不上对象，干脆来个决定：摸丈夫。小伙子排成一条长队，姑娘们也全部蒙上眼睛去摸，摸到谁就跟谁结婚……"③农九师的《摸亲》④比《摸丈夫》要详细很多，讲述的是刘湘云摸到二连罗连长，开始以为是一个"牙齿整齐洁白"的帅小伙，没想到是个大她二十岁的满口假牙的"小老头"。

根据《西部女人事情——赴新疆女兵人生命运故事口述实录》的材料，似乎大部分"摸丈夫"的女兵都不后悔，尽管当时她们是多么的不情愿。这让笔者有些困惑，或许我们真的不应该用一套固化的分析模式来对待那些女兵的创伤性体验。无论是山东的支边女青年还是刘湘云，她们用苦难和创伤温暖了兵团，她们是这瀚海戈壁上的伟大母亲。作为一种民间的见证，兵团民间文学中那些创伤讲述已经不可能回到创伤事件的时空点。因为作为一个即时的现场"审美体验"已经结束，你如何见证？那么我们该如何面对？在

---

① 《中国民间故事集成新疆卷·新疆生产建设兵团农五师分卷》，1992年，第147页和第175页。故事主要讲述兵团人屯垦戍边的生活条件艰苦、工作危险。
② 张吕、朱秋德：《西部女人事情——赴新疆女兵人生命运故事口述实录》，北京：解放军文艺出版社2001年版。
③ 《中国民间故事集成新疆卷·新疆生产建设兵团农五师分卷》，1992年，第209页。
④ 《中国民间故事、歌谣、谚语集成新疆卷·新疆生产建设兵团农九师分卷》（合订本），新疆农业厅印刷厂，1993年，第312－313页。

笔者看来，创伤性文本是真正的幽灵，当我们面对幽灵时，"伦理、政治和责任"的纬度能在多大程度上有效，需要我们审慎地考虑（尤其值得我们考虑的是幽灵浮现地所在的兵团传统），在兵团传统时空纬度上考虑"伦理、政治和责任"或许会更加接近创伤性文本的真相。从某种意义上讲，兵团精神里"无私奉献"正是对那些苦难和创伤的认可与礼赞。兵团民间文学既是这段包含某种苦难和创伤历史的一种见证与记忆，又是对兵团人无私奉献精神的一种赞扬。

所以，没有创伤，何来奉献？

四、结语

梳理和界定兵团民间文学的历史源流和概念，呈现兵团民间文学的独特性和存在方式，分析兵团民间文学的情感意蕴，这些研究工作，一方面可以帮助我们真正把握兵团民间文学中所蕴含的地域文化传统和兵团精神，另一方面可以让我们从更本质层面触摸那段惊心动魄的兵团屯垦戍边史。在稳定性与流动性之间的兵团民间文学文本面前，奉献和乡愁同时被询唤出来，兵团民间文学中所呈现的这种"散居与乡愁""创伤与奉献"的间性便是对那段历史间性的最好阐释。

第三章　民间文学志方法视角下的新疆天池西王母神话传说志

引　言

新疆世居各民族流传着众多神话、史诗文本，选择天池西王母神话作为民间文学志的初步实践是一个偶然的选择，更有其必然性。西王母神话是中国西部神话最重要的组成部分，从天池西王母神话的历史演变中，我们可以窥见中原与西域文化交流的历史图景。从《山海经》到《穆天子传》，从《汉武故事》到《墉城集仙录》，抑或是李商隐的"黄竹歌声"，中原对西王母、瑶池的想象与憧憬，在朝圣的路上，在驼铃的回响里，在白发长者的故事里。

第一节　作为方法与文体的民间文学志的理论构建

"进入田野，是民间文学工作者共同的呼声，在田野里发现和理解民间文学似乎已成为学者们共同的心愿。我们已从田野中获取了大量的民间文学作品，却罕见民间文学志，而这正是目前我国民间文学研究的主要不足。"[1] 万建中教授的观点反映了学界多数学者对民间文学田野调查的认识，但他提出的"民间文学志"却没有引起足够的讨论，这是一个值得学界深入思考的话题。2013 年，笔者曾撰文《多样性的诗学和声：民间文学志的可能性》，主要讨论的是民间文学志的人类学传统、文化态度的问题和诗学传统的重建。现在看来，当时的思考并不清晰，诚如陈泳超老师所言"有些空"。这次笔者

---

① 万建中：《民间文学引论》，北京：北京大学出版社 2007 年版，第 300 页。

将结合多年来西王母神话传说的田野作业（研究）经验，同时受到法国历史学家、哲学家米歇尔·德·塞托日常生活实践相关理论①的启发，试图回到民间文学田野调查现场，回到基本的对象和问题，探讨作为一种方法和文体的民间文学志，呈现其区别于人类学民族志的特征，最重要的是对民间文学田野调查中的叙事四面体予以精确叙述。

一、民间文学志的人类学传统

关于民间文学的田野作业，学界早已有过深入的反思，施爱东先生在《田野斗牛记：民间文学"田野作业"的是非与前瞻》中详细记录和检视了2002年中国民俗学第五届代表大会上关于"田野"的论争，陈建宪、刘晓春、施爱东、高丙中、吕微、刘宗迪、陈连山、陈泳超、朝戈金、巴莫、安德明（以该篇论文中论者观点出现先后排序）等人各自发表对"田野作业"的理解。文章从"田野是什么""田野与文本的关系""文本、田野与理论的关系""作品（文本）在民间文学研究中的定位""既有文本的使用问题""'田野'的前瞻：Field Study"六个方面全面呈现了这次关于"田野"的思想风暴。这次论争深化了学界对田野作业多个面向的认识和实践。笔者深受启发，希望在此基础上展开对民间文学田野作业的新思考。

近年来，陈泳超、巴莫曲布嫫、朱刚、高荷红、西村真志叶等人的民间文学田野个案研究堪称相关领域的典范之作，但笔者所论之民间文学志与他们的民间文学田野研究实践仍有区别。笔者所论之民间文学志是基于民间文学田野作业而展开的，是对民间文学的一种"形态学研究"和"意义研究"（"意识形态"研究）的有机结合，有机结合的路径便是笔者所谓的"民间文学田野研究中的叙事四面体"。将民间文学田野作业过程、"形态学"与"意义"的有机结合予以精确呈现是笔者建构民间文学志理论的根本初衷。

二、民间文学志的基本概念

民间文学志是以民间文学田野调查为基础的学术研究方法，也是民间文学田野研究（理论阐释）的一种写作文体（一种特征化的文体追求）。民间文学志的核心在于将民间文学的发生过程、调查情况及各参与主体纳入一个特定的时间和空间中，通过叙事四面体的有机建构精确地呈现民间文学讲述

---

①　北京大学中文系蒋洪生老师向笔者推荐了塞托的理论，通过阅读塞托《日常生活实践：1. 实践的艺术》中的相关理论，由此启发了笔者对民间文学志的进一步思考。

的内部结构特征（既包含民间文学文本的形态学特征，也包含讲述行为内在特征）和民间文学文本的语境化意义。因此，完整呈现讲述者、文本、听众与研究者相互之间的复杂、有机关系便是民间文学志的题中要义。

民间文学的讲述是民众日常生活实践的一部分，却又是非常特殊的"实践的艺术"，它不同于日常闲谈聊天，是一种"小群体的艺术性的交际"。① 在以往的民间文学田野研究中，缺乏对文本讲述的艺术的精确深入呈现（结构形态与语境化意义有机结合的呈现），尤其在对不同时空背景下的记忆、讲述及两者之间的相互关系上缺乏有效的讨论。

法国著名历史学家、哲学家和文化研究学者塞托在其代表作《日常生活实践：1. 实践的艺术》中提出了一系列有关日常生活实践研究的理论和概念，他研究"消费者的消费程序和计谋将构成反规训的体系"② "阅读的实践、城市空间的实践、日常仪式的使用、穿越'权威'对记忆的重新使用和运用"③，他分析了实践者的战术，并对"战术（tactics）和策略④（strategy）进行区分，我将力量关系的计算称为'策略'，从意志和权力的主体与'环境'分离开来的那一刻起，这种计算就具有了可能性，策略假设存在一个场所，可以被限定为'专有的'场所，因此能够为其与外部建立联系奠定基础。政治、经济或科学的合理性都建立在这个策略模型之上。相反，我将这样一个计算称为'战术'，此计算既不能依赖于专有，也不能依赖于将他者作为可见的整体区别开来的界限，战术只能以他者的场所作为自己的场所……'专有'是空间对时间的胜利。相反，战术由于自己不拥有空间，它更依赖于时间，细致地'捕捉'机遇的'翅膀'"⑤。在其第六章"故事的时间"中，塞托对日常生活中"言说的艺术"进行了细致的理论分析，他梳理了德蒂安、

① 丹本·阿默思著，张举文译：《在承继关系中探求民俗的定义》，《民俗研究》1998 年第 4 期。
② 米歇尔·德·塞托著，方琳琳、黄春柳译：《日常生活实践：1. 实践的艺术》，南京：南京大学出版社 2015 年版，第 35 页。
③ 米歇尔·德·塞托著，方琳琳、黄春柳译：《日常生活实践：1. 实践的艺术》，南京：南京大学出版社 2015 年版，第 35 页。
④ 笔者注：在吴飞老师发表的《"空间实践"与诗意的抵抗：解读米歇尔·德·塞托的日常生活实践理论》（《社会学研究》2009 年第 2 期）中，将"strategy"翻译成"战略"，方琳琳将其翻译成"策略"，为了与新版译法保持一致，本文采用"策略"的用法。
⑤ 米歇尔·德·塞托著，方琳琳、黄春柳译：《日常生活实践：1. 实践的艺术》，南京：南京大学出版社 2015 年版，第 39 页。

维尔南和列维·斯特劳斯的神话研究①，他将讲述的招数（一种古老的花招）追溯到古希腊的传统上，他认为"人类学从其他人身上重新发现了它们的重要性：讲述故事的艺术"②。塞托在日常生活故事讲述中，发现了"记忆的艺术"，这记忆在机遇中闪烁着光辉，一个关于"花招"或者说"战术"的图式得以呈现，塞托给出了这样的图式和解释：如下图所示。③

坚持最初的要素，我们可以得到一个关于"花招"的图式的再现，从起始点（Ⅰ）—较少的力量—直到终结点（Ⅳ）—较多的成果，如下图所示：

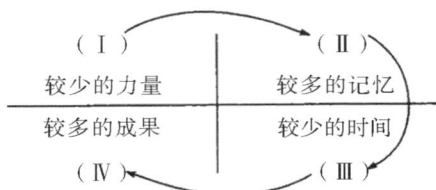

在（Ⅰ）中，力量减少；在（Ⅱ）中，知识—记忆增加；在（Ⅲ）中，时间减少，在（Ⅳ）中，成果增加。这些增长与减少按照相反的比例结合在一起。有如下的有关系：

——从（Ⅰ）到（Ⅱ），力量越少，就必须有越多的知识—记忆；

——从（Ⅱ）到（Ⅲ），知识—记忆越多，就必须有越少的时间；

——从（Ⅲ）到（Ⅳ），时间越少，成果就越卓著。

塞托关于"花招"的图式

接着塞托呈现了这种图式的两种"质异"："一个空间与时间的差异给出了聚合序列……在两个平衡之间，时间突然介入进来；一个既定的存在（状

① 笔者注：塞托将德蒂安、维尔南和列维·斯特劳斯纳入其分析的视野，但塞托并没有将他们的区别揭示出来，当然在这里揭示其区别并不是塞托的关注点，塞托关注的是这些人类学家对神话（故事）的呈现方式，关注"mètis"与叙事艺术的关系。笔者从中得到启发，认为：将神话（故事）讲述的外部研究与结构形式的研究结合起来是可能的，并且在民间文学的田野研究中尝试予以实施，在民间文学志中予以实现。

② 米歇尔·德·塞托著，方琳琳、黄春柳译：《日常生活实践：1. 实践的艺术》，南京：南京大学出版社 2015 年版，第 154 页。

③ 米歇尔·德·塞托著，方琳琳、黄春柳译：《日常生活实践：1. 实践的艺术》，南京：南京大学出版社 2015 年版，第 156 页。

态）与实践（生产与改变）之间的差异与上一个差异联系在一起。"① 如下图②所示。

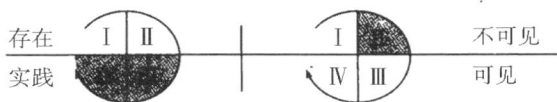

在表格中将这些要素概括出来，如下图：

	（Ⅰ）地点	（Ⅱ）记忆	（Ⅲ）*Kairos*	（Ⅳ）效果
时间		+	+	
实践			+	+
出现	+		+	+

塞托关于"花招"图式的两种"质异"

他分析道："记忆控制着空间变形。关于'恰当的时机'（kairos）的方式，它制造了最初的中断。……这一图式重新体现在很多故事中。它有可能是这些故事的最小单位。……圣迹剧的结构也与此有关：另一个时刻，其他的时刻，这位'神灵'突然出现，他具有记忆——关于奇特行为的无声的百科全书——的特征，其在宗教故事中的形象如此真实地再现了那些不具有地点但拥有时间（'耐心！'）的故事的'民间'记忆。结合不同的版本，不断地求助外部世界，即改变既定秩序的举动能够、应该源自其中的世界。每日的实践关键在于抓住并使记忆成为改变地点的方法，只有当这些实践投射出阴影，所有不同的版本才能在象征和叙述的映射中存在和放大。"③

民间故事的讲述作为日常生活中一种特殊的"实践的艺术"，通过塞托的分析图式为我们呈现出一种可能性：故事讲述者的记忆在某种"恰当的时机"（kairos）下被激发，时间或空间的记忆投射到讲述的空间中；而讲述的招数从根本上讲内在于故事结构，换句话说，讲述的招数就是故事结构形态链条上脱落或添加的行为选择本身；讲述者的记忆被听众、调查者或者其他情形

---

①　米歇尔·德·塞托著，方琳琳、黄春柳译：《日常生活实践：1. 实践的艺术》，南京：南京大学出版社 2015 年版，第 157 页。

②　米歇尔·德·塞托著，方琳琳、黄春柳译：《日常生活实践：1. 实践的艺术》，南京：南京大学出版社 2015 年版，第 158 页。

③　米歇尔·德·塞托著，方琳琳、黄春柳译：《日常生活实践：1. 实践的艺术》，南京：南京大学出版社 2015 年版，第 158 页。

激发，回忆行为将当下与记忆勾连，连接过去的某个时间和空间并将其置于当下时间和空间中，直接参与到当下场域中故事讲述者和听众（包括研究者）的话语建构以及故事文本本身的变异。

三、作为方法的民间文学志的核心图式

作为一种学术研究方法，民间文学志是对那些故事讲述活动的田野调查和研究。研究者的田野调查恰恰是对民间文学讲述活动（日常生活的自然状态）的一种干预（interruption），这种干预使得听众变得特殊，特殊的情况使这一切都发生了变化，塞托所谓"恰当的时机"可能恰恰因为研究者的到来而以某种"任务"的方式被创设出来。由于故事讲述者与研究者在话语上存在客观的不平等关系，这时故事讲述者的讲述招数应该与平时的讲述不同；听众也会以某种有趣的方式聆听故事，同时观察研究者；当然研究者也会悉心地洞察讲述全过程的每一个细节变化，包括那个（或那些）被讲述的（预期的、已知的、偶然的、未知的）故事文本。研究者的干预使原本日常生活中的讲述行为、环境和故事本文都变得不同。当然，这个故事文本既可能是本地典型的"地方性知识"，也有可能是讲述者偶然发挥的一个文本。从体裁文类而言，可能是神话、史诗、传说、故事、歌谣、俗语或说唱。这种民间文学体裁叙事的不同会对民间文学志的叙事面向产生直接的影响。换句话说，民间文学志所具体呈现出来的神话志、史诗志、传说志、故事志、歌谣志、说唱志之间是存在差异的；而且更进一步来说，民间文学志可能是单一体裁叙事文类的"志"，也可能是几种体裁叙事文类综合的民间文学志。

笔者试图建构的民间文学志方法，是要尝试揭示这些民间文学文本、讲述者、听众、研究者及文化时空等基本要素之间的形态结构关系及其背后的意义。而这些复杂关系至少包含了四个叙事面向：一是讲述者、民间文学文本、听众；二是研究者、民间文学文本、讲述者；三是研究者、民间文学文本、听众；四是研究者、讲述者和听众。四组关系或者说四个叙事面向将故事讲述呈现在时间和空间的四面体中，这个讲述时空四面体相对于具体地方性文化传统而言，却是一个时空的原点；记忆和讲述将个人与地方传统连接起来，将过去的时空记忆与当下的日常生活联系起来。四组关系或叙事四面体呈现了民间文学四个不同的叙事面向，不同的叙事面向与民间文学文本的形态结构密切相关，也因讲述环境和参与者的差异而产生不同的意义。

塞托"进入日常生活实践的场域之中去分析和建构理论"的方式以及他对德蒂安、维尔南、列维·斯特劳斯的分析，启发笔者在民间文学志中将基

于故事形态学的结构分析与"意识形态"分析相结合的理论尝试，而这种尝试包含了对不同时空背景中的记忆的分析、对那些讲述的阐释，以及对这背后政治、经济、文化等意识形态内容的平等意涵分析的目标追求。

为了进一步揭示民间文学志的理论关系图景，笔者以图例予以解释，见下图。

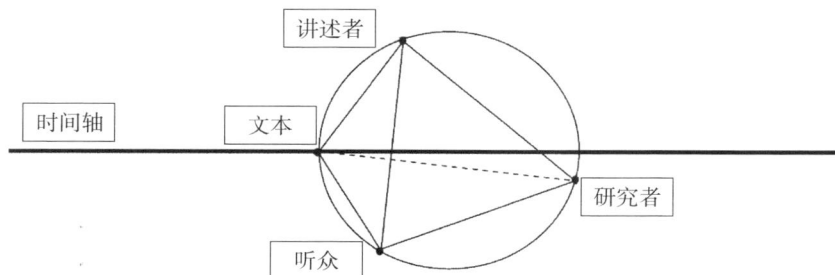

民间文学志的理论关系图景

1. 第一叙事面向：讲述者、民间文学文本、听众

如果没有研究者参与的话，这是日常生活中一个自然的叙事面向。民间文学志的目标之一便是尽可能在自然叙事面向中呈现或还原民间文学的形态学结构特征。讲述者凭借记忆进行民间文学文本的讲述，而与讲述者或熟悉或陌生的听众同样依据记忆判断讲述者的文本（无论听众是否熟悉这个文本）。因此，记忆、讲述、聆听将人与民间文学文本联系起来，更重要的是人的记忆和讲述与民间文学文本的形态结构特征密切相关。同时，民间文学文本的文类差异对民间文学志整个叙事面向存在影响。这一点似乎不难理解，神话文本叙事的本原性与神圣性，史诗文本叙事的民族性与风格（英雄的和创世的），传说文本叙事的历史性与虚构性，故事文本叙事的娱乐性与伦理面向，歌谣文本叙事的诚挚性、娱乐性与反讽性……这些不同文类的文本被选择讲述出来，与其结构有关，更与社会环境和功能意义有关。

维尔南在《希腊人的神话和思想——历史心理分析研究》中说："在不同的文化中和不同的时代，人们所运用的记忆技巧、记忆功能的内在组织、记忆在由自我和从记忆中产生的形象所组成的体系中的地位，所有这些方面都是相互关联的。"[①] 更进一步来理解，记忆与民间文学文本的结构特征同样相

---

① 让—皮埃尔·维尔南著，黄艳红译：《希腊人的神话和思想——历史心理分析研究》，北京：中国人民大学出版社 2007 年版，第 110 页。

互关联，这在维尔南同篇稍后的叙述中，也可以得到部分的印证："口头诗歌创作的规则恰恰要求诗人不仅要掌握叙述主题范围内的知识，而且要求他掌握严格的措辞技巧，其中包括习惯表达法的应用以及既定词语和既定韵律发放的结合。我们不知道行吟诗人们最初是如何开始其学习生涯、如何学会这种诗歌语言的。但可以想见的是，这种训练必定包括大量的记忆练习，特别是反复背诵大段大段的诗文。"① 一方面，大量的记忆练习可以让讲述者或演唱者更加娴熟自如地讲述或演唱文本；另一方面，这种记忆练习本身对文本的结构定型起到了关键性的作用，记忆必然从文本结构框架开始，然后丰富其枝叶。

因此，民间文学志的第一叙事面向，首要的问题是在讲述者和听众之间，在民间文学文本自身传统之中，呈现一个具体的讲述过程，记忆与讲述对那个民间文学文本母题或类型的作用，揭示出讲述文本的形态学意义。这是民间文学志第一叙事面向的核心所在，也是民间文学志的关键理论诉求。第一叙事面向更多地可借助西方故事形态学（"AT 分类法"、普洛普民间故事形态学）的理论进行科学解释。

2. 第二叙事面向：研究者、民间文学文本、讲述者

民间文学志的第二叙事面向是研究者与讲述者基于民间文学文本的互动，是从民间文学文本结构形态呈现迈向民间文学意识形态建构的第一步。第一步的核心在于揭示讲述者的记忆、讲述和文本结构特征与当地文化传统的关系。对讲述者而言，民间文学的形态学结构特征是他们不熟悉的，讲述者基于记忆、使用各种"招数"而讲述，这些记忆、讲述（"招数"）与文本结构有关，且密切联系着个体诉求和社会环境。正如塞托所分析的："故事和传说似乎扮演着同样的角色。它们和游戏一样，在从日常竞赛中排除和隔离出来的空间，以及神奇的、过去的、渊源的空间中展开。因此，在那里，可行的优秀的或拙劣的花招每天都装扮成神灵或英雄来上演。人们讲述的是计策，而非真相。我们从普洛普——民间故事'形态主义'研究的先驱暨代表——身上可以发现并且已经发现了一个关于策略的全部武器的例子。他将自己研究的四百则神奇的故事归结为'一系列基本的'功能，作为'人物行动'的'功能'，'依据其在情节展开中的意义来限定'。正如雷尼尔所指出的，他对这些功能的确认是否连贯并不确定；如列维·斯特劳斯和格雷马斯先后指出的，他也不确定这些划分的单位是否固定；但是在对战术的分析中，民间故

① 让—皮埃尔·维尔南著，黄艳红译：《希腊人的神话和思想——历史心理分析研究》，北京：中国人民大学出版社 2007 年版，第 113 – 114 页。

事为之提供了清点和联系，普洛普的新观点在要素单位的基础上还是站得住脚的，这些要素并非意义或存在，而是与冲突环境相关的行动。……一个日常实践的形式在这些故事中显示出来，这些故事经常颠覆力量的关系，并如同圣诞故事一样，确保出身卑微的人在神奇的、虚幻的空间中取得胜利。这个空间保护了弱者的武器，使它们免于既定的秩序真相。同时，将它们隐藏在社会的类别中，这些社会类别'造就了历史'，因为它们主宰着历史。历史文献向过去讲述着世袭权力的策略，而这些'神奇的'故事为听众（明白人）提供了在未来可以运用的战术。"①

　　塞托在这里指出了普洛普、列维·斯特劳斯形态结构研究的意义，同时他凭历史学家的学识指出，与"历史文献向过去讲述着世袭权力的策略"不同，民间文学为"听众提供了在未来可以运用的战术"。实际上，远不止塞托的以上分析，民间文学不仅仅提供这些"战术"。我们知道古希腊哲学是从神话走来，经过赫西俄德、米利都人，特别是到柏拉图那里，哲学基本摆脱了神话而表达出真理——这类真理以往是通过神话讲述而被民众接受的。那么，人类在哲学、理性、科学时代到来以后，民间文学（神话、史诗、传说、故事、歌谣等）还能提供"真理"吗？事实上，民间文学依然是"真理"（民众的真理、劳动的真理）的生产者。这是塞托没有清晰揭示的。这些"真理"通过民众的"战术"应对社会权力机制。这些"战术"与当地历史文化传统相关，第二叙事面向就是要揭示讲述者的"战术"、民间文学文本内容与历史文化传统的关系，呈现这些"真理"如何运作。

　　3. 第三叙事面向：研究者、民间文学文本、听众

　　民间文学志的第三叙事面向是研究者与听众基于民间文学文本的互动，是从民间文学结构形态呈现迈向民间文学意识形态建构的第二步。如果说第二叙事面向主要呈现研究者对讲述者、民间文学文本结构与社会历史环境的关注，那么第三叙事面向则主要呈现研究者对听众的观察与研究，呈现听众的记忆是如何被讲述行为和文本激发，并影响他或他们的"战术"，以至影响并成为当地文化传统的一部分。换句话说，民间文学志试图在这个场域中呈现听众（基于自身的记忆和经验）对讲述文本结构和内容意义的理解，在场听众对讲述者的凝视是重要的参考系，研究者试图从听众的反应与认知中理解民间文学文本的功能和意义。这一点在以往的民间文学田野中关注度不够。

------

　　① 米歇尔·德·塞托著，方琳琳、黄春柳译：《日常生活实践：1. 实践的艺术》，南京：南京大学出版社 2015 年版，第 79－80 页。

4. 第四叙事面向：研究者、讲述者、听众

民间文学志的第四叙事面向是三类主体相互凝视的多面向叙事，是话语意义的叙事与建构，三类主体可能在超越讲述文本之外展开对话，对话的内容和意义会在当地荡开涟漪，以至参与到某个文化传统的传承与建构中。因此，第四叙事面向是要在前三个叙事面向基础上，从民间文学结构形态学的呈现彻底转入民间文学意识形态意义上的呈现与建构，这要求研究者能够从三类主体相互凝视中，在政治、经济的变化中，呈现讲述和文本的意义。与结构形态学的呈现不同，第四叙事面向是以重拾失落的时间意识、消失的历史感和重建一种话语平等为基调的，这是第四叙事面向的本质特征。在这个过程中，对西方理论的借鉴是必要的，但这种"意识形态"的建构更多应借助中国传统哲学和思想资源。

5. 民间文学志四个叙事面向面临的田野学术伦理

以上对民间文学志的四个叙事面向做了初步的理论分析，分析过程可能让一个重要的理论命题凸显出来，即田野作业的学术伦理问题。吕微先生在《从"我们和他们"到"我与你"：反思的民间文学—民俗学的学术伦理（二）》中对此问题进行了里程碑式的反思总结："在'我—他'的关系模式中，异己的'他者'只能作为在'自我'的对象之物存在，而对象最终只是'自我'的投射。因此，所谓'他我'，所谓'自我'对于'他者'的'了解之同情'，也就只能是一种没有存在前提的学术和思想的乌托邦。但是，在'我—你'关系中的'你'或'你们'就不一样了。'我'永远不可能对'他'说：'你和我，都是我们。'因为，凡是在指称'他'的时候，'我'不是面对着'他'，而是面对着'你'，'我'永远都是在面对着'你'的时候才能够说：'你和我，我们才是一伙儿！''我们'的潜台词永远是：相对于'我'和'你'，'他'永远是'他'。"①

从"我们和他们"到"我与你"，的确是一个里程碑式的反思与超越。吕微先生在"我""你""他"之间找到了一个"共同的陌生性"来解决民间文学田野调查和学术研究中的学术伦理问题。但是，在"我"（研究者）和"他"或"你"（讲述者）之间，当"我"把"他"作为"你"来对待呼为"我们才是一伙儿"时，"他"并不一定认为或认同"他"就能跟我们"一伙儿"。因此，从"我们和他们"到"我与你"是我们田野学术伦理的非常重要的一个面向，但不是全部。从本质上讲，正如列维纳斯所揭示的："他者绝对不是另一个自我，他是一个不同于我的他者，也是一个不同于物的他者，

---

① 吕微：《民间文学：一门伟大的学科》，未刊本，第109页。

不同于许多他者的他者，是一种纯粹的他者性、独特性、外在性、超越性和无限性。海德格尔抛弃了纯粹的认识论的自我，存在被看作已经在世界中的存在，存在就是在与我相关的世界中发现自己。主体对于他自己现存方式的意识，对他自己现存的关心，引起了对存在本身的理解。而列维纳斯在海德格尔这里更进一步，把自我看作通过他者来规定的道德自我，把存在的关系看作与绝对的他者的关系。"①

因此，列维纳斯为我们呈现了与胡塞尔不同的面向。至少，在笔者的理解中，在列维纳斯看来"共同的陌生性"应该很难找到，甚至是不存在的，"我"存在于他者的面孔中，或者说，"我"是作为绝对他者的主体而出现的。在这种理路之下，我们如果再来思考民间文学的田野调查，研究者与被研究者的关系——"我"与"你"的关系，从本质上讲或许也本应该是"我"与"他者"的关系。笔者所强调的民间文学志四个叙事面向的逻辑起点也就在这里。研究者、讲述者、听众，在相互的凝视中，互相发现了他者的面孔，也发现了责任和意义。民间文学志的真正意义或许就在于呈现这种凝视与聆听背后的结构和多元意义。因此，在列维纳斯的意义上，"我"与"他""你"才可以实现一种先验的自由对话。因此，从本质上讲，"我"与"他者"的先验的自由对话与"我们与你们"具有某种一致性，无论是借助胡塞尔还是列维纳斯的理论，都是一种殊途同归的尝试。

四、结语

总而言之，本文所论及的民间文学志②，是对民间文学田野研究和文本研究的一种整体理论建构与阐释。其理论建构来源于对米歇尔·德·塞托、让—皮埃尔·维尔南和克洛德·列维·斯特劳斯的思考；其实践反思来源于对新疆天池西王母神话传说的田野调查和研究；民间文学志理论建构的主要诉求是希望对民间文学田野作业（田野研究）方法论的"精确"呈现或实现进行新的思考；其实现途径是希望用民间文学志中的四个叙事面向融合民间文学的结构形态研究和意义研究（"意识形态研究"）。

2013 年 5 月，"吕微研究员荣休暨民间文化青年论坛第十届年会"在中国社科院民族文学研究所召开，学界前辈认为论坛前十届完成了使命，让人

---

① 杨大春主编：《列维纳斯的世纪或他者的命运——"杭州列维纳斯国际学术研讨会"论文集》，北京：中国人民大学出版社 2008 年版，第 39 页。

② 本文论述的核心是民间文学志的方法论，而对作为文体的民间文学志的实践，笔者以多年跟踪调查的新疆阜康西王母神话为例，在另一篇论文《民间文学志系列之一：新疆阜康西王母神话传说志》[《石河子大学学报》（哲学社会科学版），2015 年第 6 期]中呈现。

文社会科学领域的学者看到了民间文学学界的理论诉求和实践成果，这的确凸显了前辈学者的初心与坚持。如果回到这个初心，在与其他人文学科学者的对话语境中，当我们把田野作业作为民间文学研究的一种范式的时候，我们能否精确地、理论化地呈现我们的田野研究？换句话说，我们到底能否将民间文学的专业素养（形态学）与田野中的语境化意义研究进行有机结合并予以"科学""精确"的呈现，这便是笔者对民间文学志进行理论建构的初心——对前辈学者初心的回应与探索。

而下文笔者将以民间文学志的方法视角来对新疆天池西王母神话传说进行研究分析，作为对此方法的个案实践。

第二节　惩罚与拯救：新疆天池西王母神话传说志

瑶池阿母绮窗开，黄竹歌声动地哀。
八骏日行三万里，穆王何事不重来。

千年前李商隐谱下了动人诗篇，瑶池边孩童们传颂着西王母神话。如今，为什么在新疆阜康还传颂着西王母神话传说？真的有人传颂吗？如果有神话传说流传，有些什么？还有哪些人在讲述这些故事？他们如何讲述？他们为什么讲述？……在进行田野调查之前，这一连串的问题萦绕耳边，在举行田野调查启动仪式那一刻，即便已经做了不少文献梳理工作，但面对众多记者的提问，笔者脑海中仍是一片疑团，就像启动仪式上喷放的五彩烟雾，被风吹后搅在一起。因此，新疆阜康西王母神话传说志，首先要拨开迷雾呈现一个清晰的地方民间文化图景。那么，我们首先从回应第一个问题开始：为什么在新疆阜康还传颂着西王母神话传说？

一、阜康西王母神话传说源流概说

我们从地理论证、文献考辨两个方面来考察阜康西王母神话传说的历史渊源。

1. 地理论证

阜康西王母神话传说的历史渊源与其流传地域紧密相关。在《山海经》和《穆天子传》等相关文献中，西王母居于西方的昆仑山似乎是一个不争的事实。因此，昆仑在何方也就成为我们首先要面对的问题。

　　昆仑在何方？这是大问题。近些年，国内外学术界对"昆仑"的研究几乎成为显学。学界有以下几个重要观点：祁连山说、于阗南山说、巴颜喀拉山说、东昆仑泰山说、西昆仑王屋山说、天山说等。对以上几种观点，笔者做简要辨析：

　　（1）祁连山说。持"祁连山说"的学者有唐兰、闻一多、朱芳圃、黄文弼等人，所依证据主要是以下几条文献：

　　a.《汉书·武帝纪》："（天汉二年）与右贤王战于天山。（颜注：即祁连山也，匈奴谓天为祁连……今鲜卑语尚然。）"

　　b.《汉书·地理志》："金城临羌县西有弱水、昆仑山祠。"《括地志》注云："在酒泉县西南八十里。"

　　c.《晋书·张骏传》，酒泉太守马岌上书进言："酒泉南山，即昆仑之体也。周穆王见西王母，乐而忘归，即谓此山。此山有石室、玉堂，珠玑镂饰，焕若神宫，宜立西王母祠。"

　　d.《史记》正义引《括地志》："祁连山在甘州张掖县西南二百里，又云天山，一名白山。"

　　此种观点似乎言之凿凿，地点、事件、人物俱全，且有音韵考证即"匈奴谓天为祁连"。在笔者看来，祁连山虽有"天山"（高山）之含义，但未必一定就是昆仑山。根据日本学者白鸟库吉的语言学考辨："Mongol（蒙古）语与 Turk（突厥）语之 tängri 一词，本指苍苍之天、复指神灵而言，故其义类乎汉语之天（tien，ten）。…… Mongol 语谓上部曰 dege——bur，高曰 dege——du. ……又 Manzu 语谓高曰 den，山巅曰 ten，使之为高曰 tukie. Turk 语谓山为 tag. 日本语呼岳为 taka，高亦曰 taka. 由是观之，tegri 之 teg，tangri 之 tang，与此互通语脉，其原意似高上之义。Teg——ri、täng——ri 之语尾 ri 为处所之义。……Turk 语苍天曰 Kük，似亦为高之原义。……汉语谓巅曰 ten，谓登曰 tong（按：应为 teng）；又，与汉语有密切关系之 Tibet（图伯特语，即藏语）谓高曰 teng. 故天（ten），似与此等同语源，或仍由高之义转来，亦未可知。"[①]

　　我们可以推知汉族的泰（山）、蒙古族的腾格里、匈奴族的祁连、藏族的图伯特等所代表大山都可以称作"天"之山。祁连山只是昆仑山的一种可能

---

　　① 白鸟库吉：《蒙古民族起源考》，《史学杂志》卷 18，1923 年。中译本见林干编：《匈奴史论文选集》，北京：中华书局 1983 年版，第 190–191 页。

性，或者说，在古代中国，昆仑应泛指高山，在特定时代的语境里，昆仑所代表的山系是不同的；山系名称的变化是随着民族的迁徙与融合、文化的移动而扩展、延伸的。如果从文化移动的角度看，酒泉太守马岌的上书进言正反映了西王母神话传说在西域与中原之间的这种传播与演进过程。

（2）于阗南山说。吕思勉先生对此种学说进行了精准的批驳："……予谓以于阗河源之山为昆仑，实汉人之误，非其实也。水性就下，天山南路，地势实低于黄河上源，且其地多沙漠。巨川下流，悉成湖泊；每得潜行南出，更为大河之源。汉使于西域形势，盖本无所知，徒闻大河来自西方，西行骤睹巨川，遂以为河源在是。汉武不知其诳，遂案古图书，而以河所出之昆仑名之。盖汉使谬以非河为河，汉武帝遂误以非河所出之山为河所出之山矣。"①中国古今疆域的地图上，仍把其标作"昆仑山"，但这只是地理学意义上的。从文化交流史上说，"于阗南山说"或许可理解为汉武帝对西域的一个文化想象。

（3）巴颜喀拉山说。此种观点的代表人物是清代的徐松，他在《汉书·西域传补注》中论述了巴颜喀拉山即昆仑山，认为"罗布淖尔水潜于地下，东南行千五百余里，至今敦煌县西南六百余里之巴颜喀拉山麓，伏流始出"。徐松的观点仍没有跳出汉武帝"于阗南山说"的思路。另有近代四川学者邓少琴《山海经昆仑之丘应即青藏高原之巴颜喀拉山》的论证也系同一思路之下的论证。他们的观点或许在地理学意义上能给人们一些启示，但以巴颜喀拉山对应中国古代昆仑山，似乎缺少了足够的东西文化交流史的有效支撑。

（4）东昆仑泰山说与西昆仑王屋山说。关于《山海经》东昆仑泰山说、西昆仑王屋山说，前人多有论述，伏元杰先生的《蜀史考》进行了详细的考辨，笔者同意他在"昆仑研究的启示"的部分观点。东西昆仑山系统，与《山海经》对不同山系的描述密切相关，不应把《山海经》对昆仑的描述与近现代地理学的指称相对应。因为"后世独立的地理学与《山海经》时代的地理学之间存在巨大矛盾。而身处这个对立面之中的学人们，困扰于自身观念和认识对象之间的矛盾冲突，力图用自己的智慧去发掘、去认识《山海经》的性质、价值和意义"②，而且"《山海经》的实际地理学价值受到大自然变迁和人文历史沿革的影响"③。因此，对《山海经》昆仑的描述要用历史语境观来看待。

---

① 吕思勉：《吕思勉读史札记》（上册），上海：上海古籍出版社1982年版，第589页。
② 陈连山：《〈山海经〉学术史考论》，北京：北京大学出版社2012年版，第205页。
③ 陈连山：《〈山海经〉学术史考论》，北京：北京大学出版社2012年版，第205页。

（5）天山说。持天山说的学者大多依据《山海经·大荒西经》中的描述，如下：

> 西海之南，流沙之滨，赤水之后，黑水之前，有大山，名曰昆仑之丘。有神，人面虎身，有文有尾，皆白，处之。其下有弱水之渊环之，其外有炎火之山，投物辄然。有人戴胜，虎齿，有豹尾，穴处，名曰西王母。此山万物尽有。

这条记录关于"弱水之渊""炎火之山"的描述与新疆阜康天山天池的地貌一致，是一条重要的证据。此说的合理性体现在四个方面：首先，新疆阜康天池的地貌与《山海经》描述一致，周围大量的煤炭、油气资源更与"炎火之山"相符，这是其他各地言说的昆仑都没有的特征。其次，根据徐胜文先生提供的信息，阜康市龙翔小区西边的空地上，有大片的石板墓区，墓葬均为大块石板砌成，火葬后用陶罐装置骨灰放入石板砌成的墓葬内；两汉时期，羌族应在这一地区活动，被称为"胡羌"；羌族的丧葬多采用火葬，葬于山岩或用石头砌成的墓葬内。根据这些信息，我们认为阜康地区至少在汉代就有羌族人生活在此，后融入西域各民族。再次，阜康民间的诸多神话传说支持天山即昆仑的说法。最后，阜康及周边丝路北道地区历来为中央王朝与西域诸部交流最频繁的地区，这种政治、经济、文化交流为昆仑的想象提供了厚重的历史文化背景。

以上就是关于昆仑山的几种代表性观点，当然，还有一些学者认为昆仑山在印度或古巴比伦地区，其观点都有其合理性的成分。实际上，对这种根据西王母所居之地昆仑来判断西王母神话的起源地思路，笔者并不认为完全合理。神话的诞生自然有其起源地，但在其流布的过程中，必然导致地点的位移，神话的地方化便是这样产生的。所以，从西王母神话的流布考量，青海湟源、甘肃泾川、新疆阜康都是其神话地方化的流布地。换句话说，从民间文学文本的流传互动看，西王母神话的地方化直接酝酿了内涵丰富、多元互动的阜康天池西王母神话传说。

作为西王母神话的一个重要流布地——天山（阜康），何时进入汉籍视野的呢？根据日本学者松田寿男在《古代天山历史地理学研究》中的分析，汉代史籍中出现的"天山"应是巴里坤岭，即时罗漫山（为现代地理学天山山脉的一支）；后来"天山"名称又有了新的变化，据《旧唐书·地理志》以下几条文献：

县界有交河水，源出县北天山，一名神连山。

天山军，开元中，置伊州（松田寿男认为应为庭州——笔者注）城内，管镇兵五千人，马五百匹，在都护府南五里。

松田寿男认为"天山"应为博格达山，且庭州城内的驻军被称为天山军。联系汉唐在天山南北的屯垦活动，可信。因此，至少在隋唐时代，阜康的博格达峰就已经被称为天山。

另一条重要的史料是关于瑶池都督府的记载。联系阿史那贺鲁归属大唐后设立瑶池都督府一事，我们可以确认现在的天山天池即为唐代中原人士认知体系中的瑶池。天山北路腹地的巴里坤、木垒、奇台、吉木萨尔、阜康、乌鲁木齐一线，是中原王朝进入西域、经营西域的重要通道，从文化交流史的意义上考虑，这条线路符合神话地方化的条件。

2. 文献考辨

通过对唐代杜光庭以前西王母神话传说相关文献的梳理，笔者认为阜康天池西王母神话传说大致经历以下几个阶段的流变。

第一，"《山海经》时代"体现了中原先秦文明与西域文明有了最早接触之后，对陌生异域部族的神怪产生了想象，在观照自身文明之后视西王母为"西域的神怪"。

第二，《穆天子传》所描绘的"穆王西巡瑶池会见西王母"的盛况，体现了周朝及先秦时代不同阶层在疆域拓展、初步了解西域之后对西域重要部族及其首领的想象与历史化处理，甚至这种历史化的"地方性知识"一直影响到西汉时代。

第三，随着西汉对西域的经营，西域进入西汉的版图，社会不同阶层对西域的了解也在深入，西北地区民族间交流与融合不断深化。在这样的背景下，作为官方史家的司马迁并未在《周本纪》中提及周穆王西巡会见西王母一事，而是在《赵世家》中采用了周穆王会见西王母的神话传说来追溯造父的家族历史。司马迁这种微妙历史化的态度从侧面反映了西汉民间对这一神话认识的丰富性，由此笔者推断成书在《史记》之前的《淮南子·览冥训》对西王母的"仙化"处理是西汉民间那些丰富性认识的重要一种。西汉末，建平四年"行诏筹，祠西王母"的历史事实更直接体现了民族的交流与融合背景下，民间对西王母信仰及神话传说认识的丰富性——历史化与宗教神仙化。

第四，东汉及魏晋时期，是西王母神话传说的重要转折期。这一时期也是道教由初创到发展的重要时期。无论魏晋时人对汉武帝会见西王母的想象，还是东汉、魏晋时期大量有关西王母的各种图像中，都反映出西王母被进一步"仙化"和本土化倾向，并且道教开始利用民众这一信仰形态为自身发展壮大服务。如果我们再联系西晋王浮撰《老子化胡经》及有"老子化胡"所反映的佛道之争的背景，或许对道教利用西王母信仰及神话传说的情况会有更为清醒的认识。

第五，到南朝陶弘景著《真诰》，西王母作为道教主神之一进入了道教洞玄部经书，这标志着西王母信仰及传说到《真诰》这里，完成了其由民间女神向道教女神的转变，这在同时代的道教相关经典中也可以得到明证。到唐代杜光庭撰《墉城集仙录》，西王母已经被尊为"金母元君"统领众女仙班，至此，西王母由神话中的神怪彻底完成了宗教化、神圣化的改造。

笔者认为以上五个阶段体现了西王母神话传说主要的流变过程。在此之后千年左右的时间里，西王母神话传说便进入了道教女主神的传说系统进行宣化，宗教的神圣性与现实的世俗性并存于道教宣化经本和各种西王母（王母娘娘）的神话传说中；宋代以后，随着玉皇大帝信仰的兴起，西王母变成玉皇大帝的后宫娘娘，特别是明清（吴承恩《西游记》等）以来一些民众甚至只知王母娘娘而不知西王母了。

元代，丘处机应成吉思汗之邀，从山东青州赴阿富汗，途经北庭（吉木萨尔县）时受到僧、道、穆斯林数百人迎接，根据阜康县志记载，丘处机返回山东后，他派遣大弟子张真人修建铁瓦寺、娘娘庙，天山作为道教名山或起源于此，但文献证据似乎不足。

从《山海经》时代的神话开始，随着中原文明对西域了解与认识的深入，在多民族交流与融合背景下的阜康天池西王母神话经历了周朝及先秦时代的历史化与地方化——西域部族女首领（女帝王）；到西汉时代的历史化与宗教神仙化的多元丰富性演变——作为西域部族女首领与民间女神并行发展；再到东汉及魏晋时期道教介入以后西王母神话传说宗教化、神圣化的加强——道教的改造与利用逐步展开；再到南北朝、唐代其最终完成宗教化、神圣化的使命——西王母成为统领道教女仙班的主神。

二、阜康西王母神话传说的四个叙事面向

新疆阜康西王母神话传说是中国西王母神话的重要组成部分。它以《山海经》时代的神话内容为源头，以周穆王西巡瑶池会见西王母的神话传说为主体内容，同时还融汇了新疆阜康历史风物，形成了以阜康市为中心，辐射东西周边吉木萨尔县、奇台县、木垒县、巴里坤县等地的西王母神话传说圈。其地理范围与古代西域丝路北道路线暗合。

1. 第一叙事面向：惩罚与拯救

在第一个叙事面向中，我们重点考察西王母神话传说文本结构形态，考察这种文本结构形态与讲述人的记忆、呈现给听众的讲述之间的关系。

首先，我们考察其文本的结构形态。经历代积累，新疆阜康西王母神话传说共有214篇（含异文），这些文本严格意义上称为"地方化的神话"，或者称为"神话人物传说"更准确些。笔者根据内容将其分为四类，对代表性文本在表中予以呈现，见下表。

新疆阜康西王母神话传说的代表性文本

类别文本	代表性文本	讲述人
西王母修道、降魔	《王母娘娘羽化成仙》 《西王母度铁拐李》 《西王母与水怪》 《树木赛跑》 《定海神针》	马克义（自治区级传承人） 薛生才/马克义 付玉堂 付玉堂
周穆王西巡瑶池会见西王母	《西王母过寿》 《三太子与三仙女》 《一碗泉》 《马圈湾与鸡心梁（姬姓梁）的传说》 《一棵树的传说》	马克义 马克义 刘力坤 高隆鑫/戴明忠 王晨/无名老汉
西王母与七仙女	《董永和七仙女》 《上下镜儿泉的传说》 《牛郎织女》	薛生才 蒋晓亮 李文学/高隆鑫
其他与西王母相关的神话传说	《吕洞宾三戏西王母》 《王母娘娘救我》	陈万兴 董振亮

对照上表中西王母神话传说的四大类文本，依据杨利慧、张成福《中国神话母题索引》（以下简称"索引"），"索引"根据"古代文献：《山海经·西山经》（西王母、嬴母）"将西王母神话母题类型归于"诸神起源母题/诸神、始祖与文化英雄/神祇的相貌/半人半兽的神/兽尾的神/豹尾的神"（编

号：121.7.1）① 或 "诸神起源母题/诸神、始祖与文化英雄/神祇的相貌/复合形象的神/豹尾虎齿的神"（编号：123.1）② 一类中。但在阜康当地，《山海经》中的西王母叙事在民间无口承文本流传，只是近年来，随着当地政府对西王母神话传说的宣传，民间文化精英才开始纳入口传叙事中。而西王母降妖怪的叙事，根据杨利慧、张成福的 "索引"，虽所收 "古代文献" 和 "口承神话" 并不包含西王母的材料，但母题类型应归为 "诸神起源母题/诸神、始祖与文化英雄/神祇的行为/神杀死或制服妖魔"（编号：244.3）③。

王宪昭《中国神话母题 W 编目》将西王母神话母题类型归于 "神与神性人物/神性人物/常见的典型神性人物"④（总编号：W0755），其中 "西王母" 为一级母题，二级母题为 "西王母的产生" "西王母的特征" "西王母的居所" "西王母的坐骑" "西王母的身份和职能" "西王母的关系" 和 "与西王母有关的其他母题"，三级母题不再一一列举。在此母题类型体系之下，以上四类代表性文本的三分之二可以囊括其中。有关西王母与七仙女的神话传说，其母题可归为 "神与神性人物/与宗教相关的神或神性人物/仙人（神仙）"⑤。

根据杨利慧、张成福和王宪昭的母题索引或编目，我们可否从中揭示出阜康西王母神话传说的形态结构特征呢？回到不同讲述者讲述的四类文本，我们发现 "神的惩罚与拯救" 的形态结构是普遍存在的一种内在叙事模式。参照杨利慧、张成福 "索引" 之 "神杀死或制服妖魔"（编号：244.3），我们发现 "惩罚" 叙事是这一母题的变体。而 "拯救" 母题则可分为自我拯救和神的拯救两种情况。比如第一类文本中：《王母娘娘羽化成仙》可以理解为 "自我拯救"，《西王母度铁拐李》可以看成 "神的拯救"，《西王母与水怪》《树木赛跑》《定海神针》都是 "神的惩罚" 母题。"惩罚与拯救" 的母题同样存在于后三类文本 [《三太子与三仙女》《一碗泉》《马圈湾与鸡心梁（姬姓梁）的传说》《董永和七仙女》《上下镜儿泉的传说》《牛郎织女》《吕洞宾三戏西王母》《王母娘娘救我》]。

在之前的研究中，笔者按文本的性质和叙事风格将四类文本划分为神圣的叙事与世俗的叙事，这样的划分是比较容易理解的，但没有揭示阜康西王母神话中的内在叙事结构。借助 "索引"、通过文本叙事逻辑分析，我们发现，"惩罚与拯救" 是西王母神话传说的一种普遍文本结构形态。

---

① 杨利慧、张成福：《中国神话母题索引》，西安：陕西师范大学出版社 2013 年版，第 32 页。
② 杨利慧、张成福：《中国神话母题索引》，西安：陕西师范大学出版社 2013 年版，第 34 页。
③ 杨利慧、张成福：《中国神话母题索引》，西安：陕西师范大学出版社 2013 年版，第 32 页。
④ 王宪昭：《中国神话母题 W 编目》，北京：中国社会科学出版社 2013 年版，第 147－149 页。
⑤ 杨利慧、张成福：《中国神话母题索引》，西安：陕西师范大学出版社 2013 年版，第 166 页。

　　这种文本的结构形态特征与讲述人的记忆、讲述有关。在民众有关"神"的讲述中，讲述人的记忆一方面连接着某种神圣的空间和遥远的时间，另一方面又连接着现实（世俗）的空间和当下的时间。讲述的动力恰恰在于听众的在场，讲述人将自身记忆的关联性内容呈现给听众，实现了一种艺术性的交流。为了使自身的讲述更具吸引力或张力，将神置于一个对立冲突中是讲述的最佳选择之一。为了彰显神灵，对神迹的夸张、传奇叙事是绝大多数地方神话传说的惯用招数，阜康西王母神话传说同样适用这样的逻辑。这样我们就能清楚地看到，讲述人记忆、讲述与阜康西王母神话传说结构形态特征以及听众之间的关联性。不仅如此，讲述人的记忆与讲述当然还连接着特定的历史与现实，这也是民间文学志的其他三个叙事面向的关注点。

　　2. 第二叙事面向：不同记忆与讲述的历史和现实

　　第二叙事面向是民间文学志从文本结构形态研究迈向基于个案田野的"意识形态"研究（意义研究或外部研究）的第一步，考察讲述人、研究者与民间文学文本之间的关系。

　　几类不同的西王母神话传说文本通过讲述者的记忆与讲述连接起宗教神圣的信仰和传奇的历史想象。

　　在董振亮讲述的《娘娘救我》文本中，凸显了西王母神话传说"惩罚与拯救"的结构形态——西王母显神迹拯救信众的叙事与现实。在当地，很多人都知道董振亮的故事，也都知道董振亮是西王母的忠实信徒，并且董振亮被王母拯救没跌进悬崖的故事有很多异文，被传得神乎其神。在这个讲述过程中，有董振亮的经历和深刻记忆，这些记忆和讲述背后凸显了西王母信仰文化重建的现实图景，表现出阜康西王母神话传说与王母信仰的内在关联。

　　另一类文本便是周穆王西巡会见西王母的神话传说，这类文本最多，且被不同讲述人讲述出来，亦体现出不同的叙事面向。一类文本比较"官方"，可以参照《西王母文化研究集成·故事传说卷》的文本，这类文本主要由当地文化精英根据古代文献改编而来，体现出塞托意义上的那种基于历史的"文献的策略"，具有某种权力意志的特征。另一些文本介于"官方"与民间之间或者更民间些，比如马克义的讲述，以及当地刘力坤的讲述。马克义（回族）是阜康西王母神话传说的自治区级传承人，他能娴熟讲述大部分西王母神话传说。马克义出生于1942年，1960年毕业考入昌吉师范，毕业后分到九运街小学，后调到县文教科工作，再到市政协从事文史工作，多年来在阜康调查乡土志、野史和民间文化，他的西王母神话传说源于对阜康民间各族民众的讲述。在这个意义上，马克义不仅是一位传承人，更是一位搜集整理者，他的讲述连接着采访民众的记忆。他把自己讲述、传播西王母神话传说当作自己的责任。他的讲述给人的感觉更"官方"，他也更愿意到学校给学生们讲西王母的神话传说。刘力坤是阜康当地的文教干部，她的故事有两个来源：一是儿时村中关大佬（刘的邻居）的讲述，二是天池上梁道长的讲述。她的记忆实质上连接着两个不同的传统，她的讲述也最精彩。最后，还有一些文本，散落在西王母神话传说圈的周边位置，体现出一种真正的"民间战术"——民间关于周穆王西巡的"真理生产"。

3. 第三叙事面向：听众的接受与话语的分配

第三叙事面向是民间文学志从文本结构形态研究迈向基于个案田野的"意识形态"研究（意义研究或外部研究）的第二步，考察听众、研究者与民间文学文本的关系。

在笔者田野调查过程中，尽量让讲述人在一个相对"自然"的环境中讲述文本。一方面，这样可以还原更淳朴的讲述；另一方面，可以为笔者观察听众提供契机。然而，并不是每一次采访都那么"自然"。前两个叙事面向，考察了西王母神话传说的结构形态特征，分析了讲述人的记忆、讲述与结构和历史、现实关联，第三叙事面向则主要转向对听众的关注——听众如何参与研究者及文本的话语分配问题。

每次的听众都不同，但大致可以归为以下几类：传承人的后代、青年人、游客、公务员与导游、广场上的群众。他们似乎并不在意讲述者讲了什么（因为他们之前可能多次听到过），而是对我们这些调查采访者更好奇；之后，他们似乎才去重新思考讲述者讲述的神话传说的意义。这个过程是笔者进行西王母神话传说田野调查的一个心得总结。这里插入一个田野调查的故事。

2010 年 8 月 2 日，经过两天的采访，我发现西王母神话传说讲述人讲述的很多线索不畅，且部分线索指向老干局的退休领导，经刘力坤的协调，田野调查组与 16 位老干局退休领导进行了座谈交流。座谈会上，退休领导们都在强调西王母文化很重要，以前做了很多事，但是并没有发现新的实质性的线索，有些遗憾。

座谈会结束后，我来到文化广场树荫下，见有很多老人在此聚会，或下象棋，或聊天，或弹唱。于是，我马上决定在老人们中间进行临时采访。我站到中心稍高处，做自我介绍，并说明来意。老人们马上议论开了：

"你讲吧？"

"我不行，你讲你讲。"

众多老人窃窃私语，似乎在推荐人，于是我再问："哪位老爷子给我们讲一段西王母或者王母娘娘的故事啊？"

"那个老陈是不是会讲?"一位老者说。

"是啊,是啊,老陈会讲得很!"另一位老人应和。

老陈那天并没有在广场上,但是我们约定第二天过去采访,他们通知老陈,第二天我们采访到了老陈(陈万兴),他讲述了一个《吕洞宾三戏西王母》的故事,是之前没有的新文本。

从这次经历中,我们发现听众对讲述者的能力非常清楚,谁讲了什么、讲得如何,对听众而言已经成为他们"地方性知识"的一部分。相反,笔者在广场高处的"呐喊",引起了他们的兴趣。老人们不断问笔者和笔者的学生,你们采访这个干什么?这是我们在民间文学调查中经常被问到的问题。笔者的回答是:记录你们讲述的事儿,写进历史。听众们来了兴致,积极帮助我们找老陈。我们的民间文学志不就是在记录"他们的历史(我们也参与其中)"吗?

广场上的老人很积极,但其他听众就未必了。我们采访过的很多讲述人的家属似乎都不太关心西王母神话传说的问题,而那些青年人也鲜有感兴趣者,如果你说开发个西王母的网络游戏,或许他更愿意跟你聊。而政府的公务员则是忠实的聆听者和坚定的传播者,一方面西王母文化被阜康市定位为主流文化之一,另一方面公务员从心里或确实也认识到西王母神话传说的价值所在。对天池景区的那些导游而言,那是他们的工作,他们从传承人那里听故事,再讲给那些来自五湖四海的游客或信众,西王母神话传说得以广布。

从不同听众的实践行为看,听众对西王母神话传说的接受体现出了不同的层级选择。不同性质的文本讲述激发了听众的记忆,激发了他们对这一地方性文化传统的态度和行为,并进而影响他或他们以何种方式传播西王母神话传说。换句话说,讲述人的"招数"或"战术"影响了听众的"招数"和"战术",并最终成为阜康西王母文化生态的一部分。更进一步说,听众们的接受行为参与西王母神话传说这一文化传统重建的话语分配中,甚至会影响到政府、权威机构的"策略"。从在场听众对讲述者和研究者的凝视中,我们已然感受到西王母神话传说在阜康当地经济、文化发展转型过程中的位置和意义,这一点会在第四叙事面向中呈现出来。

4. 第四叙事面向:经济、文化与信仰转型中的平等话语

第四叙事面向是西王母神话传说的"意识形态"研究(意义研究或外部研究)的完整呈现,是讲述者、听众、研究者相互凝视的多面向叙事,是话语意义的叙事与建构,三类主体可能在超越讲述文本之外展开对话,对话的内容和意义在当地荡开涟漪,以至于参与到阜康当地文化传统的传承与建构中。

2011 年，埃及总统穆巴拉克辞职；塔利班组织头目本·拉登死于巴基斯坦；日本东部大地震，近两万人死亡、失踪，福岛第一核电站 2 号机组爆炸，并发生核泄漏；英国威廉王子大婚；中国共产党成立 90 周年；潘基文连任第六十五届联合国安理会秘书长；金正日对中国进行非正式访问；北约轰炸利比亚，利比亚战争开始；500 多名内地新疆籍流浪儿童被接回新疆；乌鲁木齐机场旅客吞吐量超过 1000 万；阜康天池景区游客突破 100 万……突然，一位老人驾鹤西去，他是阜康西王母神话传说的自治区级传承人杨国梁；他的知识与智慧、他的传奇人生经历，戛然而止；他的离去带走了他记忆之中、曾经讲述的西王母神话。一位老者，神话传承人，他的离去在天池没有泛起一丝波澜。

那么，西王母神话传说——这样一个非书面的传统，与当地政治、经济的发展有多少关联性？一个神话传说文本的讲述与聆听，自然处于一个政治、经济与文化重构的语境中，当一个曾经被抛入废墟化的历史与境遇中的人遇上好时光时，他们的讲述与聆听必然连接着平等话语的诉求。杨国梁老人曾是这样一个人，但历史没有给他太多时间，他的逝去甚至带走了这个家族关于西王母神话断断续续的传承，这个家族的第一代是跟随林则徐守边的副将。

杨国梁当然也理解逯永清的遭遇，正如他当年所经历的更深切的东西。逯永清是当年王母祖庙重建的直接参与者和见证人，他为笔者详细讲述了西王母庙重建的过程，以及重建过程中被广泛流传的神迹传说。逯永清当时担任阜康瑶池哈萨克乡村旅行社经理，1990 年前后，台湾玄枢院来到阜康天池，声称找到了王母祖庙的位置——"九线一穴"，逯永清这时正为寻找项目、开发旅游而奔走。于是，逯永清积极配合了西王母庙的重建。为此，逯永清差点被抓起来，理由是"逯永清勾结台湾宗教势力恢复封建迷信"。后来，随着政策的宽松，经济的发展，西王母庙成为当地的重要文化资源，西王母神话传说也在台湾道教的积极介入中被激活并重新获得了生命力。西王母庙重建之后，每年都吸引着台湾大量的信众——"拜拜团"，到天池西王母庙寻根祭拜；天山天池西王母庙也成为新疆的道教中心（新疆道教协会设于此），吸引西北地区的广大信众前来祭拜。因此，西王母神话传说的复兴是在政治环境宽松、经济发展的语境下发生的，当然与台湾宗教信仰的介入、新时期民间信仰的回归密切相关。"神迹"显现的记忆被深刻地铭刻在讲述人的心里，在不同时刻被激发出来，这个连接历史、现实与信仰层面的记忆很容易被放大，且被确认。最终，这些都成为阜康当地西王母文化生态的重要组成部分。

在我们所能感受到的阜康西王母文化生态里，西王母神话传说的文本结构特征并没有发生本质的变化，但政治、经济发生了变化，讲述者记忆与讲述、听众的聆听与心态也必然发生变化。神话讲述者在听众的身上感受到了时代的变迁，听众在新近被讲述的神话氛围里看到了语境的变化，机构有自身的"战术"，民众有自己的"策略"。

政府修建了大型主题公园王母瑶池园，公园以西王母神话为主题，并辅以大型的西王母神话花岗岩浮雕；政府斥巨资打造的天池文化产业园内有王母悬圃主题商业街；自 2010 年以来，政府每两年举行一次"王母蟠桃会文化节"；自 2014 年，每年举办王母庙会……近几年，阜康民间各界也都开始借着西王母主题文化发展经济，西王母千亩蟠桃园、西王母主题酒店、西王母主题旅游纪念品、西王母主题餐饮（连天池景区内的哈萨克族烤肉也打着"王母养的羊羔肉"的旗号）、王母琼浆等。在这政治、经济、文化现象背后，不同群体都借助西王母神话实践着各自的利益诉求，这种实践和国内很多相似民间文化的复兴并无二致。但从当地文人对周穆王西巡会见西王母神话主题文本的改编热情和传播来看，我们仍然能够体会到西王母神话文本可能彰显的某种象征价值：神话传说在阜康汉族、回族、哈萨克族群众中口头流传至今，是各族民众融合交流、共同创作的民间文学艺术。因此，新疆天池西王母神话传说对我们认清新疆是一个各族人民共同开拓、和谐共处的繁荣家园具有重要价值。

正如维尔南所论述的："古代的领域应该给历史学家以机会，使他更好地勾勒出神话—宗教的思想跟一种介入在政治中的希腊理性之间的界限。在另一个极点，现代政治的一极，历史的行程并没有忘记打开活动家的眼界，让他看到幻象、乌托邦、神话，这一部分与理念动机一极客观分析相比，支配着他的世界观，决定着他的行为。在古代城邦如同在我们的现代国家，在学者的方法如同在活动家的选择中，神话与政治的两极多多少少维持着中间的平衡，不偏不倚，而没有让平衡完全地、彻底地破裂。"[①] 在当下的叙述语境里，当笔者凝视那些讲述人和听众并被凝视的时候，西王母神话所连接的记忆与讲述、所勾连的时间历史意识与现实政治经济，实际上就是那个"幻象、乌托邦、神话"，这或许是民间文学志之神话传说区别于故事志、歌谣志的东西。因为，笔者希望在这个第四叙事面向里，找寻到神话与"意义形态"（那些关联着西王母神话的政治、经济、文化与信仰的转型）之间的平衡，即便这种平衡是研究者自身的一种基于重拾失落的时间意识、消失的历史感和重

---

① 让—皮埃尔·维尔南著，余中先译：《神话与政治之间·序言》，北京：生活·读书·新知三联书店 2001 年版。

建一种话语平等的自发自愿的努力。

"人们究竟记住了什么，又忘却了什么？底层记忆和表述与大的社会历史变迁、与支配和治理有着怎样的关系？是有待于认真探寻和思考的问题。"①当面对西王母神话传说语境下的那些讲述者和听众，作为研究者特别想探求的是：西王母神话传说是如何影响他们并通过他们进而影响他们关联的这个社会的呢？那些看似平凡、无序、底层的神话讲述时空点，正是推动历史车轮前进的那些辐条的连接点。

三、结语

综上所述，本节呈现的新疆阜康西王母神话传说志是笔者第一次用民间文学志叙事四面体的方法呈现民间文学文本的结构形态特征和"意识形态"意义的文体实践。在对西王母神话传说源流进行梳理之后，笔者结合多年来西王母神话传说的田野调查，将讲述者、文本、听众与研究者置于四个叙事面向之上，呈现出阜康西王母神话传说"惩罚与拯救"的结构形态特征，梳理了不同记忆、讲述与历史现实的关系，讨论了听众的接受与话语分配的问题，探讨西王母神话传说与当地政治、经济、文化及信仰转型的关系。西王母神话传说文本的结构形态呈现出的"惩罚与拯救"的理性特征与叙述秩序的结构，依然有效地勾连着历史与现实，意义的呈现隐蔽在讲述者、文本、听众和研究者对神话的记忆、讲述、构造与想象中。

附　录　新疆天池西王母神话传说的田野调查报告

一、"黄竹歌声"：新疆天池西王母神话田野志缘起

2009年8月，中国民俗学会在新疆阜康市天池黄竹山庄举办了"首届中国·天山天池·西王母文化学术论坛暨中国民俗学会神话与西王母文化研究专业委员会成立大会"。天池黄竹山庄取名于李商隐的《瑶池》一诗："瑶池阿母绮窗开，黄竹歌声动地哀。八骏日行三万里，穆王何事不重来。"在黄竹山庄畅谈西王母神话，真是一件幸事。笔者有幸与来自全国各地的专家学者探讨西王母神话的相关学术问题。会上，刘铁梁教授、叶涛教授、陈连山教授、施爱东教授等提出应该对天池西王母神话传说进行深入的田野作业的观

---

① 郭于华：《口述历史：有关忘却和记忆》，《读书》2003年第10期，第67页。

点。作为新疆本土的研究者，笔者义不容辞，应承田野作业，希望循着"黄竹歌声"，在田野中触摸西王母神话的"遗迹"。

2010 年 6 月，笔者成功申报了国家社科基金课题，便计划将天池西王母神话作为本课题的一个田野志个案来呈现，希望在田野中呈现天池西王母神话传说的内容、流布与变异情况——一幅神圣与世俗的多元文化图景。

2010 年 7 月 31 日，笔者带领一行 7 人投入田野调查工作①中。通过历时一个多月的两次田野调查，我们对西王母（王母娘娘）神话传说"传说圈"的地理分布、人文分布逐渐有了清晰的认识；对西王母神话传说的民间传承人进行了详细深入的采访；对西王母神话传说的民间异文文本进行了详细的采录；发现了一批有价值的历史文献（含宝卷）和文物，并进行了初步的分析和考察。两次田野调查，我们共采访了 100 多人，得到了有价值的录音文件 60 多份，发现有价值的神话传说故事 62 篇（含异文），发现有价值的文物若干件、珍贵的西王母文献古籍 18 本，录制视频资料 1200 多分钟。田野调查中，我们共发出《西王母神话传说调查表》问卷 600 份，共收回问卷 496份，有效问卷 327 份；汇集"西王母神话传说调查表"数据库一个。

笔者对阜康市地理、人文环境及西王母神话传说圈、西王母神话传说文本、相关文物、文献、拓片进行了初步的分析和考证，对西王母神话传说的历史渊源、流传情况、传承方式、主要内容和特点、主要价值等进行了初步的分析和概述。

二、田野描述：追寻天池西王母神话

（一）在北疆的田野调查——以阜康市和天池景区为中心

2010 年 7 月 31 日，田野作业启动仪式后，田野调查工作组基本确定了田野调查的时间安排和调查地点，并提前联系了相关向导。北疆的田野调查地点依调查时间顺序为：阜康市、吉木萨尔县、奇台县、木垒县、巴里坤县；返回阜康市后，赴昌吉市、玛纳斯县、米东区。北疆的田野调查重点在阜康市。

---

① 田野调查时间：第一阶段：2010 年 7 月 31 日至 8 月 27 日；第二阶段：2010 年 10 月 1 日至 4日。田野调查地点：第一阶段：阜康市、吉木萨尔县、奇台县、木垒县、巴里坤县、昌吉市、玛纳斯县、米东区；第二阶段：库尔勒市、焉耆县、博湖县。田野作业工作组人员：吴新锋，石河子大学中文系副教授；王玉梅、孟湘君，石河子大学中文系学生；吕轩，阜康市电视台摄像记者；孟远，阜康市文化馆非物质文化遗产保护中心专干；甄梅，天池管委会宣教处科员。

1. 阜康市的田野作业：还有多少讲述者

（1）马可义：一位回族传承人。

笔者带王玉梅、孟湘君跟随甄梅赶到博峰小区篮球场时，马可义已经到了，记者吕轩也已经选好拍摄机位。

马可义，回族，1942 年 11 月 30 日出生于阜康九运街，1960 年考入昌吉师范，毕业后分到九运街小学，在此工作了 21 年。1980 年到县文教科工作 3年，1984 年到市政协做秘书，后在政协工作了 19 年。在此期间，马可义一直从事文史资料编辑和提案工作，对阜康市的乡土志、野史和民间文化非常熟悉。

马可义共讲述了九个神话传说故事：《西王母与水怪》《偷吃蟠桃》《三太子与三仙女》《嫦娥奔月》《海骝马的来历》《黑龙潭的传说》《三工河谷树木赛跑》《西王母过寿》《白鹤移居小龙潭》，这些故事大多是他小时候听一些老人讲的。除讲述的这些故事，马可义还搜集了一些西王母神话传说；作为自治区非物质文化遗产传承人，马可义认为自己有责任搜集整理这些神话传说，让更多的阜康人了解西王母神话传说。

8 月 2 日上午 10 点，马可义又拿了些资料给我们，并把李毓集先生介绍给笔者。李毓集提供了 1995 年刊印的《中国民间故事、歌谣、谚语集成新疆卷·阜康市分卷》，笔者曾向文化馆非遗中心专干孟远找此书，但文化馆已经没有，得到此书很兴奋。在阜康市民间故事集成中，以下故事是阜康西王母神话传说的重要组成部分：《梳妆镜》《周穆王瑶池会王母》《甘河子的传说》《定海神针》《树木赛跑》《顶天三石》《祭灶的来历》《九分地的传说》《海骝马的故事》，在民间歌谣集成中有《八仙过海歌》。这些故事和歌谣的讲述者大多已经去世，主要采集者程万寿老人也已经去世，很多线索中断了，这为深入挖掘保护这些故事增加了难度。

据李毓集讲，新疆曲子中有越调子《八仙祝寿》，目前未找到文本，暂存疑。新疆曲子中即使有《八仙祝寿》，也应该是在清代中期以后从内地传入新疆的。

（2）杨国梁：一位世家大族的文化守望者。

8 月 2 日，笔者同甄梅、吕轩、孟远、王玉梅、孟湘君来到杨国梁老人家。

杨国梁，汉族，祖籍甘肃酒泉，祖辈在乾隆平定叛乱以后到阜康；他是杨家在新疆的第八代，杨家原是阜康地区的世家大族。1946 年，他担任阜康汉族文化促进分会理事长；1948 年，曾参加国民代表行宪大会。

杨国梁老人已经九十多岁，虽然他已经不能完整讲述西王母神话传说故事，但他仍然对民国时期天池有关西王母庙和铁瓦寺的历史传说保持着清醒的认识。他谈道：民国初年时，天池有100多个道人，道产有200多亩耕地；1937年，他曾跟随老师到天池访游，铁瓦寺的道士赵道（住持）以素饭盛情接待，当时有十几个道人，还有汉族官员在"太堂茅屋"休息，也有哈萨克族群众；海（天池）西有东岳庙、海风亭、望海亭等，海东就是"娘娘洞"（西王母洞）；当时的道人给他们讲述了很多"娘娘洞"有关西王母的神话传说。杨国梁老人把他整理的有关天池西王母的资料（其中包括一些天池的文史资料）送给我们以备查阅。

杨国梁老人讲述的传说和提供的线索是非常珍贵的，即便熟悉阜康文史的当地文化精英也是第一次听说。可惜的是，杨国梁老人已于2011年去世，而我们的采访视频、录音和资料便成为他——一位世家大族文化守望者——对西王母神话传说的"绝唱"。

（3）段国政：云南大理后裔的讲述者。

8月2日上午13点，笔者同甄梅、吕轩、孟远、王玉梅、孟湘君来到段国政家进行采访。

段国政，汉族，1947年8月18日出生在九运街，祖籍云南大理，父辈迁到新疆阜康。段国政知道很多西王母的神话传说，但他坦言，很多故事都是小时候听老人讲的，现在已经记不起具体内容。他把能记起的《石峡的由来》《四十井子的由来》《夫妻树》《偷金鸭》四篇神话传说讲给我们听。段国政认为，搜集西王母的故事应该多采访些阜康的老人。

（4）徐胜文：一位收藏家的西王母文化情结。

8月2日中午13点，笔者同吕轩、王玉梅、孟湘君一同前往采访徐胜文。在采访之前，笔者早听闻徐胜文是一位热心的收藏家，对西王母故事非常了解，于是期望值很高。

见面后，徐胜文显然对民间流传的西王母神话传说故事并不感兴趣，他建议笔者多去采访些阜康的老爷子，因为他的故事都是从那些老爷子那里听来的。接着，徐胜文拿出了他的"宝贝"：

①拓片：西王母画像砖的拓片，一共16张，都是汉代画像砖里的图像，笔者发现至少有两张与《西王母文化研究集成·图像资料卷》里相同。

②文献：西王母蟠桃会经卷及道教经卷。

③文物：西王母蟠桃会花钱一枚；董双成花钱一枚，阐释；周穆王八骏[①]花钱两枚，分别为"骅骝""绿耳"，道教印章一枚。

---

① 周穆王八骏分别为：赤骥、盗骊、白义、逾轮、山子、渠黄、骅骝、绿耳。

徐胜文把这些拓片、文献和文物一一展示给笔者，并讲述他的理解。笔者对徐胜文多年的热心收藏表示敬意。一方面，作为一位收藏家，十几年如一日，热心收藏与本地文化有关的各种文物，这种精神很可贵；另一方面，笔者确实对新发现的这些拓片、文献和文物感到兴奋和震撼。这使民间流传的西王母神话传说有了最直接的文献和文物支撑。这些拓片、文献和文物对于进一步研究天池西王母神话传说具有重要价值。能在阜康发现这些拓片、文献和文物实属笔者意料之外，可以作为田野作业的一次重大发现（因种种原因，笔者先后共四次对徐胜文先生的文物收藏进行了分批次参阅，在后文初步分析中还会详述）。

（5）从老干部会议室到休闲广场。

8月3日上午10点半，笔者同吕轩、王玉梅、孟湘君来到阜康市文化活动中心会议室参加座谈会，之后我们在文化活动中心广场进行了随机采访，了解到一个线索——陈万兴能讲西王母的故事，但当时他不在，在他的朋友帮助下，我们约好下午进行采访。

（6）老陈：偶然的收获。

下午，笔者同甄梅、王玉梅、孟湘君来到文化活动中心广场，果然找到了老陈。老陈叫陈万兴，祖籍甘肃庆安（古称庆州），祖辈在林则徐发配新疆时进疆，当时住在五工河。老陈上过3年私塾，后在阜康中学毕业，1962年在水磨沟工作，1980年退休。老陈讲，他是在七八岁的时候开始接触西王母的故事。他讲了自己的亲身经历：

有一次，我牵着毛驴到离家挺远的地方驮水，因毛驴受惊，丢了毛驴，回家后被母亲训斥一番，并责备说："找不回毛驴，不准回家。"于是，我便离家寻找毛驴。天色已晚，豺狼到处吼叫，我很是害怕，不知走了多久，我看见有一户人家，便进去了。没想到，毛驴就在这家。主人家看孩子幼小，让我住一晚再回。但我急于要把找到毛驴的消息告诉家人，于是还是离开了。但因天黑路难辨，后来还是迷路了。迷路后被天池娘娘庙里的道人救下，道人收我为道童。以后两年多时间，我便与道人吃住在一起。当时的道长给我讲述了很多天池西王母的传说故事。《吕洞宾三戏西王母》便是印象最深刻的一个。

于是陈万兴便给我们讲述了《吕洞宾三戏西王母》的神话传说。陈万兴讲得很出色，感情投入，语言通俗，很有意味。这个文本有几个特点：①文本主要讲述吕洞宾与西王母在天池斗法的内容，以及以吕洞宾为代表的八仙一派与西王母为首的天界神仙一派的恩怨和斗争,其背后的文化意蕴非常耐人寻味;这可以把道教在新疆的流布兴衰联系起来考量,体现了这一文本的内在张力。②文本中吕洞宾与西王母在天池斗法的地点明确化,这充分证明了西王母神话传说在天池及天池附近的宫观中的影响,也是西王母神话传说地方化的直接体现;以此为中心,我们可以考量当时道教信众对这些故事的传布情况。③该文本是由娘娘庙道士向曾经担任两年多道童的陈万兴讲述的,从其传承渊源看,我们可以再次明确近代西王母神话传说文本流布与道教信仰的关系异常密切。

陈万兴老人年事已高,对道士们给他讲述的其他西王母故事有些已经模糊,但他答应回去回忆回忆,看还能想起哪些精彩的故事。

(7) 辛雪高:神秘、修行、西王母的精神。

在采访辛道长之前,笔者做了充分的准备,试图与辛道长共同探讨一些深入的问题。2010 年 8 月 4 日上午 11 点,我们开始了对道长的采访。

辛雪高,1941 年 9 月 29 日出生,汉族,祖籍甘肃通渭县,道号:辛冲高、辛岫子。现西王母宫住持。他 7 岁上学,高中时遇上"三年自然灾害",于是回到村里。1991 年 5 月,他第一次到天池,待了一年,后回家,在兰州白云观,辛雪高抽到了一支签:

> 古今无门闭是非,
> 无心示岫巳知机。
> 如今收拾归山谷,
> 莫效东风上下飞。

之后,辛雪高便回到天池,一直在王母庙里,一直到 2014 年不再担任住持。据辛道长讲,台湾的西王母信徒寻找王母祖庙很多年,后来终于认定天池就是他们寻找的"九龙一穴"(九座山峰围绕一深潭)。辛道长讲,台湾信徒组织参与建庙的详细情况可以向逯永清(当年西王母庙重建的主要见证人,现为三工乡卫生院医生)求证。辛道长特别谈到了 1991 年 9 月 17 日,天池西王母庙建成时,庙门两侧上的一副对联:

> 笔安天下奠基圣迹风调雨顺,
> 弘法圣会版一中土国泰民安。

辛道长认为这副对联很好,西王母能够保佑天下苍生风调雨顺、国泰民安。辛道长谈到了当日台湾信徒进行扶鸾①活动的情况，详细过程已经模糊，他建议我们向逯永清求证。辛道长认为，在阴阳五行②里面，西方为金，金能生水，因此有生命的东西都是西王母培育出来的，是一种母性的象征。

辛道长向笔者解释了西王母庙游客中信众与普通游客的比例大概在4∶6，来拜庙的比例能占40%，充分说明了西王母庙对信众的影响力。辛道长还谈到台湾信徒每年来此朝拜的主要动力，笔者把其归结为两点：一是精神信仰层面的动力，二是现实物质层面的驱动，并且来自两方面的动力都是通过一定的组织来实现的，台湾的玄枢院在这中间起到了很好的联通作用。

怀着对辛道长的感谢和崇敬之情，我们特别期待采访逯永清先生。

（8）逯永清：西王母宫重建的见证者。

2010年8月4日下午5点，在三工乡文化站站长吴艳丽女士的带领下，我们很快找到了逯永清先生。他八岁丧母，1970年7月来新疆阜康投奔其外婆，后来自学中医大学本科和西医大专课程，是三工河赤脚医生。1985年到1992年，任阜康瑶池哈萨克乡村旅行社经理。1992年又回到乡卫生所工作，2006年为副主任医师。逯永清先生是新中国成立后第一次重建西王母庙的组织参与者和见证人。逯永清先生详细叙述了西王母庙重建与台湾玄枢院的关系。他的叙述可以让我们较为清晰地认识到：新中国成立后，西王母神话传说是如何被激活并重新获得了生命力的？在这一过程中，台湾道教组织介入又对西王母神话传说产生了哪些影响？

王母庙的修建

1990年，台湾道教协会的周文义来到了新疆。他说，西王母托了一个梦给他，他对西王母很信仰，所以来找西王母的原址。外联部的杰恩斯带领他来考察了一下，这西王母庙当时已不是一个庙，成了一个地窝子。因为哈萨克族牧民经常把羊圈养在那，所以当时顺着考察了一下海东（天池东岸）。考察的那天正好下着毛毛雨，周文义说正是这样的天气王母娘娘才显灵。在这种情况下，他说肯定是王母娘娘跟着他们呢。

一年后，也就是1991年8月左右，台湾玄枢院来了一个名叫戴昌明的人。当时我带人到吐鲁番考察去了，我有一个助理在天池，就接待了他们，有十几个人，助理带他们看了一下西王母洞，他们看了说："咦！这就是王母住的地方？"当时，他们就捐了一万多块钱。我们把钱记在旅行社的账户上。

---

① 实际上是扶乩，是一种道教的扶箕术。
② "五行相生相克"说为汉代邹衍的代表性观点。

到十月份的时候，又从台湾来了一个女人，叫张素琴，大约四十岁。她说王母娘娘叫她完成这个使命，一定要修好这个庙。当时，十月份的天池已经下雪了，很冷。我说："好，修。"口里虽然这么说，其实我心里不想修。不想修的原因是天池本来就下雪了，天冷修不好。张素琴说："我在这，王母娘娘就在这。我要看着它修好了。修好以后我才能吃饭。"我说："不能吃饭我也没办法。要修的话，到底怎么修？"她说要带我们去华侨宾馆见一个人。西安周至县，有个楼观台，也是一个旅游的地方。这个人就是楼观台的管理员，名叫黄明亮。黄明亮是个转业军人。我们在华侨宾馆里见到了他。

我说："你信仰道教？"

他说："我不信仰道教，但我早就听说过王母娘娘的故事。过去不信，后来信仰西王母了。"

我说："为啥信仰呢？"

他就给我一本书。这就要讲到"扶联"①。这个"扶联"很神奇。"扶联"的时候，有好多神仙说的话，他们记录下来了，然后把它装订成册子，叫《玄武秘籍》②，这书都是藏头诗。这本书上有黄明亮的名字。台湾"扶联"的时候，说西安有个楼观台，楼观台有人叫黄明亮。他说台湾"扶联"的时候，他的名字也出来了。他的详细位置台湾人都知道。所以，最后他就相信了。

1991 年 9 月 24 日，辛未年八月十七日，"太上老君道德天尊登鸾"，弘法圣会移鸾大陆，陕西省周至县楼观台，玄明扶笔，诗曰③：

太乙混元一无下，
上开辟地寅生人，
老修丹决扬泗水，
君德行仁恻隐心。
道有穷源立正诚，
德馨千古孝为先，
天恩执一中庸理，
遵道重师学上人。

————————————

① 逯永清所讲的"扶联"，就是"扶鸾"，是一种在沙盘上写出神灵旨意的道教扶箕术。

② 其实也不是《玄武秘籍》，而是《弘法宝鉴》（戴昌明主编，台湾玄门弘法圣会内部发行的一种道教宣卷）。

③ 戴昌明主编：《弘法宝鉴》，台湾玄门弘法圣会内部发行，1991 年 11 月，第 71 - 72 页。诗后还有几首关于楼观台的"扶鸾"诗。

楼开淑气绝烟尘，
观镇群鸥挽迷津，
台说伦常屯戊己，
圣移松影守庚辛。
绩佈玄门三圣尊，
任机巳降五枢盟，
法扬花放欣今日，
融际风云两岸亲。
黄道吉日戊己生，
明开阐教至心诚，
亮光遍照三摩地，
弘法玄门炼水金。
道德文章今发扬，
理通贯一学纯阳，
奠基中土尊弘法，
达命承天答上苍。
文启尼山为残灵，
物知虚幻速修真，
管开方便民造福，
所望众皈时局新。
西乡座镇八仙翁，
南极奠基必发扬，
黄子明亮负重命，
皈元速设法弘扬。
泰安晋极中枢院，
六部结缘事重因，
达道明心耐咫尺，
仙翁共助气象新。
天山朝母列仙真，
慧眼释开感圣神，
弘法玄门功第一，
完成圣绩感母心。

从这首"扶鸾"诗里，我们确实看到了"黄明亮"的名字，且出现了两次。接着，逯永清先生继续讲述修庙的经过：

修庙的时间，要修多大，根据当时台湾人带来的书，书上都有。我们就根据他们给的数据，按书上写的开始破土动工。刚好到天池边的时候我们看到林场那边有条小船，开船的是姓张的（后在气象站工作）。我们就坐船到海子那边去破土动工。按照书上给的数据挖了一下，就挖出了原王母庙的遗址。

当时，天池管理局就把我们挡了下来，说不让我们建。当时，阜康县的统战部、宗教所呀这些，我们都比较熟悉，他们就说："小逯，你不要冒这个险。这个到时候嘛，搞那个宗教渗透，台湾跟大陆不好。完了以后，这件事情你要负责，你这样做可能不行。"我这个人比较独断，当时我就觉得，我做这件事就是为了解决哈萨克牧民的剩余劳动力，我是为大家谋福利。然后我就强硬地说："我不管！"

当时我就派了一个人，到海南把木头伐下来。我们修这个庙前前后后11天就干出来了。当时根据黄明亮的要求，就是说，当时这个庙不是叫"王母庙"，而是叫"天山大同圣殿"。因为，王母娘娘当时给他们托梦就叫"天山大同圣殿"。之后，这个牌匾我写了，这张照片我都有。还有一副对联"笔安天下奠基圣迹风调雨顺，弘法圣会皈一中土国泰民安"。这个我是用隶书写出来的，"天山大同圣殿"我是用楷书写出来的，最后刻出来的，这些我都有底子呢，建庙前前后后就这些东西。

不过建完庙以后，举行了拜庙仪式，按照台湾人的话就是"拜拜"。在"拜拜"这过程中，我一直忙着做安排工作。不过，有好多人包括我的驾驶员呀，都看到有一些奇怪的现象，从天池的东南方来了一道祥云，祥云上站着八仙。不过这些事情因为工作忙，我没看到，好多人看到了，还有一个邮局的人也看到了，现在去世了。还有台湾的一个姓刘的，也看见了，他首先看到的好像是老子骑着黄牛（应是青牛）。我不是很相信，我忙着呢，确实没看到。最后是到小庙上请王母娘娘登台。完了后，这个张素琴就按照他们的"拜拜"，"拜拜"完了以后我们就下来了。

这中间还有一个插曲：在破土动工的时候，我们一起下来四个人。张素琴带了好多吃的，在奠基的时候要摆一点贡品。（贡品摆完）在我们吃（贡品）的时候，突然又来了三个人。因为前面张素琴说的，奠基的时候要去七个人，突然从坡子上下来一个人，还有一个就是给我们开船的。当时听说王母娘娘昨天跟我说的，奠基有七个人，他就包了七个红包，给我们一人十块钱。当时好像只有六个人，但是到发钱的时候，突然又来了一个。这些现象我没亲眼看见，都是他们看到的。这个传说我还听到两个问题，特别神奇。

到华侨宾馆，当时下着大雪，我心里想：怎么干？肯定是干不成了！

张素琴说："王母娘娘十二点以后就来了，明天是个大晴天，你肯定能干。"

因为是工作，我就把建筑队的人安排好了，拉砖的也安排好了。可是我心里想：如果下雪了肯定干不成。张素琴在华侨宾馆接待我们，喝了点酒，回来我就睡了。我就说："明天下大雨，又是雪，有可能干不成。"

结果我正睡着呢，建筑队问："你昨天安排了，今天干不干？"

我说："雪停了？"

"是大好晴天！"建筑队的人说。结果呢，第二天真是大好晴天。我就安排人赶紧上（天池修庙）。正如张素琴说的，十二点之前是大好晴天。她天天向我们报告"新闻"，王母娘娘怎么说的怎么说的。她真的就是没有吃饭。我没看到。我对接待人员说："弄不好，她包里带着东西。"水果她吃，东西她没吃，他们也没看到。我们修娘娘庙的这十几天都没看到她吃东西。庙修完后，她"拜拜"完了，因为当时旅行社穷得很，我说："到我们家吃个饭吧。"我就在家弄了些吃的，她在我家吃了饭。

以后从台湾来的人，我去找这个人，没找到。都问了，谁也不知道（张素琴）这个人。过去修这个小庙，张素琴的功劳最大。要是没有张素琴，这个天池还不修这个东西。张素琴当时就说："是王母娘娘拜托她一定要修好。"她也说我这个人会负责，把这件事情搞起来的。

张素琴当时很神奇。每天白天做的事情都说是晚上她做梦（梦到的）。都能预言这方面的事情。

关于娘娘庙。（以前）人们喊的都是娘娘庙。在修娘娘庙之前，没见到娘娘庙的牌子。当时娘娘洞里面已经被当成哈萨克族的羊圈，里面的壁画因为时间久远、缺乏保护大都开始脱落，我们当时能看见色彩和轮廓，听说现在已经把洞封上了（娘娘洞确实已经被封上了）。10月14日（阳历）娘娘庙开始动工，管理局把我们挡下来了，不让我们干。我们不管。10月27日，我们才不干了，已完工。干完以后当时就（举行）"拜拜"（仪式）了。盖的时候，已经下雪了。一个砖提上去一毛钱。我的工资当时是最高的，才100多块钱。一袋子水泥十块钱，张素琴奖励给他十块钱。所以说搬砖，我们领导干的等于是义务活，雇的人等于是给他们工资。

关于那个"扶联"，我又想起来，台湾出的一本书叫《玄文秘籍》（应为《弘法宝鉴》，同前述）。大约在1991年还是1992年，详细记不起来了，不是秋天就是夏天，在这搞过一次。就是说"扶联"哦，这一天上午，我就上去了。我要接待台湾的老板。上去以后我们先行到庙里去了。过了一阵子，天阴沉沉的，大雾，就连十米以内都看不到。完了以后，他们说台湾人进庙之前，当时有个来旅游的日本人过来看，腰疼，辛道长给他按摩着呢。后来说台湾人来了我们要下去。大雾，我们站着，两三米处的人都看不清楚。

之后，台湾人就进来了，还有戴昌明、周宏和我。他们就进行他们的艺术活动——"扶联"活动。道教中的"扶联"应该叫"法会"吗？（逯永清问我，我说是"扶鸾"，是道教的一种"扶箕术"（"扶乩"），在建庙仪式上做，也可以称为"法会"）他们搞活动的时候，庙很小，不到20平方米。戴昌明是头儿嘛，他是玄枢院财团方面的。他就把我和周宏叫进去了，我们就进去看。其他的都在外边，穿着道袍的衣服，完了他们就用录音机，跟着念经，大声地念。这是一张桌子，两个人站在桌两角。中间搞个沙盘，是固定的。一个人在这边，一个人在那边。两个人眼睛闭着。就是说念上一阵完了以后，突然站在一旁的另一个人说话了，他们说的我们也听不懂。写出来的字很漂亮，中间有一个固定的东西，20多厘米长，两个棒子供他们扶着，共同完成一个字，所以我觉得这个很神奇。旁边有两个人在记录。这就叫"扶联"。完了以后就汇集成卷，好像就是《玄文秘籍》（《弘法宝鉴》）。

逯永清刚才所述西王母庙建成时举行的"扶鸾"仪式，笔者查阅了《弘法宝鉴》的记载：

玄门弘法圣会中土朝圣笃谊团中土朝圣之旅（1991年9月19日至10月1日），大陆寻迹笃谊扶鸾概况纪实暨新疆瑶池：天山王母宫奠基及禄位安座，台中泰安宫、后里郎神殿奉老母懿旨晋升为：

玉敕：中枢院泰安宫

玉敕：中枢院郎神殿

1991年9月22日，辛未年八月十五日，无极混元瑶池老母登鸾，弘法圣会移鸾大陆新疆，乌鲁木齐瑶池——天池

玄明扶笔

诗一

> 玄门弘法血汗辛，
> 智悟承天敀复寅，
> 会际风云和为贵，
> 长存青史人上人。
> 玄门大道感崎岖，
> 应世留芳痛苦无，

承命前因牒文受，
负重圣业非为私。
玄得祯祥造福民，
福居福地德润身，
遵规圣业多异变，
道应人时棋局辛。
玄门圣绩勿抛弃，
相责东瀛耐苦霜，
一举成名天下闻，
功何蓄造智慧中。
玄门宗旨贯如终，
昌达智能效西王，
宗教同源无彼此，
密如玄奥幻思伤。
玄不二门不思乡，
佑知造化德无穷，
振兴中土玄门负，
晓悟玄机感上苍。
留得青山万古香，
江中一叶成舟从，
波平影静无常近，
待得何时建异功。
玄入天山建绩源，
德承重责运新翻，
愿承母命天山绩，
千古留馨渡皈元。

1991 年 9 月 22 日，辛未年八月十五日，南极仙翁登鸾，弘法圣会移鸾大陆新疆，乌鲁木齐瑶池——天池

玄明扶笔

诗二

南瀛跨海到天山，
极挽颓风渡有缘，
仙立标杆行大道，

翁吟妙奥抱心虔。
九龙一穴藏天池，
八拜仙翁执皈依，
七化俗情心清净，
一元复始正当时。
天山一脉好相依，
道脉延接奠道基，
执命玄门知妙策，
完成中土复中兴。
玄道皈元中土行，
智开妙诀道峥嵘，
弘扬至理三芝秀，
法照中天总可成。
玄牝之门德可褒，
福盈陆海晋三多，
人间富贵知还本，
道脉先天莫叹劳。
玄门正理陆行通，
德可寻常似圣翁，
戒定心香慧妙道，
守言存德效西王。
玄门一脉似家亲，
弘法中庸絜果臻，
宗旨不偏千古仰，
昌留万代道行真。
玄寅造就应天时，
乾道人间上钓矶，
能忍能伸登极品，
皈元天道乐依依。
玄养心田奇脉通，
相颜清秀感心衷，
天池圣地蓝图立，
八卦炉里奥妙藏。
玄膺率领法弘扬，

藤固天山有吉祥，

晓觉精通开妙法，

□行誓愿执中庸。

人可寻机道德真，

文机点化难见人，

龙吟虎啸皆滋润，

趁早入门奥妙陈。

玄机托笔醒迷津，

庆得天时失陆音，

点化前因得絮果，

皆行皆得谁达真。

1991 年 9 月 22 日，辛未年八月十五日，无极混元瑶池老母登鸾，弘法圣会移鸾大陆新疆，乌鲁木齐瑶池——天池

玄明扶笔

诗三

瑶台深锁镜中天，

池色风云九品莲，

老养长生心雅趣，

母思诸子弃情缘，

将笔天山气象悠，

团圆圣会列仙筹，

结逢天运皈元日，

一致弘扬中土麻，

玄机点化执天时，

入门渊源造德知，

弘道虔诚同一体，

发航应运末三期，

桂花冉冉清若兰，

月出中天淑气寒，

望子添衣安社稷，

日平和气喜斟矸。

以上便是当时王母宫建成后举行"扶鸾"仪式记录的诗联，共三首：无

极混元瑶池老母登鸾两首，南极仙翁登鸾一首。如何理解和阐释这些诗联的内在含义和意蕴所反映的两岸宗教交流及信仰实践将是一个重要命题，限于笔者没能采访台方相关人员，在此不再展开，后文分析部分将进行初步的阐释。

逯永清又说了一个关于王母娘娘的真实传说。

我们这儿二队有个小董，叫董振亮，是我做旅行社经理时的司机。他每年都给王母娘娘还愿。还啥愿呢？就是有一次他开了个蹦蹦车（三轮车），这算是三工做生意的，把菜啊啥的送到山上去。他有一次上天池，在那有个奇石馆，到奇石馆左右的地方，他开那个蹦蹦车，他那个蹦蹦车方向失灵了，没刹车了。没刹车了他就慌掉了。他说："王母娘娘，快救我啊！"他喊了一声，完了之后，就在那几秒钟之内，就下面有个山水宾馆，以前是个平台。我听说了在那有个平台。车就在那停住了。所以呢，他每年都给王母娘娘还愿。

从辛道长和逯永清的描述中，我们已然发现了西王母神话传说得以激活的重要契机——台湾道教组织重修王母庙。这个事件在新中国成立后西王母神话传说的广泛流布中起到关键的推动作用。这一古老的神话文本在天池娘娘庙之上、在"九龙一穴"的古瑶池中"遭遇"了台湾道教。在此之后，这种民间神话传说文本与宗教信仰的互动便开始了。西王母神话传说文本在神话与宗教之间获得了崭新的生命力。

（9）马雄福：重要的建议。

2010 年 8 月 5 日上午 12 点，经过前期联系，笔者与刘力坤、孟远、吕轩、王玉梅、孟湘君等前往自治区民间文艺家协会采访了马雄福主席。刘力坤向马主席介绍了目前西王母神话传说田野调查的基本情况，并就目前出版的三本关于瑶池与西王母的集子（李宝生主编的《瑶池与西王母的传说》，戴明忠、刘力坤主编的《瑶池神话与王母传说》，迟文杰主编的《西王母文化研究集成·传说故事卷》）做了说明。马主席就西王母神话传说在新疆流传的情况、文献记载、田野方向及其他注意的问题等发表了自己的看法。他谈到，齐浩斌和戴明忠在搜集出版前曾就有关问题征求过意见。最初，马主席认为，关于西王母神话传说在新疆的流传，尤其是西王母神话传说在民间的流传情况以及传承人的种种问题，都是悬而未决的问题。一个传说或故事在民间的流传毕竟要有其流传范围和人群，现在天池挖掘西王母神话传说，同样要注意这些情况。马主席还就西王母神话传说、瑶池文化的论证提出了自己的几点意见：①注意从文献文物等方面论证西王母神话传说的地理流布位置在阜康天池的合理性；②注意娘娘庙原有的庙会民俗仪式的考察；③对台湾信徒应予重视。（前两点在笔者的调查中均予以重点回应，第三点未能实现。——笔者注）

（10）付玉堂：讲述异文。

上午采访过马雄福主席后，由刘力坤、甄梅联系了付玉堂。付玉堂四岁从江苏省徐州市迁到乌鲁木齐，在乌鲁木齐长大；1982年，他到阜康林场工作，随后一直在阜康林场当领导，再后来调到自治区林业厅。他一直是收集西王母传说故事的有心人，付玉堂为我们讲述了三个相关的故事《顶天三石》《树木赛跑》《定海神针》。据付玉堂讲，这三个故事都是他从三工河丁家湾村姓丁的老人（东台子人，也是阜康县林场的工作人员）那里听来的。前两个文本与我们掌握的异文差异性并不大。《定海神针》与我们掌握的文本差异较大，付玉堂所讲故事的历史现实意味更浓一些，加之他对榆树生长自然条件的阐释，很有意思。

（11）董振亮：西王母信徒的讲述。

从乌鲁木齐回来，笔者正在整理一天的资料，梳理第二天的采访思路；晚上10点半左右接到逯永清的电话，他帮笔者找到了当时担任他司机的董振亮，并说董振亮愿意接受采访。于是，笔者马上叫上学生王玉梅、孟湘君，打车到大库附近。下车时，逯永清和董振亮正在路口等我们。已是深夜，他们还在路上等着让我们很是感动。又走了一段土路到了董振亮家，院子比较大，房屋很简陋。进屋后，映入笔者眼帘的是一个山神的神牌位。董振亮一家很热情，忙着切西瓜给我们吃。笔者问起山神的神牌位，逯永清解释道："这是王母庙上的道人给小董请的，很灵验的，保佑小董一家。"笔者追问道："为什么不请王母的牌位？""一样的，山神、西王母都保佑小董一家！小董每年都到王母庙上进供拜庙的！"逯永清继续解释。

董振亮也应和着，开始讲亲身经历的"王母保佑他"的故事。当时确实很危险，刹车失灵，马上就要跌进悬崖，没想到自己喊了一声："王母救命！"自己的三轮车便稳稳当当地停在空地上。

在当地，很多人都知道董振亮的故事，也都知道董振亮是西王母的忠实信徒，而董振亮被王母救了而没跌进悬崖的故事也有很多异文，被传得神乎其神。董振亮被救的事实、故事及其背后的王母信仰文化是我们进入或研究新疆天池西王母神话传说的一个非常鲜活的个案；而且这个故事具有一定代表性，反映了阜康及附近地区西王母民间信仰的普遍情况。更重要的是，这个个案既可以接续以往的西王母传说传统，又对我们研究考量当下的西王母神话传说与民间宗教信仰的内在关联提供了广阔的阐释空间。

（12）山上山下的呼应：探寻滋泥泉子镇娘娘庙村娘娘庙遗址。

笔者早就计划要到滋泥泉子镇娘娘庙村去调查，一方面由于该村有一座娘娘庙，以前香火很盛，吉木萨尔和天池的道士都会在庙会这一天到庙里念经，当时具体的情况和现在娘娘庙的情况都是笔者特别关心的；另一方面，笔者的主要目标还是想对娘娘庙村的庙会与天池王母庙的关联做详细考察，但由于一直没有联系好才没成行。所以，现在能成行，我们满怀期待。

2010 年 8 月 6 日上午 11 点，到达娘娘庙村后，由镇政府副镇长、文宣干部及村干部带领，我们先考察了娘娘庙的遗址。遗址是阜康市的重点文物保护单位，现已破败不堪。据村中老人讲，现在留存下来的娘娘庙本和武圣宫隔墙，后来因修路把娘娘庙拆了（当时负责拆庙的村民，后来均受到"报应"，村中有不少这类"真实"传说，采访中的一位老爷子就是其中参与拆庙的木匠，后来一直不顺），拆掉以后木料被用于一个大仓库作房梁（现在大仓库还在，还能看到仓库大梁上的图案和重修娘娘庙时捐资筹建人等信息）。现在娘娘庙的遗址还可以看到。关于这座庙的历史，很多老人讲不清楚，总之很久远，并有一个充满神话色彩的建庙传说（有异文文本）。另外，娘娘庙离"唐朝路"很近，所谓"唐朝路"是当地民众对唐代丝绸之路故道的称谓。

从这个文本里，笔者认为可以获取以下信息：第一，庙的来历与早期到阜康的甘肃移民有密切关系，是否可以把其溯源到丘处机时代，需细细考证；第二，庙里的神位排列有些奇怪，因为把西王母和三霄娘娘并置一起的情况很少见，值得深入探讨；第三，庙的来历和一位女神有关，这位保佑了车夫的神秘女性为何方神灵，值得玩味。

老村长为我们讲述了当时庙会的盛况，根据他的讲述，我们可以肯定的是：第一，在清代，娘娘庙村的庙会非常盛大，规模胜过吉木萨尔的庙会，因为吉木萨尔的道士和天池上的道士均会参与娘娘庙村的庙会法事，且民众的参与度极高；第二，娘娘庙村的道士与天池上的道士关系紧密；第三，娘娘庙村的庙会影响力超过了天池的庙会仪式，这从民众的知晓度和参与度中可以看出。

（13）白胡子长者：一次遗憾的采访。

在阜康市文化馆的老干部会议上，有人向我们提供了一个线索，说是以前在百货大楼旁有个修自行车的老头，一把大胡子，叫张志业。他说很多人都知道这人喜欢侃，爱讲故事。我们一直在寻找这位白胡子老大爷。他曾经修自行车的地儿是找着了，但人不在。问一下周围的人才知道，他已经好久没在这修车了。后来，几经周折我们终于打听到了白胡子大爷的住处，大概位置是火车南村。8 月 7 日，我们又打车来到火车南村。下车后，一条街全是花圈店、寿衣店，问了好几户人家，都说不知道有张志业这个人。等我们快走时，一个大爷提了一句，说："火车南村嘛有两个区，我们这是一区，找不着，你们就去二区问问吧。"

我们又打车往东走，来到火车南村二区。在乡政府外面问了一下，说他家从旁边的小路拐进去，再问问就知道了。进了巷子，问了一个大妈，她说了张志业家的具体位置，但说张大爷现在和他妻子在市里搞草坪绿化工作，可能不在家。找到他家，大门锁着。笔者又问了大爷的邻居，说大爷要中午两点才回来。于是我们互留了联系方式，但下午打电话过去，那人在外边，还是没联系上张大爷。

第二天也就是 8 月 8 日，调查组从天山下来后，晚上又打车去了张大爷家。问及他对西王母故事的了解，他说："我不知道，啥也不知道。李禄知道，他清楚。"这让笔者很失望，但后来听说张志业的确能讲很多西王母的故事，不知为何他什么没说。

按照张志业的指示，我们步行 15 分钟左右来到李禄家的大概位置。一位叫肖晓章的大爷说了李禄的家就在他家对面。然后，笔者顺便采访了他，了解了有关西王母的故事。

（14）肖晓章：林场的哈萨克族和汉族都讲这个传说。

没想到肖晓章给我们讲述了一则《西王母的镜子》的神话。这个异文文本的最大特色在于，肖晓章确认当时林场的哈萨克族和汉族都讲这个传说，而且他曾听一个哈萨克族青年在铁瓦寺的大钟上讲这个故事。虽然，我们没能采访到讲述西王母神话传说的哈萨克族群众，但这个经肖晓章确认的信息已然让我们相信西王母神话传说流布的某种可能性。

（15）李禄：好酒的讲述者。

到了李禄的家里，他们一家人正在吃饭。李禄的儿子和儿媳说，他们的父亲只有在喝醉的时候才特别能讲，李禄对天池上的传说多有了解，但不善讲述，或许果真需要喝酒后才能发挥。

（16）黄宁萱、费罗日帕哈提：两个学生的讲述，不同的理解。

黄宁萱是刘力坤的女儿，从母亲、祖母及其他亲友那里听来了很多关于西王母的神话传说，可以看作是知晓西王母神话传说的新生代。在天池风景区采访游客时，我们在飞龙潭旁边的木椅上休息，笔者的两个学生王玉梅、孟湘君和黄宁萱聊天，让她们吃惊的是，黄宁萱也能讲一些西王母的神话传说，于是笔者的学生对其进行了临时采访。黄宁萱讲了《飞龙潭的故事》《定海神针》和《东方朔偷桃》。她的故事主要是其祖母和母亲给她讲述的，当然故事里也有她作为中学生自己的理解和演义。

在景区采访游客时，遇到了一位叫费罗日帕哈提的维吾尔族小姑娘，家住阿图什，她和父母、爷爷奶奶一起来天池旅游，她的爷爷是阿图什的维吾尔族作家，父亲是公务员。笔者问费罗日帕哈提是否知道天池是西王母洗澡的地方。她的回答令笔者惊异，因为她不但知道我所问的问题，还说孙悟空大闹天宫砸毁了王母娘娘的蟠桃园。尽管她的讲述是根据阅读《西游记》获取的知识，但一位维吾尔族女孩能把《西游记》的演义和天池、西王母联系到一起让笔者多少有些惊异。这个"意外故事"，又让笔者想起了格尔茨在巴厘岛所遭遇的"意外故事"。小姑娘的异文文本所体现的新疆民间文学独特的文化背景和张力值得大家注意。

（17）问卷与"吆喝"。

在当天景区采访过程中，我们发放了近500份《西王母神话传说调查表》，当天收回40多份，其他交由导游负责让游客填写。在采访游客过程中，我们发现新疆人对"天池是西王母洗澡盆"的观念深信不疑，内地一些游客虽知道天池西王母的神话传说，但具体文本如何讲述基本上不清楚，这也体现了天池西王母神话传说的地域性特点。

另外，我们采访的一位哈萨克族老汉（在景区卖羊肉串、烤肉的个体经营户）的"吆喝"很有意思，他是这样吆喝的："各位快来吃羊肉串啊，这可是西王母养下的羊娃子的新鲜羊肉！"在哈萨克族招揽游客的吆喝声里，我们发现这种主动的迎合其实体现了天池西王母神话传说已渗透到天池旅游产业中了。

（18）周宏："准官方"的看法。

周宏，汉族，1966年安康农校毕业，当畜牧兽医；来新疆后直接到阜康的牧场工作，现改为哈萨克民族乡。1970年任党委、管委会、妇联等八个部门的秘书；1981年，任公社管委会副主任；1986年，担任乡党委书记。1992年4月8日，任副县长；1993年，为副市长。1998年，为人大副主任，连任两届（十年）。2008年退休。

周宏是当时参与西王母庙重建的主要领导之一。周宏也讲述了《天池上西王母的传说》，他所讲的异文文本具有以下几个特点：①认为西王母是部落酋长，而且有姓氏，姓姬；②西王母的传说与现在景区的几个景点直接发生关联，如"定海神针""梳妆镜""白杨沟""东西小天池"等；③讲述的传说与当地人的认识和理解相互映照，是一种虚实之间的传说讲述。

笔者尤其关注前两个特点，特别是"西王母是部落酋长而且姓姬"的讲述很有意思。笔者追问这种讲法从何而来，周宏的回应是"忘记在哪听老爷子讲的了"。这个问题让笔者想起在木垒县英格堡乡采访时，一位老汉讲述的

"鸡心梁的传说"，相传是周穆王的王子当年留在这个地方生活，于是有了"姬姓的山梁"作为纪念的说法。第二个特点，西王母神话传说与天池景区景点发生关联其实是地方风物传说文本的典型处理方式，体现了传说的核心必有"纪念物"的理论。但这种"纪念物"有时也要保持一种谨慎的态度，这种"纪念物"历史渊源与当地文化生态的关系——特别是其参与建构当地文化的功能，更值得我们注意。

（19）刘力坤：阜康民间文化精英，西王母神话传说的传承人。

刘力坤，汉族，1968 年 10 月 30 日（阳历），出生在阜康市西沟台子。父亲刘金玉，当了 26 年西沟台子的村主任，同时又是一名猎人，上过几年私塾；母亲杨秀珍，勤劳贤惠，人缘极好，是"上炕的裁缝，下炕的厨子"。刘力坤，五岁上学，在村里上到五年级小学毕业，十岁离开村庄；后在奇台师范学校中文系就读了 3 年；后到阜康文化馆做创作员，几年后分别又做文管所的所长和博物馆的馆长；其间将阜康的遗产建立了文物档案。2006 年，任天池管理委员会宣教处处长。其间主要事迹：组织并主编出版了天池人文系列丛书（7 本），参与组织出版了《西王母文化研究集成》（10 册）。

刘力坤小时候经常听村中关大佬（姓关的一位老爷子，是西沟台子出名的"故事篓子"，能讲很多西王母的神话传说）讲故事，在他很小的时候就已经对天池西王母神话传说有了认识。工作后，刘力坤在阜康地区从事了多年的民间文化搜集、研究工作，且有丰富的田野调查的经验，经常在民间接触一些能讲故事的人。再者，刘力坤接受了高等教育以后，接触到了历史文献记载的西王母神话传说，使她对民间的神话传说保持了极大兴趣的同时，也有了自己的思考和认识。因此，刘力坤讲述的西王母神话传说，从传承方式上讲可分为三个源流：一是孩提时代的神话传说故事；二是工作以后民间故事家们讲述的西王母神话传说；三是阅读书面文献的历史记载后，有了自己的演绎和发挥。这种传承的特色使其具有很强的典型性。同时，刘力坤作为负责天池文化宣传的领导，这些经历和主动参与当地民间文化建构的积极精神为我们研究天池西王母神话传说——作为被激活的非物质文化传统——提供了很好的个案。

刘力坤能讲很多有关西王母的神话传说，根据我们整个下午的采访，刘力坤"一口气"为我们讲述了《石板揭开就是家》《榆树林的来历》《王母娘娘羽化成仙》《消灾门的故事》《夫妻树》《兄弟杨》《洗澡盆的故事》《王母灵泉》《千岁榆与千泪泉》《一碗泉》《石峡的由来》《鹿茸菇的来历》12 篇西王母神话传说异文文本。这些文本对我们研究天池西王母神话传说具有重要的意义。

　　阜康的田野调查结束后，经过一天的休整，田野调查组继续向东采访，试图发掘更为广阔的西王母神话传说的"传说圈"；出阜康市后的第一站是北庭古都——吉木萨尔县。

　　2. 吉木萨尔县的田野作业

　　2010 年 8 月 13 日，我们到达吉木萨尔县后，孟远女士帮助联系了吉木萨尔县文化馆"非遗"中心的薛逾琨主任，并由原吉木萨尔县文物局王文喜局长做向导，这使得我们的采访有的放矢、事半功倍。

　　（1）又一次遗憾的采访。

　　根据吉木萨尔县民间故事集成的线索，我们在吉木萨尔县北庭镇西上湖村找到一个薛姓的老太太，老太太已经快 90 岁了，不能下床，虽然能讲话但已经意识糊涂了。据吉木萨尔县北庭镇文化站站长王屹玲讲，老太太以前会讲很多有关天池西王母的神话传说，她就曾听老太太讲过"王母娘娘在天池洗澡"的故事，但现在老太太已经无法完整讲述哪怕一个故事了。

　　"以前天池上，水绿绿的，王母娘娘经常来洗澡，有一次……"老太太每次讲到这个地方就没办法继续讲述，说想不起来了，唯一能记起的是她听这个故事时的环境，那时她当儿媳妇，要伺候一家人，做一大家人的饭，老太太不断强调这一点，但让她讲天池上的故事，她又想不起来了。

　　采访未果，很是遗憾。其实这种情况已经不是第一次了，在我们为期一个多月的田野采访中，很多西王母神话传说的讲述者已经去世或者已经糊涂失忆，这种抢救性的田野调查开始得确实有点晚了。

　　（2）薛生才：西王母度铁拐李。

　　采访过薛老太太后，在向导和村中群众的指引下我们采访了薛生才老人。83 岁高龄的薛生才身体很好，我们是在田间找到他的。薛生才很健谈，他为我们讲述了《董永和七仙女》《西王母度铁拐李》的故事传说，讲得很生动。据他讲，年轻时他到过天池，也听说过一些天池上娘娘庙的传说，但西王母的其他神话传说并不清楚。

　　薛生才的这种反应也是我们在调查中遇到的比较普遍的一个问题，因为在民间知王母娘娘而不知西王母，是一种可以理解的现象。

　　（3）赵慕萱：民间传说，还是文化精英的编创？

　　2010 年 8 月 14 日，在离开吉木萨尔县前，我们还采访了一位当地的文史专家赵慕萱老人。他不善讲谈民间神话传说，但他为我们描述了他听到的关于《花儿沟的传说》和《周穆王马变群山的传说》。前者主要讲了吉木萨尔花儿沟与西王母的仙女联系，在笔者看来这是一种民众对地方风物的美好想象和民间复原；后者主要讲述了周穆王西巡瑶池会见西王母以后，他的八骏马留恋天山草原、思念西王母，因此返回天山后八骏马变为群山的神话传说。在笔者看来，这个传说虽看似"神奇诡异"（似乎不太像真正的民间传说，更像文化精英的编创），却也有其价值。这也隐隐约约在推动着笔者对天池西王母神话传说的核心神话传说之一——周穆王西巡瑶池会见西王母——的思考：是否真的存在这样一个神话历史化的传说圈？

在吉木萨尔县，我们还考察了北庭遗址、西大寺遗址、千佛洞、吉木萨尔县文博馆。吉木萨尔县因北庭文化闻名，我们通过对北庭遗址及周边汉族聚居区的采访发现：北庭文化不仅体现在出土的大量北庭文物和古史典籍中对于北庭文史的记载上，还体现在生活于此的移民民间文化上。我们能在北庭镇发现西王母神话传说的流布也不难说明此问题。再者，千佛洞历史变迁的考证对我们考察丘处机途经阜康、吉木萨尔时的道教情况提供了很好的参照。

离开吉木萨尔县，我们继续向东奔向古城奇台。

3. 奇台县的田野作业

8月14日晚，我们到达奇台，因是旅游旺季，几经周折才安排好住处。第二天，在奇台县文化馆馆长姜占武的带领下，我们考察了汉代疏勒城遗址，并真实地感受了《江布拉克的传说》的发生地。16日上午，姜占武馆长在文化馆办公室为我们介绍了55岁的汉人王晨。

王晨为我们讲述了两个非常简短的关于西王母的传说：《江布拉克的传说》和《一棵树的传说》。前者讲述了江布拉克因西王母的净水瓶洒落了一些净水而使得此地草树丰美。后者讲述了周穆王西巡瑶池会见西王母的路上，在一个山头休息，小憩片刻后，把马鞭落在山上，后来这支马鞭吸收日月精华，变成了一棵树，就是现在平顶山上那棵大榆树。听了这个传说，又激发了笔者关于"周穆王西巡瑶池会见西王母"神话传说圈的想象，更激发了笔者前往那棵大榆树实地勘察的计划。

王晨还提到，县城原有一座道教三清宫，现在成了佛家寺庙。笔者提出到庙观考察，在姜占武馆长的指引下，我们便来到了庙观所在地。

庙观现在叫"三清宫法圣寺"，1987年奇台县公布的县级重点文物保护单位里把该处称为"三清宫遗址"。2006年7月15日（农历），改成现在的法圣寺，是奇台县大乘佛教的宗教场所。

根据世代居住在庙观旁的老爷子讲，以前都是道士，里面供有王母娘娘的雕像。后来，和尚来了。

进到庙观里，管理人员向笔者做了简单介绍，并对整个庙观进行详细拍摄。笔者注意到，现在的佛堂便是以前供三清和王母娘娘的正殿，这从屋梁中心的太极八卦图像标志便可以判断出来，而且修建的年代也清晰可见：大清光绪二十七年岁次辛丑夏月。其他情况如下图所示。

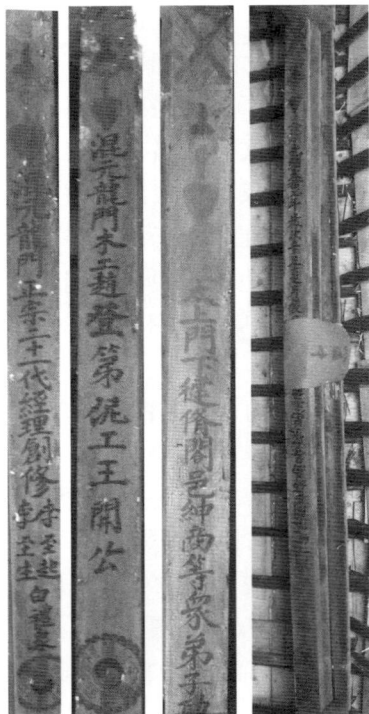

法圣寺王母娘娘佛堂屋梁中心的太极八卦图像

笔者还对庙观后的三间居室进行了考察，居室为夯土结构，损毁非常严重，三间都已坍塌，墙面上能隐约看到彩色壁画，从损毁不太严重的一幅壁画看，可以断定这些壁画都是道教的壁画。在庙观中，笔者的两个学生和一位中年妇女（一位较虔诚的佛教信徒）聊天，问起西王母的神话传说，她最初不好意思讲，因为她觉得这个地方不适合讲那个神话传说，于是把其请到管理员的办公室后，我们对其进行了采访。

（1）张育瑛：孙悟空的来历。

2010 年 8 月 16 日上午 12 点半，张育瑛给我们讲述了《孙悟空的来历》，故事非常简短。她说：一次王母娘娘在博格达山上，坐在一块大石头上来了月经，后来又有一位天神来到与其结合，才有了孙悟空。这个文本演绎的特点在于把孙悟空的出生与王母娘娘、博格达山的石头相关联，极富民间想象力。张育瑛觉得在庙观里不好意思讲，她认为这是对神灵的一种不敬。

（2）马振国：真正的民间艺人。

我们在姜占武馆长的带领下，几经周折找到了马振国。他是奇台民间乐舞班子的班主，又是民间文学的爱好者，参与过民间文学集成的搜集工作。他多才多艺，讲故事更是一把好手。他为我们讲述了《高粱穗高大的来历》和《牛郎织女》这两个神话传说异文文本。马振国的讲述非常生动、细致，虽是使用奇台方言，但是通俗易懂。特别是前一个故事文本，比笔者见到的其他异文文本都要精彩。

16日下午，结束了对奇台的采访，田野调查组决定奔赴木垒，但在笔者的坚持下，我们走老奇台镇，途经平顶山，上山去调查《一棵树的传说》的情况。

（3）平顶山上的老汉：神奇的讲述。

2010年8月16日下午，我们到达平顶山脚下，笔者在公路旁的商店里问及一棵树的传说，连小学生都知道那是周穆王的神鞭。笔者继续问正在田间收麦子的群众，问及传说中的一棵树是不是周穆王的神鞭，群众貌似很谨慎，不知笔者为何人，不敢回答，待笔者说明来意后，群众才说："传说是这样，谁知道到底是不是，神话嘛！不过现在几乎每天都有人来拜，香火挺旺。"

于是，笔者带两个学生登山"拜树"，吕轩记者和孟远、甄梅紧随其后。我们花40多分钟爬上了平顶山，见一老者牵着毛驴在割草，于是上前问候，聊起《一棵树的传说》，老者说：

我每天都上山来割草放羊，每天都有三个五个来这里上香。现在的人都祈祷这棵树能带来平安。这棵树长得好，人们把它围了起来。乡上也把这棵树重视起来，我们这个地方好，风调雨顺，人也平安，没有其他的怪事情。你看这个地形也好。这棵树也是有名气的树，在奇台也能看到这棵树。这棵树有神气，上百年了，人到这儿来求个平安。有病的人来拜拜病就好了。在树下不能睡觉，晚上在这儿睡就魇住了，起不来了。这棵树不结籽，你说怪不怪。

我前年在太阳刚落的时候，在这个山边上，看见了一条龙一样的动物，40多米长，就像是龙，尾巴也有呢，就像电一样，老远看红红的。我们在山上面看，不知道从山哪边走掉了。你说怪不怪，这是前年的事情。

这棵树的来历嘛，说是周穆王去天池见王母娘娘，路过这儿，在这儿休息。把鞭子放在地上，走时忘了拿了。谁知道是真是假啊。

吕轩把我们刚才的对话重新进行了整理，之后老者骑上毛驴，随着毛驴铃铛"叮当"声音的逝去，老者也消失在了山峦间金黄的麦田尽头。

老者和当地群众对周穆王神鞭的认识再次激发了笔者关于"周穆王西巡瑶池会见西王母"神话传说圈的想象；同时，又使笔者产生了些许怀疑——《一棵树的传说》产生、编创和流布的动力何在？

带着疑问，笔者来到了木垒县。

4. 木垒县的田野作业

2010 年 8 月 16 日晚，我们到达木垒县。第二天早上，我们先把调研公函交予政府，副县长很快把相关工作安排到文体局和文化馆，在文化馆文发科馆长和黄春兰主任的带领下，开始田野调查。

首先，我们查阅了尚未刊印的木垒县民间故事集成的原始档案，在手抄本的档案文献中发现了两篇相关文献——《七仙女下凡》和《灶王奶奶的来历》。根据文化馆和"非遗"中心掌握的其他相关线索我们进行了田野采访。

（1）高鑫隆：打麦场上的采访。

我们到达木垒县英格堡乡的一个村子，见到了我们要采访的高鑫隆老人。他是一位很健谈的老人，正在打麦场上扬麦子。他为我们讲述了《牛郎织女》的传说，讲得很生动。同时，他还讲了一个关于村旁山梁来历的传说，也就是前文所述的"鸡心梁的传说"（周穆王西巡瑶池会见西王母以后有一位王子留下来，并生活在此山上，当时叫"姬姓梁"，后来就演变成了"鸡心梁"，读音相同发生的变异）。这个传说让笔者再次陷入对"周穆王西巡瑶池会见西王母"神话传说圈的思考。

（2）刘玉堂：西王母的神龙潭。

刘玉堂为我们讲述了《神龙潭的传说》。在很多年前，戴明忠老师就曾经采访过刘玉堂，也是这个传说。主要讲西王母在木垒用其玉簪为七仙女凿了七个洗澡的水潭，现在这七个水潭都还在，笔者带领田野调查组到实地考察，确有大大小小的七个水潭，水潭都不大。在水潭周围的岩壁上，存有大量的原始岩画，有太阳崇拜岩画，亦有动物岩画。

结束了对木垒县的采访，我们继续向东奔赴巴里坤县。

5. 巴里坤县的田野作业

2010 年 8 月 19 日晚，我们到达哈密地区巴里坤县。第二天，我们把调研公函呈交政府，主管人员把工作移交文体局，一位文体局女领导让我们去文化馆找馆长，说已经安排好了。笔者携有关人员到达文化馆以后，联系馆长，馆长出差去了哈密，并不知此事。我们在文化馆"非遗"中心想查阅巴里坤县的民间故事集成，调查是否有西王母的神话传说。"非遗"中心两位小姑娘拒绝查阅，在官方不配合的情况下，我们只得走民间路线。

首先，在白福成老师的介绍下，刘力坤处长及笔者采访了巴里坤县的文化名人许学成老人。许学成老人为我们讲述了《牛和青草》《狗和草墩》两个有关王母娘娘的神话文本，这两个故事都是许学成的奶奶讲给他听的。后经笔者核实，这两个文本均收在巴里坤民间故事集成中，也就是文化馆拒绝查阅的两个文本。

采访完许学成，笔者联系了大学同学徐涛，他家就在巴里坤大河镇旧户村。笔者联系到徐涛的父亲（医生），经他介绍，我们采访了当地一个多才多艺的民间艺人李文学。

（1）李文学：民歌中的王母娘娘。

李文学首先给我们讲述了七仙女的传说，之后为我们演唱了当地民歌中关于王母娘娘的曲子。

剪窗花

九剪九次花啊，王母娘娘把花打唱：

九剪九重阳，

姑娘把花打，

久至的重阳没呀没花打，

久至的重阳没呀没花打，

七剪七月七，

喜鹊搭天桥，

牛郎和织女相会在一旁，

牛郎和织女相会在一场，

十剪十枝花，

没人把花打，

九剪九重阳，

姑娘绣鸳鸯，

王母娘娘在呀在一旁，

王母娘娘在呀在一旁。

这首曲子的歌词是根据李文学的演唱记录的，因为很久没唱过这曲子，李文学在演唱时停顿了三次，最后才把歌词基本理顺，但他又说这歌词也不一定完全正确。

（2）蒋晓亮：一则与西王母相关的地方风物传说。

能采访到蒋晓亮局长很是意外，当我们考察了何仙姑庙，正准备离开时，笔者发现文物局的同志也在里面，于是进去了解文物情况。蒋晓亮局长恰好在办公室，他了解过情况后，便为我们讲述了《上下镜儿泉的传说》。这个传说主要讲西王母的仙女们到巴里坤来玩耍，玩到尽兴时竟忘记了时间，听到天池①上的钟声之后，才慌忙离开，离开时，丢下两面镜子，后来变成了上下镜儿泉。这个文本把西王母、七仙女、天池钟声与巴里坤的地名联系起来，

----

① 笔者注：天池离巴里坤湖约450公里。

从而又扩大了天池西王母神话的传说圈。这个传说是蒋晓亮局长在进行文物考古时听别人讲的。蒋晓亮局长还说，在何仙姑庙西边，以前曾有一个娘娘庙，供的就是西王母，笔者前去核实，只有文物局用铁栅栏围起的一片土堆遗址，已找不出任何娘娘庙的痕迹。巴里坤在汉代就是中原王朝进一步向西开拓的重要基地，据当地的史志和传说，明清时期巴里坤庙宇、道观众多，鼎盛时达到上千座，佛道繁盛情况由此可见一斑。何仙姑庙西边曾存在供奉西王母的娘娘庙或许是有可能的。

从阜康到巴里坤，向东一路走来，确实有很大的收获：一方面，我们发现了一些新的神话传说异文文本，扩大了天池西王母神话的传说圈；另一方面，这为我们从某种意义上理解"周穆王西巡瑶池会见西王母"神话传说圈提供了有力的地方传说明证。同时，我们也看到普通民众对西王母与王母娘娘不做区分，这种情况在甘肃泾川也存在。

6. 昌吉市区的田野作业

2010年8月22日，我们到达昌吉市区后住在昌吉市党校。在昌吉市党校采访了戴明忠老师和白福成老师。

戴明忠老师是自治区民间文学、民歌研究等方面的专家，是国家一级编剧，有着丰富的人生阅历和知识积淀，且长期在民间从事田野调查和研究工作，对天池西王母神话传说研究颇有心得，编有《瑶池神话与王母传说》，早年在木垒、阜康等地做田野调查时，曾搜集了很多关于西王母的神话传说。戴老师对西王母神话传说的田野调查和申报工作都提出了自己的看法，使笔者了解了阜康市前期的一些诉求和情况。

戴老师主要为我们讲述了《吕洞宾三戏西王母》和《一碗泉的传说》。前者与陈万兴的讲述有差异，属于同一母题的异文文本，有重要的参考价值。后者主要讲述木垒一个地名的传说，主要内容是：西王母和周穆王因在蟠桃会上得罪了东海龙王，东海龙王在周穆王回去的路上进行报复，差点把周穆王渴死在木垒的一碗泉，多亏西王母算到此事，把自己的两个乳房割下来，抛掷到这个地方，便有了泉和水，周穆王因此得救，后来这个地方就变成了一碗泉。在木垒采访过程中，笔者虽耳闻一些关于此传说的零碎信息，经戴明忠老师讲述才豁然开朗。这个文本的重要价值在于，这让我们得以逐步清楚地看出"周穆王西巡瑶池会见西王母"神话传说圈的初步面貌。

7. 玛纳斯县的田野作业

在玛纳斯县的田野作业有两个方面的收获，一是文物，二是西王母的曲子。

笔者在玛纳斯文管所看到一块铜镜，虽然负责人员告知这是一块有关礼佛图的铜镜，但根据笔者观察，这种图形与西王母铜镜中的图例有些相像，但下结论尚需考证。

　　根据戴明忠老师提供的线索，我们找到了曾经负责玛纳斯县民间故事集成搜集工作的王劲魁（祖籍甘肃永登，父亲16岁到新疆），根据他的回忆，在玛纳斯北城有一位从甘肃过来的妇女（20世纪40年代来新疆的）会唱西王母的曲子，妇女的丈夫姓李，现在已经去世了。这个曲子有1000多字，他曾经记录过，在玛纳斯县的三套民间故事集成里面。但由于玛纳斯县的三套民间故事集成原始资料被上级有关部门弄丢了，我们无法获知这首曲子的内容。

　　8. 米东区的田野作业

　　从戴明忠老师处获知，原来米泉文化馆的老馆长焦疆应该知道一些西王母神话传说的信息，后经联系不愿接受采访。于是，田野调查组持政府公函到米东区政府，试图让政府出面协调文化馆相关人员配合调查。结果未有人接待。只得直接奔赴文化馆，亦未有人接待。一位工作人员认识调查组的孟远，送了她一套米东区回族的民间文学集成书籍，但未有发现西王母神话的文本。根据笔者的判断，米东区乡间应有一些西王母神话传说流布，毕竟在乌鲁木齐市都有西王母神话传说大量流布，何况处于中间位置的米东区。

　　9. 昌吉州回族花儿中的西王母

　　在田野调查中，我们得知昌吉州回族花儿中有关于西王母的文本，但一直未找到相关文献，待考证，存疑。

第四章 新疆世居民族民间文学与历史、宗教、民俗的关系及价值

第一节 新疆世居民族历史与民间文学

一、新疆多民族交融的历史

新疆历史久远，自古就是一个多民族聚居地区。

根据国内外考古学者的调查作业，他们先后在南疆焉耆、吐鲁番（阿斯塔纳）、哈密、伊犁、帕米尔高原、罗布泊等地，对"数以千计的史前墓葬进行了发掘。另外，在多年的文物普查工作中，考古工作者还对天山、阿尔泰山、昆仑山等山地的岩画进行了考古调查，合计发现岩画数以万幅"①。笔者在天山天池和木垒县照壁山乡对西王母神话进行田野调查时，也曾对这两处的岩画进行拍照，并请教考古专家。这些史前的历史考古发掘为我们了解新疆早期历史民族情况提供了可靠的证据。

马大正先生在《新疆历史纵论》中对新疆多民族交融的历史做了精练的概括："对于远古新疆居民的族属，我国史籍没有明确的记载，唯以'西戎'称之，但古人类头骨的测定分析表明，这一时期新疆的居民分为东西两大人种，并且随着历史的发展，蒙古人种逐渐占据了优势。秦汉之际，来自河西地区的月氏、乌孙、羌人等纷纷迁入新疆，而塞种人则迁至了帕米尔高原地区，及至匈奴兴起，匈奴人不断涌入新疆并成为这里的统治民族。公元前1世纪，伴随着西汉在西域统治秩序的建立，汉人日渐成为新疆众多古老民族之一。汉代以后，更多的我国古代民族纷纷进入到包括新疆在内的西域地区，

---

① 刘学堂：《新疆史前宗教研究》，北京：民族出版社 2009 年版，第 1 页。

而尤其以我国北方蒙古草原地区的游牧民族为最多，突厥人、回纥人、契丹人、蒙古人先后涌入。这些民族和当地民族在辽阔的西域生息繁衍，在共同开发西域的同时，相互之间或和或战，不断融合，新疆地区的一些现代民族就是在这种民族大融合中诞生的。至清代，满、锡伯、达斡尔等民族再次迁入，最终形成了新疆现在的民族分布格局。新疆的历史，既是一部民族迁徙融合的历史，也是各民族共同开发新疆、建设新疆的历史，是中华民族发展史的重要组成部分。"

1989 年 8 月，费孝通先生在香港中文大学做了题为"中华民族多元一体格局"的演讲，将其长期思考和实践的"中华民族多元一体的理论"公之于世，系统地阐释了他对民族关系的思考，并对中华民族的形成过程进行了深入的阐释。中华民族由 56 个兄弟民族组成，而新疆 13 个世居民族则是我们统一的多民族大家庭中的重要组成部分。新疆世居各民族是中华民族多元一体格局中独具特色的一部分，这些民族的历史不仅记录在汉族经典文献中，在新疆古代各民族的语言文字中也有记载，特别在新疆各少数民族的口头神话、史诗和传说中也有丰富、详细而生动的讲述。

二、现存文献中的新疆历史与新疆世居民族的口传历史

汉族较早地参与到了开拓和开发新疆的历史进程中，在《尚书》《山海经》《穆天子传》《春秋左传》《国语》《战国策》《汲冢周书》《竹书纪年》中初步描绘了新疆古代的人文、风俗、地理、物产风貌；而历代史官、史学家撰述的二十四史，大多都专章描述西域风俗、历史，代表性文本有《史记·大宛传》《汉书·匈奴传》《汉书·西域传》《后汉书·西域传》等。这些汉文文献为研究新疆多民族交融历史提供了最直接的文本依据。国外西域研究文献和新疆维吾尔族《突厥语大词典》《福乐智慧》《先祖阔尔库特书》等经典文献更是研究新疆多民族交融历史的重要参考坐标。

2011 年 1 月 26 日，"西域遗珍——新疆历史文献暨古籍保护成果展"在北京展出。"展览系统反映了新疆多民族、多语言、多文化、多宗教、历史悠久的鲜明特点。展出了全国 23 家收藏单位 320 余件展品，其中超过半数为现今仅存的孤本，21 部古籍已入选《国家珍贵古籍名录》。展品类型包括汉文和 20 余种民族文字的木简、文书、古籍、舆图、拓片，展品时间跨度从先秦至明清。"① 根据笔者了解，这些珍贵文献涵盖了新疆不同历史时期和不同地

---

① 中国国家图书馆网站，http://www.nlc.gov.cn/dsb_zx/gtxw/201201/t20120116_58409.htm。

区用汉文、佉卢文、焉耆—龟兹文、粟特文、于阗文、突厥文、回鹘文、察合台文、托忒文等记录的典籍文献。一方面，这些文献将填补学界之前所熟悉的汉族文献记录的空白；另一方面，这些珍贵的残缺文献将与现有文献共同复原我们未知的部分历史真相。

即便如此，在新疆广袤的土地上，很多历史已经伴随风沙被卷入历史的尘埃里。我们在现存的文献里只看到了新疆古代历史的一个轮廓和纵切面，很多历史和它们的细节我们依然无法获知。而新疆世居民族民间文学恰恰为我们了解更多的历史事件、人物或细节提供了更多的可能性。

新疆世居各民族的口传神话反映了各自民族的传统文化和真实历史。新疆柯尔克孜族有一个著名的神话《四十个姑娘》，在玛纳斯奇演唱《玛纳斯》的时候，这则神话一般都在开始时被演唱。这则神话再现了柯尔克孜族民族部落形成的历史，它主要讲述了这样一个故事：普舍维尔的国王给一对善良的兄妹沙满素尔和阿娜勒定了伤风败俗的罪，国王准备烧死哥哥，没想到妹妹也跳进火中，他们一起呼喊着"冤枉和清白"，然后被烧死了。他们的骨灰被丢进大河里，可最后骨灰顺着河流流进了王宫的溪水中，国王的四十个女儿喝了溪水怀了孕，怀孕后国王不舍得杀害她们，便把她们赶出王宫。其中，三十个女儿向右走进了深山里，十个女儿向左走到靠近农村的地区。后来，这四十个姑娘都生下了孩子。三十个姑娘的后代称为"奥土孜吾勒"，即三十个部落；十个姑娘的后代称为"窝恩吾勒"。这就是柯尔克孜族的四十个部落的来历。

这段凄美的神话在各种文献中鲜有提及，但在《元史·志第十五·地理六》之《西北地理附录》中记载如下："吉利吉思、撼合纳、谦州、益兰州等处。吉利吉思者，初以汉地女四十人，与乌斯之男结婚，取此义以名其地。"① 显然，《元史》的记载与柯尔克孜族民间传说存在较大差异。《元史》记载信息显示，柯尔克孜族是汉地四十个姑娘与乌斯人（乌古斯）结合之后的后人（毛星《中国少数民族文学》持此观点）。尽管《元史》的这段记载并没有得到学界的一致认可，但笔者认为这仍然反映了汉族与柯尔克孜族历史交往由来已久，《西北地理附录》中的记载便是民族交流的直接反映。笔者在第四章所述天池西王母神话传说之《周穆王西巡瑶池会见西王母》，神话在《穆天子传》和《竹书纪年》中均有描述，但流传在新疆（从东到西）巴里坤县、木垒县、奇台县、吉木萨尔县、阜康市的众多异文传说，已然为我们

---

① 李修生主编：《二十四史全译·元史》（第二册，卷六十三），上海：汉语大词典出版社2004年版，第1221页。

描绘出比古代文献中丰富、生动、鲜活的故事，尽管这些故事或多或少被神化、仙化和地方化，但正是这些鲜活的民间讲述使得几乎僵死在古文献中的神话获得了再生的力量，这种民间传统的激活自有其文化演变和创造的自在逻辑。同样，在维吾尔族的乌古斯神话、塔吉克族的"汉日天种"神话、塔吉克族的"大同乡祖先的神话"中，一方面这些民间神话传说都在讲述着自己族群起源的历史，另一方面也透露着民族文化和历史传统如何传承和接续的信息。

与新疆世居各民族神话一样，他们的史诗同样反映了各自民族波澜壮阔的历史，可以说史诗就是各自民族的口述史。阿地里·居玛吐尔地研究员在其《〈突厥语大词典〉与突厥语族英雄史诗》论述了《突厥语大词典》所引用诗歌片段与突厥语众多英雄史诗的密切关系。这些史诗的典型代表当推三大英雄史诗——柯尔克孜族的《玛纳斯》，蒙古族的《江格尔》和《格斯尔》（《格萨尔王传》在新疆蒙古族中也有流传，被称为《格斯尔》）。

《玛纳斯》是柯尔克孜族反抗外族入侵的民族斗争口述史，也是柯尔克孜族的历史人文传统的百科全书。《玛纳斯》也是新疆入选人类非物质文化遗产三个代表性项目之一。《玛纳斯》广泛流传在柯尔克孜人生活的地方，因此，它是一部典型的跨国英雄史诗，在中亚的吉尔吉斯斯坦、乌兹别克斯坦、哈萨克斯坦以及阿富汗、巴勒斯坦北部地区，都流传着这部宏阔的史诗。《玛纳斯》共有八部，每部都以玛纳斯家族英雄的名字命名，因为第一部《玛纳斯》最有特色，便以此命名八部史诗——第一部《玛纳斯》、第二部《赛麦台依》、第三部《赛依铁克》、第四部《凯涅尼木》、第五部《赛依特》、第六部《阿斯勒巴哈与别克巴哈》、第七部《索木碧莱克》、第八部《奇格台依》。正如朗樱研究员指出的："史诗《玛纳斯》是柯尔克孜民族英雄战斗时代的产物。史诗《玛纳斯》从玛纳斯的祖父窝罗佐依抗击蒙古人入侵者的业绩开始讲起，接着叙述了玛纳斯父辈与蒙古人的斗争。"[①] 玛纳斯奇用他们饱含深情的演唱为我们再现了不同历史时期柯尔克孜民族反抗契丹人、蒙古成吉思汗大军、卡勒玛克蒙古人、蒙兀儿斯坦蒙古人的斗争，当然史诗对 17 世纪以后柯尔克孜族改信伊斯兰教以后的历史也有描述。作为史诗的演唱者，玛纳斯奇在柯尔克孜族民众中享有崇高的威信，居素甫·玛玛依被誉为"当代的荷马""活着的荷马"，就是因为老人对那段柯尔克孜人的历史斗争记忆烂熟于心，他是柯尔克孜族历史文化的真正民间传承者，他既熟悉史诗反映的历史，

---

① 贺继宏主编：《柯尔克孜族民间文学精品选·第一集·〈玛纳斯〉（居素甫·玛玛依唱本精选）》，北京：中国文联出版社 2003 年版，第 23 页。

同时也掌握史诗中包含的哲学宗教、风俗礼仪、文学艺术，甚至医学、天文等知识。玛纳斯奇心里、口中有一段历史，这段历史远比存世历史文献丰富、鲜活、生动。

《江格尔》同样是新疆蒙古卫拉特人的口述史。这部活态史诗最初诞生于阿尔泰地区，之后传播到各个蒙古族聚居区。它也是一部跨国界的国际史诗，史诗还在俄罗斯伏尔加河下游的卡尔梅克人与蒙古国的卫拉特人和喀尔喀人中流传。史诗歌颂的英雄江格尔、洪古尔等实际上是以成吉思汗为首的蒙古族英雄群像的象征。尽管史诗中描述的是宝木巴国与周围汗国之间的战争与冲突，对应的历史时期实际上是蒙古族封建割据时的西蒙古卫拉特地区的历史。

新疆世居民族中流传的大量历史人物传说同样丰富了我们对各民族交融历史的认识。这些传说有维吾尔族的《素吐克·布格拉汗的梦》、《阿曼尼莎王后的传说》（维吾尔族"十二木卡姆"的奠基人）、《医圣鲁克曼的传说》等，汉族的《纪晓岚对对联》《林则徐惩办伯锡尔》《左宫保在哈密的传说》《马仲英火烧庙尔沟大佛寺》，蒙古族的《嘎勒丹巴的传说》《泽伯格道尔吉拜见皇上》等，哈萨克族"阿桑海鄂"的系列传说，乌孜别克族的《阿亚孜大臣》，塔吉克族"鲁斯塔木"的系列传说和《秦公主的传说》等。

新疆世居民族民歌中的历史传说歌同样反映了新疆各民族交流融合的历史。我们以蒙古族土尔扈特部东归历史传说歌为例来予以详细阐释。

新疆博州的土尔扈特民间传说歌至今已传唱了300多年，歌词表现的对象有骏马、亲人、草原等，反映了土尔扈特人生产生活的方方面面，记录了土尔扈特族东归回国的整个历程。它的存在对研究土尔扈特族的历史有着重要的参考价值。土尔扈特民间传说歌有着优美的旋律，其高低音转换幅度大，歌词讲究对称、重叠、排比，具有粗犷的韵律美。这种歌曲形式在蒙古族民歌里独树一帜，而且每首歌的末尾都有祝词，比如吉祥如意、国泰民安等。在此举三例说明。

1. 反映东归前土尔扈特部民众对生活的质疑与不满的历史传说歌

土尔扈特人[①]
土尔扈特人，
土尔扈特人！

[①]《卫拉特蒙古简史》编写组编：《卫拉特蒙古简史》（下册），乌鲁木齐：新疆人民出版社1996年版，第217页。

为了民族，
为了生存！
曾向那边迁去，
又向这边迁来。
也曾依附君主的福荫，
又曾依靠自己的奋斗。
然而，
结果如何？
一次次战乱，
一场场战争，
被迫与土耳其征战。
危害几多，
损失几多？
我们究竟赢得了什么？
我们到底获得了什么？
我们为何要为他人
徒手捕蛇？
我们为啥要为别人
赤手玩火？
我们不需要
异族他邦的
怜悯和恩赐，
我们不需要
异国他乡的
爵位和官衔，
我们需要
土尔扈特的繁衍，
我们需要
土尔扈特的兴旺！
我们不是为
当奴隶而生，
我们不是为
被统治而活！

> 苍茫大地广阔无边，
> 我们立足之地在哪里？
> 我们安身之处在哪里？

民歌的基调充满着悲愤与无奈，质问自己为何身处异乡，从结尾两句"我们立足之地在哪里？我们安身之处在哪里？"我们可以看出土尔扈特部东归是民众的心声，沙俄对他们的压迫已经让土尔扈特人忍无可忍，在失落与无助中他们想到了应该回到祖国的怀抱。

2. 反映土尔扈特部东归途中的艰辛和创伤的历史传说歌

1771年1月5日，是土尔扈特蒙古族历史上最该纪念的日子。这一天土尔扈特人民举行了反抗沙俄压迫的武装起义，并开始踏上举世闻名的重返祖国的征程。当时，额济勒河（伏尔加河）下游反抗的战旗高举，"整个部落异口同声发出惊呼：我们的子孙永远不当奴隶，让我们到太阳升起的地方去"！这种破釜沉舟的悲壮义举，是土尔扈特人辞别时仇恨心理的标志，表示了他们一去不返的决心，从此同沙俄彻底决裂。他们在长途跋涉中遭遇难以想象的种种困难：俄军的追击围堵，道路的艰险崎岖，沿途缺乏粮秣水草，加之疫病流行、牲畜死亡……这是一条精神与肉体的创伤路，又是一条信仰与生存的回归路，更是一条视死如归的回归路。

> 漫长的征途何时结束？频频的战争何时是个尽头？
> 我那走不到的遥远的家乡，还看不到你早起的炊烟。
> 只能继续朝着太阳，朝着东方。
> 与其被人夺掉了鞭子，不如砍断自己的双手！
> 与其任人凌辱和欺负，不如骑在虎背上恶战！

十七万土尔扈特人，七个月时间，一万多里的归程，风雪、冰河、干旱、沙漠、严冬、酷夏、哥萨克人追杀、哈萨克人抢掠。透过这些，是十万壮士尸横遍野，是绝望的哭泣，是骨肉分离，是没有退路的孤注一掷。这就是土尔扈特部的东归路，民歌中的歌咏永远比史书中的描述更加震人心魄。

3. 反映土尔扈特部东归以后幸福生活的历史传说歌

美丽富饶的博尔塔拉①

清澈的赛里木湖中，天鹅鱼儿自由欢乐；

茫茫无边的草原上，响彻着幸福的赞歌；

啊，博尔塔拉，美丽富饶的博尔塔拉；

我们以豪迈的心情，献给你优美的赞歌。

　　回归后土尔扈特人创作了大量的民歌，这些民歌大多欢快流畅，亲切、温暖、感人。民歌中既有欢腾的草原上载歌载舞的那达慕盛会气象，也有欢庆时刻饱含的深沉、沉重的情感内涵。所以这个充满着鲜活的生命力的欢乐场面不仅是张扬一个民族经历了历史的大悲痛之后的大喜悦，更像是一种神圣的宗教仪式，人们通过这个狂欢的场景来表达对那十万逝者的哀悼。

　　这些民间文学文本丰富了有限的书面文献的历史记载，为我们了解新疆历史上多民族交融的历史提供了珍贵的第一手材料。正如郭沫若先生在《我们研究民间文学的目的》中所言："民间文艺给历史家提供了最正确的社会史料。过去的读书人只读二十四史，只读一些官家或准官家的史料。但我们知道民间文艺才是研究历史的最真实、最可贵的第一手的材料。因此要站在研究社会发展史、研究历史的立场来加以好好利用。"② 郭沫若先生将民间文学对历史学研究的价值提到如此高的地位未免有些夸大，但显然民间文学对丰富历史学研究提供了更多的可能性。对新疆波澜壮阔的民族交融历史而言，新疆世居各民族的民间文学的确为我们提供了更加生动、鲜活的民间证据，而这些来自新疆民间的神话、史诗、传说、故事、歌谣的文本证据正是我们建构一个更加真实的各民族交融的新疆史所不应该忽略的。

第二节　新疆世居民族宗教文化与民间文学

一、新疆世居民族宗教的源流

　　大量的史前考古发现证明，新疆原始先民曾有过太阳崇拜、自然崇拜以

---

① H. 帕里莫夫著，许淑明译：《卡尔梅克族在俄国境内时期的历史概况》，乌鲁木齐：新疆人民出版社1986年版，第16页。

② 中国民间文艺研究会上海分会编：《民间文艺集刊》（第一集），上海：上海文艺出版社1951年版，第9页。

及稍后比较成熟的萨满信仰。新疆地处四大文明交汇之处，世界三大宗教在新疆广有流传并互相交融；新疆历史上又是多民族交流、聚居、征战频繁的地方，还是中原与其他文明政治往来、文化交流和经济贸易的最重要通道。这里曾经生活着不同种族和族群，有印欧语系的塞种、吐火罗、粟特等，有汉藏语系的羌、汉、吐蕃、回族，还有阿尔泰语系的乌孙、月氏、匈奴、康居、丁零、乌揭、柔然、铁勒、突厥、回鹘、契丹、黠戛斯、蒙古等古代民族。这种独特的地理位置和族群历史决定了新疆世居民族宗教的复杂性和多元性。

在新疆历史上，在早期的自然崇拜、祖先崇拜和萨满教信仰之后，人类历史上产生的主流宗教都曾在新疆流传、盛行。佛教、道教、伊斯兰教、祆教、摩尼教、景教、天主教等都曾在不同历史时期、不同民族中流行。在这些宗教中，又以佛教和伊斯兰教的影响最深。"可以说，在不同的历史时期有不同的宗教流传；不同的民族或信仰不同宗教，或信仰同一种宗教；同一民族或信仰某一种宗教，或信仰多种宗教。"① 如果对新疆世居各民族宗教源流进行梳理，笔者认为可分为三个阶段。

第一阶段是以萨满教信仰为代表的原始宗教阶段，还包括各族群的自然崇拜和祖先崇拜。这些原始信仰是新疆当代各民族信仰的最初信仰形态，在各民族改变信仰后留有不同程度的印迹。"尽管维吾尔族、蒙古族或满族人民在改信佛教或伊斯兰教之前已经具备了'承受新思想的适宜土壤'，但这些外来宗教的传播并取代萨满教的进程也是非常艰难的，外来宗教吸收萨满教的某些成分，使自己得以传播下去，而萨满教为使自己生存下去，也需要披上外来宗教的外衣，于是最终导致萨满教的变形。当今维吾尔、蒙古、满族的萨满教的遗留便是这种变了形的残余形式，主要表现在万神殿里外来神增加和作法时所念的外来宗教的经典。"② 在新疆哈萨克族和柯尔克孜族的神殿里，萨满教始终占据着核心的位置，而且萨满信仰至今仍渗透在他们的日常生活中。

第二阶段是佛教广泛传播的阶段，同时道教、祆教、景教、摩尼教等教派也同时并存得到发展，这一阶段从公元前1世纪到10世纪前后。公元前1世纪，印度佛教首先从于阗地区传入中国，经过魏晋、唐宋的传播和演变形成了独具特色的西域佛教，形成了以于阗、龟兹、高昌、北庭（西大寺回鹘

---

① 李进新：《丝绸之路宗教研究》，乌鲁木齐：新疆人民出版社2009年版，第2页。
② 迪木拉提·奥玛尔：《阿尔泰语系诸民族萨满教研究》，乌鲁木齐：新疆人民出版社1995年版，第48页。

皇家寺院）为代表的西域佛教文化。道教随中原汉人经营西域西来，在汉人较集中的高昌、哈密较为流行。同一时期，波斯宗教袄教也在西域各地传播。到 9 世纪后，摩尼教随着回鹘人迁入西域而广为流传。到 6—7 世纪，景教（基督教的聂斯托里派）传入西域，宋元时期得到广泛传播；疏勒、叶尔羌、于阗、轮台、高昌、哈密都曾是传教区。

第三阶段的主要特征是伊斯兰教的兴盛与佛教等宗教的衰落，从公元 10 世纪至当代都延续了这一形态。伊斯兰教取得主体信仰的地位也经历了三个阶段：一是 10—11 世纪喀喇汗王朝时期的初传阶段。喀喇汗王朝统治者通过战争手段攻灭于阗国，伊斯兰教传播到且末至阿克苏一线，与信奉佛教的高昌回鹘国长期形成对峙之势；二是 14—15 世纪在以秃黑鲁·帖木儿汗为首的察合台蒙古后王的推导下，伊斯兰教传播到塔里木盆地北缘、吐鲁番盆地和哈密一带，确立了伊斯兰教在古代维吾尔族中的全民信仰的地位；三是 16—17 世纪哈萨克族、柯尔克孜族普遍接受了伊斯兰教；同时，南疆地区佛教走向衰亡、逐渐消失的过程；北疆的卫拉特蒙古人接受了藏传佛教。景教则到 19 世纪仍有少数信仰者。清朝统一新疆特别是在近代驱逐阿古柏等侵略势力，收复新疆以后，新疆的民族成分有所增加，宗教信仰仍呈现多样化。目前，新疆各民族信仰的宗教有伊斯兰教、佛教（包括藏传佛教）、道教、天主教和东正教等。

二、民间文学各文类文本渗透的多元宗教文化

新疆世居民族民间文学文本中渗透着不同宗教文化。神话、史诗、民间传说、民间故事和民间歌谣说唱中均有体现。

1. 新疆世居民族神话中渗透的萨满教文化、伊斯兰文化、藏传佛教文化和道教文化

尽管现代维吾尔族信仰伊斯兰教，但在古代维吾尔族神话史诗《乌古斯可汗传说》中仍保存有萨满教的印记。中央民族大学力提甫·托乎提教授在《维吾尔史诗〈乌古斯可汗传说〉中的萨满教印记》中对比了鄂伦春族的萨满春祭仪式与乌古斯神话中的仪式场景，指出："《乌古斯可汗传说》中祭祀天神时所描述的竖起树干、把金鸡和银鸡挂在树干上、将白羊和黑羊（相应西方和东方）绑在树底部等内容，以及反复出现的圣数 3、9 等，都反映了突厥人最古老的萨满教信仰。虽然《乌古斯可汗传说》在后来的流传过程中受

到了伊斯兰教等其他宗教的影响，但这些影响是微不足道的。"① 中央民族大学阿布都沙拉木·许库尔·诺亚博士在其《谈〈乌古斯可汗传说〉的原始宗教意象》中谈到"众多的宗教文化意象参与了长诗文本的建构"。李果也在其《维吾尔英雄史诗〈乌古斯传〉中折射的萨满教神话》提出《乌古斯传》中包含大量的萨满教神话。这种情况不仅在维吾尔族中存在，在突厥语族的其他民族中也是普遍存在的。

新疆世居民族神话中渗透的伊斯兰教文化是普遍存在的，而且这种渗透均发生在伊斯兰教文化占据主导地位以后。在柯尔克孜族神话《人的由来》中开篇便言："至大的安拉说我要造人类，便招来天神说：'你到大地上给我取回一把泥土，我要用泥土造人类。'天神便走呀走，来到大地上开口道：'喂，大地。你给我一把泥土，安拉说要用其神力造人类。'"② 在另一篇神话《人类之母》中开篇也有："造物主安拉用泥土缔造人类之父后赋予他生命，并安排他在天堂里生活。"③ 这两篇神话明显渗透了伊斯兰教文化。而新疆柯尔克孜族信仰伊斯兰教是在 17 世纪以后的事，因此，我们判断柯尔克孜族神话伊斯兰化至多经过了三百多年的时间。同样，在塔吉克族神话《人类的来历》中也有："安拉创造了由天空、大地、太阳、月亮、星辰构成的无边无际的宇宙，显示了他的无比神力。"④ 但让笔者疑惑的是，在《中国民间故事集成·新疆卷》中收录的维吾尔族 7 篇神话（《公主变成了月亮》《顶地球的公牛站在哪里？》《启明星的来历》《流星的来历》《亚当被贬下界》《苍鬃狼的传说》和《神树妈妈》），似乎没有一篇有被伊斯兰教渗透的痕迹，这是收录时的巧合还是另有可能性，笔者存疑，也求证于方家。

新疆世居民族神话渗透的藏传佛教文化主要体现在新疆蒙古族神话文本中。蒙古族神话《乌旦喇嘛创造了世界》描述了乌旦喇嘛创世造人的壮举，而《日月的形成和日食月食的由来》和《日食和月食的由来》则分别描述了参禅的大喇嘛和乌拉西大喇嘛与日食月食来历的关系。中央民族大学那木吉拉教授在其《蒙古神话与佛教文化关系研究综述》中详细阐释了蒙古族神话与印度佛教和藏传佛教的关系。新疆汉族神话代表天池西王母神话与道教关系密切，笔者在第三章已经进行了详细的阐释，在此不再赘述。

① 力提甫·托乎提：《维吾尔史诗〈乌古斯可汗传说〉中的萨满教印记》，《中央民族大学学报》（哲学社会科学版）2000 年第 2 期，第 50 页。
② 《中国民间故事集成·新疆卷》（上册），北京：中国 ISBN 中心 2008 年版，第 32 页。
③ 《中国民间故事集成·新疆卷》（上册），北京：中国 ISBN 中心 2008 年版，第 33 页。
④ 《中国民间故事集成·新疆卷》（上册），北京：中国 ISBN 中心 2008 年版，第 34 页。

2. 新疆世居民族史诗中渗透着萨满教文化、伊斯兰文化、藏传佛教文化

新疆世居民族史诗所蕴含的宗教文化往往比较复杂，在柯尔克孜族英雄史诗《玛纳斯》中尤为明显。众所周知，柯尔克孜族在新疆历史上曾有自己的自然崇拜和原始信仰，也曾一度信仰萨满教，后来还信奉过摩尼教、祆教，在 17 世纪以后全民改信伊斯兰教。这种宗教信仰的变迁明显体现在被誉为柯尔克孜族民族口述史的英雄史诗《玛纳斯》中。然而单从演唱过程来看，玛纳斯奇演唱的《玛纳斯》似乎并不具备多高的宗教神圣性和神秘性。因为，我们知道扎巴和玉梅在演唱《格萨尔》前要悬挂格萨尔英雄的唐卡并焚香祷告，江格尔奇在演唱《江格尔》之前也要关闭蒙古包天窗并焚香祷告；这种演唱氛围是极其庄严、肃穆，具有宗教的神圣性和神秘性的。相比之下，《玛纳斯》的宗教性似乎"打了折扣"，但这并不意味着《玛纳斯》与宗教神圣性无关。新疆文联民间文艺家协会三大史诗研究室的古丽多来提在《〈玛纳斯〉与柯尔克孜族宗教文化》一文中指出："在史诗中萨满教的反映程度比较丰富。目前的学者已提出过史诗《玛纳斯》是前伊斯兰教社会的产物。但伊斯兰教在史诗中的反映虽然很丰富，但它跟史诗中的摩尼教和祆教一样具有表面性。伊斯兰教作为柯尔克孜族现在信仰的主要宗教，对柯尔克孜族的影响是比较大的。但无论从历史或从现代柯尔克孜族的整体社会生活来看，萨满教对他们的影响是根深蒂固的。伊斯兰教的影响只是表面性的，表现出较为薄弱的特点。现代柯尔克孜族信仰的虽然是伊斯兰教，但萨满教还是起到了主导作用。"[1]

新疆世居民族史诗所蕴含的宗教文化的复杂性还体现在蒙古族史诗《格斯尔》上。内蒙古大学呼斯勒在其《藏族〈格萨尔〉与蒙古族〈格斯尔〉宗教内涵之比较》中详细梳理了新疆蒙古族史诗《格斯尔》所体现的萨满教内涵，包括天地山川的自然崇拜和万物有灵的观念。萨满教对蒙古族早期社会产生的影响是显而易见的。仁钦道尔吉先生在其《萨满教与蒙古英雄史诗》中系统地论述了原始社会蒙古人信仰萨满教的情况，他特别指出蒙古先民以萨满教世界观创作了蒙古族先民的原始英雄史诗，这些史诗从某种程度上借用了萨满祭祀诗歌的内容和形式。史诗《格斯尔》正体现了萨满教对民间文学的影响。同时，呼斯勒也指出《格斯尔》受到了藏传佛教的影响，他认为："佛教对《格萨（斯）尔》的影响，除表现在史诗中有大量佛教与萨满教文

---

① 古丽多来提：《〈玛纳斯〉与柯尔克孜族宗教文化》，《安徽文学》2009 年第 3 期，第 333 页。

化相融汇这一点外，还在于史诗中有许多内容、情节直接取材于佛教文化题材。"①

3. 新疆世居民族民间传说和民间故事中渗透着佛教文化、伊斯兰文化和道教文化

新疆世居各民族民间传说以其不同的内容和形式体现着多元宗教文化的渗透。《千佛洞的传说》（汉族）、《焉耆千佛洞的传说》（汉族）、《克孜尔千佛洞的来历》（维吾尔族）三个文本体现了佛教给维吾尔族和汉族民众留下的历史文化遗产；《马仲英火烧庙尔沟大佛寺》（汉族）、《庙尔沟的由来》（汉族）则体现了昌吉市庙尔沟在历史上曾是重要的佛教圣地。中国社科院杨镰研究员在考察了庙尔沟之后，指出此地与西域劫国、妙善观音的某种联系的可能性。尽管此观点遭到薛宗正先生的批评，但笔者认为在没有最新的考古和文献之前，不应轻易否定这种可能性的联系存在。而《和硕特部落的喇嘛庙》和《乌龟背上的喇嘛庙》均体现了蒙古族民众口头传说中的藏传佛教因素。新疆巴里坤、木垒、奇台、吉木萨尔、阜康等地流传的天池西王母神话传说则明显勾勒出新疆道教的历史发展轨迹。这些丰富鲜活的民间传说文本为我们了解新疆宗教多元并存的历史发展现状具有重要的历史参考价值。

新疆世居各民族的民间故事中也渗透着多元的宗教文化，前文已经指出印度佛教文化、阿拉伯文化、伊斯兰文化对新疆世居民间故事的影响，在此也不再赘述。

第三节　新疆世居民族民俗文化与民间文学

新疆自古以来就是一个多民族聚居生活的地方，"三山夹两盆"的独特地貌形塑了生活在这片土地上人的民族性格。新疆历史上众多部落、民族在此繁衍生息，他们用智慧和血汗共同开拓和经营着祖国西北边疆这块神秘的土地。沧海桑田，很多古老的民族消失在历史岁月中；物换星移，众多民族交流融合形成了当代新疆13个世居民族。每个民族都有其独特的历史和传统文化，而这些民族的民俗文化便是这些历史传统文化中最具魅力和活力的部分。

在汉族文献和外文文献里都有新疆世居民族民俗文化的记载，这些记载最早可以追溯到《山海经》时代，在《山海经》中曾记载有"西王母神话"

---

① 呼斯勒：《藏族〈格萨尔〉与蒙古族〈格斯尔〉宗教内涵之比较》，《内蒙古社会科学》1998年第1期，第60页。

的信息。在稍后的《穆天子传》中记录了周穆王西巡瑶池会见西王母的景象。汉代以后的史书中，有关新疆民俗事项的记载从没有中断，像《史记·匈奴列传》《史记·大宛列传》《汉书·西域传》《魏书·高车传》《魏书·西域悦般国传》《隋书·铁勒传》《北史·突厥传》《新唐书·西域传》《旧唐书·契丹传》《宋史·高昌传》《辽史·仪卫志》《资治通鉴》《西域图志》《新疆回部志》《清高宗实录》《回疆通志》等都是记录新疆世居民族民俗事项的重要文本；而《大唐西域记》《西游录》《西域闻见录》《历代西域诗钞》这类文学文本也有丰富的记录；外文文献中重要的文本有志费尼的《世界征服者史》、拉施特的《史集》、马可·波罗的《马可·波罗游记》、斯坦因的《西域考古记》等。这些文献中有关新疆世居民族民俗文化的记载为我们了解新疆古代先民的传统文化提供了重要的参考。在当代新疆世居民族的民间文学文本中，也有大量有关各民族民俗事项的文本。新疆世居民族的神话、史诗中有很多鲜活的讲述，在民间传说中更有丰富的风俗传说。

新疆世居民族民间风俗传说中讲述的民俗传统具有典型的民族性和地方性。

维吾尔族民间流传的代表性风俗传说有《维吾尔族姑娘梳小辫和葡萄的由来》《维吾尔族妇女戴戒指和耳环的来历》《婚礼的来历》《摇床》《丧礼的来历》《修坟的来历》《四十条辫子》《酒的酿制》，这些风俗传说涉及维吾尔族民俗文化的各个层面，有生活习俗、丧葬习俗、婚俗、饮食习俗等，传说文本生动形象地展示了生活在绿洲文明之中的维吾尔族民族民俗风情，更重要的是这些风俗传说和民俗已经和谐地融入维吾尔民众日常生活中。

汉族的风俗传说有很多，代表性文本有《社火的来历》《喝腊八粥的故事》《尾巴和遮羞布》《祭灶的来历》《红盖头》《年的来历》《"喜"的由来》等。早在汉代初期，汉族就已经与新疆古代民族共同开发和经营西域，特别在清代以后，汉族民众在开发新疆、建设新疆的历史进程中发挥着重要的作用。汉族风俗传说具有典型的流动性和变异性，这些流动的民间文学文本正凸显了汉族民众进入新疆后风俗传承与发生的变化。

柯尔克孜族的风俗传说内容丰富多样，代表性文本有《掉罗勃左节》《诺鲁孜节的由来》《吃阔确饭的传说》《十二生肖的传说》《秋千架上选情郎》《耳环作订婚标记》《白毡帽的传说》《柯尔克孜婚俗》《吃羊肉的传说》《吃肉面片的传说》《叼羊游戏的由来》《赛鹰游戏》《攻占皇宫游戏的传说》等。柯尔克孜族风俗传说反映了柯尔克孜族民俗生活的方方面面和鲜明的民族民俗文化个性。

蒙古族是新疆历史上最古老的民族之一，现在生活在新疆的蒙古族主要生活在巴音郭勒蒙古族自治州和博尔塔拉蒙古族自治州。他们的民俗有着鲜明的民族特色，代表性风俗传说有《春节的由来》《祖鲁节的来历》《尝酒礼的由来》《男人不吃胚骨肉的由来》《蒙古人祭酒的习俗》《招魂仪式的由来》《用鲜奶祭洒天地习俗》《大年初一祭天的由来》《九月不嫁女习俗的由来》等。

哈萨克族风俗传说《诺肉孜节的来历》《哈萨克族"姑娘追"》《为什么羊头待客表示尊重》《哈萨克族人为啥不打骆驼》《给客人倒水洗手的由来》等体现了哈萨克游牧民族的独特风情。另外乌孜别克族（《拜凯赛姆罩衫和艾提莱斯衣裙的由来》）、塔吉克族（《关于"皮里克节"的来历》）、达翰尔族（《端午节祭"绰罗熬博"》《佩带马罗神袋的传说》）、回族（《回族婚礼中的"追马"》《阿舒拉节》）、锡伯族（《为什么要供奉海尔堪神》）、俄罗斯族（《复活节红鸡蛋的传说》）的风俗传说都以其鲜明的民族特色和地域特色凸显了新疆世居民族民俗文化的民族性和地方性。

新疆世居民族民间文学中部分文本还反映出新疆各族民俗文化的多元性与包容性。

在哈萨克族民歌中有一类歌谣独具特色，这就是婚礼上演唱的"萨仁"——劝嫁歌。劝嫁歌一般四行一段，每行句末多有衬词。劝嫁歌的主要内容是表现父母对即将出嫁的女儿的复杂心情。我们可以从下面这首劝嫁歌中体会这种婚庆仪式上的情感传统。

劝嫁歌①

肋骨和腿骨紧相连呀，
哈萨克草原挨着山呀，
姑娘大了就要出嫁啦，
哪能一辈子守爹妈呀！

春天来了树要开花呀，
姑娘大了就要出嫁呀，
花儿开了才能结籽呀，
姑娘日后总得抱娃娃！

姑娘在家学绣花呀，

---

① 《中国民间歌谣集成·新疆卷》（上卷），北京：中国 ISBN 中心 2009 年版，第 489 页。

姑娘出嫁跨骏马呀，
嫁到新阿吾勒揭面纱呀，
你去的地方是善良的家。

你爹妈把你养到十八岁啦，
十八岁的姑娘该出嫁啦，
出嫁的时候要高高兴兴，
再不要哭哭啼啼羞羞答答呀！

肋骨和腿骨紧相连呀，
谁有力量推倒山哪？
古老的规矩要劝嫁呵，
劝嫁的礼行是辈辈连哪。

哈萨克婚礼中除了要演唱劝嫁歌，还有哭嫁歌、告别歌等，这些婚礼歌谣在乌孜别克族和柯尔克孜族中也有类似的仪式和演唱，尽管他们的歌词不尽相同，但是这些习俗却有着共同性。这体现了新疆各民族民俗传统的包容性。

在上文梳理新疆世居民族风俗传说时，我们已经看到很多饮食民俗和传统节日民俗方面的文本。在这些文本中，我们可以尽情领略 13 个世居民族不同的民俗风情。无论是传说故事中讲述的风俗传说，还是日常生活中表现出来的民俗风情，这些多元的民俗文化传统都在讲述并确立着新疆各民族文化边界。从这个意义上说，新疆世居民族风俗传说文本本身不仅仅是一种文学上的讲述行为，它更是特定族群的社会行为；如果联系到新疆很多禁忌风俗都与宗教信仰（伊斯兰教）有关，因此风俗传说文本又具有宗教性质，成为宗教仪轨的载体。这样，风俗传说、禁忌习俗及相关文化传统共同构筑了某一族群的文化边界，民间文学文本和民俗事象成为新疆世居民族文化传统的象征物。

因此，新疆世居民族民间文学与民俗文化是紧密联系在一起的，新疆世居各民族的民俗文化、宗教传统与民间文学共同建构了多元和谐交融的新疆多民族历史。而这种多元和谐交融的新疆多民族历史又反过来影响和形塑着新疆世居民族民间文学的特征和基本精神。

在新疆世居民族民俗文化与民间文学关系研究方面，那木吉拉教授的《西部蒙古民俗与民间文学关系研究》堪称此领域的经典范式研究，正如策·

巴图研究员评论说："作者首次从民俗与民间文学的交叉点入手，对西部卫拉特蒙古民俗与民间文学关系进行具体分析、把它纳入理论研究领域，进行了多层次、全方位的深入研究，得出了科学的结论，这对西部蒙古乃至对整个蒙古民俗与民间文学关系研究来说是一个可喜的起步和贡献。"① 笔者认为，《西部蒙古民俗与民间文学关系研究》对新疆世居各民族的民俗学与民间文学研究均具有重要的参考价值，特别在利用"蒙古新文字、卡尔梅克新文字、托忒蒙文等多种"相关文献和深入的田野作业两方面都值得很多学者学习。要想对新疆世居民族民间文学进行深入的研究，如果不能通晓几门民族语言，研究是不可能深入下去的。这也是笔者自叹弗如的。

① 策·巴图：《卫拉特学研究领域的重要成果——评〈西部蒙古民俗与民间文学关系研究〉一书》，《新疆大学学报》（哲学人文社会科学版）2005 年第 1 期。

第五章　多元文化交流视野下新疆世居民族民间文学的价值和意义

第一节　新疆世居民族民间文学的价值

　　"民间文学的价值，应该置于其流传的地域加以考察。其价值包含在当地人的思想、历史、道德、审美等一切意识形态里面，也伴随当地人的一切物质活动，远远超越了单纯的审美属性。民间文学延续了当地的文化传统，深深影响着当地人的一切生活。民间文学的社会功能主要包括下面几个方面的内容：生活的价值、认同的价值、学术研究的价值。"① 考察新疆世居民族民间文学的价值同样要将其置于新疆独特的历史人文传统和文化生态之中。新疆民族众多，但不像云南，云南的很多少数民族处在一个相对封闭的地理和社会环境中，新疆 13 个世居民族处在多元文明的汇聚之地，在长期的接触与交流过程中，各民族语言、宗教、风俗等文化传统呈现相互影响的情势。因此，我们探讨新疆世居民族民间文学的价值还要将其置于多元文化交流的视阈下来考察。为了全面梳理新疆世居民族民间文学的价值，我们从思想价值、艺术审美价值、娱乐价值、教育价值、认同价值和经济价值六个层面来进行阐述。

一、思想价值

　　民间文学是新疆世居各民族传统文化的重要传承载体，从某种意义上来说，它是各民族传统文化的重要根基。格林兄弟搜集德国乡间的民间神话、

---

① 万建中：《民间文学引论》，北京：北京大学出版社 2007 年版，第 86 页。

传说、故事并将其改编成《儿童与家庭故事集》，成为当时德国学界所认同的德意志民族精神。民间文学深植于民众的日常生活之中，我们有时会无视它们的存在，但是它们确实无愧于民族宝贵文化财富的盛誉，因为在民间文学作品中凝聚和积淀着某一特定民族、族群或集团的思想传统。内容丰富、形式多样的新疆世居民族民间文学文本蕴含着各世居民族传统文化的精华，对梳理和理解各世居民族思想史和哲学史的形成与建构都具有重要的价值，对考察世居各民族宗教信仰文化的变迁并在此基础上审视思想史流变也具有重要的参考价值。

《江格尔》是蒙古族最重要的英雄史诗，也是中国三大英雄史诗之一。《江格尔》自诞生之日起，便成为卫拉特人的经典。这部史诗内容丰富，单从史诗包含的哲学思想和宗教文化传统对蒙古人的影响就足见它在思想价值上所体现出的永恒魅力。《江格尔》诞生在草原游牧文化之中，史诗思想内容自然体现着游牧文化的特点，史诗包含的生态思想理念对当代新疆社会仍具有警示意义。

> 成群的野兽到处出没；
> 走到平原上眺望，
> 肥壮的牛羊到处游走。
> 那里有绿油油的草原，
> 长着马群喜欢吃的博特格草，
> 绵羊喜欢吃的白山蓟，
> 驼群喜欢吃的东格草，
> 山羊喜欢吃的矮蒿草。
> 额尔其斯本巴乐土，
> 有无数条河流，
> 还有三个蔚蓝的大海。
> 那里没有干旱的春天，
> 只有丰硕的秋天；
> 那里没有风沙的灾害，
> 有的是肥壮的畜群；
> 那里没有严寒的冬天，
> 只有温暖的夏天。①

---

① 黑勒、丁师浩译：《江格尔》（第 1 册），乌鲁木齐：新疆人民出版社 1993 年版，第 12 页。

史诗文本对天（腾格里）、草原、河流、森林、骏马、羊群的描述体现了整个民族对自然的崇拜和敬畏，在此崇拜和敬畏心理之下产生的蒙古族神系沟通着人与自然。因此，作为演唱者的江格尔奇和全体蒙古族民众通过史诗演唱建构起并延续着祖先所秉持的与草原（自然）和谐共存的思想传统。我们可以在曾有过游牧（或渔猎）文化传统的哈萨克族、柯尔克孜族、达斡尔族、锡伯族、塔吉克族民间文学文本中找到这种思想传统的印记。我们的先民在很久以前就洞悉浪漫的"诗意栖居"。

同样，在维吾尔族的民间文学中也蕴含着与自然和谐共存的生态思想。众所周知，维吾尔族文化是典型的绿洲农业文化，而绿洲农业的典型特征就是对水的重视。

时至今日，水依然是新疆最核心的问题。全球变暖，气候反常，新疆的几个主体冰川也面临着萎缩的危机。如果我们不认真反思我们的发展模式，消失在沙漠深处的楼兰文明或许已经在向我们招手，这并不是危言耸听。观察新疆生态的变化足以让我们发出这样的呼吁：美丽中国先从美丽新疆开始。

人与自然和谐共存的生态思想只是新疆世居民族民间文学为我们留下众多有价值的思想理念中的沧海一粟，如何继承好这笔宝贵的思想财富，不仅值得学界探讨，更应引起全社会的反思。

二、艺术审美价值

民间文学的艺术魅力能够为作家文学创作提供养分和无限的可能性。在北大歌谣运动中，《北大歌谣周刊》创刊词提出两个目的：一是学术的，一是文艺的。而文艺的目的就是指民间文学对新文学的建设具有借鉴的意义。2012 年 10 月 11 日 19 时，瑞典诺贝尔委员会宣布 2012 年诺贝尔文学奖获得者：中国作家莫言，颁奖词为："将魔幻现实主义与民间故事、历史与当代社会融合在一起。"莫言的获奖似乎部分印证和实现了周作人先生的文艺目的。纵观中国文学史，古代作家对民间文学的借鉴从来就没有停止过，而且每次文学变革和运动均与对民间文学艺术形式的借鉴有着直接的关联。

因此，我们在此探讨新疆世居民族民间文学的艺术审美价值，首先也应该注意新疆世居民族民间文学对新疆当代作家文学艺术创作的借鉴价值和意义。新疆当代各民族文学的书面文学与历史悠久的口头文学（尤其是神话、史诗、传说、故事）相比，历史较短，新疆近现代作家用本民族语言或汉族语言进行文学创作，产生了一批影响较大的文学作品（小说和诗歌）。特别是20 世纪 80 年代以来，新疆当代文学创作也进入了"伤痕""反思""寻根"

的创作，而进入 20 世纪 90 年代，新疆各民族作家的自主意识觉醒，开始继承本民族的文化传统，追求个人创作的民族风格。在此背景下，各族作家开始向本民族的民间文学学习借鉴。夏冠洲先生在《新疆当代多民族文学史·小说卷》中说："浪漫主义精神的复归也是新疆小说中一个突出的现象。哈萨克族的《博克英雄》《巴斯拜传奇》《猎骄昆弥》，柯尔克孜族的《康朱甘》等历史小说，多取材于民间传说，具有鲜明的民间立场和英雄崇拜的情结，表现出一种理想的浪漫主义精神。"① 新疆世居民族民间神话、史诗、传说中的浪漫主义精神直接影响着新疆各民族作家的文学创作，具体体现在他们对民间文学中的神话母题借用，对夸张、神化、拟人、象征、隐喻等艺术手法的借用。新疆哈萨克族的著名女作家叶尔凯西在其小说和散文中经常出现哈萨克族草原神话母题，叶尔凯西对狼、日月、草原和土地的精到描写得益于她对哈萨克族民间文学、民俗生活、萨满信仰的熟悉掌握。石河子大学中文系张书群、周呈武在《新疆民俗文化的民间书写——论王蒙西部小说中的地域风格与民族色彩》中也谈到了王蒙在新疆伊犁期间的创作受到维吾尔族、哈萨克族的民俗文化、民间文学的影响。

新疆世居民族民间文学的艺术审美价值不仅体现在新疆当代作家的创作上，还体现在它对各族民众日常生活的影响上，内容丰富、形式多样、文化多元的各类民间文学表演活动已经成为新疆各族人民日常艺术审美体验的重要组成部分。

三、娱乐价值

我们说，民间文学是民众日常生活的重要组成部分，是民众的日常行为方式，因为民间文学能够为民众的生活带来快乐。无论是一次史诗演唱，还是一次故事传奇讲述，抑或是一次民歌的表演，都能给民众的日常生活带来快乐的享受和体验。

能歌善舞的新疆各族民众更是沉醉于形式多样、独具艺术魅力的民间文学娱乐体验之中。我们以新疆民歌和民间说唱为例来说明：维吾尔族的"麦西热甫"（人类亟须保护的非物质文化遗产）就是集民歌、舞蹈、音乐和聚会习俗于一体的综合艺术形式，维吾尔族民众在各种形式的"麦西热甫"（"节日麦西热甫""邀请麦西热甫""婚宴麦西热甫"等）中尽情享受着民间文学艺术带给他们的快乐。哈萨克族的阿依特斯（一种民间对唱形式，一般分为

---

① 夏冠洲、阿扎提·苏立坦、艾光辉主编：《新疆当代多民族文学史·小说卷》，乌鲁木齐：新疆人民出版社 2006 年版，第 14 页。

群众性对唱和阿肯对唱）也是广泛流传于民间、受到民众喜爱的民间艺术，它多在重要的节庆场合和仪式聚会之时演唱。锡伯族把民歌称为"舞春"，一般分为"萨满舞春"（古老的萨满歌）、"沙林舞春"（婚俗歌）和"乌辛舞春"（田歌），自清代乾隆二十九年（1764）西迁之后，锡伯族民众把独具魅力的民歌艺术带到了新疆。回族的花儿、蒙古族的长调民歌与祝赞词、达斡尔族的民歌与祝赞词、塔塔尔族的情歌、柯尔克孜族的额尔奇歌手的清唱都是新疆世居民族民间文学独具特色的艺术形式。冼星海曾说："民歌是一个民族语言艺术的最高表现，我们要创造最高级、适合于现实需要的歌曲……于是要研究民歌。"[①] 因此，我们要创造使各族人民喜爱的高级歌曲或娱乐形式，就必须研究新疆民歌。

除了民歌之外，新疆世居各民族中的机智人物故事最能体现其娱乐价值。"维吾尔族的阿凡提、毛拉再丁、赛来恰坎、艾沙木·库尔班，哈萨克族的阿勒达尔·阔赛、霍加·纳斯尔、吉林谢，蒙古族的阿尔嘎其，柯尔克孜族的玛纳坎、霍加·纳斯尔，回族的伊斯哈，锡伯族的霍托，乌孜别克族的阿凡提、阿勒达尔·阔赛，达斡尔族的乌拉迪·莫尔根，等等，他们都是各个民族的精英和幽默大师。"[②] 这些民间文化精英和幽默大师并不是高高在上的，他们既生活在历史上，又生活在民众中间，他们的智慧故事不断地被讲述，给无数民众带来笑声。最具代表性的莫过于阿凡提的故事和霍加·纳斯尔的故事，因为他们不仅为新疆世居各民族所熟知，在中亚、西亚和很多阿拉伯国家也享有很高的知名度，只是这些国家的主人公换了名字，但是机智故事的类型是相同的。这也正阐释了这样一个事实：文化是多元的，笑声却是相同的。这就是新疆世居民族民间文学娱乐的价值，也是其独具魅力的地方。

四、教育价值

民间文学具有教育价值，我们认为新疆世居民族民间文学的教育价值主要体现在以下三个方面：知识教育的价值、历史教育的价值、道德教育的价值。

新疆世居民族民间文学中包含了大量的生活知识、风俗知识等，这些知识在书面文献上是难以获取的。这些知识通过史诗、传说、故事、民歌和谚语等民间文学形式传承着特定族群衣、食、住、用、行等各方面的必要知识。这些知识经过历史和实践的检验已经作为一种"地方性知识"凝固在新疆各

---

① 冼星海：《我学习音乐的经过》，北京：人民音乐出版社1980年版，第107 – 122页。
② 《中国民间故事集成·新疆卷（前言）》（上册），北京：中国ISBN中心2008年版，第10页。

族民众的精神中。

新疆阿合奇县柯尔克孜族中流传着《马奶酒的传说》，传说不仅叙述了马奶酒最初的起源，而且描述了制作马奶酒的方法。民众听了传说，不仅了解了马奶酒的传统，更掌握了制作马奶酒的知识技艺，可谓一举两得。

哈萨克族有句谚语说："对敌勿小瞧，他会要小命；风暴莫忽视，它会毁财物。"① 谚语虽短却是哈萨克牧民对草原天气知识的累积。在新疆世居各民族的谚语中，很多农谚、气候谚语等都包含丰富的日常生活知识，成为民众知识传承中重要的一环。

新疆世居民族民间文学具有历史教育的价值。新疆历史是由世居各民族人民共同书写的，存世文献和考古材料为我们呈现了波澜壮阔的多民族交融史，而世居各民族民间文学同样传承着民众记忆里的历史，我们可以称之为民间历史。有时，民间历史甚至要比文献和考古材料中的历史更加真实和鲜活。尽管我们对这些民间历史的可信度保持着警觉，但毫无疑问，包含丰富民间历史信息的民间文学却成为民众历史教育的最重要载体。

前文曾提到新疆生产建设兵团民间文学包含大量反映新中国成立以来屯垦戍边历史的军垦传说、故事和歌谣，这些民间文学文本依然在兵团人日常生活中被提及。这些饱含奉献与乡愁、散居与创伤的民间文学文本成为兵团第二代、第三代理解前辈屯垦戍边事业的重要的、鲜活的"口头历史教科书"。特别对兵团第三代而言，那些感人至深的军垦传说故事或许成为他们继续奉献兵团的重要精神支柱，他们从饱含丰富历史信息和情感力量的文本中寻求理解当下生活的真谛。从这个意义上，锡伯族的《西迁之歌》具有同样的历史教育价值。"大清皇帝发出了谕旨，传到奉天将军那里，命令抽选锡伯千户人，远戍边防到伊犁。"② 沈阳的锡伯族人响应了乾隆皇帝的号召，他们从祖国的东北一路迁徙至大西北，来到伊犁扎根驻防、屯垦戍边。

啊，二百年来金戈铁马纵横驰骋，
岂容沙俄的魔爪来凌辱和蚕食，
每一个嘎善都是一个英雄的城堡，
用生命和鲜血保卫了每一寸土地！
啊，二百年来的历史功勋谁来评说，
中华民族的史册上写进光辉的一页！

---

① 《中国谚语集成·新疆卷》（上卷），北京：中国 ISBN 中心 2009 年版，第 625 页。
② 《中国歌谣集成·新疆卷》（下卷），北京：中国 ISBN 中心 2009 年版，第 1300 页。

锡伯的忠诚，雄伟的乌孙山可以作证，①
心脏和着祖国的脉搏跳动在一起！

正如锡伯族民间艺人管兴才所歌咏的，锡伯族西迁新疆屯垦戍边的历史伟绩必将写进中华民族的光辉史册。西迁后的两百多年来，锡伯族民众中间流传着很多反映西迁、屯垦戍边、平乱抗俄的民间叙事诗，这些民间文学文本成为锡伯族民间历史教育的经典。

新疆世居民族民间文学还具有道德教育的价值。孔子说"礼失求诸野"，在道德失范的社会，最能坚守道德底线和信仰的阶层恐怕还是底层民众，似乎乡间社会总有一套道德净化的系统，这个系统由一系列"地方性知识"构成，这些"地方性知识"都是千百年来生活在该地域民众约定俗成而形成的传统。这个传统或许包含政治的、经济的、宗教的、习俗的因素，而让这个传统得以延续和协同一致发挥作用的重要原因恐怕就是民间文学的道德教育价值。家族长老或地方乡绅通过某个地方传说、某段神话文本、某台地方戏曲、某首地方民歌甚至某句经典谚语来维持或强化道德传统的权威。新疆世居各民族（尤其是口头文学传统发达的民族）民众通过在日常生活、节庆仪式等重要场合讲述、表演民间文学文本，将传统的道德训诫融进带有娱乐功能的故事、民歌中。

在新疆世居各民族的谚语中有一类谚语同样具有道德教育价值。笔者曾参与主编《中华谚语精华丛书·道德修养智慧卷》，并负责"道德修养"部分的选编工作，对谚语的道德教育价值感受深刻。在新疆13个世居民族中，每个民族都有自己特有的道德修养谚语，笔者从《中国谚语集成·新疆卷》中选取了13句谚语，与大家分享。

1. 品德是姑娘的装饰。（维吾尔族）
2. 美德是春天的太阳。（塔吉克族）
3. 千金难买好品德。（回族）
4. 尊重学者不仅是因为学问，更是因为他的品德；挖掘黄金不只是因为名称，更是因为它的价值。（哈萨克族）
5. 爱财不如重德。（塔塔尔族）
6. 草原再大，却没有放私心的地方。（蒙古族）
7. 心善的人，脸色光亮。（乌孜别克族）

① 《中国歌谣集成·新疆卷》（下卷），北京：中国 ISBN 中心 2009 年版，第 1305 页。

8. 过大路的兔子，人人喊捉；道德败坏的人，人人诅咒。（满族）

9. 良心无牙，却能咬人。（俄罗斯族）

10. 人失去诚信，等于砍掉双手。（柯尔克孜族）

11. 马美的是尾巴，人美的是诚实。（达斡尔族）

12. 宁可正不足，不可邪有余。（汉族）

13. 忠诚行前头，慈善跟后头。（锡伯族）①

五、认同价值

作为新疆世居民族传统文化的核心载体之一，新疆世居民族民间文学（尤其是神话、史诗、族群起源传说、历史传说歌等）具有重要的认同价值。

马林诺夫斯基在其《巫术、科学与宗教》中说："神话，作为依然存在于现代生活中的远古现实的描述，作为先例为我们提供了远古时代的道德价值、社会秩序与巫术等方面曾有的模式。因此，神话既不是单纯的叙事，也不是某种形式的科学，或艺术或历史的分支，或解释性的故事，在了解传统的特性与文化的延续、青年与老年的关系以及人们对过去的态度等方面，神话都具有独特的功能。简单地说，神话的功能就是巩固和增强传统，通过追溯更高、更好、更超自然的最初事件赋予传统更高的价值和威望。"② 因此，对乌古斯神话而言，它的功能强化了维吾尔族、哈萨克族等突厥语族部落对共同传统的认同感。那个"更超自然的最初事件"便是苍鬃狼在最困难的生死时刻为英雄乌古斯指引方向，对苍狼神话的叙事符合古代突厥部落的古老文化传统，所以时至今日乌古斯神话仍被维吾尔族、哈萨克族等民族作为自己最古老的神话而认同。

史诗在新疆世居各民族中所起到的认同作用似乎更加明显。柯尔克孜族的《玛纳斯》，蒙古族的《江格尔》《格斯尔》，哈萨克族的《阿勒帕米斯》《阔布兰德》《克里木的四十位英雄》《萨巴拉克》——这些仍在民间口头传统里传承着的史诗，延续着各自民族的文化传统和民族精神。史诗通过对英雄主人公的经典塑造和神化，体现了民族精神的升华，最终达到团结民众创造美好生活的目的。正如柯尔克孜族英雄史诗《玛纳斯》中所歌咏的③：

---

① 《中国谚语集成·新疆卷》，北京：中国 ISBN 中心 2009 年版。第 1—5 句在第 129 页，第 6—7 句在 130 页，第 8—9 句在 133 页，第 10 句在 138 页，第 11 句在 140 页，第 12 句在 143 页，第 13 句在 153 页。

② 阿兰·邓迪斯编，朝戈金等译：《西方神话学读本》，桂林：广西师范大学出版社 2006 年版，第 238 页。

③ 贺继宏主编：《柯尔克孜族民间文学精品选·第一集·〈玛纳斯〉（居素甫·玛玛依唱本精选）》，北京：中国文联出版社 2003 年版，第 68－69 页。

英雄玛纳斯的故事，

与人民血肉相连，

……

英雄玛纳斯的故事，

幻术多，壮士多，

说不完的习俗多；

金子多，银子多，

跃马扬鞭的征战多；

人民承受的苦难多，

伤残致死的苦痛多；

大山般的巨人多，

被戳翻的勇士多；

箭射不穿的战袍多，

含剑结盟的誓言多；

断枝起誓的规矩多，

赛过飓风的骏马多；

战盔多，铠甲多，

说不上名字的武器多；

智者多，楷模多，

劝喻多，笑话多；

占卜师和识相者多，

贤能者多，巧言者多；

……

这是一代代传下的故事，

人们把它珍藏到今天，

五十年，人事变换，

一百年，大地更妍，

不论经历多少岁月，

英雄的故事永远流传。

英雄的故事之所以能够永远流传，就在于柯尔克孜族民众对《玛纳斯》的认同。英雄玛纳斯经历的磨难，他们现在仍能感同身受；玛纳斯赢得了一个个胜利，他们至今仍能为之热血沸腾。玛纳斯与人民血肉相连，因此人民认同史诗中的他，认同史诗建构起的民族精神。

　　新疆世居民族传说中的族群起源传说在建构祖先起源认同方面具有重要的价值。哈萨克族民间流传着《天鹅美女》的族群起源传说。

　　古时候，有个叫哈德尔哈力沙的将领。他率领军队南征北战，经历了无数次的长途跋涉。他在一次战争中身受重伤，荒无人烟的、干旱的荒野里只剩下了他一个人。他一边忍受着伤痛，一边忍受着干渴，怎么努力也走不成路，就这样躺倒在了地上。在他与死亡搏斗的那一刻，一只白天鹅从天上飞落到他身边，给他嘴里滴水解渴，并把他带到一个宽阔的大湖边。原来这只白天鹅是一位美女变的。她把身上的天鹅毛脱去，又变回美女，精心治好了哈德尔哈力沙的伤后，与他结为了夫妻。后来她生下了一个儿子，取名为"哈萨克"。后来哈萨克又有了阿克阿热斯、别克阿热斯、江阿热斯三个儿子。再后来阿克阿热斯发展成为大玉兹，别克阿热斯发展成为中玉兹，江阿热斯发展成为小玉兹。①

　　在很多人看来，《天鹅美女》的传说是哈萨克人对族群起源的一个浪漫的想象，但这想象不是没有任何根据的。在古代新疆的突厥部落和蒙古部落中，把鸟作为图腾象征是比较普遍的，鹰、白天鹅都是这些部落的重要图腾。古代哈萨克族的萨满巫师也把白天鹅作为神圣的象征，甚至追溯为自己的祖先。在汉族文献典籍《周书·突厥传》中有如下描述：

　　或云突厥之先出于索国，在匈奴之北。其部落大人曰阿谤步，兄弟十七人。其一曰伊质泥师都，狼所生也。谤步等性并愚凝，国遂被灭。泥师都既别感异气，能征召风雨。娶二妻，云是夏神、冬神之女也。一孕而生四男。其一变为白鸿；其一国于阿辅水、剑水之间，号为契骨；其一国于处折水；其一居践斯处折施山，即其大儿也。②

　　这里的"白鸿"和民间传说中的"白天鹅"可以互证。

　　共同历史的认同，宗教信仰的认同，生活习俗的认同，最终通过形式多样的民间文学浸入各自民族的文化传统中，而且这种民间文化传统的认同比

---

　　① 《中国民间故事集成·新疆卷》（上册），北京：中国 ISBN 中心 2008 年版，第 39 页。
　　② 令狐德棻主编：《周书·列传·异域传下》（卷五十），长春：吉林人民出版社 1995 年版，第 436 – 437 页。

精英文学更加具体、可见和亲切。

六、经济价值

新疆世居民族民间文学或许无法直接产生经济利益，但这并不意味着其没有经济价值。我们可以通过弘扬各民族民间文学的优良文化传统，将民间文化资源转化为可资利用的文化资本。也就是说，新疆世居民族民间文学可以成为振兴新疆文化产业的重要文化资源。

笔者认为，新疆世居民族民间文学要转化为新疆发展文化产业的文化资本，需重点关注以下三个方面的问题：首先，我们应把民间文学资源进行分类分析，根据神话、史诗、传说、故事、民歌、民间说唱、小戏、谚语等不同类型的文本来具体分析和阐释它们如何实现"文化资本化"，不同类型的文本对发展新疆文化产业应具有不同的价值和创新应用模式。其次，我们应该重点关注民间文学资源转化为文化资本的两个基本问题——市场培育与文化创意。市场培育要重点解决如何将民间文学传统转化为与广大民众（消费人群）现代生活相关的话题，培育的同时还要关注民间文化产品产业化以后的市场营销机制问题。文化创意是将民间文学转化为文化资本的最重要的方式，这一过程中的核心在于理念、人才与机制。最后，利用新疆世居民族民间文学发展新疆文化产业，可能会涉及各民族文化传统中的一些禁忌，这需要我们特别注意。在全球化的背景下，新疆各少数民族大都面临着传统文化的现代转型问题，因此发展新疆文化产业必须处理文化实用主义与文化理想主义之间的理念冲突，处理不好将直接影响在国家文化建构背景下的新疆各少数民族文化产业大发展和文化的和谐繁荣。

如果能很好面对和解决以上三个问题，我们既可以呈现新疆世居各民族民间文学所体现的文化多样性，又可以为新疆经济发展带来活力和创造力，因为文化产业是阳光产业，不会对生态产生破坏。

第二节　见证从多元文化交流到民族和谐共处交融的直接文本

新疆世居民族民间文学是各族民众见证从多元文化交流到民族和谐交融的直接文本。这些文本不仅见证了新疆世居民族历史起源、社会风俗变迁、宗教信仰流变，更见证了民族交流过程中各民族民众在解决历史现实问题上的智慧，同时也表现出了他们的一些共同价值观念。这些智慧和共同价值观念正是建构今日和谐新疆、美丽新疆不可或缺的文化遗产。

一、见证世居各民族历史、社会风俗、宗教信仰的变迁

新疆世居民族神话文本见证了新疆世居各民族历史文化、祖先的起源。很多天地开辟神话、自然天象神话、人类起源神话、图腾神话之间存在着相似的思维模式，这些古老的思维模式为研究者阐释世居各民族历史、社会风俗和宗教信仰的起源提供了参考。本书多次提到的乌古斯神话是突厥语族重要的神话之一，其中包含的苍狼神话更是众多突厥语族的共同神话母题，下面引述一篇维吾尔族的苍狼神话异文，以此分析维吾尔族历史、风俗和宗教信仰的起源问题。

苍鬃狼引路

很久很久以前，我们祖先的祖先曾经遭遇敌人的进攻，百姓们流离失所，赶着牲畜，流亡到很远很远的地方。

他们来到一处群山环抱、水源充足的地方安顿下来。时光流逝，严寒的冬天来到了。连绵不绝的大雪覆盖了牧草，牲畜因饥饿而大量死亡；百姓因缺少食物而叫苦连天。风暴卷起积雪，堆积如山，道路阻断，不辨东西。

长老们经过商议，决定离开这个地方，可是找不到逃离此地的道路，一批批的探路者派出去了，但都有去无回。困境持续了六个月，因此，维吾尔人把这个地方叫作阿勒泰（六个月）。

一天，探路者们发现一头苍鬃狼朝西山方向去了，他们跟在狼的后面。突然，狼隐没在一座山洞之中。尾随其后的探路者也钻进了漆黑的山洞，他们前行了很长一段路，山洞的另一端透出光亮。狼从这个洞口出去，探路者们也随后出了山洞。抬眼一看，只见绿草如茵，流水潺潺，百鸟鸣啭，野鹿嬉戏，真是个风景绝佳的好地方。探路者们把这一次奇遇向长老们做了汇报。在探路者的带领下，大家赶着牛羊，从那个山洞觅得一条生路，躲过了一场大难。

维吾尔人的大汗阿史那·台提拉下令安营扎寨，村落门前高竖大旗，蓝绸子的旗面上用金线绣着狼头。从此以后，维吾尔人挂绣有狼头的旗帜便相沿成习。①

---

① 《中国民间故事集成·新疆卷》（上册），北京：中国 ISBN 中心 2008 年版，第 38 页。

　　民间的讲述自有其想象和演绎的成分，虽然讲述者明确故事主人公是维吾尔人的大汗阿史那·台提拉，但故事核心情节单元仍是苍狼神话的核心事件，异文应该源于对《乌古斯可汗的传说》的演绎。"苍鬃狼引路"使维吾尔"祖先的祖先"得以重生，一段新的历史得以开启，同时"维吾尔人挂绣有狼头的旗帜便相沿成习"，这习俗同时隐喻了维吾尔先民萨满时代的苍狼崇拜。哈萨克族有白天鹅拯救哈德尔哈力沙，柯尔克孜族有神鹿为其先民引路，这些对远古时代祖先的想象形象生动地见证了这些民族最初的社会历史现实情状。

　　被誉为"民族口述史"的史诗更是见证新疆世居各民族历史族群变迁和各民族交流融合的最典型文本。一个民族的英雄史诗通过对民族英雄带领全体民众迁徙远方，或共度时艰，或抵抗侵略的波澜壮阔的历史描述，见证了那个民族一段动人心魄、刻骨铭心的族群历史变迁记忆，同时更见证了民族英雄所体现的伟大民族精神的高扬。《库尔曼别克》是柯尔克孜族另一部重要的英雄史诗，主要反映了柯尔克孜族克普恰克部落少年英雄库尔曼别克带领民众抗击蒙古族卡勒玛克人的侵略、最后血洒疆场的英雄业绩。居素甫·玛玛依唱道①：

> 您的英雄独子（库尔曼别克），
> 从小就为民而忧。
> 面对侵害我们的敌人，
> 他挺身而出，不怕牺牲，
> 赶走入侵之敌，
> 为我们的人民带来安宁。
> 他要骑着铁力托茹骏马，
> 去探巡卡勒玛克人的行踪；
> 他要穿着子弹射不透的战袍，
> 去打败奸险的敌人；
> 他要像雄鹰一样，
> 将敌人一脚踢翻；
> 他希望您把骏马还给他，
> 到他的城堡去逛游。

---

　　①　贺继宏主编：《柯尔克孜族民间文学精品选·第三集·叙事诗（精选）》，北京：中国文联出版社2003年版，第59页。

好马是英雄的翅膀,

你总不能让他失望。

让库尔曼别克赶走卡勒玛克人,

保卫咱们的家乡。

　　柯尔克孜族这段抗击卡勒玛克人的历史在《玛纳斯》中亦有呈现；哈萨克族史诗《克里木的四十位英雄》（部分内容）、《康巴尔》同样反映了哈萨克族抗击卡勒玛克人的英勇斗争。特别是《克里木的四十位英雄》是一部篇幅宏大、内容丰富的串联式复合型英雄史诗,史诗叙述了众多哈萨克族英雄主人公抗击外来侵略、保家卫国的民族精神,每个英雄的故事都可以作为单篇英雄史诗,而相互之间又有联系（与蒙古族史诗《江格尔》的结构模式相似）。《克里木的四十位英雄》不仅叙述了哈萨克族英雄带领民众与蒙古族卡勒玛克人的斗争,而且还叙述了卡勒玛克人之前和之后的历史,是真正意义上的哈萨克族民族口述史。回到卡勒玛克人的问题,柯尔克孜族与哈萨克族作为被侵略的民族,他们的史诗自然描述了其抗击侵略的英勇斗争。而作为反映同一阶段历史内容的蒙古族史诗,其主题内容当然是表现蒙古族的英雄们（在被侵略民族的史诗中成为敌人）开疆扩土的英雄业绩。同一段历史,不同的叙述,这正是后现代历史学家最感兴趣的问题,如果我们能够揭示两套叙事话语的历史形成和演变过程,这对我们呈现多元文化交流视野下的新疆世居民族民间文学或许更具有启示意义。

　　锡伯族民间叙事诗《拉西罕图》则是见证锡伯族与维吾尔族交流融合的另一典型文本。史诗讲述了锡伯族青年拉西罕图一心出征守边,征得父母和锡伯营领兵的同意后,入伍远战南疆喀什噶尔,在途中拉西罕图与一位美丽的维吾尔族姑娘相识相恋,并终成眷属的故事。叙事诗语言幽默,充满生活气息,通过锡伯族青年拉西罕图的见闻呈现了喀什噶尔的民风民俗。史诗充满了对拉西罕图和维吾尔族姑娘跨族的浪漫爱情故事的赞美,既表现了拉西罕图出征队伍遇到的艰难险阻,又表现了拉西罕图与维吾尔族姑娘为爱情而冲破的层层阻挠和困难,是锡伯族与维吾尔族民族友好交往的历史见证。

　　新疆世居民族民间文学中的部分人物传说、历史传说也见证了新疆世居各民族共同开发、保卫边疆的历史。

　　在哈密各族群众中流传着《左宫保在哈密的传说》,传说主要讲述了左宗棠在哈密期间的逸闻趣事。其中有一个情节讲道：左宗棠为了使自己的湖南兵不想家,计划在哈密城中建一座定湘王庙,一切准备齐全,只差建庙所需木材,当时哈密城周边没有太多的大树,而城中的维吾尔族群众又特别珍视自己种的大树，这便产生了矛盾。一伙湖南兵在城中转悠，终于在一户维吾尔族人家门前发现一棵大桑树，三个人都抱不过来；正要砍树，维吾尔族群众不愿意了。最后闹到左宗棠那里，左宗棠严厉训斥了湖南兵，还向维吾尔族群众道歉。最后，左宗棠亲自到很远的山上砍下松树才把庙建好。左宗棠在新疆期间，口碑极好，特别注意民族团结，要求官兵和新疆各族群众一起开发守卫边疆。

二、见证世居各民族交流的智慧和共同价值理念

新疆世居民族民间文学是各民族交流的历史见证，同时也见证了各族群众在交往过程中表现出的智慧和共同价值理念。笔者将其归纳为以下四点：①对团结协作的爱国主义和集体主义精神的认同；②对勤劳质朴的一致赞扬；③对家庭伦理责任义务和劝善惩恶的重视；④对自由浪漫爱情和幸福生活的追求。

1. 新疆世居民族民间文学见证了各族民众对团结协作的爱国主义和集体主义精神的认同

在新疆生产建设兵团各个边境农场流传着很多兵团儿女屯垦戍边的人物传说，这些传说和各师团连队流传的军垦故事、军垦传说、军垦歌谣一起构成了兵团民间文学中最具魅力的部分。因为这些文本集中反映了兵团各族儿女共同开发边疆、共同守卫边疆的历史事实。其中有一部被称为《火凤凰之歌》的屯垦英烈歌便是这些文本中的出色代表，也是较为特殊的一个文本，根据薛洁教授的田野调查和安然的研究文章，我们知道：《火凤凰之歌》是兵团首批非物质文化遗产之一，它的传承人是农十师文联主席杜元铎，杜元铎在整理和改编《火凤凰之歌》工作中起到了核心的作用。《火凤凰之歌》共分两卷：上卷由《误失的国土》《杀尽黄毛城》和《巴奇赤匪徒的末日》组成，下卷由《伟大的公民》《永不移动的界碑》和《国土在我心中》组成，分别讲述了汉代至新中国成立之前和新中国成立后，汉族官兵屯垦戍边的故事。核心文本讲述了为国镇守边疆的汉族屯垦官兵抗击外敌侵略，维护祖国统一的故事。《火凤凰之歌》集顺口溜、谚语、诗歌、故事、传说于一体，是一部较为特殊的口头文学作品。屯垦英烈传说以"汉有张骞探险途，班超勇踏定边路；先人拓疆多艰辛，岂容俄寇掠国土"开始，描述了汉族儿女两千年来在屯垦戍边的那种"割不断的国土情，难不倒的兵团人，攻不破的边防城，摧不垮的军垦魂"；同时还歌唱了"我家住在路尽头，国门就在房背后，界河边上种庄稼，边境线上牧羊牛"的奇特军垦戍边生活。正如安然所言："《火凤凰之歌》是一部具有崇高爱国主义精神的作品，其历史文化价值不可

估量。"① 它的历史文化价值就在于它的确见证了汉族儿女守卫边疆的宏伟事业，表现了他们英勇的爱国主义精神和集体主义精神。

　　这种爱国主义精神在新疆其他世居民族民众中同样体现得淋漓尽致，锡伯族西迁守卫边疆、开垦边疆便是其典型一例。锡伯族儿女自西迁新疆伊犁以来，在保家卫国、守卫边疆、共同开发边疆的事业上体现着他们强烈的爱国主义精神，《喀什噶尔之歌》正是锡伯儿女与新疆各族儿女共同保卫边疆的最好见证。

喀什噶尔之歌②

官兵闻讯似发狂，
前仆后继向前闯，
锡索（锡伯族、索伦部）官兵更强悍，
冲入敌群把尸抢。
额臣所率众官兵，
勇敢善战皆硬汉，
与匪拼杀十几次，
生死难料处境险。
……
自古逃难多艰险，
断炊绝粮人遭难，
为安全回阿克苏，
忍食战马减饥寒。
山间野鸡悲声切，
声声催人念家乡，
想起家中老高堂，
官兵热泪满脸淌。
官兵强忍饥和寒，
大家都觉浑身颤，
行中想起妻儿女，
如雷震击在心间。

① 安然：《火凤凰之歌》，《兵团建设》2010 年第 4 期。
② 《中国歌谣集成·新疆卷》（下卷），北京：中国 ISBN 中心 2009 年版，第 1309 – 1323 页。

马皮烧焦硬且苦，
能有几人可嚼烂？
无奈饥饿头脑昏，
含辛茹苦强吞咽。
……
浑巴什河隔两军，
彼此相望如虎狼，
逆匪挺立河南岸，
傲视清军不慌张。
身先士卒额大臣，
登上战舟立中间，
挥臂官兵速上舟，
生死强渡到南岸。
……
冒险善战锡伯兵，
两眼冒火似发狂，
不顾危险跳河中，
后果严重难设想。
天赐官兵好水性，
今日战场显英雄，
水中好似龙腾跃，
速靠对岸赴敌群。
……
为国捐躯在疆场，
自有后人来颂扬，
皇恩恩惠妻儿女，
子孙无穷用恩享。

　　1826—1827 年张格尔在南疆发动暴乱，锡伯族官兵与满族、蒙古族、汉族等民族官兵一起奋勇杀敌，最终擒获了张格尔。《喀什噶尔之歌》以生动、细腻的讲述为我们呈现了新疆各族群众为幸福生活而战的惊心动魄场面，同时赞扬了以额大臣为代表的锡伯族官兵在战事的每个紧要关头英勇战斗的大无畏牺牲精神，表现了他们真诚的爱国主义精神。

2. 新疆世居民族民间文学见证了各族民众对勤劳质朴的一致赞扬

锡伯族民歌《图伯特颂》描述了西迁的锡伯儿女与新疆各族人民共同开发伊犁的历史图景，这幅图景再现了他们勤劳质朴、任劳任怨的良好品格。民歌中唱道：

> 敬爱的图安班啊，
> 你为骨肉同胞创造了幸福，
> 是你挺身而出开凿了大渠，
> 你好比神龙为大渠开了大路。
> 尊敬的图安班啊，
> 你的英明和果断，
> 和哗哗渠水永世共存，
> 你的形象更会铭刻在我们的心间。①

图安班是锡伯儿女勤劳质朴的代表，对图安班的颂扬正是对锡伯族民众勤劳质朴的民族精神的确认与高扬。锡伯儿女开垦的大渠使天山雪水融进各族儿女的心里，清澈渠水永共存，勤劳质朴刻心间。

在吐鲁番地区维吾尔族民众中广泛流传着《坎儿井》的传说，传说主要讲述了维吾尔族先民智斗恶龙挖井引水的英雄事迹。对绿洲农业而言，水意味着一切。传说文本正反映了维吾尔族民众通过自己勤劳质朴的双手，排除万难，在戈壁荒原上挖井、开渠，终于引水成功。坎儿井不仅解决了农田灌溉用水和生活用水，而且成为维吾尔族民众日常生活的重要娱乐场所。因此，坎儿井的传说见证了勤劳质朴、英勇智慧的维吾尔族民族文化传统得以褒扬。

3. 新疆世居民族民间文学见证了各族民众对家庭伦理责任义务和劝善惩恶的重视

在新疆阿克苏地区西南部的阿瓦提县，流传着《不孝之子》的故事。故事主要讲述了一对夫妇留下宝箱教育三个儿子应该孝顺父母的故事。故事的最后，在阿訇的见证下，三个儿子打开宝箱准备分财产，可惜宝箱里只有一只羊角，没有金银财宝，三个儿子很失望。阿訇仔细翻看羊角，发现了一行字："谁若把财产分给不孝敬老人的儿子，他将要受到艰辛和困难！"三个儿子终于意识到没有孝敬父母的过失，十分悔恨，从此以后，他们对父母更加尊敬孝顺了。

---

① 《中国歌谣集成·新疆卷》（下卷），北京：中国 ISBN 中心 2009 年版，第 1306 页。

孝敬老人是维吾尔族的传统美德，也是所有新疆世居民族的传统美德。在新疆察布查尔锡伯自治县锡伯族民众中流传着两个风俗传说：《老人为什么受尊敬》《不该遗弃的老人》。两则传说都表达了对不知起于何时的"遗老"风俗的讽刺。两则传说中的老人均凭借老人的经验和智慧解决了邦国的难题，最后邦国废除了不合理的古老习俗，人们更加尊敬老人、孝敬老人了。

无论是维吾尔族生活故事，还是锡伯族风俗传说，文本中蕴含的家庭伦理责任义务和劝善惩恶的主题是一致的。这些主题同样贯穿在新疆世居各民族的神话、史诗、民歌、谚语等文本中，成为新疆世居各民族共同的价值理念。

4. 新疆世居民族民间文学见证了各族民众对自由浪漫爱情和幸福生活的追求

如果详细梳理新疆世居民族民间文学，有太多的文本均体现着各族儿女对自由浪漫爱情和幸福生活的追求，而各民族的爱情叙事诗和爱情民歌当然是最明显的见证文本。

新疆世居民族的爱情叙事诗在全国亦享有盛名。这些爱情叙事诗大多反映各族男女青年冲破旧制度的束缚和压迫，通过自己的努力和争取赢得了自由的爱情硕果。代表性爱情叙事诗有维吾尔族的《艾里甫和赛乃姆》《塔依尔与祖赫拉》《娜芝桂牡》，哈萨克族的《萨里哈与萨曼》《少年阔孜和少女巴颜》《赛里木湖的传说》，回族的《马五哥与尕豆妹》，锡伯族的《拉西罕图》。

《拉西罕图》是锡伯族爱情叙事长诗的代表，它产生于 18 世纪末期，其主要情节是：一位原本不被允许当兵的青年拉西罕图一心出征守边，终于在征得年迈父母和锡伯营官兵的同意后，入伍奔赴南疆，他和锡伯官兵一起经过艰难险阻到达喀什噶尔；之后他与一位美丽的维吾尔族姑娘阿孜木汗相识相恋、坠入爱河；后来拉西罕图接到返回北疆的命令，拉西罕图与阿孜木汗不得不忍痛分离；返回家乡的拉西罕图得知父母去世的消息，非常痛苦，他把喀什噶尔的经历告诉了其他亲人和朋友，在众人的支持和理解下，他终于踏上回喀什噶尔的归途。全诗以其轻快幽默、充满生活气息的语言，一方面展现了喀什噶尔的风土人情，另一方面赞美了锡伯族青年拉西罕图和维吾尔族姑娘阿孜木汗克服一切阻碍终成眷属的美好爱情。

新疆各族儿女的情歌同样闻名全国。在《中国歌谣集成·新疆卷》收录的 13 个世居民族民歌中，数量最多、内容最丰富、最具艺术审美价值的便是情歌了。根据婚恋的过程和每个民族的情况，这些情歌又分属相识、诉情、挑逗、赞慕、诘问、探情、相会、盟誓、相爱、相思、忧情、断情、选择、规劝和怨情等类型。

内容丰富、独具艺术魅力的爱情叙事诗和情歌回荡在天山之巅、戈壁荒原和绿洲草原，这些文本形象、生动地见证了不同历史时期新疆各族儿女对自由浪漫爱情和幸福生活的追求。

"文化赋予人类自由，允许人类掌控自己的命运。人类能够通过文化建立自己的目标，在建立的过程中，既需要接受传统及其部落和民族的价值，掌握并且运用这些价值，同时也需要不断确认、不断更新、不断复兴其文化遗产。"① 这是马林诺夫斯基在其最后一本著作《自由与文明》中的话。对于生活于多元文明交汇之处的新疆世居各民族而言，受到多元文化影响、渗透的各族民间文学或许正是需要接受的"传统及其部落和民族的价值"重要内容之一。新疆文化多样性的发展和各民族和谐共荣要求世居各民族传统文化进行现代转型，这个转型既不是赶潮流般地快速融进全球化的浪潮，更不是故步自封陶醉在民族文化传统的安乐国里；可取的道路或许在于"不断确认、不断更新、不断复兴其文化遗产"——对民族文化传统和现代转型自信确认、对文化态度和理念的更新、对真正具有普世价值的文化遗产的复兴。

从这个意义上讲，内容丰富、形式多样的新疆世居民族民间文学所见证和包含的具有普适性的价值观理应成为值得世居各民族民众理解和尊重的公共文化遗产；而大力复兴这些文化遗产才能真正有助于"各美其美，美人之美，美美与共，天下大同"美好愿景的实现。这个愿景向我们展现出建立在谦卑和力量基础之上的多元文化融合的魅力。在此魅力的导引下，我们得以相互走进各自的传统，并以积极的、有建设性的方式融入一个共同传统——中华文化传统。

这或许就是本书希望呈现的最终价值和意义所在。

---

① 马林诺夫斯基著，张帆译：《自由与文明》，北京：世界图书出版公司2009年版，第215页。

参考文献

一、研究论文

（一）维吾尔族

[1] 苏北海：《维吾尔族先祖——姑师（车师）、乌古斯、高车辨》，《喀什师范学院学报》1990 年第 1 期。

[2] 姑丽娜尔：《维吾尔族英雄史诗〈乌古斯汗传〉研究中的几个问题》，《喀什师范学院学报》（哲学社会科学版）1994 年第 1 期。

[3] 赵世杰：《阿凡提故事——维吾尔人民智慧的结晶》，《西域研究》1995 年第 3 期。

[4] 茆永福：《维吾尔族民间文学视野里的沙漠绿洲文化——新疆沙漠绿洲文化论之一》，《喀什师范学院学报》1995 年第 4 期。

[5] 袁志广：《论阿凡提倒骑毛驴形象的文化模式》，《新疆大学学报》（哲学社会科学版）1995 年第 4 期。

[6] 敬东：《试论乌古斯突厥蛮塞尔柱克人的联系与区别》，《西北民族研究》1996 年第 2 期。

[7] 阿扎提·苏里坦：《论阿凡提的艺术形象》，《新疆大学学报》（哲学社会科学版）1997 年第 1 期。

[8] 海热提江·乌斯曼：《维吾尔族原始信仰在〈乌古斯传〉中的痕迹探讨》，《新疆社科论坛》1997 年第 2 期。

[9] 丛怀光：《浅论阿凡提故事中的幽默》，《新获教育学院学报》（汉文综合版）1998 年第 1 期。

[10] 力提甫·托乎提：《维吾尔史诗〈乌古斯可汗传说〉中的萨满教印记》，《中央民族大学学报》（哲学社会科学版）2000 年第 2 期。

[11] 周吉：《刀朗木卡姆的音乐形态特点》，《音乐研究》（季刊）2001

年第 1 期。

　　［12］骆惠珍、万维强：《从〈乌古斯可汗的传说〉探寻维吾尔族古代文化》，《昌吉学院学报》2001 年第 3 期。

　　［13］刘荫梁：《笑的奥秘——谈阿凡提笑话的喜剧性》，《乌鲁木齐成人教育学院学报》（综合版）2002 年第 2 期。

　　［14］阿布都哈德：《维吾尔族民间歌谣中的"孤独"情节探析》，《西北民族学院学报》（哲学社会科学版）2002 年第 4 期。

　　［15］热孜婉：《试论维吾尔族宗教信仰的历史变迁》，《山东教育学院学报》2004 年第 1 期。

　　［16］阿依古丽·麦合买提：《维吾尔族的婚礼习俗歌谣》，《共产党人》2004 年第 1 期。

　　［17］布力布力·艾克热木：《维吾尔族民间童谣的形象性》，《民族文学研究》2004 年第 3 期。

　　［18］刘荫梁：《"阿凡提笑话"的缘起及其在各民族间的交融》，《南京林业大学学报》（人文社会科学版）2004 年第 2 期。

　　［19］刘荫梁：《阿凡提笑话的多民族性透视》，《武汉理工大学学报》（社会科学版）2004 年第 4 期。

　　［20］宋晓云：《大漠雄风起苍狼——〈乌古斯可汗的传说〉的审美意识》，《民族文学研究》2004 年第 2 期。

　　［21］赛雅拉·阿巴索夫：《刀郎木卡姆同十二木卡姆及维吾尔民歌演唱技法的比较》，《新疆艺术学院学报》2005 年第 2 期。

　　［22］李竟成：《新疆民族神话简论》，《新疆艺术学院学报》2006 年第 4 期。

　　［23］华锦木：《维吾尔语谚语中的地域文化探析》，《和田师范专科学校学报》（汉文综合版）2005 年第 3 期。

　　［24］田欢：《生成过程中的民间英雄——试述阿凡提形象的变化特征》，《民族文学研究》2006 年第 1 期。

　　［25］晁正蓉：《维吾尔文学作品中比喻的民族文化内涵》，《中央民族大学学报》（哲学社会科学版）2006 年第 4 期。

　　［26］周等葆：《民间文学中的萨满文化遗存》，《乌鲁木齐职业大学学报》2006 年第 3 期。

　　［27］李四成：《统摄整个生命的性格特征——阿凡提幽默文学形象论析》，《民族文学研究》2006 年第 4 期。

　　［28］海热提江·乌斯曼：《试析罗布淖尔人的雅答巫术》，《新疆大学学报》（哲学人文社会科学版）2006 年第 6 期。

［29］库尔班·买吐尔迪、阿布都克里木·热合曼：《维吾尔英雄史诗〈乌古斯传〉的中心母题试析》，《民族文学研究》2006 年第 3 期。

［30］高一惠、马世才：《古代维吾尔文化特质的真实体现——〈乌古斯可汗传说〉的人类学解读》，《社科纵横》2007 年第 8 期。

［31］陕锦风：《浅论少数民族文学的功能——以西北歌谣为例》，《青海社会科学》2007 年第 5 期。

［32］凯丽曼·帕提丁：《浅析维吾尔族口承语言民俗文化的特征》，《伊犁师范学院学报》（社会科学版）2008 年第 3 期。

［33］冯祥鹤：《阿凡提形象：生命、文化、审美的符号》，《新疆师范大学学报》（哲学社会科学版）2007 年第 2 期。

［34］塔依尔江·穆罕穆德：《〈突厥语大词典〉研究综述》，《新疆社科论坛》2007 年第 5 期。

［35］李树辉：《甘州回鹘史考辨（一）——乌古斯和回鹘研究系列之十》，《喀什师范学院学报》2007 年第 1 期。

［36］李树辉：《甘州回鹘史考辨（二）——乌古斯和回鹘研究系列之十》，《喀什师范学院学报》2007 年第 4 期。

［37］巢月星：《新疆维吾尔木卡姆中的绿洲文化显现》，《新疆艺术学院学报》2007 年第 4 期。

［38］刘明：《试论史诗〈乌古斯可汗的传说〉——以"苍狼"的民俗符号学意义为例》，《乌鲁木齐成人教育学院学报》2007 年第 3 期。

［39］阿布都沙拉木·许库尔·诺亚：《谈〈乌古斯可汗传说〉的原始宗教意象》，《新疆职业大学学报》2008 年第 4 期。

［40］李树辉：《甘州回鹘史考辨（三）——乌古斯和回鹘研究系列之十》，《喀什师范学院学报》2008 年第 5 期。

［41］阿布都外力·克热木：《从维吾尔达斯坦的传播看口头传播的生存危机》，《民族文学研究》2008 年第 3 期。

［42］艾克拜尔·卡德尔：《古籍挖掘与现代的文化——谈〈突厥语大词典〉与维吾尔文学的关系》，《东疆学刊》2008 年第 2 期。

［43］李艳萍：《阿凡提笑话的文化特色》，《山西煤炭管理干部学院学报》2009 年第 2 期。

［44］那木吉拉：《阿尔泰语系诸民族树生人神话比较研究》，《西北民族研究》2009 年第 3 期。

［45］阿地里·居玛吐尔地：《〈突厥语大词典〉与突厥语民族英雄史诗》，《民族文学研究》2009 年第 3 期。

［46］岳燕云：《史诗〈乌古斯传〉的隐喻结构分析》，《西北民族大学学报》（哲学社会科学版）2009 年第 4 期。

［47］岳燕云：《〈乌古斯传〉的女性主义解读》，《伊犁师范学院学报》（社会科学版）2009 年第 4 期。

［48］阿尔斯朗·马木提：《新疆维吾尔文化地理特征研究》，《干旱区资源与环境》2009 年第 12 期。

［49］梁秋丽、张力泉：《达斯坦原型舞台戏剧化的应用研究——以维吾尔族歌剧〈艾里甫与赛乃姆〉为研究个案》，《民族民间音乐研究》2010 年第 3 期。

［50］李果：《维吾尔英雄史诗〈乌古斯传〉中的萨满教观念》，《语文学刊》2010 年第 4 期。

［51］佟菲菲：《试析维吾尔族与汉族泥土造人神话之异同》，《丝绸之路》2011 年第 16 期。

［52］李娜：《新疆生态文化内涵的诠释》，《新疆林业》2011 年第 5 期。

（二）汉族
［1］李晓霞：《论新疆汉族地方文化的形成及其特征》，《民族研究》1998 年第 3 期。

［2］薛洁：《军垦民间文学的民俗文化阐释——以石河子垦区民间文学为例》，《民俗研究》2001 年第 4 期。

［3］李洁、郭琼：《历史上新疆汉族移民的类型及其作用》，《烟台大学学报》（哲学社会科学版）2008 年第 3 期。

［4］李洁、徐黎丽：《试论 1949 年以后新疆汉族移民的类型与功效》，《北方民族大学学报》（哲学社会科学版）2009 年第 2 期。

［5］李洁：《民国时期新疆汉族移民探析》，《中国边疆史地研究》2009 年第 4 期。

［6］龙开义：《清末民初新疆汉族移民宗教信仰研究》，《北方民族大学学报》（哲学社会科学版）2011 年第 6 期。

［7］吴新锋、薛洁：《奉献与乡愁：稳定性与流动性之间的新疆生产建设兵团民间文学》，《民族文学研究》2013 年第 2 期。

（三）哈萨克族
［1］户晓辉：《哈萨克与希伯来的创世神话比较研究二题》，《新疆社科论坛》1991 年第 1 期。

［2］木拉提 ·黑尼亚提：《论哈萨克族创世神话的民族特征和哲学意

义》，《新疆大学学报》（哲学社会科学版）1993 年第 3 期。

［3］韩育民：《匈牙利民歌与哈萨克民歌比较研究》，《中国音乐》1993 年第 2 期。

［4］黄川：《对美的追求和创造——哈萨克族神话〈迦萨甘创世〉与汉民族神话〈女娲〉之比较》，《乌鲁木齐职业大学学报》1993 年第 3 期。

［5］穆拉提·黑尼亚提：《从哈萨克族神话看其先民思维方式的演进》，《西域研究》1996 年第 4 期。

［6］张昀：《哈萨克族原始信仰考略》，《新疆社科论坛》1998 年第 3 期。

［7］陈建宪：《论比较神话学的"母题"概念》，《华中师范大学学报》（人文社会科学版）2000 年第 1 期。

［8］吾买尔江：《我国伊斯兰民族神话之比较》，《西北民族学院学报》（哲学社会科学版）2000 年第 1 期。

［9］玛依达：《哈萨克民族文化之根——神话故事》，《新疆教育学院学报》2000 年第 3 期。

［10］毕桪：《哈萨克神话传说里的波斯成分》，《民族文学研究》2002 年第 1 期。

［11］玛依达：《论哈萨克民族神话与原始宗教》，《昌吉学院学报》2002 年第 3 期。

［12］魏良：《发掘、认识、利用民族文化资源——读〈哈萨克族文化大观〉》，《新疆社会科学》2003 年第 1 期。

［13］司庸之、李家奇、阿合买提·艾赛因：《哈萨克古代朴素唯物主义"四素"说刍议——兼论殷周朴素唯物主义"五行"说》，《昌吉学院学报》2003 年第 2 期。

［14］叶尔肯·哈孜依：《外国神性人物与哈萨克民间文学中的神性人物之比较》，《黑龙江教育学院学报》2003 年第 3 期。

［15］那木吉拉：《阿尔泰语系诸民族月亮斑痕神话比较研究》，《中央民族大学学报》（哲学社会科学版）2003 年第 3 期。

［16］乌日古木勒：《哈萨克英雄史诗〈阿勒帕梅斯〉与蒙古英雄史诗的比较研究》，《中央民族大学学报》（哲学社会科学版）2004 年第 2 期。

［17］邴波、聂爱文：《试论哈萨克族民间文学中的禁忌民俗》，《青海民族研究》2004 年第 2 期。

［18］谢万章：《哈萨克族民歌歌词格律与音乐节拍的关系》，《新疆艺术学院学报》2004 年第 4 期。

［19］阿吾里汗·哈里、杨振明：《论哈萨克民间英雄史诗》，《新疆社科

论坛》2004 年第 6 期。

［20］黄中祥：《哈萨克族巴克思在其民间文学传承中的作用》，《民族文学研究》2005 年第 3 期。

［21］崔莹：《谈哈萨克族与汉族民间故事中女性的不同》，《新疆教育学院学报》2005 年第 4 期。

［22］黄中祥：《哈萨克族口头文学的巡回传承特点》，《西域研究》2005 年第 4 期。

［23］黄中祥：《哈萨克族民间文学的书面传承特点》，《伊犁师范学院学报》2005 年第 4 期。

［24］杨庆国：《汉语数词缩略语及其在哈萨克语中的表达形式》，《伊犁师范学院学报》2005 年第 4 期。

［25］那木吉拉：《中亚狼和乌鸦信仰习俗及神话传说比较研究——以阿尔泰语系乌孙和蒙古等诸族事例为中心》，《中央民族大学学报》（哲学社会科学版）2006 年第 4 期。

［26］范学新：《一朵迟开的鲜花——中国哈萨克文学研究综述》，《伊犁师范学院学报》2006 年第 4 期。

［27］加俊：《文化变迁中的哈萨克民间叙事诗"四个四十"》，《伊犁师范学院学报》2006 年第 1 期。

［28］李国平：《略论哈萨克族的民俗文化》，《塔里木大学学报》2006 年第 2 期。

［29］黄中祥：《哈萨克族史诗歌手研究概说》，《伊犁师范学院学报》2006 年第 2 期。

［30］熊坤新、上官文慧：《哈萨克族伦理思想述评》，《新疆师范大学学报》（哲学社会科学版）2006 年第 1 期。

［31］王倩、尹虎彬：《从语义比较到文明探源——论比较神话学的近代转向》，《江西社会科学》2006 年第 6 期。

［32］王志萍：《〈永生羊〉——哈萨克的生命牧歌》，《新疆大学学报》（哲学人文社会科学版）2006 年第 4 期。

［33］黄中祥：《哈萨克族口头文学的传承方式》，《中央民族大学学报》（哲学社会科学版）2007 年第 1 期。

［34］黄中祥：《浅析哈萨克族史诗歌手"吉老"》，《石河子大学学报》（哲学社会科学版）2007 年第 1 期。

［35］曼拜特·吐尔地：《论柯尔克孜族和哈萨克族古老民间叙事长诗的共性》，《新疆社会科学》2007 年第 1 期。

［36］董红玲：《哈萨克族神话传说与早期宗教信仰的多元化探析》，《新疆石油教育学院学报》2007 年第 1 期。

［37］金斯汉·穆哈泰：《从〈德尔色汗之子布哈什汗〉看哈萨克族古典叙事组诗〈阔尔库特父之书〉——古典长诗〈德尔色汗之子布哈什汗〉浅析》，《民族文学研究》2007 年第 1 期。

［38］牛媛媛：《哈萨克族阿肯弹唱的研究现状——哈萨克族阿肯弹唱文献综述》，《新疆艺术学院学报》2007 年第 2 期。

［39］阿班·毛力提汗：《论哈萨克族创世神话中的哲学思想》，《西北民族研究》2007 年第 3 期。

［40］叶尔肯·哈孜依：《希腊神话与哈萨克神话的比较研究》，《新疆教育学院学报》2007 年第 3 期。

［41］李雪荣、柳晓明：《古希腊与西域哈萨克族人类起源神话之比较》，《塔里木大学学报》2007 年第 3 期。

［42］巴哈提：《哈萨克族的民俗画卷——〈哈萨克族民俗文化〉评介》，《伊犁师范学院学报》（社会科学版）2008 年第 1 期。

［43］韩育民：《对哈萨克族民歌韵文类和民俗类歌曲的阐释》，《伊犁师范学院学报》（社会科学版）2008 年第 2 期。

［44］黄中祥：《哈萨克英雄史诗中的骏马形象》，《西域研究》2008 年第 4 期。

［45］范学新：《论哈萨克族叙事长诗的艺术特色》，《伊犁师范学院学报》（社会科学版）2008 年第 3 期。

［46］吴晓棠：《试论哈萨克民间叙事长诗独特的审美意象》，《伊犁师范学院学报》（社会科学版）2008 年第 3 期。

［47］陈静：《舒缓、悠长的草原牧歌——论哈萨克族女作家叶尔克西散文的意境美》，《伊犁师范学院学报》（社会科学版）2008 年第 3 期。

［48］马晓玖：《民族性与现代性的碰撞与超越——以哈萨克女作家和维吾尔女作家作品为例》，《昌吉学院学报》2008 年第 5 期。

［49］黄中祥：《哈萨克英雄史诗所展现的人格模式》，《伊犁师范学院学报》（社会科学版）2008 年第 3 期。

［50］黄悦：《创世神话的价值重估与意义阐释——"中国创世神话比较研究国际学术讨论会"综述》，《长江大学学报》（社会科学版）2009 年第 1 期。

［51］莱再提·克里木别克：《新疆哈萨克族"唱给母亲的歌"的传承研究》，《交响——西安音乐学院学报》（季刊）2009 年第 2 期。

［52］黄中祥：《哈萨克族民间艺人口头创作中的韵律特点》，《新疆社会

科学》2009 年第 2 期。

［53］张红伟:《论哈萨克神话的自由精神》,《长江大学学报》(社会科学版) 2009 年第 4 期。

［54］黄中祥:《哈萨克族民间艺人口头创作中的辞格——反复》,《伊犁师范学院学报》(社会科学版) 2009 年第 3 期。

［55］黄中祥:《哈萨克英雄史诗的母题系列类型》,《西域研究》2009 年第 4 期。

［56］丁晓莉:《论哈萨克族民族音乐》,《甘肃联合大学学报》(社会科学版) 2009 年第 5 期。

［57］叶舒宪:《中华文明探源的比较神话学视角》,《江西社会科学》2009 年第 6 期。

［58］张红伟:《民族文学的认同与困惑——以哈萨克族文学为例》,《长春理工大学学报》(高教版) 2009 年第 8 期。

［59］刘守华:《佛经故事与哈萨克民间故事》,《西北民族研究》2010 年第 1 期。

［60］丛阳:《游牧文化研究的填补空白之作——评黄中祥先生新著〈哈萨克族民间演唱艺人调查研究〉》,《伊犁师范学院学报》(社会科学版) 2010 年第 1 期。

［61］吉丽娜尔·强巴依娃:《论哈萨克民间传说中的阿依特斯样模》,《新西部》2010 年第 1 期。

［62］敖云:《浅析哈萨克族民间演唱艺人的观看习得方式》,《伊犁师范学院学报》(社会科学版) 2010 年第 2 期。

［63］阿依努尔·毛吾力提:《哈萨克族达斯坦与达斯坦说唱艺人——以福海县阔克阿尕什乡为例》,《新疆职业大学学报》2010 年第 3 期。

［64］王宪昭:《一部中国神话研究的精品力作——评〈中国阿尔泰语系诸民族神话比较研究〉》,《内蒙古民族大学学报》(社会科学版) 2010 年第 5 期。

［65］牛童:《论哈萨克族民歌的演唱技法——以〈可爱的一朵玫瑰花〉为例》,《北方音乐》2010 年第 9 期。

［66］耿世民:《哈萨克民间诗歌简述》,《伊犁师范学院学报》(社会科学版) 2011 年第 1 期。

［67］范学新、曹晓丽:《民族审美心理的回归与超越——论哈萨克族作家叶尔克西的文学创作》,《伊犁师范学院学报》(社会科学版) 2011 年第 1 期。

［68］李晶:《试论哈萨克族动物故事与其生活的关系》,《现代交际》2011 年第 6 期。

［69］李晶：《试论哈萨克族动物故事的形成原因》，《现代交际》2011 年第 8 期。

（四）蒙古族

［1］亦邻真：《中国北方民族与蒙古族族源》，《内蒙古大学学报》（哲学社会科学版）1979 年第 2 期。

［2］齐木道尔吉：《蒙古族绚丽多彩的民间文学》，《内蒙古社会科学》1980 年第 2 期。

［3］卢明辉整理：《关于蒙古族族源问题讨论综述》，《社会科学战线》1980 年第 4 期。

［4］德·沙海、曹鲁木加甫：《卫拉特蒙古民间文学研究》，《新疆社会科学》1983 年第 1 期。

［5］安柯钦夫：《格斯尔之谜与宗教考》，《民族文学研究》1987 年第 4 期。

［6］呼日勒沙：《〈格斯尔传〉中的死亡与复生母题》，《民族文学研究》1989 年第 3 期。

［7］格日勒扎布：《蒙古〈格斯尔〉的流传及艺人概览》，《民族文学研究》1992 年第 4 期。

［8］仁钦道尔吉：《关于中国蒙古族英雄史诗》，《民族文学研究》1992 年第 1 期。

［9］却日勒扎布撰，云峰译：《关于蒙古文〈格斯尔〉最初版本》，《内蒙古社会科学》1992 年第 6 期。

［10］格日勒扎布：《蒙古族〈格斯尔〉研究概况》，《内蒙古社会科学》1993 年第 5 期。

［11］周玲：《简论蒙古族民间文学》，《长春师范学院学报》（社会科学版）1993 年第 3 期。

［12］张毅：《新疆的蒙古族人口发展的特点与思考》，《新疆社会经济》1995 年第 6 期。

［13］吴彤：《蒙古族神话中的自然题材和观念》，《内蒙古社会科学》（文史哲版）1995 年第 2 期。

［14］巴雅尔图：《〈格斯尔〉与蒙古族文学》，《民族文学研究》1996 年第 4 期。

［15］扎布：《〈格斯尔〉资料索引》，《蒙古学信息》1990 年第 1 期。

［16］娜琳阿盖：《蒙古族佛教叙事诗——〈摩诃萨埵〉初探》，《蒙古学信息》1996 年第 4 期。

［17］萨仁格日勒：《〈江格尔〉中的女性与"光"文化浅析》，《民族文学研究》1996 年第 3 期。

［18］邢莉：《祭敖包与蒙古族的民间信仰》，《内蒙古社会科学》1997 年第 1 期。

［19］满都呼：《蒙古族神话简论》，《中央民族大学学报》（社会科学版）1997 年第 1 期。

［20］玛·乌尼乌兰：《蒙古文〈格斯尔传〉的产生地点、时间及记录出版者探》，《民族文学研究》1997 年第 1 期。

［21］楚伦巴根：《与蒙古族族源有关的匈奴语若干词汇新释》，《内蒙古社会科学》1998 年第 2 期。

［22］赵永铣：《蒙古族创世神话与萨满教九十九天说探新》，《内蒙古社会科学》1998 年第 4 期。

［23］陈岗龙：《蒙古族潜水神话研究》，《民族艺术》2000 年第 2 期。

［24］任洪生：《天·神·动物·人——蒙古族神话文化模式浅析》，《青海民族研究》（社会科学版）2000 年第 1 期。

［25］高博：《蒙古族〈格斯尔〉与藏族〈格萨尔〉的关系》，《青海民族研究》（社会科学版）2000 年第 3 期。

［26］那木吉拉：《蒙古族神话中的腾格里形象初探》，《西北民族研究》2001 年第 2 期。

［27］仁钦道尔吉：《萨满教与蒙古英雄史诗》，《民族文学研究》2001 年第 4 期。

［28］仁钦道尔吉：《〈格斯尔〉文本的一项重大发现——被埋没的天才艺人金巴扎木苏》，《民族文学研究》2002 年第 1 期。

［29］红戈：《〈江格尔〉生命美学思想探微》，《西域研究》2002 年第 1 期。

［30］巴·苏和：《20 世纪中国蒙古〈格斯尔〉研究概述》，《西南民族学院学报》（哲学社会科学版）2002 年第 12 期。

［31］宝恩达：《新疆蒙古族新文学产生的根源与所受内外影响》，《新疆师范大学学报》（哲学社会科学版）2003 年第 4 期。

［32］那木吉拉：《蒙古创世神话的佛教神话文化影响》，《内蒙古民族大学学报》（社会科学版）2003 年第 6 期。

［33］李建：《〈江格尔〉之教育价值浅说》，《华夏文化》2003 年第 3 期。

［34］潮鲁：《蒙古族长调牧歌研究现状及思考》，《昭乌达蒙族师专学报》（汉文哲学社会科学版）2004 年第 2 期。

［35］李建、朱凌：《佛教文化对〈江格尔〉的影响》，《西藏民族学院学报》（哲学社会科学版）2004 年第 6 期。

［36］马华祥《〈江格尔〉的民族外在审美特征》，《新疆艺术学院学报》2004 年第 2 期。

［37］王颖超：《史诗〈江格尔〉中的马及其文化阐释》，《民族文学研究》2005 年第 1 期。

［38］策·巴图：《卫拉特学研究领域的重要成果——评〈西部蒙古民俗与民间文学关系研究〉一书》，《新疆大学学报》（哲学人文社会科学版）2005 年第 1 期。

［39］巴·苏和：《口传文化的宝藏 蒙古文学的瑰宝——蒙古族民间文学研究概述》，《内蒙古民族大学学报》（社会科学版）2005 年第 6 期。

［40］熊黎明：《中国少数民族三大英雄史诗叙事结构比较》，《云南民族大学学报》（哲学社会科学版）2005 年第 2 期。

［41］巴·苏和：《古老的文学经典 当代的理论阐释——蒙古族英雄史诗研究概述》，《西北民族大学学报》（哲学社会科学版）2006 年第 1 期。

［42］于长军：《宏伟史诗千古绝唱——从音乐人类学视角看蒙古族英雄史诗的演变》，《艺术教育》2006 年第 3 期。

［43］杨玉成：《符号的互动——蒙古族近代说唱艺术传统中的书写与口传》，《中央音乐学院学报》2006 年第 4 期。

［44］仁钦道尔吉：《新发现的蒙古〈格斯尔〉》，《西北民族大学学报》（哲学社会科学版）2006 年第 4 期。

［45］巴·苏和：《蒙古人的格斯尔崇拜》，《黑龙江民族丛刊》（双月刊）2006 年第 5 期。

［46］灵芝、图布扎力根：《关于巴尔虎蒙古族长调传承的几点设想和建议》，《呼伦贝尔学院学报》2006 年第 6 期。

［47］贾木查：《史诗〈江格尔〉研究新进展》，《西北民族研究》2007 年第 4 期。

［48］王卫华：《蒙古族史诗〈江格尔〉与古希腊〈荷马史诗〉英雄形象比较——以江格尔与阿基琉斯为例》，《黑龙江民族丛刊》（双月刊）2007 年第 3 期。

［49］鲁淑萍：《蒙古族长调历史源流初探》，《前沿》2008 年第 12 期。

［50］仁钦：《浅谈蒙古族长调民歌的起源、分布及特点》，《西北民族大学学报》（哲学社会科学版）2008 年第 6 期。

［51］单雪梅、董蔚：《史诗〈江格尔〉的神话原型解读》，《新疆大学学报》（哲学人文社会科学版）2008 年第 6 期。

［52］包哈斯：《天神大战——蒙古族和满族天神神话比较研究》，《内蒙古民族大学学报》（社会科学版）2008 年第 1 期。

［53］博特乐图：《经验与启示——蒙古族长调民歌的保护与传承经验两例》，《内蒙古大学艺术学院学报》2009 年第 2 期。

［54］那木吉拉：《新时期蒙古神话研究的回顾与展望》，《内蒙古师范大学学报》（哲学社会科学版）2009 年第 1 期。

［55］胡泛泛：《中国的三大英雄史诗》，《初中生辅导》2009 年第 25 期。

［56］包国祥：《蒙古族神话和古希腊神话伦理意蕴比较研究》，《内蒙古民族大学学报》（社会科学版）2010 年第 3 期。

［57］石琼：《浅析蒙古族传统民族文化的口耳相传方式》，《现代交际》2010 年第 7 期。

［58］王艳凤、张腾：《人类生存的诗性智慧——蒙古族史诗〈江格尔〉生态思想探析》，《现代商业》2010 年第 32 期。

［59］包海青：《天命论思想与蒙古族族源传说》，《北方民族大学学报》（哲学社会科学版）2010 年第 2 期。

［60］包海青：《萨满教猫头鹰崇拜文化传统与族源传说——蒙古族猫头鹰始祖型族源传说起源探讨》，《内蒙古民族大学学报》（社会科学版）2010 年第 5 期。

［61］苗幼卿：《草原文化生态保护区建设与蒙古族长调民歌之保护》，《阴山学刊》2011 年第 5 期。

（五）回族

［1］哈正利：《〈回回原来〉及其相关研究述评》，《回族研究》2005 年第 1 期。

［2］赵红：《回族民间文学校本课程的基本构想》，《宁夏师范学院学报》（社会科学版）2009 年第 2 期。

［3］林松：《20 世纪回族历史与文化研究的发展》，《西北民族研究》2000 年第 2 期。

［4］马世才、高一惠：《当代回族民间文学研究述评》，《赤峰学院学报》（汉文哲学社会科学版）2011 年第 6 期。

［5］杨继国：《对回族民间文学与回族作家文学的研究》，《宁夏大学学报》（社会科学版）1985 年第 1 期。

［6］齐丹：《红花绿叶交相辉映》，《民族文学》2009 年第 6 期。

［7］马生辉、寇红：《回族花儿与昌吉文明》，《群文天地》2009 年第 1 期。

［8］刘寿玉：《回族花儿的由来及发展》，《中国西部科技》2009 年第27 期。

［9］刘秋芝：《回族花儿研究综述及其混合语的特征分析》，《西北民族大学学报》（哲学社会科学版）2009 年第 6 期。

［10］陈永霞：《回族历史档案的开发利用探析》，《兰台世界》2011 年第28 期。

［11］马婷：《回族历史上的五次移民潮及其对回族族群的影响》，《回族研究》2004 年第 2 期。

［12］吴廷富：《回族历史之歌》，《回族研究》1994 年第 3 期。

［13］李昕：《回族民间传说中祈雨事象的文化释义》，《固原师专学报》（社会科学版）2005 年第 1 期。

［14］马晓琴：《回族民间故事研究综述》，《昌吉学院学报》2011 年第2 期。

［15］钟亚军：《回族民间故事与阿拉伯故事的比较研究》，《宁夏社会科学》2011 年第 3 期。

［16］马晓琴：《回族民间机智人物故事的类型探析》，《北方民族大学学报》（哲学社会科学版）2009 年第 5 期。

［17］闫新艳：《回族民间文学的审美价值管窥》，《甘肃高师学报》2006 年第 6 期。

［18］朱刚：《回族民间文学述要》，《青海社会科学》1986 年第 4 期。

［19］钟亚军、刘民：《回族民间文学学科界说》，《回族研究》2008 年第4 期。

［20］李树江：《回族民间文学研究概况》，《青海民族学院学报》（社会科学版）1984 年第 4 期。

［21］杨继国：《回族民间文学与伊斯兰教》，《宁夏大学学报》（社会科学版）1989 年第 4 期。

［22］马惠萍：《回族社会的历史变迁》，《贵州民族研究》2009 年第 3 期。

［23］吴海鸿：《回族文学的萌芽——唐宋回族民间文学》，《西北第二民族学院学报》（哲学社会科学版）2001 年第 1 期。

［24］钟亚军：《回族异类婚配故事的母题类型研究》，《民族文学研究》2010 年第 2 期。

［25］李树江：《论回族民间文学研究中的几个问题》，《宁夏大学学报》（社会科学版）1985 年第 1 期。

［26］哈正利：《论回族族源传说的基本结构》，《文史哲》2006 年第 2 期。

　　［27］李树江：《美国和日本对中国回族民间文学的研究与出版》，《宁夏社会科学》1998 年第 5 期。

　　［28］丁克家：《宁夏回族历史与文化研究四十年概述》，《回族研究》1998 年第 4 期。

　　［29］何川江：《宁夏回族民间文学与宗教》，《朔方》1983 年第 9 期。

　　［30］赵炳南：《宁夏回族民间武术》，《回族研究》1997 年第 1 期。

　　［31］马燕：《浅谈回族民间文学之美学意蕴》，《青海民族学院学报》（社会科学版）1990 年第 4 期。

　　［32］冶芸：《浅析回族"劝谕型"民间故事蕴含的道德理念》，《燕山大学学报》（哲学社会科学版）2007 年第 2 期。

　　［33］张佩成：《青海回族"花儿"的爱情观赏析》，《青海民族研究》（社会科学版）2002 年第 4 期。

　　［34］马宗保：《求同存异　和而不同——论回族历史上的文化适应》，《回族研究》2001 年第 3 期。

　　［35］陈敏、马岩：《试论回族民间故事中的回族伦理思想》，《固原师专学报》（社会科学版）2006 年第 2 期。

　　［36］李健彪：《试论近代西北回族社会历史的两次大变迁》，《文化研究》2009 年第 6 期。

　　［37］孙智伟：《试述回族对中华文化认同的历史演进——以"回儒"人格形成为线索》，《漳州师范学院学报》（哲学社会科学版）2011 年第 3 期。

　　［38］马明达、丁煜：《说剑斋回回史札二则》，《回族研究》2010 年第 1 期。

　　［39］刘可英：《新疆昌吉地区回族"花儿"的演唱风格探析》，《新疆教育学院学报》2009 年第 4 期。

　　［40］李树辉：《新疆回族历史辨误》，《北方民族大学学报》2010 年第 6 期。

　　［41］钟焓：《"回回识宝"型故事试析——"他者"视角下回回形象的透视》，《西域研究》2009 年第 2 期。

　　［42］谷少悌：《"回族神话"辨》，《西北民族学院学报》（哲学社会科学版）1985 年第 2 期。

　　［43］冶芸、刘磊：《回族"劝谕型"民间故事与其传统道德的互构互诠》，《青海社会科学》2008 年第 4 期。

　　［44］马晓琴：《回族民间机智人物故事的类型探析》，《北方民族大学学报》2009 年第 5 期。

　　［45］苏永德：《略谈新疆回族源流》，《回族研究》1994 年第 4 期。

［46］陈敏、马岩：《试论回族民间故事中的回族伦理思想》，《固原师专学报》（社会科学版）2006 年第 2 期。

［47］马旷源：《云南回族民间文化简论》，《楚雄师专学报》（综合版）1994 年第 3 期。

［48］陈冰：《试析新疆回族"花儿"的特色》，《赤峰学院学报》（汉文哲学社会科学版）2008 年第 4 期。

［49］盖金伟、张朴：《新疆回族社区传统文化的现代化》，《昌吉师专学报》1999 年第 4 期。

（六）柯尔克孜族

［1］贺继宏、张光汉：《柯尔克孜族民歌新探》，《新疆社会科学》1984 年第 3 期。

［2］夏中汤：《论柯尔克孜族民歌》，《中央民族学院学报》1985 年第 3 期。

［3］张宏超：《〈玛纳斯〉产生的时代与玛纳斯形象》，《民族文学研究》1986 年第 3 期。

［4］贺继宏：《柯尔克孜族英雄史诗〈玛纳斯〉简述》，《新疆地方志》1990 年第 1 期。

［5］张凤武：《正气悲歌　英雄史诗——论〈玛纳斯〉》，《西北师大学报》（社会科学版）1991 年第 6 期。

［6］张凤武：《民族精神的自我审美观照——柯尔克孜族神话传说、民间故事探讨》，《乌鲁木齐职业大学学报》1993 年第 4 期。

［7］张凤武：《柯尔克孜族神话传说发微》，《中央民族大学学报》1994 年第 6 期。

［8］张彦平：《创世神话原始初民的宇宙观——柯尔克孜族创世神话探析》，《西域研究》1995 年第 3 期。

［9］张凤武：《论柯尔克孜族古代民间长诗》，《乌鲁木齐职业大学学报》1999 年第 3 期。

［10］艾赛提·苏来曼：《英雄史诗〈玛纳斯〉中的父子冲突母题与古希腊"俄狄浦斯"型故事的比较》，《新疆社科论坛》1998 年第 3 期。

［11］胡振华：《关于柯尔克孜族的〈四十个姑娘〉》，《黑龙江民族丛刊》2005 年第 4 期。

［12］刘亚虎：《近十年中国少数民族神话研究概况》，《长江大学学报》（社会科学版）2006 年第 3 期。

[13] 王宪昭：《解读我国少数民族神话中的民族精神》，《内蒙古大学艺术学院学报》2007 年第 1 期。

[14] 马莉：《柯尔克孜族英雄史诗〈玛纳斯〉母题探析》，《伊犁师范学院学报》（社会科学版）2007 年第 1 期。

[15] 曼拜特·吐尔地撰，巴赫特·阿曼别克译：《帕米尔柯尔克孜族民歌——约隆歌》，《民族文学研究》2009 年第 1 期。

[16] 古丽多来提：《〈玛纳斯〉与柯尔克孜族宗教文化》，《安徽文学》2009 年第 3 期。

[17] 周菁葆：《柯尔克孜族音乐舞蹈》，《新疆艺术学院学报》2009 年第 4 期。

[18] 冯力之：《论新疆柯尔克孜族民歌的生存环境》，《新疆艺术学院学报》2010 年第 1 期。

[19] 胡振华：《我与柯尔克孜族英雄史诗〈玛纳斯〉》，《黑龙江民族丛刊》2010 年第 1 期。

[20] 赵秀彦、李需民：《黑龙江柯尔克孜族传统民歌简析》，《齐齐哈尔大学学报》（哲学社会科学版）2011 年第 1 期。

[21] 马惠敏、徐梅、哈里旦：《柯尔克孜族民间音乐艺术库姆孜的起源、表演形式与风格特征》，《喀什师范学院学报》2011 年第 1 期。

（七）塔吉克族

[1] 西仁·库尔班：《试论塔吉克文化中的四大象征》，《新疆大学学报》（哲学人文社会科学版）2005 年第 5 期。

[2] 西仁·库尔班：《塔吉克族口头文学简析》，《民族文学研究》2006 年第 4 期。

[3] 明伟：《帕米尔高原上的雄鹰——塔吉克族》，《中国民族教育》2008 年第 4 期。

[4] 林森：《塔吉克族的民俗风情》，《文化交流》2008 年第 9 期。

[5] 西仁·库尔班：《塔吉克族宗教文化浅析》，《中国穆斯林》2009 年第 3 期。

[6] 西仁·库尔班、赵建国：《数字"七"与塔吉克族文化》，《新疆大学学报》（哲学人文社会科学版）2009 年第 4 期。

[7] 邢剑鸿：《塔吉克族鹰文化浅谈》，《新疆地方志》2010 年第 2 期。

（八）乌孜别克族

[1] 阿丽亚·吉力力：《乌孜别克族民间故事的叙事特征》，《西北民族研究》2005 年第 2 期。

[2] 熊坤新、吕劭男：《乌孜别克族伦理思想概论》，《新疆师范大学学报》（哲学社会科学版）2006 年第 4 期。

[3] 刘有安：《乌兹别克人的迁徙及其社会文化变迁》，《甘肃联合大学学报》（社会科学版）2008 年第 1 期。

[4] 王伟、李文博：《乌孜别克族乃蛮部落的起源》，《贵州工业大学学报》（社会科学版）2008 年第 4 期。

（九）锡伯族

[1] 张雷军：《迁徙对锡伯族历史发展的影响》，《内蒙古社会科学》1994 年第 1 期。

[2] 韩启昆：《锡伯族西迁戍边路线图解》，《满族研究》1994 年第 2 期。

[3] 赵志强、吴元丰：《〈西迁之歌〉评述》，《民族文学研究》1995 年第 4 期。

[4] 关丽萍：《悲壮的颂歌　不朽的史诗——读锡伯族诗歌〈西迁之歌〉》，《黑龙江民族丛刊》1995 年第 3 期。

[5] 苏德善：《在波兰出版发行〈伊犁锡伯族语言资料民间文学集〉一书的曲折经历》，《伊犁师范学院学报》（社会科学版）1996 年第 1 期。

[6] 仲高：《西迁歌：锡伯族的精神家园》，《西域研究》1996 年第 3 期。

[7] 佘吐肯：《锡伯族民间文学传到欧洲去的始末》，《民族文学研究》1997 年第 2 期。

[8] 贺灵：《锡伯族风俗习惯的特征》，《新疆社会科学》1988 年第 4 期。

[9] 仲高：《西域文化特征及其现代化》，《新疆艺术》1999 年第 5 期。

[10] 佟中明：《论锡伯族和蒙古族神话传说及英雄故事的共性问题》，《民族文学研究》1997 年第 2 期。

[11] 安成山：《哈萨克语对锡伯语的影响》，《语言与翻译》1997 年第 2 期。

[12] 吕怡：《锡伯族民间故事初探》，《沈阳教育学院学报》2004 年第 2 期。

[13] 陈潮华、关忠保：《锡伯族春节习俗探微》，《中南民族大学学报》（人文社会科学版）2005 年第 A1 期。

［14］佟克力：《论锡伯族文化选择的历史轨迹》，《新疆大学学报》（哲学人文社会科学版）2005 年第 4 期。

［15］韩育民：《锡伯族萨满神歌的历史特征及旋律构成》，《伊犁师范学院学报》2005 年第 4 期。

［16］何永明：《锡伯族西迁对锡伯族文化的影响》，《西北民族研究》2006 年第 2 期。

［17］韩育民、佘吐肯：《锡伯族捕鱼歌、狩猎歌与有关民歌的比较研究》，《新疆艺术学院学报》2007 年第 1 期。

［18］王宏刚：《锡伯族〈萨满歌〉中新萨满的心灵旅程》，《博物馆研究》2007 年第 1 期。

［19］顾松洁：《锡伯族古籍与历史研究 60 年》，《满语研究》2009 年第 2 期。

［20］赵琴琴：《锡伯族散文类口头传统中女性形象类型探析》，《昌吉学院学报》2007 年第 1 期。

［21］佟克力：《锡伯族文化心理及其表现论析》，《西北民族研究》2007 年第 2 期。

［22］董友庆、姜勇：《新疆锡伯族非物质文化遗产保护与利用研究》，《湖北经济学院学报》（人文社会科学版）2008 年第 5 期。

［23］贺菊红：《浅谈锡伯族风俗人情》，《伊犁日报》（汉），2008 年 7 月 25 日第 3 版。

［24］文新艳：《新疆锡伯族语言变迁研究》，《社科纵横》（新理论版）2008 年第 3 期。

［25］田卫疆：《〈锡伯族文化研究〉序言》，《伊犁师范学院学报》（社会科学版）2008 年第 3 期。

［26］王恩春：《浅谈锡伯族"喜利妈妈"崇拜》，《西北第二民族学院学报》（哲学社会科学版）2008 年第 6 期。

［27］晓俣：《〈锡伯族历史探究〉述评》，《满语研究》2009 年第 1 期。

［28］王凯旋、董丽娟：《试论锡伯族民歌的社会民俗性》，《文化学刊》2009 年第 6 期。

［29］贺元秀、赵洁：《试论锡伯族神话与民间传说》，《伊犁师范学院学报》2010 年第 1 期。

［30］赵洁：《浅谈锡伯族人生礼仪中的民歌》，《伊犁师范学院学报》2010 年第 3 期。

［31］何坚韧：《试论锡伯文学蕴含的民族精神》，《伊犁师范学院学报》

（社会科学版）2010 年第 1 期。

［32］江帆、陈维彪：《锡伯族的活态史诗——"何钧佑锡伯族长篇故事"》，《西北民族研究》2010 年第 3 期。

［33］肖学俊：《锡伯族"汗都春"源考——锡伯族"汗都春"的历史与现状系列论文之一》，《新疆艺术学院学报》2010 年第 4 期。

［34］贺元秀：《新疆锡伯族戏剧文学的表现形式及发展概况》，《新疆大学学报》（哲学人文社会科学版）2011 年第 1 期。

［35］曲哲：《锡伯族民间故事的主要类型探析》，《文化学刊》2011 年第 6 期。

［36］祁晓冰、杜秀丽：《锡伯族文学研究综述》，《沈阳师范大学学报》（社会科学版）2011 年第 4 期。

［37］佟菲菲：《新疆锡伯族情歌的文化解读》，《伊犁师范学院学报》2011 年第 3 期。

［38］李云霞：《锡伯族社会历史、文化研究述评》，《中央民族大学学报》（哲学社会科学版）2011 年第 5 期。

［39］夏雨：《论新时期锡伯族诗歌特征》，《长春理工大学学报》2011 年第 4 期。

［40］何雨芯、郭一霏：《浅议民族风俗发展的趋势——以锡伯族风俗发展为例》，《科教导刊》2011 年第 6 期。

［41］肖学俊：《汗都春平调的传入及发展——锡伯族汗都春的历史与现状系列论文之二》，《新疆艺术学院学报》2011 年第 2 期。

［42］李阳：《社会变迁视阈下的辽宁锡伯族民间信仰研究》，《文化学刊》2011 年第 5 期。

［43］撒军：《多元叙事模式下的新疆锡伯族散文类口头传统》，《西域研究》2006 年第 2 期。

（十）满族

［1］唐呐：《论满族民间文学的民族特色》，《辽宁大学学报》（哲学社会科学版）1983 年第 2 期。

［2］朱彦华：《满族民间故事的区域性特征——承德与东北满族故事比较》，《满族研究》1992 年第 4 期。

［3］吴雪娟：《满族谜语浅谈》，《满语研究》1994 年第 1 期。

［4］文钟哲：《从满族民间文学作品中的女性形象看满族人民的妇女观》，《满族研究》1994 年第 3 期。

〔5〕李德：《满族民间文学的产生与发展》，《满族研究》1997 年第 3 期。

〔6〕赵志忠：《满族民间说唱〈空古鲁哈哈济〉浅析》，《满族研究》1997 年第 1 期。

〔7〕庄吉发：《〈尼山萨满传〉与满族民间文学》，《民族文学研究》1998 年第 1 期。

〔8〕谷颖：《满族说部〈恩切布库〉的文化解读》，《满族研究》2008 年第 3 期。

〔9〕高荷红：《满族说部历史上的传承圈研究》，《社会科学战线》2008 年第 7 期。

〔10〕张雪飞：《试论满族神话的原始思维及其特征》，《通化师范学院学报》2008 年第 9 期。

〔11〕高荷红：《满族"窝车库乌勒本"辨析》，《民族文学研究》2009 年第 1 期。

〔12〕汪萍：《满族民间游戏的保护与开发》，《满族研究》2009 年第 2 期。

〔13〕李晓黎：《满族萨满史诗〈乌布西奔妈妈〉中舞蹈艺术浅析》，《长春大学学报》2009 年第 1 期。

〔14〕高荷红：《满族说部的文本化》，《满族研究》2009 年第 2 期。

〔15〕高荷红：《满族说部文本及其传承情况研究——第一批出版的〈满族口头遗产传统说部丛书〉的介绍》，《内蒙古大学艺术学院学报》2009 年第 2 期。

〔16〕吕萍：《满族说部之佳作〈雪妃娘娘和包鲁嘎汗〉》，《社会科学战线》2009 年第 8 期。

〔17〕敖小华：《浅谈满族民歌的种类》，《大众文艺》2009 年第 12 期。

〔18〕翟墨：《从满族神话〈尼山萨满〉的百年变迁看民间文学的流动变异性》，《东北史地》2011 年第 6 期。

〔19〕富育光、王宏刚：《论满族民间文学的传承方式》，《民族文学研究》1986 年第 5 期。

〔20〕刘波：《满族民间体育的探究》，《职大学报》2011 年第 4 期。

〔21〕金倩倩：《满族服饰的文化内涵》，《青年文学家》2011 年第 13 期。

〔22〕殷晶波：《满族民间文学与满族歌谣研究简况》，《重庆科技学院学报》2011 年第 15 期。

（十一）达斡尔族

［1］萨娜：《再论达斡尔族民间故事——读〈达斡尔族民间故事选〉》，《内蒙古大学学报》（哲学社会科学版）1981 年第 2 期。

［2］塔娜：《达斡尔族传说故事的民族特色》，《内蒙古大学学报》（哲学社会科学版）1986 年第 1 期。

［3］毅松：《达斡尔族民间神话故事的哲学思想》，《内蒙古社会科学》（汉文版）1991 年第 4 期。

［4］丁石庆：《哈萨克语对新疆达斡尔语语音的影响》，《语言与翻译》1991 年第 4 期。

［5］铁宏、乌兰托娅：《达斡尔族民歌旋律发展手法的研究——顶真式手法的运用》，《内蒙古师大学报》（哲学社会科学版）1998 年第 6 期。

［6］多涛：《论布特哈和新疆达斡尔民歌的风格及其形成》，《辽宁师范大学学报》（社会科学版）1996 年第 6 期。

［7］谷文双：《达斡尔族民间文学与狩猎经济》，《黑龙江民族丛刊》1998 年第 3 期。

［8］丁石庆、吴兰：《论新疆达斡尔族的传统文化观》，《黑龙江民族丛刊》1999 年第 2 期。

［9］希德夫：《达斡尔族民间故事中马的人格化表现形式》，《呼伦贝尔学院学报》2003 年第 2 期。

［10］何光岳、何小宏：《达斡尔族的来源和分布》，《湖南城市学院学报》2004 年第 4 期。

［11］乌云格日勒：《达斡尔神话传说中的萨满教思想》，《西北民族大学学报》（哲学社会科学版）2006 年第 2 期。

［12］孔翠花：《新疆达斡尔族语言变迁调查研究》，《伊犁师范学院学报》（社会科学版）2007 年第 4 期。

［13］王敏：《达斡尔族民间节日及其特色》，《内蒙古文物考古》2008 年第 1 期。

［14］谢百军：《达斡尔族民间歌曲浅说》，《内蒙古艺术》2008 年第 2 期。

［15］王洪志：《萨满教与达斡尔族传统文化》，《齐齐哈尔大学学报》（哲学社会科学版）2008 年第 6 期。

［16］叶缤：《新疆达斡尔族社会调查分析报告》，《中共乌鲁木齐市委党校学报》2009 年第 4 期。

［17］ 董霞、马婷：《乌鲁木齐满族社会的变迁》，《黑龙江史志》2010 年第 3 期。

［18］ 郑仪东：《达斡尔族"迫害—复仇"型民间故事叙事结构论》，《齐齐哈尔大学学报》（哲学社会科学版）2010 年第 6 期。

（十二）塔塔尔族

［1］ 熊坤新、吕劭男：《塔塔尔族伦理思想概论》，《新疆师范大学学报》（哲学社会科学版）2007 年第 1 期。

［2］ 赵海霞：《国内塔塔尔族研究综述》，《西域研究》2008 年第 1 期。

［3］ 王金枝：《试析新疆塔塔尔族宗教礼仪与民俗活动的和谐文化内蕴》，《科技信息》2008 年第 15 期。

［4］ 明伟：《塔塔尔族的风俗习惯》，《中国民族教育》2008 年第 11 期。

（十三）俄罗斯族

［1］ 陈曦：《可爱的红莓，可爱的马林果——从俄罗斯民间文学看红莓、马林果的象征意义》，《俄罗斯文艺》1994 年第 6 期。

［2］ 滕春华：《新疆俄罗斯族葬俗文化探析》，《西北民族研究》2003 年第 4 期。

［3］ 江梅、卢平：《略论新疆俄罗斯族的形成》，《新疆职业大学学报》2006 年第 1 期。

［4］ 李延红：《中国境内的俄罗斯族民间音乐》，《音乐周报》，2007 年 8 月 29 日第 7 版。

［5］ 高莉琴、滕春华：《新疆俄罗斯族文化变迁研究》，《新疆大学学报》（哲学人文社会科学版）2010 年第 5 期。

［6］ 李婷：《析新疆俄罗斯族的文化变迁》，《语文学刊》2011 年第 13 期。

二、专著、编著

［1］ 朗樱：《中国少数民族英雄史诗〈玛纳斯〉》，杭州：浙江教育出版社 1995 年版。

［2］ 郎樱：《〈玛纳斯〉论》，呼和浩特：内蒙古大学出版社 1999 年版。

［3］ 朗樱、扎拉嘎：《中国各民族文学关系研究》，贵阳：贵州人民出版社 2005 年版。

［4］万建中：《民间文学引论》，北京：北京大学出版社 2007 年版。

［5］朝戈金主编：《中国西部的文化多样性与族群认同——沿丝绸之路的少数民族口头传统现状报告》，北京：社会科学文献出版社 2008 年版。

［6］毕桪：《哈萨克民间文学概论》，北京：中央民族大学出版社 2006 年版。

［7］《哈萨克族民间叙事长诗选》，乌鲁木齐：新疆人民出版社 1983 年版。

［8］居素甫·玛玛依演唱，刘发俊、朱玛拉、尚锡静整理：《柯尔克孜族英雄史诗〈玛纳斯〉》，乌鲁木齐：新疆人民出版社 1991 年版。

［9］中央民族学院少数民族文学艺术研究所编：《中国民族民间文学》（上册），北京：中央民族学院出版社 1987 年版。

［10］何元秀主编：《锡伯族文学简史》，北京：中央民族大学出版社 2010 年版。

［11］余建中、姜勇主编：《俄罗斯族：新疆塔城市二工镇、内蒙古额尔古纳市室韦乡调查》，昆明：云南大学出版社 2004 年版。

［12］那木吉拉：《中国阿尔泰语系诸民族神话比较研究》，北京：学习出版社 2010 年版。

［13］迪木拉提·奥玛尔：《阿尔泰语系诸民族萨满教研究》，乌鲁木齐：新疆人民出版社 1995 年版。

［14］贺继宏主编：《柯尔克孜族民间文学精品选·第一集·〈玛纳斯〉（居素甫·玛玛依唱本精选)》，北京：中国文联出版社 2003 年版。

［15］贺继宏主编：《柯尔克孜族民间文学精品选·第二集·〈玛纳斯〉（其他变体精选)》，北京：中国文联出版社 2003 年版。

［16］贺继宏主编：《柯尔克孜族民间文学精品选·第三集·叙事诗（精选)》，北京：中国文联出版社 2003 年版。

［17］杨富学：《印度宗教文化与回鹘民间文学》，北京：民族出版社 2007 年版。

［18］刘发俊：《维吾尔族民间故事选》，上海：上海文艺出版社 1980 年版。

［19］祁连休编：《少数民族机智人物故事选》，上海：上海文艺出版社 1978 年版。

［20］戈宝权主编，刘谦、徐平、万日林译：《朱哈逸闻趣事》，北京：中国民间文艺出版社 1982 年版。

［21］纳斯列丁·霍加著，戈宝权译：《纳斯列丁的笑话——土耳其的阿

凡提的故事》，北京：中国民间文艺出版社1983年版。

　　［22］熊坤新、李建军主编：《新疆诸民族伦理思想研究》，北京：中央民族大学出版社2008年版。

　　［23］《中国少数民族社会历史调查资料丛刊》修订编辑委员会编：《柯尔克孜族风俗习惯》，北京：民族出版社2009年版。

　　［24］陈泳超：《中国民间文学研究的现代轨辙》，北京：北京大学出版社2005年版。

　　［25］户晓辉：《返回爱与自由的生活世界》，南京：江苏人民出版社2010年版。

　　［26］郝苏民：《抢救保护非物质文化遗产：西北各民族在行动》，北京：民族出版社2006年版。

　　［27］喀什地区文化体育局编：《喀什非物质文化遗产代表作》，乌鲁木齐：新疆人民出版社2010年版。

　　［28］新疆非物质文化遗产集锦编委会编：《新疆非物质文化遗产集锦》（1—4卷），乌鲁木齐：新疆美术摄影出版社、新疆电子音像出版社2009年版。

　　［29］中国伊斯兰教协会全国经学院统编教材编审委员会编：《中国伊斯兰教发展史简明教程》，北京：宗教文化出版社2008年版。

　　［30］迪木拉提·奥迈尔：《无萨满时代的萨满》，北京：民族出版社2010年版。

　　［31］潘光旦：《中国民族史料汇编》，天津：天津古籍出版社2007年版。

　　［32］万建中等：《中国民间散文叙事文学的主题学研究》，北京：北京大学出版社2009年版。

　　［33］周福岩：《民间故事的伦理思想研究》，北京：中国社会科学出版社2006年版。

　　［34］柯文著，杜继东译：《历史三调：作为事件、经历和神话的义和团运动》，南京：江苏人民出版社2000年版。

　　［35］吕思勉：《吕思勉读史札记》，上海：上海古籍出版社1982年版。

　　［36］陈连山：《〈山海经〉学术史考论》，北京：北京大学出版社2012年版。

　　［37］刘学堂：《新疆史前宗教研究》，北京：民族出版社2009年版。

　　［38］中国民间文艺研究会上海分会编：《民间文艺集刊》（第一集），上海：上海文艺出版社1981年版。

　　［39］黑勒、丁师浩译：《江格尔》（第1册），乌鲁木齐：新疆人民出版社1993年版。

［40］贾木查主编：《史诗〈江格尔〉校勘新译》，乌鲁木齐：新疆大学出版社 2005 年版。

［41］丁石庆：《达斡尔语言与社会文化》，北京：中央民族出版社 1998 年版。

［42］潜明兹：《中国少数民族英雄史诗》，天津：天津教育出版社 1991 年版。

［43］夏冠洲、阿扎提·苏立坦、艾光辉主编：《新疆当代多民族文学史·小说卷》，乌鲁木齐：新疆人民出版社 2006 年版。

［44］冼星海：《我学习音乐的经过》，北京：人民音乐出版社 1980 年版。

［45］段宝林：《笑之研究：阿凡提笑话评论集》，乌鲁木齐：新疆人民出版社 1988 年版。

［46］郭璞注，邢昺疏：《尔雅注疏·释亲》，北京：北京大学出版社 1999 年版。

［47］司马迁著，卢苇、张赞煦点校：《史记》，杭州：浙江古籍出版社 2000 年版。

［48］李学勤主编：《十三经注疏·春秋公羊传注疏》，北京：北京大学出版社 1999 年版。

［49］玄奘、辩机著，季羡林等校注：《大唐西域记校注》，北京：中华书局 1985 年版。

［50］李修生主编：《二十四史全译·元史》（第二册，卷六十三），上海：汉语大词典出版社 2004 年版。

［51］令狐德棻主编：《周书·列传·异域传下》（卷五十），长春：吉林人民出版社 1995 年版。

［52］《维吾尔族简史》编写组编：《维吾尔族简史》，乌鲁木齐：新疆人民出版社 1989 年版。

［53］《哈萨克族简史》编写组编：《哈萨克族简史》，北京：民族出版社 2008 年版。

［54］《回族简史》编写组编：《回族简史》（修订本），北京：民族出版社 2009 年版。

［55］《柯尔克孜族简史》编写组编：《柯尔克孜族简史》，北京：民族出版社 2008 年版。

［56］《乌孜别克族简史》编写组编：《乌孜别克族简史》，北京：民族出版社 2008 年版。

［57］《锡伯族简史》编写组编：《锡伯族简史》，北京：民族出版社 2008

年版。

　　[58]《塔吉克族简史》编写组编:《塔吉克族简史》,北京:民族出版社
2008 年版。

　　[59]《塔塔尔族简史》编写组编:《塔塔尔族简史》,北京:民族出版社
2008 年版。

　　[60]《达斡尔族简史》编写组编:《达斡尔族简史》,北京:民族出版社
2008 年版。

　　[61]　《满族简史》编写组编:《满族简史》,北京:民族出版社 2009
年版。

　　[62]《俄罗斯族简史》编写组编:《俄罗斯族简史》,北京:民族出版社
2008 年版。

　　[63]《卫拉特蒙古简史》编写组编:《卫拉特蒙古简史》,乌鲁木齐:新
疆人民出版社 1996 年版。

　　[64]　博尔塔拉蒙古自治州党史研究室及地方志办公室主编:《新疆察哈
尔蒙古西迁简史》,北京:民族出版社 2010 年版。

　　[65]　巴图宝音、孟志东、杜兴华主编:《达斡尔族源于契丹论》,北京:
中国社会科学出版社 2011 年版。

　　[66]　何星亮:《新疆民族传统社会与文化》,北京:商务印书馆 2003
年版。

　　[67]　张吕、朱秋德:《西部女人事情:赴新疆女兵人生命运故事口述实
录》,北京:解放军文艺出版社 2001 年版。

　　[68]　戴昌明主编:《弘法宝鉴》,台湾玄门弘法圣会内部发行,1991 年。

　　[69]　何星亮:《维吾尔、柯尔克孜、哈萨克、乌孜别克、塔吉克、塔塔
尔、俄罗斯、裕固、撒拉族文化志》,王尧主编:《中华文化通志·民族文化
典》,上海:上海人民出版社 1998 年版。

　　[70]　新疆维吾尔自治区统计局编:《新疆统计年鉴(2016)》,北京:中
国统计出版社 2016 年版。

　　[71]　李竟成、雷茂奎:《丝绸之路民间文学研究》,乌鲁木齐:新疆人
民出版社 2009 年版。

　　[72]　王炳华:《丝绸之路考古研究》,乌鲁木齐:新疆人民出版社 2010
年版。

　　[73]　盖山林、盖志浩:《丝绸之路岩画研究》,乌鲁木齐:新疆人民出
版社 2010 年版。

　　[74]　韩康信:《丝绸之路古代种族研究》,乌鲁木齐:新疆人民出版社

2009 年版。

[75] 李进新：《丝绸之路宗教研究》，乌鲁木齐：新疆人民出版社 2008 年版。

[76] 袁祖亮、袁延胜、朱和平：《丝绸之路人口研究》，乌鲁木齐：新疆人民出版社 2009 年版。

[77] 盖山林：《丝绸之路草原文化研究》，乌鲁木齐：新疆人民出版社 2009 年版。

[78] 薛宗正：《丝绸之路北庭研究》，乌鲁木齐：新疆人民出版社 2008 年版。

[79] 赵予征：《丝绸之路屯垦研究》，乌鲁木齐：新疆人民出版社 2010 年版。

[80] 田卫疆：《丝绸之路吐鲁番研究》，乌鲁木齐：新疆人民出版社 2009 年版。

[81] 仲高：《丝绸之路艺术研究》，乌鲁木齐：新疆人民出版社 2009 年版。

[82] 金秋：《丝绸之路乐舞艺术研究》，乌鲁木齐：新疆人民出版社 2010 年版。

[83] 苏北海：《丝绸之路龟兹研究》，乌鲁木齐：新疆人民出版社 2009 年版。

[84] 周菁葆：《丝绸之路佛教文化研究》，乌鲁木齐：新疆人民出版社 2010 年版。

[85] 贺灵：《丝绸之路伊犁研究》，乌鲁木齐：新疆人民出版社 2009 年版。

[86] 陆晖：《丝绸之路戏曲研究》，乌鲁木齐：新疆人民出版社 2009 年版。

[87] 李强：《丝绸之路戏剧文化研究》，乌鲁木齐：新疆人民出版社 2009 年版。

[88] 宋博年、李强：《丝绸之路音乐研究》，乌鲁木齐：新疆人民出版社 2010 年版。

[89] 李肖冰：《丝绸之路服饰研究》，乌鲁木齐：新疆人民出版社 2010 年版。

[90] 卢梭著，李平沤译：《论科学与艺术的复兴是否有助于使风俗日趋纯朴》，北京：商务印书馆 2011 年版。

[91] 斯宾诺莎著，贺麟译：《伦理学》，北京：商务印书馆 2010 年版。

［92］黑格尔著，朱光潜译：《美学》（第三卷，下册），北京：商务印书馆 1979 年版。

［93］艾特玛托夫著，力冈等译：《艾特玛托夫小说集》，北京：外国文学出版社 1980 年版。

［94］罗伯特·莱顿著，罗攀、苏敏译：《他者的眼光：人类学理论导论》（修订版），北京：华夏出版社 2008 年版。

［95］克利福德·格尔茨著，韩莉译：《文化的解释》，南京：译林出版社 1999 年版。

［96］古塔·弗格森编著，骆建建等译：《人类学定位——田野科学的界限与基础》，北京：华夏出版社 2005 年版。

［97］罗伯特·埃默森、雷切尔·弗雷兹、琳达·肖著，符裕、何珉译：《如何做田野笔记》，上海：上海译文出版社 2012 年版。

［98］伊万·布莱迪编，徐鲁亚等译：《人类学诗学》，北京：中国人民大学出版社 2010 年版。

［99］奈吉尔·巴利著，何颖怡译：《天真的人类学家》，桂林：广西师范大学出版社 2011 年版。

［100］柳田国男：《日本的传说·序言》，1929 年初版；《定本柳田国男集》（第二十六卷），东京：筑摩书房 1962 年版。

［101］朱利安·沃尔弗雷斯著，张琼、张冲译：《21 世纪理论批评述介》，南京：南京大学出版社 2009 年版。

［102］白鸟库吉：《蒙古民族起源考》，林干编：《匈奴史论文选集》，北京：中华书局 1984 年版。

［103］马林诺夫斯基著，张帆译：《自由与文明》，北京：世界图书出版公司 2009 年版。

［104］阿兰·邓迪斯编，朝戈金等译：《西方神话学读本》，桂林：广西师范大学出版社 2006 年版。

［105］H. 帕里莫夫著，许淑明译：《卡尔梅克族在俄国境内时期的历史概况》，乌鲁木齐：新疆人民出版社 1986 年版。

［106］《中国民间故事集成·新疆卷》（上下册），北京：中国 ISBN 中心 2008 年版。

［107］《中国歌谣集成·新疆卷》（上下卷），北京：中国 ISBN 中心 2009 年版。

［108］《中国谚语集成·新疆卷》（上下卷），北京：中国 ISBN 中心 2009 年版。

[109]《中国民间故事集成·新疆生产建设兵团卷》（上下卷），五家渠：兵团出版社 2015 年版。

[110]《中国歌谣集成·新疆生产建设兵团卷》（上下卷），五家渠：兵团出版社 2015 年版。

[111]《中国谚语集成·新疆生产建设兵团卷》（上下卷），五家渠：兵团出版社 2015 年版。

[112]《中国民间故事集成新疆卷·新疆生产建设兵团农一师分卷》。

[113]《中国民间故事集成新疆卷·新疆生产建设兵团农二师分卷》。

[114]《中国民间故事集成新疆卷·新疆生产建设兵团农三师分卷》。

[115]《中国民间故事集成新疆卷·新疆生产建设兵团农四师分卷》。

[116]《中国民间故事集成新疆卷·新疆生产建设兵团农五师分卷》。

[117]《中国民间故事集成新疆卷·新疆生产建设兵团农六师分卷》。

[118] 农七师民间故事集成编辑委员会编：《中国民间故事集成新疆卷·新疆生产建设兵团农七师分卷》，乌鲁木齐：新疆人民出版社 1992 年版。

[119] 农八师、石河子市民间故事集成编委会编：《中国民间故事集成新疆卷·新疆生产建设兵团农八师·石河子市分卷》，乌鲁木齐：新疆人民出版社 1993 年版。

[120] 农八师、石河子市民间故事集成编委会编：《中国民间故事集成新疆卷·新疆生产建设兵团公交局分卷》（共九册）。

[121]《中国民间故事、歌谣、谚语集成新疆卷·新疆生产建设兵团农九师分卷》（合订本），新疆农业厅印刷厂，1993 年。

[122] 新疆生产建设兵团农一师民间文学集成编委会编：《中国歌谣集成新疆卷·新疆生产建设兵团农一师分卷》，乌鲁木齐：新疆青少年出版社 1993 年版。

[123]《中国歌谣集成新疆卷·新疆生产建设兵团农二师分卷》。

[124]《中国歌谣集成新疆卷·新疆生产建设兵团农五师分卷》。

[125]《中国歌谣集成新疆卷·新疆生产建设兵团农六师分卷》。

[126] 农八师、石河子市民间故事集成编委会编：《中国歌谣集成新疆卷·新疆生产建设兵团农八师石河子市分卷》，乌鲁木齐：新疆人民出版社 1993 年版。

[127] 张新泰、马雄福主编：《民间新疆故事系列》（共 10 册），乌鲁木齐：新疆人民出版社 2011 年版。

后　记

　　这部关于新疆世居民族民间文学的论述终于完稿了。从 2009 年 9 月初筹划申报课题算起，8 年过去了；但事实上，花在课题研究上的时间恐怕也就三四年的时间，课题以"良好"的等级顺利结项，给了我莫大的鼓励。面对如此宏大的课题，这既是一个研究的过程，更是一个学习的过程。通过学习和研究工作，我对新疆世居民族民间文学有了较为全面和深入的了解，对新疆历史、宗教、民俗也有了整体的认知，这将促进我继续在新疆民间文学研究的道路上前进。这也是本课题研究的最大收获。

　　在此结稿之时，首先我要感谢北京大学中文系民间文学研究资深教授段宝林老师和北京师范大学文学院民间文学研究所杨利慧教授，他们作为课题推荐专家，对我的课题论证做出了客观、严谨的评价。

　　其次，我要特别感谢中国社会科学院民族文学研究所研究员朗樱老师对课题的指导，朗樱老师是新疆民间文学研究方面的资深专家和前辈，在她的指导下我的研究少走了很多弯路。我还要特别感谢我读硕士期间的导师陈连山先生对本课题的指导，从最初的论文框架的修改到研究进程中的具体问题讨论，陈老师给予了客观、细致的指导。特别感谢北京大学中文系民间文学教研室的陈泳超老师、王娟老师和黄卉老师在课题申报之时，对课题内容框架的耐心指导和建议，王娟老师还亲自把教育部重点课题的申报书拿来供我参考，在此表示衷心的感谢。我还要感谢李赋教授、王立昌教授、周呈武副教授在课题开题中提出的宝贵意见，以及石河子大学文学艺术学院中文系领导、同仁对我研究工作的支持和帮助。

　　在课题研究过程中，新疆民间文艺家协会主席马雄福老师提供了珍贵的研究资料，并对课题进行了指导，在此表示感谢！在西王母神话传说的田野作业过程中，我得到了新疆天池管委会及昌吉州各地方文化馆的帮助，在此感谢刘力坤女士、甄梅女士、孟远女士、薛逾琨女士、姜占武先生、文发科先生。我的两个学生王玉梅、孟湘君对田野作业录音文件进行了整理，另外两个学生尹丹、巴音格分别承担了第一章第三节中锡伯族和第六节中蒙古族图瓦人的资料搜集和初稿撰写工作，刘翠玲同学整理了部分参考文献，王聪聪同学校对了初稿。在此一并表示感谢！

真诚地感谢我的妻子和父母对我研究工作的支持。自 2010 年 6 月底获批国家社科基金以来，7 月 7 日，我的儿子在山东郓城出生；7 月 27 日，儿子未满月，我便展开了课题的田野作业工作……如果没有妻子和家人的理解及支持，我的研究工作不会这么顺利。

2014 年 7 月，国家社科基金课题以"良好"等级结项。我本没有打算将其出版，因为自觉书稿还很稚嫩，还需认真修改提高，但还是在同仁和好友的鼓励下，我对书稿进行了一些调整和修改，最后忐忑地将书稿发给了暨南大学出版社。在此过程中，有幸得到暨南大学姚新勇教授和邱婧老师以及暨南大学出版社武艳飞老师的鼓励和帮助，在此表示郑重感谢。

最后，拙著是鄙人新疆民间文学研究的入门书，也是我从事民间文学教学和研究工作以来的第一部论著，对它的降生我非常忐忑。由于知识筹备、理论水平有限，研究成果并没有完全达到预想的水平和目标，部分观点或许也有待进一步深入探讨；但在有限的时间和条件下，我尽了全力。尽管如此，书中肯定存在错漏之处，还请方家批评指正，我会认真听取各种批评意见，在以后的研究过程中加以改正和提高。

吴新锋

丁酉年乙巳月

于北京大学畅春园